從比較神話到文學

古添洪
陳慧樺　編著

東大圖書公司印行

© 從比較神話到文學

編著者　陳慧樺　古添洪
發行人　劉仲文
著作財產權人　東大圖書股份有限公司
總經銷　三民書局股份有限公司
印刷所　東大圖書股份有限公司
復興店／臺北市復興北路三八六號六樓
重慶店／臺北市重慶南路一段六十一號
郵　撥／〇一〇七一七五──〇號
初　版　中華民國六十六年二月
三　版　中華民國八十二年十月
編　號　E 81011
基本定價　肆元陸角柒分
行政院新聞局登記證局版臺業字第〇一九七號

ISBN 957-19-0621-2（平裝）

是跟地理環境有密切之關係，至於玄珠所說的神話歷史化問題，這一點是現在大部份神話研究者都能首肯的，因爲不止是中國神話有此現象發生，希臘羅馬以及其他地區之神話也都有此現象發生。

五四運動發生後，國人受到外國比較神話學之衝激，因此也開始把精神力投注到神話的研究上面來，研究雖然不算很蓬勃，但確也盡了些綿薄力量。從十四年迄今，研究成果印成册子流行的除了前述玄珠的書外，還有聞氏的「神話與詩」、玄珠的「神話雜論」、林惠祥的「神話論」、楊寬的「中國上古史導論」（古史辨第七册上編）、鍾敬文的「楚辭中的神話和傳說」、徐旭生的「中國古史的傳說時代」、陳春生的「中國民間神話與傳說」、王煥鑣的「先秦寓言研究」、謝雪時的「古塔神話及其他」、袁珂的「中國古代神話」、杜而未的「山海經神話系統」、文崇一的「楚文化研究」、張壽平的「九歌研究」、蘇雪林的「屈原與九歌」和「天問正簡」等等，至於單篇發表在各學術刊物上者，如陳夢家的「殷代的巫術與神話」、文崇一對「九歌」水神的研究各篇、張光直的「商周神話之分類」、「中國創世神話之分析與古史研究」和「商周神話與美術中所見人與動物」、饒宗頤對楚辭神話之研究，王孝廉的「夸父考」、樂蘅軍的「中國原始變形神話試探」等，也都是有口皆碑的佳作。這些佳作有些已收入本選集，有些却因種種原因而未果。譬如，張光直的後兩篇是我們此次選上而最後不得不放棄的兩篇，放棄原因是全書字數關係及聯絡的時間關係，最後只好放棄，實在是極可惜的一件事；至於像陳夢家等發表在卅八年以前

序

陳慧樺
古添洪

中國神話的創造與研究，素稱不發達，因此遲至民國十四年，尚未有完整的有系統的研究專著出現。周氏在其開風氣之先的「小說史略」裡謂，中國神話之僅呈零星者有二因，一爲地理環境使然，我國先民散居黃河流域一帶，頗乏天惠，故重實際而黜玄想，二爲孔子的理性主義使然，孔子不語怪力亂神，敬鬼神而遠之，在此理性的重實用的風氣影響下，神話就漸呈零落了。民國十四年玄珠出版了中國第一本神話專著「中國神話研究」；在此書裡，玄珠認爲中國神話之僅存零星之理由，非僅如周氏所指出那兩點，而主要是由於神話的歷史化以及當時沒有激動全民族心靈的大事件。二氏所提之理由雖說不能完全令人信服，但多少還是道出了片面眞理。譬如在中國最古老的兩部抒情詩集「詩經」和「楚辭」裡，主要產自黃河流域一帶的「詩經」民謠，其神話色彩不但不如產自湘江長江流域的「楚辭」，而且是稀薄得很。這一點就足以證明，神話之創作的文章，因爲單篇簽約及其他困難，我們也只有捨棄了。好在我們這個編選只是一個起始，就像王孝廉兄在海外來信期許於我們的，我們實在很希望以後能再編一本續編，把卅八年前的純學術研究成果並把此次漏列的一起收集成編。這件事除了我們以外，別人照樣是很可以做的一件事。

本書分成三輯，每輯裡文章的排列皆以發表先後爲準（第九篇爲例外），第一當然是爲了編排的方便，第二也可從此排列中顯出時人關注之轉移，第一輯收的是神話學和比較神話學的佳作，或爲一個神話單元之詳細探討，或爲某一觀念之提出。第二輯只收三篇文章，而這三篇文章都是最近兩年來才發表者，這也就顯示國人把神話學的知識運用來批評文學作品剛剛起步，文章份量少也就無可奈何了。這一輯裡的李達三神父雖非本國人，惟他住在臺灣已超過十年，對中華民國比較文學之提倡，不遺餘力；他這兩篇文章雖非用中文寫成，但首次發表却是以中文出現，故錄之。第三輯是兩篇書目提要，以顯示國人和東鄰學者在中國神話學上之進展。

詳細言之，在第一輯裡，蘇雪林認爲，從聲韻學上和祭典上等方面，可證明屈原「九歌」裡的山鬼就是希臘神話裡的酒神戴奧尼斯（Dionysus）。在希臘神話裡，酒神是從小亞細亞傳入，至於中國的酒神是從印度、希臘抑或小亞細亞直接傳入，雖無從確定，但可以肯定的是，「九歌」裡的山鬼是從西亞傳入。蘇先生的論點，跟她在「屈原與九歌」、「天問正簡」以及其他場合所提者完全吻合。杜而未在「古人對於雷神的觀念」裡指出，古人對於雷神的觀念可分爲有圖騰巫術和沒有圖騰巫術兩種。與圖騰巫術混合的雷神是有形的、仁善的和助人的；圖騰巫術以外的雷神是無形的、震怒的和公正的。杜先生文章雖短，惟引證極豐富。凌純聲的「銅鼓圖文與楚辭九歌」極富啓發性。凌先生認爲，銅鼓爲古代印度尼西安人亦卽史書上所稱的濮獠所創製，而楚辭九歌卽爲古代濮獠民族的樂章。他是以臺灣的阿美、阿薩姆的 Nagas 及婆羅洲的達雅等民族學材料及楚辭九歌來支持其論點，後來張壽平就是用此一論點來寫他的「九歌研究」的，故稱凌氏之文爲富於啓發性。

管東貴在「中國古代十日神話之研究」裡，詳細分析討論「十日迭出」和「十日並出」神話之來龍去脈，兩者之間的關係，並進而謂，一、中國古代的十日神話與十干紀日的旬制有關，二、十日並出是由十日迭出演變來的，三、十日神話並非中國最原始的太陽神話。管先生文章條理極清楚，且有附圖說明，極爲精采。在「中國原始變形神話試探」裡，樂先生採取西方文化哲學大師卡西勒 (Ernst Cassirer) 的變形律來探討中國古代的變形神話，文筆縱橫，不止把變形神話的特質一一點出，而且把所討論的課題寫「活」了。王孝廉的「牽牛織女傳說的研究」一文跟他其他大作一樣，特徵是詳細完整流暢，參考資料豐富。本文分成五部份，探討傳說形成的思想淵源、傳說的形成經過、傳說之內容、傳說之演化以及傳說之脫形。結論是，牽牛織女傳說脫胎於遠古農耕時代的穀物神牽牛和桑神織女，古人以此二神命名天上的星星，後來許多神話聯想和傳說就環繞着此二星而展開。尉天驄的大作則從生活環境來看中國古代神話裡所表現出來的雄偉奮鬥精神，並從神話裡看出文明之趨勢。尉先生的文章跟杜先生、管先生和王先生的一樣，比較少比較的素質包含在內。古添洪的「希拉克力斯和后羿的比較研究」從人類學和心理學的觀點來探討希拉克力斯和后羿神話，試把二者解作聖王神話，以觀其異同，並探求其追求不死、贖罪、兩代衝突等原型。

在第二輯裡，李達三的「神話的文學研究」主要分成「什麼是神話」和「爲何採用神話」兩部份，先是介紹劍橋學派神話學者傅瑞哲、孔服德等人，心理學派佛洛伊德和容格，以及新康德派哲學家卡西勒和人類學家李維史托斯等人對神話學的看法與貢獻，次介紹把神話應用到文學研究上的人物如魏克利、佛萊和蔡斯等人的論點。最後探討神話的功能以及應用神話學的知識到文學批評上的貢獻。李教授的文章相當簡扼，使我們對西方的神話學、比較神話學有一鳥瞰式之了解。李先生之另一文章「新正話月」，主要是探討中國詩詞與神話裡的月亮；李先生以爲，神話的三個特性：循環、家族和延續，跟月有密切之關聯。陳慧樺的論文，主要在肯定，批評家可以應用神話學的知識來討論中國的古典詩和現代詩。爲了支持此一論點，陳先生就採用馬林諾斯基(Malinowski)的三分法——傳說、民間或神仙故事和宗教神話——來探討現代詩人葉珊（卽楊牧）、大荒和王潤華的作品，結果認爲葉珊詩裡用神話的態度屬於馬氏所說之第二種，詩人並未用神話原型來說教或傳達眞理，而只求心理之平穩和滿足；大荒採用神話，有些成功有些失敗，對神話之態度應是第一和第三種之結合；王潤華應用神話之態度應是第一種和第二種之結合。

第三輯之兩篇文章，主要在顯示國人和東鄰學者在神話研究上之進展。王文是一客觀的書目提要；古文除了介紹各學者諸書之內容外，間或加以褒貶，這雖有些違反書目之體例，但是只要出於學術之眞誠，想應可被允許吧？

我們編這本書是一創舉，除了希望能給研究中國古典文學、比較文學等人士提供服務外，就是希望能激起人們對中國神話研究的重視，把前人未做的題目接下來做，或把前人做得不够理想的加以發揮，以期把各單元系統研究得很完滿透徹，這樣就無理由需要自怨自艾了。蘇雪林教授於民國五十八年在「東方雜誌」發表了一篇大作「神話與文學」，她的最後一段是這樣的：

史詩應該以神話做骨子，我國人輕視神話，史詩遂難於產生。外國學者每謂世界各文明古國，皆有史詩，獨中國沒有，當是中國人組織力欠強之故。又美國白壁德教授也曾說中國之所以未能產生堪與西方媲美的偉大悲劇與史詩，大抵應該歸咎于中國儒家未能認識「想像」在文藝中地位之重要。筆者聞之甚感恥辱。其實組織力和想像力也是養成的，我國人的文學自來常走錯路，何止史詩之一端呢。

在我們唸比較文學的人看來，中國神話不發達，以及未能產生堪與西方媲美的偉大悲劇與史詩，可能是由於地理環境、社會背景思維習慣等因素造成，西方有的東西東方不一定要有，中國有的東西其他各國也不一定非要有不可。中國文學的發展或有所忽略（比如不重視敍事詩），然而，我們也不需要一聽到外人之批評就「甚感恥辱」。我國之神話之各系統，比起希臘、羅馬、希伯萊甚至西鄰之印度，間或有不如之處，但是我們若肯努力去研究搜集，尤其邊疆民族之神話我們仍可以理出許多系統來的。我們自己來肯定自己總比由外人來肯定更有意義得多了。（六十四年十月）

從比較神話到文學 目錄

第二輯

第三輯

山鬼與酒神

蘇雪林

楚辭中間的九歌，其來源向有數說：王逸主張完全爲屈原所作；朱熹則主張原係湘江民族的祭歌，爲屈原所改作；近代胡適先生則謂九歌乃係湘江民族最古之宗教祭歌，爲屈原作品之先驅。其後陸侃如、游國恩諸楚辭學專家都承認胡先生意見，認九歌與所有胡越歌謠如子文歌，楚人歌，接輿歌，滄浪歌等同爲楚民族前期文學，而以眞正的屈原作品如離騷、天問、九章等爲楚民族後期文學。前者產生約在公元前六世紀，後者產生約在公元前三世紀，其時代之距離，至少亦有二三百年。筆者以前在武漢大學敎授中國文學史，亦頗採取此說。卽發表有關於屈賦之學術論文，說到九歌的時代與作者問題，也從來沒有軼出胡先生意見的範圍以外。

但近二年以來，筆者研究楚辭的途徑改變，所以對於九歌的時代與作者問題，也完全改變了。我認九歌不但完全出於屈原之手，而且還是與他的離騷天問一樣，同爲外來文化刺激的產品。而九歌的宗敎因素，非常濃厚，篇篇是純粹的宗敎祭歌，所祭之神也大都是外來的。

我知道讀者或許要問，旣然說九歌中所祭之神大都是外來的，則那位久已見於中國古書的『河伯』與那顯明地帶著湘江民族祭歌色彩的『湘君』『湘夫人』又將作何解釋？關於這，我有兩種意見，其一，以外來歷史、地理、神話、宗敎及其中人物糅合於中國固有的歷史、地理、神話、宗敎及其人物，乃戰國時代一般風氣，屈原當亦不能例外。其二，『河伯』與『湘君』『湘夫人』等神的崇拜，也還是外來的，但其來當在戰國之前的若干年代，甚至可說是很悠遠的若干年代，因爲中國與西亞及印度之交通，在戰國以前，便早有了。九歌是祭九重天主神之歌。歌主固隸屬於同一集團，歌辭當然是屬於整套神曲。

那麼，何以歌辭竟有十一篇呢？禮魂一篇，乃各篇公用之送神辭，可以勿論。山鬼一篇好像是多出的，其實也並未多出。山鬼是祭地主之歌。西亞希臘皆以大地合之於九重天內，爲整齊之十數，其說甚繁，今暫勿論。

山鬼

——九歌之一——

若有人兮山之阿，被薜蘿兮帶女蘿，旣含睇兮又宜笑，子慕予兮善窈窕。

乘赤豹兮從文狸，辛夷車兮結桂旗，被石蘭兮帶杜衡，折芳馨兮遺所思。

余處幽篁兮終不見天，路險難兮獨後來，表獨立兮山之上，雲容容兮而在下。
杳冥冥兮羌晝晦，東風飄兮神靈雨。留靈修兮憺忘歸，歲既晏兮孰華予？
采三秀兮於山間，石磊磊兮葛蔓蔓。怨公子兮悵忘歸，君思我兮不得閒。
山中人兮芳杜若，飲石泉兮蔭松柏，□□□□□，君思我兮然疑作。
雷填填兮雨冥冥，猨啾啾兮又夜鳴，風颯颯兮木蕭蕭，思公子兮徒離憂。

因爲標題的『山鬼』二字，好像是指山林中的精靈鬼怪而言。故洪興祖楚辭補注曰：

莊子曰：『山有夔』，淮南曰：『山出嘄陽』，楚人所祠，豈此類乎？

朱熹楚辭集注曰：

國語曰：『木石之怪，夔，罔兩』，豈謂此邪？

至於這歌的內容，照王逸所註，前爲人鬼相慕之詞，『留靈修』以下，復闌入懷王與屈原之事，歌中兩個『公子』字樣，說是指屈原的政敵公子椒，歌中兩個『君思我』又說是指的懷王思想屈原。頭緒實在混亂得很。而且人爲什麼會和鬼相愛慕？也沒有說出一個所以然來。朱熹說『此篇鬼陰而賤，不可比君，故以人況君，鬼喻己，而爲鬼媚人之語也。』眞正是想入非非之語，更可笑了。

象徵的意義且暫時擱開，現且將『夔』『罔兩』拿來研究一下。夔本係神話中一種獸名。山海經大荒東經『有獸狀如牛，蒼身而無角，一足，名曰夔。』今山海經中山經『岷山，其獸多犀象，多夔牛，』即其明證。但傳說中舜時有樂官亦以夔爲名，而與這種神獸之名相混，致勞戰國諸子常爲辯正，如韓非外儲說左及呂氏春秋察傳皆有爲樂官夔辯論之文。究竟樂官夔與神獸夔，是一是二，倒是值得研究的問題，不過本文不必細述，以免喧賓奪主之嫌。

『罔兩』見於國語魯語，但左傳宣公三年傳亦有『魑魅罔兩，莫能逢之』之文，若國語左傳果係戰國以前之書，並且沒有經過戰國時人的改竄，則戰國以前已有關於此物存在的傳說了。國語謂其爲『木石之怪』，孔叢子則謂其爲『土木之怪』，意義相差不遠。『罔兩』亦作『魍魎』或作『蝄蜽』，當係後起之字。

據古人的傳說『罔兩』爲山林之精，爲木石之怪，而『罔象』則爲水怪，所以國語魯語於介紹了夔、罔兩之後，接著便說：『水之怪曰：龍，罔象。』莊子達生篇亦曰：『水有罔象。』淮南子氾論『水生罔象。』高誘注：『罔象，水之精也』。分別得原很明白。但張衡南都賦『追水豹兮鞭魍魎』，李善注：『魍魎，山川之精物也，』意義便很含混。玉篇下，鬼部：『魍魎，水神，如三歲小兒，赤黑色，』則竟以罔兩與罔象混爲一物了。莊子達生篇的『罔兩』，司馬本作『無傷』。經典釋文曰『狀如小兒，赤黑色赤爪，大耳，長臂。』法苑珠林，六道引夏鼎志『罔象如三歲小兒。』罔兩與罔象，形狀同似小兒，同爲赤黑色，無怪漢以後的人對於它們的性質，容易發生迷惑。近人竟質直地承認『罔兩』與『罔象』，就是一種東西，不過因聲音相近，所以字面有些歧異。但這種籠統的說法是不對的。我們應以漢以前的說法爲據，以『罔兩』爲山精，而以『罔象』爲水怪。

『嘄陽』據高誘注『梟陽，山精也。人形，長大，面黑色，身有毛，足反踵，見人則笑。』一作『梟楊』又作『梟羊』，嚴忌哀時命『使梟楊先導兮，白虎爲之前後。』王逸楚辭章句注『梟楊，山神名，卽狒狒也。』爾雅釋獸『狒狒如人，被髮迅走，食人。』註『梟羊也』。

狒狒的形象，據山海經說『其狀如人而長脣，黑身有毛，反踵，見人則笑。』這種野獸，有幾種特徵，其一，長脣，其長可以上掩其目，或上覆其額。它捉住人類預備大嚼時，就歡喜得大笑，笑得嘴脣直翻到眼皮上或額角上，人就乘此機會，鑿其脣於額而擒之。張衡玄圖『梟羊喜獲，先笑後愁，』語實由此而發。其二，它是反踵的。反踵不知何解？呂氏春秋有『蠻夷反舌』一語，注曰『舌本在前，末端向喉。』由此類推，則狒狒的脚跟，是向前生的吧。第三，它是能笑的動物，足以媲美萬物之靈的人類。不過它也常因笑而斷送了自己的生命。

這種動物與現代動物學上的狒狒，是否果有類似之點？我們隨手引常見的辭海狒狒條，則云『猿類，面貌似犬，眼窪額狹，吻長而尖。四肢長略相等，趾能握物。體長三尺許，被灰褐色長毛。有頰嗛及胼胝，多產非洲中部。性凶暴，食果實，樹根，鳥卵，昆蟲等。爾雅釋獸『狒狒如人，被髮迅走，食人。」狒狒面形似犬，而云如人者，蓋約略相似耳。』我們再閱辭海的猩猩條，『猿類，形似人，長四尺餘。披長毛，色赤褐。腦之皺紋似人，面部裸出，色青黑，額略圓而高，眼大，口突出，無頰嗛。前肢甚長，直垂可及地。喜攀援樹上，善跳躍；步行須以前肢附地。或執斷枝作杖，傴僂而行。產蘇門答臘，婆羅洲等處。棲森林中，食果實，木芽，或鳥卵等。』照這兩條解釋看來，我們與其說中國古書中之梟陽乃係近代動物學上的狒狒，無甯說牠卽是猩猩。中國動植物學名，多沿襲日本。日本人把那似犬的非洲猿類，硬譯爲狒狒，難道我們就肯承認牠就是山海經的狒狒嗎？不過，不論梟陽是狒狒也罷，猩猩也罷，牠無非是山中野獸的一種。高誘雖謂其爲『山精』，王逸亦謂其爲『山神』，牠可並無什麼神奇之處。

我們若把『山鬼』中的歌主的形貌來參詳一下，則他的形像完全是人，而且含睇宜笑，美貌非常，與那些如牛而一足的『夔』；狀如三歲小兒，赤爪，大耳，長臂的『罔兩』或『罔象』；披髮，黑身，有毛，反踵的『梟陽』是絕對不同的。王逸，洪興祖，朱熹諸人的說法，怎樣可以使我們信爲眞實呢？——但他們的話也猜中了一半，下文再加詳論。

那末，九歌的山鬼，究竟是什麼樣的一位神呢？照筆者的觀察，這位神與希臘酒神狄亞儀蘇士(Dionysus) 有極端的相類之點。毫無疑問地，他是一位外來的神，而且正是酒神。九歌中的山鬼這首歌，也毫無疑問地是一首『酒神歌頌』(Dithyramb)。

現在讓我先把希臘神話中的酒神故事，簡單介紹於下，然後再把酒神與山鬼比較一番，看看我所提出的『山鬼卽是酒神』的主張，是否可以成立。

(一) 希臘酒神的故事

狄亞儀蘇士或巴克士（Bacchus）在希臘與羅馬人眼中，視為酒神或葡萄園囿，其意義更進，則象徵秋季之幸福。因為酒神使果品成熟以供人類食用，又支配文明與進化的利益，及支配一切有秩序的政治事業。

照一般的傳說，他是天帝宙士（Zeus）和底彼斯（Thebes）公主賽梅麗（Semele）戀愛所生之子。宙士和凡間女郎戀愛，照例是變形為凡人，或天鵝白牛等動物。現在他與賽梅麗公主相愛，也化形為一普通人。

天后希拉（Hera）素為有名的妒婦，凡他丈夫與神或人相戀，她不知道便罷，知道了必定運用百種陰謀詭計來破壞。現在她便化形為賽梅麗的保姆倍魯哀（Beroe）說了一番言語，使賽梅麗對於宙士的身份懷疑，然後她教賽梅麗邀宙士設誓允許她任何要求，因而要脅他顯現他全部天帝的弈赫與威儀。賽梅麗果然照她的話幹了。宙士雖萬分不願，但因已對她指陰界之河司蒂克斯（Styx）為誓，不能食言。遂回到天庭，穿了天帝的服裝，携帶他的雷矢，於霹靂交轟，電光閃爍中，向他的情人，顯現其本來面目。可憐的賽梅麗本係凡間血肉之軀，那裏禁得起這種天帝的雷火，頃刻之間，便化為灰燼。但她孕中之子，幸得保存。宙士命風神赫梅斯携帶他到尼剎（Nysa）山，命山林諸神，加以撫養。這孩子長大後，便以狄亞儀蘇士為稱。但據另一較晚的故事，則謂賽梅麗之姊曰阿哀奴（Ino）實為酒神最初之乳哺撫育者云。

狄亞儀蘇士在寂寞之森林中長大。因他每日與林中野獸相搏鬪的緣故，變得非常敏捷與壯實。後來，他發明了栽種葡萄樹之法，並以所結之葡萄釀成美酒。不久，他自身與其侍從，一齊爲這仙釀所迷醉。他們取桂葉或葡萄葉和長春藤編以爲冠，携帶藤枝纏成，冠以松果之杖。他們背後跟了一羣山魈，水仙，花妖，木魅及半人半羊的牧神。他們常在山林之中轟飲大醉，歡呼喧鬧，林谷爲之震動。他們又不停地向前進發，宣傳其教義及葡萄栽種，酒醴釀造之法於世界各民族。他不但宣傳酒法，並教導當地人民建造城郭及種種增進人類幸福和愉快的社會文化事業。但若有不知好歹，拒絕他的恩澤者，他一怒之下，亦必給予他們以可怖的災殃。

酒神的種種故事之中，他處罰底彼斯國國王潘由士（Pentheus）和他懲治推羅（Tyre）海盜的兩件事，可以說最膾炙人口了。紀元前五世紀頃，希臘三大悲劇作家之一的幼里皮底（Euripides）所寫的『巴奇』（Bacchor）曾有警策生動、淋漓盡致的描寫，可說是世界不朽的文學名篇之一。又荷馬頌歌（Homeric Hyme）第七章，名曰『狄亞儀蘇士』亦有敍述，今卽以此兩者爲根據而概括其故事於下：

酒神自離母胎，在森林中長大以後，天后希拉，還容他不得，加以打擊，使之變爲瘋狂。天后又驅使他漫遊各地，遠至亞細亞洲。他在印度句留甚久，最後又回到希臘，傳播其教義。但常遭各國君主的拒絕，因爲他們懼怕他的瘋狂，和他祭典之混亂喧雜，毫無秩序之故。他一路巡遊，漸漸走近他的誕生鄉土底彼斯。底彼斯國王潘由士乃該國開國君主喀德馬士（Cadmus）之孫，照行輩算來，也算是酒神的表兄弟。那國王見酒神一到，男女老幼，爭先恐後去歡迎，潮湧似加入他勝利的行列，大有擧國若狂之概，深感憤怒，極力阻止這儀式的履行與敎義的傳播，而絲毫無效。國王親密的朋友及其聰明的顧問官，苦口勸告王不要壓迫這位有力量的尊神，怕惹起意外的災禍，無非使王更爲激怒罷了。

一日，國王派去逮捕酒神的侍衛們回來，他們並捉不到酒神，僅僅帶回了酒神一個信徒，兩手反翦着，帶到國王的當面。國王拿死來威嚇他，逼迫他供出自己究是何人？和他們所敢擅自擧行的祭典，究竟是什麼一回事？

那俘囚毫無懼色，供稱自己是馬亞尼亞 (Maeonia) 的人民。因家道貧寒，投身漁界，航行海洋，漸漸學會了由觀察星辰而把舵的技藝，遂成了漁船上一名舵夫。有一回，他們的漁船，停在帝亞 (Dia) 島的岸邊，派人上岸汲取新鮮淡水。他們回船時，帶回了一個沈睡於岸邊的美少年。船中水手們斷定這美少年一定是屬於貴族門閥，想拘留他以備換取巨量贖款。但舵夫猜疑這少年乃是神明之化形，懇求同人好好送他回到岸上，不可加以褻瀆。惟水手們貪於獲利，不但不聽舵夫的勸告，反嗔怪他不該多嘴，他們將那美少年擲在甲板上，竟揚帆向海中駛去。

誰知這個少年正是酒神，他從睡夢中遽然醒來，茫然不知所以，詢問船員們意欲何爲？又問他們準備帶他到什麼地方去？一個水手答他道：『少年，你不必驚駭，告訴我們你將何往？我們便可以把你送到那兒。』少年說道：『我的家在那克梭斯 (Naxos)，請送我到那裏，我將重重酬謝你們。』他們假意應允，但並不航向那克梭斯而取道向埃及進發，想把這少年賣到埃及爲奴。

酒神向海中一望，便哭泣起來，說道：『遠處的島嶼，並不是我的家鄉，你們欺騙一個可憐的孩子，是很不光榮的事呀！』舵夫聽見少年這麼說，也爲之傷心而泣，而那些水手見他倆光景，反鬨然大笑，加緊把船向埃及駛去。

但那隻船忽然在海中心停住，竟如固著於陸地一般，船員們驚訝之至，極力搖槳，極力扯帆，仍然絲毫開它不動，因爲不知何來的長春藤，將槳和帆都纏繞滿了，那藤上都帶著一球球沈重的漿果，又有葡萄藤結著一串一串碩大香美的葡萄，蔓延到桅竿上，並緣滿船的兩邊。笛聲悠揚而起，酒香噴薄四溢，酒神立於船之中央，頭戴一葡萄葉所編成之圈，而手中則挺一矛，矛上也繞滿藤蘿之屬。脚下蹲一虎，又有山貓及班豹，在其周圍跳躍嬉戲。所有船員都被罰變爲海豚(Dolphin)環舟而游泳。二十個船員之中，只有舵夫獨自存在。酒神對他說：『不必駭怕，只把船向那克梭司直航去罷！』舵夫依從其言。當他們到達該地，便建立祭壇，而推行酒神的祭典。

(另一說，當盜船中了酒神的法術，停在海中時，酒神化身爲一巨獅，向水手們怒目猙獰而視，並大聲吼叫。水手們嚇得亂跌亂撞，一齊躲到舵夫的腋下，想託他的蔭庇。那巨獅一躍撲來，將船主抓住，撕爲碎片，水手們爲避免其襲擊，紛紛自船舷邊投入海中，遂都變爲海豚。海豚與人類特親，其故在此。)

當那個俘囚敍說至此，國王已聽得不耐煩，命令他不要再說下去，叫人帶他出去，處以死刑。但那犯人獲酒神之陰助，繩索自解，且忽然隱形不見，國王對之，竟無可如何。

同時，底彼斯城外的西泰隆（Cithoeron）山爲崇拜酒神的民衆所擁塞，喧呼之聲，簡直驚天動地。國王聽了，怒氣塡胸，不可遏止，疾趨入山，穿進森林，達一廣大之空場，則有一爲無數婦女正在擧行一種秘密祭典。國王隱身樹上，思欲從容覘其究竟，不意竟爲那些婦女們所瞥見。那些婦女中，有國王的母親阿蓋夫(Agove)及國王之姊妹亞杜諾（Autonoe）和伊諾（Ino），她們錯把國王當做一匹野熊，由國王的母親領頭，一擁而前，將王從樹上扯下來，將他一頓撕擘，成爲碎片。王母還大聲呼喊道：『勝利！勝利！光榮是屬於我們的！』直等到她從瘋狂中清醒過來，才明白她自己幹了什麼事。

酒神又因腓利齊亞（Phrygia）的國王默多（Midas）寬待他的教師及良友西勒紐士（Silenus）賜王以觸物成金之指，以酬其德。但默多王得到那神異手指以後，觸處成爲燦爛的黃金，無法飲食與睡覺，因而感到非常的窘困，要求酒神取回他的特惠。酒神令其洗手於里底亞（Lydia）的白克都拉司（Pactolus）河而始恢復原狀。河中之有金沙自此時始。這故事也非常有趣，但本文姑不詳述。在希臘英雄傳說中，酒神曾與被底索士（Theseus）所遺棄於荒島的美麗公主阿麗安（Ariadne）結婚。尚有許多關於他的零星故事及穿插情節，現在也一概從略。

（二）山鬼與酒神的對照

我們現在請先把這首歌的題目『山鬼』二字，略爲討論一下。山鬼者，山中之鬼也。這個鬼字，我假定它有兩種解釋：

(一)鬼魅，鬼怪之鬼　這個鬼字所含的意義是不大好的，是中國所謂凶惡暴戾，精靈鬼怪之流。『山鬼』的歌主是個美少年，是顚倒一世的酒神，當然非鬼魅鬼怪之比。屈原寫作文章的態度，謹嚴無比，下字造句，可說是絲毫不苟，何以竟以鬼稱這位可愛的神，而不嫌其唐突呢？但我們研究希臘酒神團體組成的份子，才知屈原用『山鬼』二字爲題也是經過仔細斟酌而來的。原來酒神狄亞儀蘇士雖爲一風流瀟灑、秀美非凡的青年神道，而他的隨從部隊，却是一大羣奇形怪狀的木魅花妖，山靈水怪。他自離母胎，卽由風神赫梅士送到儀利山，交給 Nymphs 爲之乳哺撫養。希臘古代相信 Nymphs 爲較爲低級的神，山林水澤，到處有之。卽草木花卉之間亦有之。有男有女，有醜有俊，但隨從酒神者則都爲男性而貌醜者。其次爲盤恩(Pan)，本屬山林之神，亦爲牧神，有一個時代，他的地位極爲尊貴，可說是萬神領袖。今英法文中『萬神敎義』(Pantheism) 卽由此而來。又羅馬『萬神廟』(Pantheon) 亦導源於此。但在酒神祭典最爲盛行的時代，他的地位却並不高，無非爲酒神侍從之一。盤恩的容貌是有名獰醜的，普通爲多髯的，筋肉突兀的老人形，頭有羊角，兩耳尖竪，腰以下則長毛毿毿，兩隻羊蹄。又次爲山魈 (Satyr) 拖著一條馬尾巴，形狀皆奇怪可笑。山魈的領袖爲西勒紐士(Silenus)，相傳爲盤恩之子。他爲酒神幼年的敎師，其後成爲酒神最親密的朋友，最忠實的侶伴。他富於智慧，又善作預言，且擅音樂之天才。但其形狀則極滑稽，蓬著頭髮，大肚皮，年旣老耄，又終日酩酊於醉鄉。他的各種醉態，爲希臘古代雕刻繪畫最受寵的題材。蘇格拉底貌陋而多智，故柏拉圖於其『一夕話』中，比之爲西勒紐士。除此以外，還有許多精靈，形狀沒有一個不奇怪的。他們組成了一個很大的部隊，跟著酒神，巡遊世界各地。

所以王逸、洪興祖、朱熹等說山鬼爲『夔』，爲『梟陽』，爲『罔兩』，『罔象』，若指酒神整個團體而言，倒也算給他們猜中了一半。不過他們係照山鬼二字作字面的解釋，並不知其內容的實際，雖然猜中，也不足爲貴。

(二) 鬼字指神而言　鬼字早見於甲骨文，有所謂『鬼方』之國名。又商代帝王武丁常有貞夢鬼怪之文，如『癸未卜，王，貞鬼夢，余勿禦。』『丁未卜，王貞多鬼夢，亡未艱。』『庚辰卜，貞多鬼夢，不至禍。』鬼夢，近人丁山謂爲可畏之夢，卽周禮所占之『懼夢』，丁先生此說我認爲有相當理由，想卽是後代所謂『夢魘』，多由消化不良而起。或夢見鬼怪，驚怖而醒，疑爲不祥之預兆，所以要召太史官爲之占卜。這種鬼字的意義當然是屬於陰暗方面的。

但中國古書中與『神』字聯用之『鬼』字，則多屬光明面，含有極可崇敬的意義。創造宇宙，亭毒羣倫，本是造物主的工程，但照中國古書所說，則鬼也曾經參加其間。易繫辭上『是故知鬼神之情狀，與天地相似』，中庸言『鬼神之德，體物而不可遺』，據孔穎達的解釋，則謂『鬼神之道，生養萬物，無不周遍，而不有所遺，言萬物無不以鬼神之氣生也。』易繫辭言鬼神之情狀，與天地相似，亦指其能生萬物而言，與中庸之說正可互相發明。我們這萬物之靈的人類，原是造物主的傑作，但照中國古籍說來，鬼也從中湊了一手。禮記禮運『故人者，其天地之德，陰陽之交，鬼神之會，五行之秀氣也。』造物主無形像，故詩大雅文王『上天之載，無聲無臭。』中庸『上天之載，無聲無臭至矣。』然而鬼亦無形像，中庸『鬼神之爲德，其盛矣乎？視之而弗見，聽之而弗聞，使天下之人，齊明盛服，以承祭祀，洋洋乎如在其上，如在其左右。』鬼與神同享人類的祭祀，故禮記有『鬼神弗饗也』『鬼神得其饗』『鬼神饗德』諸文。鬼與神又同操賞罰之權，故易經有『鬼神害盈而福謙』，左傳有『鬼神而助之』、『鬼神弗赦』諸文。這樣的鬼，當然不是那『人死爲鬼』或『鬼者歸也』的鬼，而是僅次於造物主一等的靈物了。我們再看墨子對於鬼的觀念，則他以天代表天帝，天之下則爲鬼神，天志篇說堯舜禹湯之得賞，是因他們『上尊天，中事鬼神，下愛人。』桀紂幽厲之得罰，是因爲他們『上詬天，中諾鬼神，下賊人。』墨子亦謂鬼神操賞罰之權，明鬼篇『民之爲淫暴寇亂盜賊……此其故何以然也？』則皆以疑惑鬼神之有與無之別，不明乎鬼神之能賞賢而罰暴也。公孟篇『先生以鬼神爲明，能爲禍福，爲善者賞之，爲不善者罰之。』鬼神旣具如許權能，故墨子的宗教，『尊天』同時也要『明鬼』，鬼在墨子宗教中，其階級等於天帝以下諸神，昭昭然了。

據學者的考證，酒神本淵源於小亞細亞之腓力齊亞 (Phrygia) 及太勒斯 (Thrace) 一帶地方。酒神在腓力齊亞語中稱爲「Diounsis」。腓太語系屬於偉洛 (Wiro) 語系，與希臘語極爲接近。「Diou」在腓語中卽係『天神』(Sky-god)，酒神的名字到了希臘的文字中成爲狄亞儀蘇士(Dionysus)，這字前半部(Dio)爲天神，後半部(Nysus)等於(Nyso)，就是說他是『儀山之神。』

中國古代用以稱天神的『帝』、『天』字之發音及字形與古巴比倫相似，而希伯萊、印度（梵文）、波斯、希臘、羅馬，及今日之拉丁民族如法、義等國稱天帝字之發音，開頭都帶一個D字字母，可以證明它們是同出一源。近代中外學者早有討論，現在不必再爲引證。但這個帶有（Dio）或（Diou）的字在中國除了『帝』『天』二字譯音以外，尙有一『狄』字，我們不可不加之注意。戰國策魏策『昔者帝女令儀狄作酒而美，進之禹，禹飮而甘之，遂疏儀狄，絕旨酒，曰：後世必有以酒亡其國者。』中國遂以始造酒者爲儀狄。筆者認爲這個儀狄，就是希臘的狄亞儀蘇士。『儀』爲儀山，『狄』爲（Dio）之譯音，與帝字係一音之轉，其義爲天神。於是我又聯想到秦始皇鑄造十二金人之事。這種金人，又名金狄。張衡賦『高門有閌，列坐金狄。』金狄卽係始皇所鑄造之金人。金狄之狄字當卽是外方傳來神字之音譯。始皇鑄造時卽有此種稱呼，到漢時尙傳誦人口，故張衡寫入其賦中。然則漢書五行志，記始皇十二金人『皆夷狄服』，又始皇夢見十二個長大的夷狄人，遂鑄其像諸說，又將作何解說？我則以爲這些話皆由不解狄字爲音譯，附會而起。且始皇所鑄本爲外國傳來之神，其服裝異於中國，固亦無怪。漢武帝時霍去病討匈奴，得休屠王所祭金人之神，遂載之歸國，漢武帝將它們供之甘泉宮。這類金人經後世考證，卽是佛像。始皇所鑄，與此雖非一類，然爲外國之神則一。總之，我們謂始皇鑄造金神之像置之宮庭，比說他鑄造夷狄之像，置之宮庭，有意義得多了。——宋徽宗崇道教，貶佛爲金狄，誰知貶之適所以尊之，這也算是中國宗教史有趣的插話之一吧。

酒神狄亞儀蘇士爲儀利山之神，長於深山之中，育於山林諸神之手，其師保，其侍從，無一非山川林壑之神。他的祭典，又須擧行於高山之上，所以酒神一生與山總算結了不解之緣。古代鬼字既兼指神而言，則屈原用『山鬼』二字來表示酒神的定義，可謂巧不可階，題無剩義，比國策所譯的『儀狄』還要高出幾倍。因爲「儀狄」僅能代表酒神自己，而「山鬼」則連酒神的全部的部屬，都包括在內了。誰說我們的三閭大夫不是一位文字學的專家呢！

題目既解釋清楚，現在請逐節檢討歌詞。

此歌分爲七節，每節四句，惟第六節獨爲三句，必係脫落一句，應用方塊補足。每節皆說明一個意思，章法非常的整齊。歌詞爲『獨語體』，乃女性祭神之人，對神表白其思慕眷戀之情，含有極濃厚的『人神戀愛』的成份，與古代希臘等地的『酒神歌頌』情調宛然相似。

第一節

若有人兮山之阿，被薜荔兮帶女蘿，
旣含睇兮又宜笑，子慕予兮善窈窕。

酒神乃山神，故祭酒神必選擇高山峻嶺之境。神本不可見，惟信徒崇拜達於狂熱之時，精神恍惚，如醉如癡，則彷彿看見他在山阿出現。但神的形像，究竟是若隱若現，疑有疑無，所以用『若有人兮』四字。筆者在十餘年前，即曾主張秦風蒹葭爲祭祀水神之歌，故歌中之『伊人』——神——常有『宛在水中央』『宛在水之湄』光景迷離、捉摸不定之語，蓋與山鬼中之『若有』之人，同爲信徒昏迷時所見之『幻象』(Vision)，今日更自信這假定是有充分理由了。長春藤與葡萄蔓爲酒神必有之裝飾。他的頭髮照例要束以一圈葡萄葉或長春藤之冠。身上及所持之杖或矛類之武器，也照例緣滿這兩物。他的全部侍從的頭上身上手中也是少不了這兩物的。葡萄乃釀酒的主要原料，有人說酒神就是葡萄的象徵，所以葡萄成爲酒神的特別符號。希臘的雕刻與繪畫，表現酒神時，必有葡萄與長春藤之飾，即文學戲劇中之描寫，也不出這一套。今日殘存的希臘各邦如那克梭司 (Naxos) 如泰素司 (Thasos) 的古幣，其上所刻之像，雖爲一多髯之叟，但因其額際束有葡萄圈及長春藤之圈，所以考證家知其爲酒神。

酒神顯現靈蹟時，這兩種植物也爲不可少之點綴，上文所引幼里皮底斯所寫巴奇一劇，敍述酒神懲治推羅海盜之事，已見一斑。又希臘古代傳說，酒神巡遊到了婆阿替亞(Boitia)國，國王敏耶(Minyas)之諸公主獨不信其教義，並拒絕履行其祭典。當傾城士女出城去祭賽時，諸公主覺得無聊，惟閉戶飲泣而已。酒神化形爲一女郎，入宮勸公主也去參加，而遭其拒絕。酒神是照例不許人家拒絕他的恩惠的，即刻顯現他的權力，加她們以嚴罰。但見宮庭中紛紛籍籍，塞滿野獸及精靈，屋中所綴蜘蛛之網忽然變成到處伸張之葡萄藤蔓，又有不可見之樂隊奏起傖獰粗野的樂歌，且有無數狂呼叫囂之聲，洶洶有如狂風暴雨。諸公主驚怖之餘，立成瘋狂，奔走逃匿，皆被酒神罰變爲蝙蝠，使她們永遠飛舞於黑暗中。

屈原時代，傳入中國之酒神，頭上身上當然也纏着長春籐和葡萄蔓。但葡萄之實物及其譯音之名，於西漢張騫通西域時，始傳入中國。屈原僅聞酒神之傳說及見其畫像，當然叫不出那些籐蔓的名字，惟有以「薜荔」「女蘿」相代，無非取其皆屬籐科植物而已，這一點我們是應該對三閭大夫原諒的。

「含睇宜笑」乃所以形容酒神之美貌。較早之酒神刻像，所表現酒神爲多髯之翁，身著寬博之長袍，神情肅穆莊嚴，有似正在沉思中之哲學家，今梵蒂岡所收藏之 Sardanapalus 像，卽其一例。又如前文所舉那克梭司及泰索士古幣所鐫酒神側面像，及底彼斯陶器上的繪畫，都是雄偉而虯髯者。至紀元前第五世紀左右的酒神像，則變爲無鬚之俊美少年，他的俊美與太陽神阿波羅不同，與風神赫梅士也有別，大概他們都屬於男性美，而酒神則偏於女性美。他的像大都是四肢圓潤，肌膚纖柔，柔軟之秀髮，成爲細緻之蜷圈，逸出於葡萄葉冠以外，而披拂於雙眉。面部永遠浮漾着一種迷人的青春的美。今日巴黎魯渥爾美術館所收藏酒神刻像，大都如此。又那泊爾司(Naples)美術館所藏大理石浮雕的酒神像，帶有亞洲作風，渾身線條，皆似女性，其面目表情，則有如穆萊（Miüller）之所批評「他的容貌的表情，是非凡的混含一種陶醉的愉快和一種茫然的縹緲的悲哀」，至於各種有關酒神狀態的文藝作品，稱頌其美之如何如何，讀者自可覆按，此處不必詳爲引證。

「子慕予兮善窈窕」句中的「予」爲女信徒自稱之詞，「子」乃女信徒稱酒神之詞。古代多神教的人神之間，每易發生戀愛。屈原九歌除「東皇太一」「國殤」兩篇，尚無此項痕迹外，其餘諸篇，非男信徒對女神之愛慕，則女信徒對男神之眷懷。酒神爲男性之神，他也和希臘奧林四斯的大神一般，常與人間女郎戀愛。況且酒神的祭典更有和別的神不同的地方。別的神男女皆可奉祀，而酒神僅限於婦女及年青女郎，男子則在屏逐之列。這類參加酒神祭典的婦女們，於深夜集合於山阿，跳舞、吶喊、直陷於瘋狂的狀態中。見了山中野獸，她們也不怕，蜂擁而前，將其撕碎，作爲供獻酒神的犧牲品。或就把那些鮮血淋漓，尚在跳動的禽獸，生生吞下肚去。若有男人誤闖入她們的勢力範圍之內，也要遭遇這樣可悲的運命。上文所擧潘由士國王的故事，便是一例。而希臘著名歌者奧菲斯 (Orpheuse) 自失愛妻以後，鬱悶無聊，漫遊各地，亦因誤觸酒神祭典，碎身於瘋狂女信徒之手云。

希臘某城每年擧行盛大之酒神祭典，連續三天，百戲具陳，士女雜沓。第二日，執政王之夫人率領貴族婦女四十名，於神殿最深處之祭壇，擧行人神結婚之禮，儀節極其莊嚴繁重。因爲神殿中有一大理石碑，鐫刻這一條定律，非履行不可。這也可以證明「山鬼」歌中人神戀愛的成份。

第二節

乘赤豹兮從文狸，辛夷車兮結桂旗，

被石蘭兮帶杜衡，折芳馨兮遺所思。

豹與山貓乃酒神的愛寵，也可算是酒神的特徵。上文所引酒神在海盜船中所顯之靈蹟，已有敍述。又底索士故事，爲希臘英雄故事之一。克來特的公主阿麗安冒生命之危險，幫助底索士破其父彌諾王所建之迷宮，殺死牛頭大怪，與底索士偕逃至那克梭司（Naxos），其情人於其睡中竟棄之而逃。阿麗安一覺醒來，發現已身被遺於荒凉之島，不禁傷心大哭。忽聞有奇異之樂聲，如小鼓、鐃鈸、簫笛之屬，起於松林之後。旋見風流俊逸之青年酒神，身著斑爛之鹿皮，頭戴長春藤之花圈，乘雙豹所曳之車，由一大羣山魈水怪簇擁着，自林中轉出。他經過林中時，順手摘了一條綴滿朝顏花的長藤，纏在自己矛柄上；又順手將那銳利的矛頭，貫了一顆極大的松果。他走到阿麗安的身邊，聽了阿麗安的傾訴，說道：「底索士本該帶你到雅典去的，他酬謝你對他的輔助，至少也該把你作爲他的王后。不過他現在既然遺棄你，那也算了。我將贈你一頂冠冕，其美麗貴重，將超過世人所能給你的。」於是他把一頂九顆明星綴成的冠冕，戴在阿麗安的頭上，携她到了天宮。自此以後，阿麗安便成了天上星座之一，每於北方的天空，放射它煜煜的光芒。酒神的豹子，在希臘神話中以曳車或侍從爲常。今日英國大不列顛美術館收藏赫邱利(Hercules)婚禮圖的浮雕，遠道趕來參加婚禮的酒神，手持松果杖，坐在雙豹車上，前面一個女信徒，一手執鼓，一手柄一火炬，返顧而引導之。山鬼的歌主乘赤豹，乘者駕也。下文又言「辛夷之車」與希臘神話正合。但希臘一切酒神神話中，並沒有說明豹子是何顏色。今屈原「山鬼」乃點明其爲赤色，可爲希臘神話補缺，這不是極可珍的史料嗎？

酒神隨從諸獸中，除豹子常見外，又有「大山貓」(Lynx)，此物在歐洲亦甚罕見，爲哺乳類之貓屬，其眼極明銳，故眼光特銳者稱爲「具野貓眼者」，山鬼歌中之「文貍」即指此物。中國古代雖有貓，亦無貓字，但凡貓無論家畜或野生，皆以貍字代。莊子「騏驥驊騮，一日而馳千里，捕鼠不如狸甡」，韓非「使雞司夜，令貍執鼠，皆用其能；上乃無事」，所指皆爲家貓。周禮「若王大射，則以貍步張三侯」，射禮儀「諸侯以貍首爲節」，左傳「晳幘而衣貍製」所指似皆爲野貓。野貓種類甚多，大都爲灰褐色，亦有黃色黑斑，狀類小豹者。更有九節貍，黑褐色，而有白色之條文，狀甚美觀。屈原所稱「文貍」者當係指此類中國常見野貓而言，不必一定指希臘神話中之大山貓也。

桂爲希臘古代祭神重要之物，與靈匹斯諸神常御桂冠，桂且爲日神阿坡羅特有之植物。九歌東皇泰一「奠桂酒兮椒漿」，湘君「沛吾乘兮桂舟」「桂櫂兮蘭枻」，大司命「結桂枝兮延竚」，東君「援北斗兮酌桂漿」，這與希臘祭神傳統習慣，決不能說僅屬偶然的巧合。更可喜者，我們發現希臘酒神除長春藤葡萄蔓兩種特徵之外，桂也算得其特徵之一。他頭上有時所戴爲桂冠。人們參加酒神祭典的行列，也要戴桂冠或手握桂枝，象徵酒神啓發人「靈感的權能」(Power of inspiration)，所以山鬼歌中的「桂旗」並不是隨便寫來湊韻的。至「辛夷」「石蘭」「杜衡」

則無非香花香草之屬，酒神有時也採美豔馨香之花以自飾，如前文所引底索士故事，他採朝顏花自飾其矛，）便是一個小小佐證。「折芳馨兮遺所思」，言酒神以香花贈予其所愛之情人，與湘君「采芳洲兮杜若」「將以遺兮下女」，湘夫人「搴汀洲兮杜若，將以遺兮遠者」同意。

第三節

余處幽篁兮終不見天，路艱險兮獨後來，
表獨立兮山之上，雲容容兮而在下。

酒神秘密祭典，所謂「入社禮」(Initiation)者，必須婦女始能舉行，前面已有說明。這種祭典，又必須舉行於高山之頂。希臘有山曰帕爾那司 (Parnasse) 高達一萬一千四百餘尺，爲祀奉阿玻羅及文藝女神之場所，其後又改爲祀奉酒神之所。女信徒攀登此山之巔，行轟飲(Orgy)式之酒神祭儀，其他凡酒神教義所傳播之處，也都是如此。山鬼歌這節文字所描寫爲高山頂巔的景況，正是酒神女信徒置身之境。這一節當與第六第七兩節合併論之，始能知其所以。

第四節

杳冥冥兮羌晝晦，東風飄兮神靈雨，
留靈修兮憺忘歸，歲既晏兮孰華予？

「杳冥晦晝」所形容者乃高山峻嶺中雲氣迷漫的狀況，與第二句合觀，則爲風雨將至，天氣遽然變化的光景。但與第三第四兩句合觀，則仍與酒神祭典有着密切的關係，並非泛泛的描寫。酒神雖爲可以釀酒的葡萄之象徵，同時也爲一切園藝農植物的象徵。他是「春神」（Dieu printanier）又爲「花神」（Dieu fleuri），植物入冬則萎黃枯落，有似於死，交春則又欣欣向榮，有似死而復活。酒神雖淵源於小亞細亞，而其祭典傳播歐亞各洲，每到一地，則與當地民衆所崇奉的神祇混合，所以他的神格非常複雜。他很像埃及的太陽神及冥府之君奧賽里士（Osiris），又像腓尼基的安東尼（Adonis），又像印度的大自在天（Siva），他又曾與希臘的太陽神阿波羅（Apollo），冥府之君柏魯托（Pluto）混合。他的故事常常牽纏於地母逖迷脫兒（Demeter），而其妻阿麗安公主則常與狄迷脫兒之女卜賽芳合而爲一。這些神大都有死而復活之事，或與冥府發生關係，今略述於下：

我們請先論埃及的奧賽里士。我們都知道奧賽里士爲埃及太陽神，曾爲其惡弟所害而死，其屍被分爲十四塊，投擲於世界各地。其妻愛昔斯（Isis）遍遊天下，費了很多的勞力與時間，才覓得十三份，尙餘一份無法尋覓，乃用木仿造之而合葬於菲旁，是爲埃及第一個木乃伊。奧賽里士死後，遂成爲冥府之君。但埃及人相信人死後將來亦必復活，故於屍體之保存，特爲注意，奧賽里士亦曾於其木乃伊而復活，每年皆有盛大之慶祝典禮。

次請論腓尼基的安東尼。安東尼爲春之神，爲妖魔愛東（Adon）所害而死。其妻亞絲旦特（Astarte）月神也，爲舉行葬儀，然安東尼在一定之時期亦必復活。腓尼基本爲航海營商的民族，其宗教易於傳播各地，他的故事也曾傳到希臘。到了希臘以後，卽成爲愛神阿弗羅蒂德（Aphrodite）之夫，行獵時爲野猪所咬而死，愛神痛不欲生，入冥府將其覓得，但冥府之后卜賽芳也愛上了他，僅允每年放安東尼還陽四個月，餘下四個月，留冥府與卜賽芳相聚，還有四個月，則聽安東尼自由支配。這安東尼回陽間的四個月，便是春夏兩季，植物茂盛之時，所以安東尼是春神，是植物的象徵。

至於地母狄迷脫兒的故事，在希臘神話中最爲我們所熟知了。地母有愛女曰卜賽芳（Persephone）與女伴嬉於林中，爲冥府君王柏魯托刼奪而去，成爲其后。地母自失愛女，廢寢忘餐，各處搜求，最後才知愛女落於地府，但無法請冥君放回，乃求天帝宙士說情，天帝亦表示愛莫能助。地母憤極，使大地一切草木皆不復生，河流成爲乾涸，沃壤變成瘠土，釀成極大的災荒，人民牲畜，飢死者甚衆。天帝不得已，乃命冥君每年放卜賽芳回到陽間六個月，承歡其母膝下，其餘六個月，則仍留冥府爲后。她回陽是象徵春夏之來到人間，返陰則象徵時令之入於秋冬。這個故事與上文所述，大約是同一源流之衍變。筆者並不敢武斷世界宗教同出一源，無非想證明宗教傳流各地，易於彼此傳會與糅雜的這一樁事實而已。

酒神在荷馬史詩伊里亞特第六章，曾與杜尼國王李戈歌（Lycourgos）戰鬪。酒神戰敗，被旋飆捲入海中。神話學者論此爲春與多戰之象徵。Lycourgos 這個字的字根爲 Lycurgue，義爲光明之掩蔽及沈霾者，就是嚴寒之氣候及凛冽之狂飈，戕殺自然界之一切植物的現象。酒神戰敗之後，跌入海中，被海神挖去雙眼，久之始獲救而返天庭，目亦復明。神話學者論此乃夏季烈日之光至冬而失色，必至春乃得恢復其強烈光芒之象徵。

希臘史家希羅多德（Herodote）曾紀述公元前六百餘年間祭祀酒神情況，極與埃及奧賽里士、腓尼基安東尼相似。當時尙有「酒神的熱情」（La possion de Dionysos）之說，酒神本爲歡樂之神，至是變爲痛苦。他以他的痛苦，卽以他的悲哀與死亡，爲人類犧牲，嬴得他不朽的光榮。他到冬天便入於地下黑暗之中，至春乃復返人間。所以酒神也有死亡及復活的故事與祭典。

在臺爾非（Delphes）阿坡羅預言祭壇——等於中國之神籤、神爻——之畔，居然有酒神的墳墓。臺爾非本爲專祀阿坡羅的聖地，但在冬季三個月中，則正如希臘詩人白留丹克（Plutacque）所記：「那時候阿坡羅的頌歌(Le pean)沉默了，到處洋溢的是酒神的禮讚（Dithyrambe）。」酒神的女信徒們，有一派名爲 Bacchantes，有一派名爲 Thyiodes。前者那一派每二年一度在帕爾那司(Parnasse)山巔，後者每三年一度在 Cithron 海口，轟飲以祀酒神，並漫游於深山窮谷，密林幽篠之間，千呼萬喚，以祈請酒神之復返人世。故酒神亦稱爲「死神與宇宙生命之神」（le Dieu de la mort et de la vie Universelles）。

酒神之妻阿麗安公主初與底索士私逃到那克梭司島，因在睡眠中而爲情人所棄。但在某種傳說中，則謂阿麗安到那克梭司，並非睡眠，竟爲死亡，酒神入地府將其救出娶以爲妻。據白留丹克（Plutarque）的「底索士傳」說，他倆結合之日，有專名曰：Stophylos 爲性質相反之兩個節日組成，一爲悲哀與持喪之節日，所以紀念阿麗安之死，一爲快樂與歡呼之節日，所以紀念阿麗安之復生。這種生與死之循環，亦卽所以象徵春與多之循環。在這種節期中，阿麗安的性質與卜賽芳的性質完全相似。因酒神與卜賽芳有這樣的關係，所以他有時被傳爲天帝宙士與地母狄迷脫兒結合所生之子。有時又說是宙士與卜賽芳結合所生。

山鬼歌中「留靈修兮憺忘歸」係指酒神像卜賽芳一般，一年之中有六個月留於地府之事。「靈修」當指地府君王柏魯托而言。修者，長也，言其爲長人也。柏魯托爲時間大神(God of time)克洛紐司(Cronus)所生男女六人之一，與天帝宙士、天后希拉、海王普賽頓、地母狄迷脫兒爲姊妹兄弟行。他們本來都屬於「巨人」(Giant)的族類。柏魯托軀幹之修長，卽在但丁神曲中尙有殘餘痕迹可覓。你看他地獄曲第七節不有這樣描寫嗎？他說「那個暴躁巨人柏魯托，聽了魏吉爾的警責，就頹然倒地」，「像檣桅突然中斷，帆布卸落下來」，一個人的身體像檣桅一般，那還不是很修長的嗎？

「修」字交代過了，現在請來解釋「靈」字。古代對於鬼神雖一體尊崇，但嚴格說來，則神多屬於陽，而鬼則多屬於陰。故禮記郊特牲「鬼神陰陽也……魂氣歸於天，形魄歸於地，故祭求諸陰陽之義也。殷人先求諸陽，周人先求諸陰。」大戴禮「陽之精氣曰神，陰之精氣曰靈，」雖爲漢人語，而亦本之前人之說。後人以靈代表死人之魂魄如「英靈」、「靈爽」、「其鬼不靈」，又以爲一切死人物之形容詞，如「靈牀」、「靈柩」、「靈几」、「靈旛」，這些話漢時便已有了，想必有其古遠的傳統。屈原因聞冥府之君乃係巨人，故以「靈修」二字譯之，無非言其爲修長之鬼王罷了。——或此二字乃當時對冥王流行的譯法，並非屈原特創，惜先秦古書亡佚者太多，除了楚辭，竟難於別尋旁證了——至於離騷中之「靈修」則或係借以影射楚懷王，與山鬼中之靈修，略有分別。

酒神與巨人之關係，在古代某地酒神傳說中，亦有若干血脈相通之處。這故事敍述當酒神尚在幼小時，他的兄弟們的巨靈族（Titans）人，故意拿一個玩具誘引他，而將其擒去，撕碎，將其殘肌碎骨納一大釜中烹熟。但尚有一段肢體，巨靈們忘納釜中。女神雅典娜卽就此肢體中取出酒神尚在跳動之心肝，而奉於天帝，天帝卽就此心肝使酒神復生。這顆心便是酒神全部身體再造的根蒂。也可以說宇宙全生命的象徵，可以說是「宇宙之魂」（Lame universell），它周轉於萬彙之中，注萬彙以生命。大自然表面的敗壞，也無非是生命的潛移默化，與改造及剝復消長之機運而已。這個故事也是春冬循環的象徵。但致他於死亡者乃爲巨靈，這一點倒值得注意。

「歲既晏兮孰華予」「予」亦爲女信徒自稱之詞。酒神祭典，普通舉行於冬季十一月間，正爲「歲晏」之時。女信徒熱望酒神之速返人間，所以故意作爲怨懟之詞道：歲暮天寒，草木零悴，我們雖想採百花以自妝飾也不可得，神啊，你淹留冥府爲什麼竟憺然忘歸呢？

歲暮之時，當無東風，故「東風飄兮神靈雨」，王逸本註「飄一作飄飄」，朱熹集註本註：「一無東字而再有飄字」，則此句當作「風飄飄兮神靈雨」，但卽作「東風」亦無不可。因爲酒神之復活，原在春時。在阿替克（Attique）地方，每年於二月底，祭祀酒神，那個節期名曰：Ant hes teries，以希臘語譯之，卽爲「花節」(Les fêtes fleuries)，這個節期舉行時，連續三天，隆重非常。山鬼歌中的女信徒於冬季山中盼望酒神之歸，見飄風送雨，認爲酒神已挾東風與潤澤之雨水(東風與雨水，乃植物萌生所必需者)而來，所以稱之爲「神靈之雨」，後來又覺悟其非，遂又有「久留不歸」之怨，這都無非表示她們盼望過切時認識的錯誤，或精神恍惚時的忽怨忽喜的口吻而已。

第五節

采三秀兮於山間，石磊磊兮葛蔓蔓，
怨公子兮悵忘歸，君思我兮不得閒。

王逸註「三秀，謂芝草也」，洪興祖補註「爾雅茵芝注云：『一歲三華，瑞草也』……思玄賦云：『冀一年之三秀』，近時王令逢原作藏芝賦序云：『離騷九歌，自詩人所紀之外，地所常產，目所同識之草盡之矣，而芝復獨遺。說者遂以九歌之三秀爲芝，予以其不明。又其辭曰，適山而采之，芝非獨山草，蓋未足據信也。』余按本草引五芝經云：『皆以五色，生於五岳。』又淮南云：『紫芝生於山而不能生於磐石之上』，則芝正生於山間耳。逢原之說，豈其然乎？」按芝之爲物，乃屬菌類，它只能生於朽木之上，而不像其他草木之生於山中，王逢原之所疑，原亦不錯，但山中也有朽木，則芝亦可生於山中，卽洪興祖之所駁，也有道理。不過照筆者的觀察，王洪二公根本沒有認清三秀究屬何物，這場官司，算是白打了。芝乃隱花植物，豈能三歲三華？筆者認爲這個「三秀」，並非指「一歲三華」的瑞芝，其實是「Thyrsus」那個字的譯音。這個字照希臘文（原文排印不便，從略）的音讀，與中國「三秀」兩字的音讀，極其相近，即衍變而爲今日的英法語，其發音與二千年前的中國的「三秀」兩字的音讀，也還差不了多少，若問這個Thyrsus究竟是什麼？原來即是上文曾提到過的酒神和他隨從們及信徒們必携之一物，係以藤葛之類交纏而成，成爲杖狀，杖頂則貫以大松果一顆，名曰「酒神之杖」（Wand of Dionysus），這種杖乃係酒神特別的符號，正如風神赫梅士之雙蛇棒，愛神邱比特之弓，爲他們不可少的屬性之一。此句合下句「石磊磊兮葛蔓蔓」，看來則所采三秀，乃係藤葛之屬所做成，更可證明了。

「公子」指山鬼，亦指酒神。希臘酒神狄亞儀蘇士乃係天帝宙士之子，照理應稱爲「帝子」，但當戰國時傳入中國的酒神故事，究竟是小亞細亞的「原型」，或希臘印度的「變型」，我們不可得而知。即說是希臘直接傳入，則酒神在希臘傳說中，原說他是底彼斯公主賽梅麗所生，其外祖爲希臘神話中有名英雄喀德馬士，則屈原仿當時中國諸侯之子稱爲公子之例，稱酒神爲「公子」亦不爲過。「君思我兮不得閒」，據王逸註「言懷王時思念我，顧不肯以閒暇日，召己謀議也。」五臣註「君縱相思，爲小人在側，亦無暇召我也。」他們都以「閒」爲「閑暇」之閒，這是錯的。古時只有從月之閒，從日之間，乃後起之字。閒固作閑暇解，亦作罅隙解，如孟子「連得閒矣」亦作致隙解，書「時則勿有閒」即是「可乘的機會」而已。此歌「怨公子兮悵忘歸，君思我兮不得閒」，女信徒見酒神遲遲不歸，不勝失望而生其怨懟之情，但旋又爲之諒解曰：「你本來是愛戀我的，現在你之所以不肯回陽間與我相聚者，並不是爲的你忘了我——反之，你還是在想念着我——無非是因爲被冥府扣留，沒有可乘的脫身機會罷了。這種口吻，眞是纏綿曲折，繾綣、多情之至了！

第六節

山中人兮芳杜若，飲石泉兮蔭松柏，
□□□□□□□，君思我兮然疑作。

第七節

雷填填兮雨冥冥，猨啾啾兮又夜鳴，
風颯颯兮木蕭蕭，思公子兮徒離憂！

這兩節應與第三節合觀，前已預白。兩節文字所寫乃酒神女信徒在高山擧行秘密祭典時，所見山中景況。照幼里皮底名劇「巴奇」形容(Thyiades)那一派女信徒祭神時瘋狂之狀，實足驚人。劇中表現並敍述那些女信徒，爲神靈所充滿，所支配，好像獲得一種洋溢的生命和一種不可制服的力量，她們上山之後，像野鹿一般跳過懸瀑絕澗，奔跑於森林幽壑之間，大張着鼻孔，頭項仰到後背，散開的頭髮，隨風飄盪。她們像進到大自然內心的深處，又好像她們的生命，已與野獸山禽融成一片。她們以蛇爲髮圈，解懷以乳小山羊和小乳狼。她們用手中所携的「三秀」杖，遍敲崖石，以圖從石間敲出美酒和芳乳的泉源。見了禽獸，便活剝生吞，見了人也如法泡製。她們口口聲聲喊着她們親愛的酒神，請他速速回來。她們的神經到最後完全失去常態。她們有一個專名叫做 Menades，就是瘋狂的酒神女祭司的意思。這時候她們都成爲 Menadesmo 了。

希臘古籍又有一段關於酒神女信徒的描寫。謂酒神携帶其希臘和野蠻人混合而成的部隊，一路巡遊，經里底 (Lydie) 腓力齊亞、波斯、大夏、阿拉伯、小亞細亞沿海一帶，而達於底彼斯。他的歌詠隊完全由婦女組成。她們的靈魂興奮至於瘋狂，她們的行動雜亂無章，她們的叫喊野蠻可怕，她們的音樂是銅鐃銅鈸，和着凄厲刺耳的簫笛，喧闐而成爲一片。她們頭戴桂冠，或長春藤、橡葉、或綴滿鮮葩的土茯苓圈，肩間披着野鹿皮，一手拿着松果杖，一手拿着火把，照耀於黑暗之中，漫無方向的向前進行。她們將自己完全貢獻給神，跟着這位不可見的神走。山鬼歌第三節中所描寫那些女信徒入山以後，處於不見天日之幽篁之中，又爬上艱難危險的山路，而達於山巔。當其上了山巔以後，下望山底，雲氣溶溶一白，不禁感覺己身所處之高，所以有「表獨立兮山之上」之語。「山中人兮芳杜若，飲石泉兮蔭松柏」兩句，係描寫信徒們山中生活。照幼里皮底「巴奇」劇中所寫，女信徒們一心夢想那滿身綴着香花香草的酒神之降臨，所以仰着胸，張開鼻孔，拚命去聞嗅那想像中辛烈的香味，同時參加酒神祭典的人們，照例身上頭上也是滿綴藤蔓與鮮花的。「山中人」係信徒們自指，「芳杜若」可以說是想像，也可以說是實際。她們入山以後，要生活好一些時日，當然只有掬石泉以飲，蔭松柏而棲了。「雷塡塡」、「雨冥冥」、「猨啾啾」、「風颯颯」、「木蕭蕭」也無非是高山深谷的自然景象。「又夜鳴」的「又」一作「狖」（余救反），猨屬。這些描寫與幼里皮底的「巴奇」都宛然如出一轍，難道戰國時「巴奇」的名劇已傳入中國麼？這眞叫人懷疑煞了！

我說屈原山鬼的歌主，卽係酒神狄亞儀蘇士，卽成見甚深的人，讀了我這許多解釋比勘之辭，想也不能不相對地加以承認了。現在我們所要問者這位酒神究竟是由希臘直接傳入？還是由於印度間接傳入？或者竟由他的原來誕生地小亞細亞傳入？關於這個問題，我們現在尙不能得到肯定的答案。據一般神話學家的研究，酒神在希臘神話中，雖爲一位重要的神，但他並非希臘本土所產。荷馬史詩於奧林匹司諸神都有極詳盡的介紹，而於酒神，則甚簡略，所以我們可以相信酒神對於希臘也是一位外來的神。照希臘神話說他是天帝宙士與底彼斯公主賽梅麗戀愛所生之子，那麼酒神可算是底彼斯人。但神話終歸是神話，我們當然不能信以爲眞。照荷馬史詩，酒神曾與太勒斯（Thrace）的英雄李戈歌戰鬪，吃了那英雄的大虧，故又有疑酒神爲太勒斯原有之神者。不過史詩與神話之相去，咫尺之間耳，我們當然也不能據此以爲定論。但酒神實係淵源於小亞細亞的腓里齊亞（Phrygia）與太勒斯之間。他的名字 Dionysus 卽淵源於腓太語的Diounsis，前文已曾解說。他的母親賽梅麗在希臘神話中雖變爲底彼斯的公主，而在腓里齊亞則爲大地女神，地位之崇高與希臘地母狄迷脫兒無異。他是儀山之神。這個儀山希臘人說在希境之內，然阿拉伯、非洲、埃及、巴比倫、印度、及里比亞（Libya）、里底亞（Lydia）、馬色杜尼亞（Macedonia）、那克梭司（Naxos）、西里亞（Syria）都有與酒神有關的儀山的存在。這種山當然都是虛無縹緲的神話中的仙山，但那個地方若沒有根深蒂固的酒神崇拜，則山名也不會發生的，這就可見酒神祭典傳播之廣。神話學者都主張酒神是亞洲產品，由亞傳歐。因爲希臘諸神的作風與酒神截然不同，他那種喧譁混亂，瘋顛胡鬧的行徑，確可使富於理智、頭腦冷靜的希臘人爲之失色，無怪希臘神話說他所到之處，希臘各邦的君王都要以閉門羹相餉了。德國哲學家尼采分人類精神爲兩種：一是阿坡羅的，一是狄亞儀蘇士的，前者靜而後者動，前者冷而後者熱，前者旁觀而後者表演。（見朱光潛先生談修養第十一篇）也可表示酒神與希臘傳統的神的觀念不同之處。

亞歷山大東征至印度，印度某山國或城鎮，其名爲儀刹，國中有一高山祀酒神，其祭祀酒神之慶典與希臘無異。故亞歷山大的將士們認他們的酒神遊歷曾到印度，所以留下這麼一個遺跡，遂將印度認爲他們第二家鄉，樂而忘歸。神話學者據此遂有謂酒神乃由印度傳入希臘者。亦有謂印度此城鎮人民之祖先，本由歐洲移殖而來，故將酒神祭典携以俱來，亦無確證。又印度大自在天（Siva）甚富於希臘酒神成份，想酒神祭典在印度達於極盛時代與之混合者。將來若材料湊手當再寫一篇「酒神在印度」，現在姑不深究。

總之，我們若說酒神狄亞儀蘇士的淵源甚古，他最初的祭典，發生於小亞細亞一帶，想總不會錯到那裏去。至於戰國時代，傳到中國，是波斯學者介紹之功，還是印度學者運輸之力，那只有將來再考了。

屈原九歌大司命本爲死神，但爲第八重天之主神，不爲大地之主。因酒神曾死過一次，故爲死神。又敎民栽種葡萄及各種有用植物爲大地之主，算是代表地球之神。故得列於九歌之內。

古人對於雷神的觀念

杜而未

一　雷神觀念與巫術圖騰

雷公墨、雷丹、雷楔、雷環，因和雷神慈善的意義相關，所以都是很好的護符。

正義的雷神，藉「雷公墨」幫助理直的人，唐朝沈既濟雷民傳說：

> 每大雷雨後，多於野中得黳石，謂之雷公墨，叩之鎗然，光瑩如漆。凡訟者投牒，必以雷墨雜常墨書之爲利。

又述雷楔說：

> 又如霹靂處或土木中得楔如斧者，謂之霹靂楔（註一），小兒佩帶，皆辟驚邪；孕婦磨服，爲催生藥必驗。

至少到宋朝時，雷斧和雷楔已有顯然的分別，沈括夢溪筆談說：「凡雷斧以銅鐵爲之，楔乃石耳，似斧而無孔。世傳雷州多雷，有雷祠在焉，其間多雷斧、雷楔。」雷書載雷碪、雷環、雷楔諸物甚詳（山海經海內東經吳注引）。

「安溪小兒有契雷公爲乾兒者，須以銀質牌打着雷公電母字樣，放於祭祀之上。將辭神焚燒金紙時，取起，在香爐上或金紙灰上繞了幾繞，才給小孩帶下。」（王成竹關於雷公電母，民俗週刊八十八、九合刊）這樣的銀牌，當就是雷書所說的雷環吧？

雷神和巫術的意義都在爲人有益的方面。

吳智甫知崇仁縣時，有一米倉爲雷火所焚，變成甕、魚、龜、鼈、蛾、蜂蝶和蚓蝗等形狀，有商客將此物取去，在盆中細研，用水調和，叫作雷丹。凡有禍疾的人服之卽愈（雷民傳）。

陸心源重刊宋版夷堅志丙卷六載一奇蹟：

吳人周擧，建炎元年自京師歸鄉里，時中國受兵所在，寇盜如織。擧遇星冠羽服人謂曰：「子明日當死於兵刃，能誦十字經，不唯免死，亦能解危延壽。」擧跪以請。云：「九天應元雷聲普化天尊十字是也。」拜而受之。明果遇盜，逼逐至林間，窘懼次，猛憶昨語，亟誦一聲，猶未絕口，雷聲大振，羣盜驚走，遂得脫。

現在我們看看雷神觀念和圖騰的意義。

雷神爲圖騰，在民族學上是少見的（註一），但河圖載感生神話，以爲伏羲之生與雷神有關：

大跡在雷澤，華胥履之而生伏羲（海內東經吳注引）。

又五帝本紀正義論黃帝說：

母曰附寶，之祁野，見大電繞北斗樞星，感而懷孕，二十四月而生黃帝於壽丘。

黃帝之生和雷電相關，而山海經海內經又說「黃帝妻雷祖」。都證明感生神話和雷電或雷神有關係。

但感生神話的意義，不過指廣義的圖騰，似沒有氏族圖騰的意指，不然的話，黃帝卽不可娶雷祖爲妻了，因二人都和雷的圖騰相關。但古代神話在今人看來已很渺茫。雷祖，五帝本紀作「嫘祖」，是否寫爲雷祖是受了嫁於黃帝的影響？無論如何，感生神話的圖騰意義，似仍偏重巫術方面。

正式的雷神圖騰的例子，可見於唐朝時代，雷民傳說：

（陳）義卽雷之諸孫。昔陳氏因雷雨晝冥，庭中得大卵，覆之數月，卵破，有嬰兒出焉。自後日有雷扣擊戶庭，入其室中，就於兒所，似若乳哺者。歲餘，兒能食，乃不復至。遂以爲己子。義卽卵中兒也。

山海經大荒南經：「有卵民之國，其民皆生卵。」郭注：「卽卵生也。」是上古已有卵生的神話，但陳氏庭中的大卵是什麼卵？可能是蛇卵，也可能是鳥卵，因雷神在神話中和蛇、鳥相關。

廣志繹說：「黎人之先雷，拜一蛇卵（註三），中爲女子，是生黎人，故云黎姥之山。」（大荒南經吳注引）圖書集成職方典瓊州府云：

「定安縣故老相傳，雷攝一蛇卵，在黎山中，生一女，號爲黎母，食山果爲糧，巢林木爲居。」

蛇卵生女，陳家的卵生男，所以不是蛇卵。

雷神來陳家「乳哺」小兒，爾雅釋鳥：「生哺鷇。」注：「鳥子須母食之。」可見來乳哺的是雷鳥。夏小正春正月：「雉震呴。」傳曰：「正月必雷，雷不必聞，惟雉爲必聞之。何以謂之？雷則雉震呴，相識以雷。」（見王筠夏小正正義）那麼，神話的雷鳥，似以雉爲根據（註四）。但孔雀也似和雷的神話相關，五侯鯖云：「孔雀出條支，又出滇南國，因雷而孕。」（海內經吳注引）

二　圖騰巫術以外的雷神

圖騰巫術以外的雷神據說是天神，蔡條鐵圍山叢談說：

五嶺之南，俚俗猶存。今南人喜祀雷神者，謂之天神。（廣東通志輿地略風俗引）

道藏洞眞部雷霆五樞有罪法懺雷神爲「普化天尊」（上引夷堅志同），格致鏡原引張七澤說：「白玉蟾謂陰陽之氣，結而成雷，有主之曰神霄眞王。」（鑄鼎餘聞引）

雷神就是天神，又可從「雷鼓」的用途看出來，周禮鼓人敍述六鼓說：

以雷鼓鼓神祀，以靈鼓鼓社祭，以路鼓鼓鬼享，以鼖鼓鼓軍事，以鼛鼓鼓役事，以晉鼓鼓金奏。

鄭注：雷鼓、八面鼓也，神祀、祀天神也；靈鼓、六面鼓也，社祭，祭地祇也；路鼓、四面鼓也，鬼享、享宗廟也。大鼓謂之鼖，鼖鼓長八尺；鼛鼓長丈二尺，晉鼓長六尺六寸。（註五）

「鬼享」的意義次於「社祭」，所以只用四面鼓，而「社祭」則用六面鼓；「社祭」的意義次於「神祀」，所以只用六面鼓，而「神祀」則用八面鼓，八面鼓即「雷鼓」，爲「祀天神」，可見雷神就是天神。

雷神和天神的關係，我們還可以從「庶女叫天」的故事看出來，淮南子覽冥訓說：

庶女叫天，雷電下擊，景公臺隕，支體傷折，海水天出。夫瞽師庶女，位賤尙葈，權輕飛羽，然而專精厲意，委務積神，上通九天，激厲至精，由此觀之，雖在壙虛幽間，遼遠隱匿，重襲石室，界障險阻，其無所逃之亦明矣。

高注：庶賤之女，齊之寡婦，無子，不嫁，事姑謹敕。姑無男有女，女利母財，令母嫁婦，婦益不肯，女殺母以誣寡婦，婦不能自明，寃結叫天，天爲作雷電，下擊景公之臺，毀景公之支體，海水爲之大溢出也。

「庶女叫天，雷電下擊。」和「天爲作雷電」，都證明雷神就是天神，沒有可疑的地方。

爲說明雷神爲天神，還有一個好例，述異記汚井雷擊條有一故事：

康熙癸酉，浙江大旱，河中絕水。烏鎭某氏家有一井，甚甘而有水，人取者衆，氏甚厭恨之。一日晨起，以便桶傾井中，取者不知，得水始覺其穢也。六月二十四日大雨震雷，擊死其婦。自十九歲孀居，今五十歲矣，平生持齋念佛，擊死時，素珠猶在手中，特以一念之惡，遭天譴耳。

自古以來，卽有不許「飮食人以不潔淨」的說法，論衡雷虛篇說：

飮食人以不潔淨，天怒，擊而殺之，隆隆之聲，天怒之音。

孀婦「特以一念之惡」，「天怒，擊而殺之。」天神是主持雷電者，所以就是雷神。

此外，尙有明言天神是主持雷電的記述，書金縢說：

秋大熟，未穫，天大雷電以風，禾盡偃，大木斯拔，邦人大恐。王與大夫盡弁，以啓金縢之書，乃得周公所自以爲功代武王之說。二公及王乃問諸史與百執事，對曰：「信，噫！公命，我勿敢言。」王執書以泣曰：「其勿穆卜！昔公勤勞王家，惟予冲人弗及知，今天動威以彰周公之德，惟朕小子其新逆（註六），我國家禮亦宜之。」王出郊，天乃雨，反風，禾則盡起。

「今天動威以彰周公之德」，所動的威就是可怕的雷電暴風，天神也是主持風雨的。

至於「秦二世元年，天無雲而雷。」「惠帝二年……時又多雷。」（漢書五行志）都暗示天不高興。

三　「敬天之怒」的心理

說到這裏，我們已看出來，在圖騰巫術意境中的雷神可以是仁慈的，實際上也就是仁慈的；不和圖騰巫術相關的雷神則是威赫的。「敬天之怒」（詩大雅生民）的心理，就是為對付威赫的雷神。

當然直接可怕的是「爗爗震電」（小雅節南山），但古人的心理，以為震電是天神懲罰的工具。他們怕震電毋寧是怕支配震電者，所以震電時卽戒愼恐懼起來。易震說：

震來虩虩，笑言啞啞，震驚百里，不喪匕鬯。象曰：震來虩虩，恐致福也；笑言啞啞，後有則也；震驚百里，驚遠而懼邇也。象曰：洊雷震，君子以恐懼修省。

恆象：雷風恆，君子以立不易方。

益象：風雨益君子，……見善則遷，有過則改。

敬天之怒的意義，亦見於論語鄉黨：

迅雷風烈必變。

禮記玉藻也說：

> 有疾風、迅雷、甚雨則必變，雖夜必興，衣服冠而坐。

雷在發聲的時候，應當「戒其容止」，淮南子時則訓敍述一種時則說：

> 先雷三日，振鐸以令於兆民曰：雷且發聲，有不戒其容止者，生子不備，必有凶災。

按禮記月令及呂氏春秋仲春紀亦有此文，高誘注仲春紀說：「有不戒愼容止者，以雷電合房室者，生子必有瘖、躄、通精、狂癡之疾，故曰不備，必有凶災。」

天是支配雷電者，我們已說過了，但不妨再本着「敬天之怒」的意義添上幾句話。說文對雷的介說如左：

> 雷、陰陽薄動，靁雨，生物者也。从雨畾，象回轉形。

只從雷字的介說，看不出天神的意思來，不如再看看說文的「神」字：

> 神、天神，引出萬物者也，从示申聲。

引是「開弓」的意思，引出萬物的是天神，這一點，可以從示、申二字看出來，示字古文作𠀚，意爲「天垂象，見吉凶，所以示人也。」「申、神也。」古文作𢏚。電字从雨从申，申就是電。足見申字一方面有電的意思，又一方面有天神的意思。從「神」字看來，天所垂的象就是電光。役使雷電的是天神，還有一個很好的旁證，「虹」字有一籀文爲𧉘，从申，虹和天神有關係，詩螮蝀：

> 螮蝀在東，莫之敢指。

正義：若指而視之，則似慢天之戒，不以淫為懼，故莫之敢指也。

淮南子天文訓也說：

虹蜺彗星，天之忌也。

為什麽虹蜺是天的禁忌？為什麽不許「指而視之」？因為不當「慢天之戒」，應當「以淫為懼」！在雷電時固然不可合房（見上文），平日也不可淫蕩，就是「敬天之怒」的一種良法。

又有為雷神持齋者，清嘉錄說：

自朔至誕日（六月二十四為雷神誕日）茹素者，謂之雷齋，郡人幾十之八九。屠門為之罷市。或有聞雷茹素者，雖當食之頃，一聞虺虺之聲，重御素餚，謂之接雷素。

雷齋原來是有根據的，易頤象說：「山下有雷，頤，君子以愼言語，節飲食。」雷民傳也說：「有以魚、豕肉同食者，立為霆震，皆敬而憚之。」「節飲食」和「重御素餚」，都是向雷神表示敬畏。

「敬天之怒」應當「有過則改，」這是古人的心理；仰不愧天的人，雖值「薄暮雷電」（楚辭天問）也沒有什麽憂懼。

「不畏雷」有方法嗎？「有鳥焉，其狀如梟，人面而一足，曰橐𩇯，多見夏蟄，服之不畏雷。」（山海經西山經羭次之山）正回之水，「其中多飛魚，其狀如豚而赤文，服之不畏雷。」（中次三經䰠山）這完全是神話，卽使事實上有這樣的鳥、魚，眞可以禦雷嗎？所以「不畏雷」

的切實方法，仍爲「敬天之怒。」

四　結　論

我們的結論是簡明的。古人對於雷神的觀念可分兩方面來看，一方面有圖騰巫術，一方面沒有圖騰巫術。與圖騰巫術混合的雷神是有形的、仁慈的、幫助人的。圖騰巫術以外的雷神是無形的、震怒的、公正的。公正的雷神，當然也是善神。

公正的雷神一味公正，所以他的慈善性幾乎完全被湮沒了，只好在圖騰巫術的意義下表現慈善。其實，慈善和公正是雷神的兩大特性，他的公正是基於他的慈善，他的慈善也基於他的公正。

主持雷電的是「天神」，所以說「敬天之怒」，但我們總覺得「天」和「天神」的意味有些不同，至少在本文研究的範圍是如此。周禮大宗伯說：「以禋祀祀昊天上帝，……以禋燎祀司中、司命、飌師、雨師。」「天」應是昊天上帝，「天神」當是飌師、雨師等。那麼，和圖騰巫術混合的雷神，似應和飌師、雨師並列；圖騰巫術以外的雷神當與昊天上帝相等。本文所引章句中，雷神指「天」又指「天神」，這又是將「天」和「天神」混合了。

「天」比「天神」的觀念更重要，同樣，圖騰巫術以外的雷神也更重要。

附　註

註一　雷楔的說法頗爲廣傳,可見於 Englad, Frankreich, Germanien, in ganz Nordeuropa, Estland, Lettland, Sibirien, Ostasien, China, Japan, Kambodscha, Burma, Assam, Nepal, Chota-Nagpur, Santal, Malakka, Philippinen, Borneo, Java, Flores, Neuguinea, auf den Solomon-Inseln, Afrika, Südamerika, Nordamerika, Westindien. (G. Holtker: Der Donnerkeilglaube vom stemzeitlichen Neuguinea aus gesehen. Acta Tropica I 1944 P30S.)

註二　山海經大荒東經以雷獸爲夔牛說：「東海中有流波山，入海七千里，其上有獸，狀如牛，蒼身而無角，一足，出入水則必風雨，其光如日月，其聲如雷，其名曰夔，黃帝得之，以其皮爲鼓，橛之以雷獸之骨，聲聞五百里，以威天下。」郭注：「雷獸卽雷神也。」按夔牛不過是雷神的象徵，並不是圖騰，因夔牛的皮可以爲鼓，鼓聲似雷。元史輿服志尙以「雷公」有「朱犢鼻」。

註三　蛇、龍的意境相關。山海經對於雷神尙有龍身人頭的說法，海內東經：「雷澤中有雷神，龍身而人頭。」淮南子墬形訓也本山海經說：「雷澤有神，龍身人頭。」神話以雷神爲牛獸牛人，這是神話尙正在演變。演變的意境既和雷「澤」相關，那麼，還有比向龍演變更理想的麼？但當時的雷神似乎人格化很深，所以「人頭」的成分一時尙不易去掉。

雷神的「人頭」是在山海經時代；似乎到了晉朝，纔失掉「人頭」的成分，所以干寶搜神記以「雷神頭如獼猴」，唐朝沈既濟雷民傳又以雷神爲「豕首鱗身」。

但自山海經時代以來，雷神觀念一方面取獸類象徵，一方面仍保存人格的意味，論衡雷虛篇述當時圖雷公者，「圖一人若力士之容」。

註四　據近人李崇威述，「雷子」的首面，宛如雞公（羅香林百越源流與文化一九〇頁引），安溪的雷公爲「雞母嘴」（王成竹）。據筆者昔日調查，北平九天宮中的雷神諸塑像有爲雞嘴者。和雷神相關的雞當是野雞。

註五　周禮大司樂鄭注引鄭司農說：「雷鼓、雷鼗皆謂六面……靈鼓、靈鼗四面，路鼓、路鼗兩面。」

註六　成王「新逆」周公，是周公尚未死，但後漢書周舉傳注引洪範五行傳以「周公死，成王不圖大禮，故天雷雨。」是五行傳解釋金縢，有與衆不同處。

銅鼓圖文與楚辭九歌

凌純聲

一

民國三十九年，著者在臺灣大學文史哲學報第一期發表記本校二銅鼓兼論銅鼓的起源及其分佈一文；文中根據中國歷史的和民族學的材料，來修正八十年來西洋學者對於銅鼓起源的學說。其中尤以法人 Goloubew 爲最有權威的學者，氏於一九三二年，遠東史前學會在河內所舉行的第一次會議上，宣讀其論文：銅鼓的起源與分佈，主張銅鼓的圖文與漢代銅器的紋樣相類，起源於東京南部與安南北部，當地山居的印度支那人，在紀元初受來自中國技工的影響而鑄造（註一）。著者的結論與氏不同，而以爲銅鼓是起源於長江中游的雲夢大澤及其四周之地，爲古代印度尼西安人，中國史書稱之爲濮越或獠越所創製，時代應在紀元之前，可能早至第六世紀。銅鼓在中國南部出土之多與分佈之廣，遠過於東京、安南之間的一區域。前文發表之後，日人和田傳德氏對於獠是古印度尼西安人的假定，尚持懷疑態度（史學二十四卷四號，一九五一）。法人 Gaspardone 說著者沒有注意到花紋 (Journal Asiatique, Paris, t. 239)，恐氏未曾細讀拙著，著者在文中結語謂：「由銅鼓的地理分佈而推斷其起源地在雲夢大澤，因受時間和篇幅的限制，在本文中僅提出了問題，而略加說明，詳細討論，擬在另題銅鼓製作的年代和文樣的解釋中續論之」。所以本文現在的工作是前文之續，是以楚辭的九歌和現在民族學的材料，來解釋銅鼓文樣而略及製作的年代，覺得前擬題目欠妥，故將題文改爲銅鼓圖文與楚辭九歌。

銅鼓上圖文可分圖畫和圖案兩類，Heger（註二）氏在其鉅著東南亞古代金屬鼓書中，將一百四十具銅鼓的圖案詳細研究，對於東南亞圖形藝術，貢獻甚多。但銅鼓上的圖畫，自 Heger 以後，又經 Parmentier（註三），Goloubew（註四），Heine-Geldern（註五），Karlgren（註六），Callenfels（註七）諸氏的研究，直至今日尚無能使人滿意的解釋。依 Heger 的分類，共分銅鼓爲四式，其中以第一式爲最古，而第一式中又以銅鼓的鼓面和鼓身上有人物圖畫的爲最原始的型式。這類的銅鼓傳世的現有四個：猛地銅鼓（Muong drum 又名 Moulié drum 圖一），雲南銅鼓（又名 Gillet drum 或 Vienna drum, 此鼓據 Heger 的描寫與前鼓很相似），玉侶銅鼓（Ngoc-lu drum, 圖二），黃下銅鼓（Hoang-ha drum 圖三）。在上述四鼓的鼓面上都有一幅樂舞圖，鼓盆上（鼓身上部的弓背盆形）有行船圖，我們將這兩幅圖中的人事與物類分爲 1. 樂舞，2. 人像（

包括鳥冠甲士，羽冠甲士，被髮人，椎髻人），3.樂器（笙、篪、瑟、鼓、鐘、鐃或春堂 dhan-pounding） 4.兵器（干、戈、矛、弓、箭），5.行船（槳、舵、桅、艙），6.椿屋，7.走獸，8.飛禽，9.水族等來作分析和比較的研究。此外尚有10.鼓上的圖案，其中基本的如星形、鋸齒、圓圈、螺旋等圖形，說明其由實物演變爲抽象的過程。我們用古代楚辭九歌和現在臺灣的阿美、阿薩姆 Nagas 及婆羅洲的 Dayak 等民族學材料來解釋銅鼓圖文的理由，乃因銅鼓爲古印度尼西安人濮獠所鑄造，而九歌著者認爲是古代濮獠民族的樂章。至於阿美、Nagas 和 Dayaks 等爲現尚保存印度尼西安古文化最多的民族。不過說九歌是濮獠的樂舞，恐使中國傳統研究楚辭的學者驚異，所以下文對於屈原作九歌的時代，地理的背景及民族的從屬先應考證一番。

二

王逸九歌章句敍云：

> 九歌者，屈原之所作也。昔楚國南郢之邑，沅湘之間，其俗信鬼而好祠。其祠必作歌樂鼓舞以樂諸神。屈原放逐，竄伏其域，懷憂苦毒，愁思沸鬱；出見俗人祭祀之禮，歌舞之樂，其詞鄙陋，因爲作九歌之曲。

王氏這幾句話，對於我們要考證的三點，已說了一個大概。屈原作九歌在他放逐之後，史記屈原傳：「上官大夫短屈原於頃襄王，王怒遷之。」蔣驥楚世家節略注：「屈子遷於江南陵陽，當在是年（頃襄王元年 298 B. C.）仲春」（山帶閣注楚辭卷首）。因哀郢有：「方仲春而東遷，……當陵陽之焉至兮，……至今九年而不復」等句。但洪興祖補注：

當頃襄王之三年，懷王卒於秦，頃襄聽讒復放屈原，以此考之。屈原在懷王（328-299 B. C.）之世，被絀復用，至頃襄即位，遂放於江南耳。其云既放三年，謂被放之初，又云九年而不復，蓋作此時放已九年矣。

此九年如照補注自頃襄三年起，至此已頃襄十二年。陵陽的地望，補注：「前漢丹陽郡有陵陽仙人陵陽子明所居也」。以人名注地名，而尤其是仙人名，殊不可信。故朱子曰：「陵陽未詳」。哀郢有云：

去故鄉而就遠兮，遵江夏以流亡。……過夏首而西浮，顧龍門而不見。……將運舟而下浮兮，上洞庭而下江，……背夏浦而西思兮，哀故都之日遠。……當陵陽之焉至兮，淼南渡之焉如。……惟郢路之遼遠兮，江與夏之不可涉。……忽若不信兮，至今九年而不復。

以上述路線和地名考之，陵陽在夏浦（漢口）之東，雖在江南而決不在湘沅流域。故九歌之作，應在頃襄九年或十一年之後。屈原卒年，黃維章謂原死於頃襄十年（楚辭聽直）。林西仲謂死於十一年（楚辭燈）。蔣驥則約略其死，當在頃襄十三四年或十五六年（山帶閣註楚辭）。

九歌的地理背景謂在沅湘之間，歌中已明言之，如湘君：

令沅湘兮無波，使江水兮安流。……駕飛龍兮北征，邅吾道兮洞庭。……望涔陽（補曰：今澧州有涔陽浦）兮極浦，橫大江兮揚靈。……捐余玦兮江中，遺余佩兮醴浦（補注：今澧州有佩浦，因楚詞爲名也）。

又湘夫人：

「洞庭波兮木葉下。……沅有芷兮醴有蘭」。

故古來注家皆無異說。至於作者在沅湘間的遊踪，如涉江：

哀南夷之莫吾知兮，旦余濟乎江湘。乘鄂渚而反顧兮，款秋冬之緒風。步余馬兮山皐，邸余車兮方林。乘舲船余上沅兮，齊吳榜以擊汰。船容與而不進兮，淹回水而疑滯。朝發枉陼兮，夕宿辰陽。苟余心其端直兮，雖僻遠之何傷。入溆浦余儃佪兮，迷不知吾所如。深林杳以冥冥兮，猨狖之所居。山峻高㠯蔽日兮，下幽晦㠯多雨。霰雪紛其無垠兮，雲霏霏而承宇。哀吾生之無樂兮，幽獨處乎山中。

上文是一篇沅江遊記，所經的路線是渡江湘而到鄂渚（補注曰：鄂州武昌縣地是也。隋以鄂渚爲名。）循陸路山行騎馬，平地乘車而抵方林。再乘舲船（淮南云：越舲蜀艇，注云：舲小船也。）上溯沅江經枉陼（山帶閣註楚辭沅水上有枉山），辰陽（水經云：沅東逕辰陽縣東南合辰水，舊治在辰水之陽，故取名焉），而入溆浦江。著者於民國二十三年曾赴湘西苗疆考察，溯沅而上，乘的是桃源划子，船小僅容三四人坐臥，讀上引「乘舲船余上沅兮，齊吳榜以擊汰，船容與而不兮，淹回水而疑滯」。完全是寫實的文字。屈原在湘江的游踪，如懷沙：

「滔滔孟夏兮，草木莽莽。傷懷永哀兮，汨徂南土。眴兮杳杳，孔靜幽默。……浩浩沅湘，分流汨兮。修路幽蔽，道遠忽兮。

依據上文，溯湘江而上，南至長沙。

九歌作於沅湘流域的何地，自來注家言者甚少，唯唐沈亞之屈原外傳云：

嘗遊沅湘，俗好祀，必作樂歌以娛神，辭甚俚，原因棲玉笥山作九歌。

蔣驥注山鬼：「此篇蓋涉江之後，幽處山中而作」。蔣氏之意或係指漵浦流域。玉笥山在今湘陰縣境，寰宇記補闕二云：

湘中記屈潭之左玉笥山，屈平之放，棲於此山而作九歌。水經注：汨水又西逕玉笥山，在湘陰縣東北七十五里。名勝志：玉笥山汨水逕其下，隋開皇初，設玉州於此。

在沅湘流域，屈原所作之九歌，爲何種民族的祀神歌舞，古來注家不甚注意。王逸僅言俗人祭祀之禮，歌舞之樂。朱子楚辭集註卷二云：

昔楚南郢之邑，沅湘之間，其俗信鬼而好祀，其祀必使巫覡作樂歌舞以娛神，蠻荆陋俗，詞既鄙俚，而其陰陽人鬼之間，又或不能無褻慢淫荒之雜，原既放逐，見而感之，故頗爲更定其詞，去其泰甚。

胡適文存讀楚辭云：「九歌內容是屈原以前，湘江民族的宗教歌舞」。孫作雲著九歌非民歌說中說楚辭九歌爲楚國國家的祭祀樂章，其用與漢郊祀歌同。聞一多甚至說九歌是趙代秦楚之謳，因爲九章之歌所代表的地理分佈，恰恰是趙代秦楚（見氏著什麼是九歌）。適之先生之說甚近似，孫聞兩氏眞是越說越遠了。楚在戰國時代，國土最大，戰國策載白起語云：「楚王恃其國大，不恤其政」。楚國雖大，然其民族不甚複雜，主要者爲蠻夷，熊渠曰：「我蠻夷也，不與中國之號謚」。在此應先說明的楚雖爲蠻夷之邦，而其統治者是另一民族，楚爲祝融之後，源出於神農，在中國民族中爲漢藏系的泰語族而受漢化者。楚始封於丹陽，宋翔鳳氏考定丹陽在丹、淅二水入漢處，地在今南陽、商縣之間。熊繹徙荊山，在今湖北南漳縣。至武王徙郢，乃居今之江陵，可見楚之開拓，實自北而南。左傳桓公十六年：

　楚大饑，庸人帥羣蠻以叛楚。麇人帥百濮聚於選，將伐楚。

庸在今湖北竹山縣，麇在當陽。國語蚡冒始啓濮，而武王遷郢。左昭十九年，楚子爲舟師以伐濮，費無極言於楚子曰：

　若大城城父而置太子焉，以通北方，王收南方，是得天下也。

此伐之濮已在郢之南，孔安國傳云：濮在江漢之南，後闢之黔中郡，亦爲濮地。自此而西南，則接於夜郎與滇王，再西則爲後之哀牢。左昭元年：

　趙孟謂楚曰：吳濮有釁，楚之執事，豈其顧盟。

則楚之東南亦爲濮地。呂思勉謂百濮古地實跨豫鄂湘川滇黔六省（中國民族史頁二三九）。故楚統治的民族實爲蠻與濮，或稱蠻荆，楚人雖來自北方，然近千年以來亦已南化，所以楚辭實爲中原文學南化或蠻化的產物，此地不能多說，作者擬在從民族學上讀楚辭一文中詳論之。沅湘之間，爲楚之黔中郡，亦百濮之地。古之濮後稱獠，後漢書夜郎傳：「夷獠咸以竹王非血氣所生，甚重之。」華陽國志南中志建寧郡談豪縣有濮獠，伶邱縣有主獠。永昌郡有閩濮，鳩獠，僄越，躶濮，身毒之民。沅湘之濮後亦稱獠，洪興祖補注招魂曰：

些，蘇賀切，說文云：語詞也。沈存中云：今夔峽湖湘及南北江獠人，凡禁呪句尾皆稱些，乃楚人舊俗。

宋葉錢溪蠻叢笑序云：

五溪之蠻，皆盤瓠種也。聚落區分，名亦隨異。沅其故壤，環四封而居者今有五：曰貓，曰猺，曰獠，曰獞，曰犵狫。

上文貓與猺皆古之蠻，獠與犵狫爲古之濮族，獞爲楚之近族。至民國二十三年，著者在湘西調查民族的地理分佈如下：永綏、乾城、鳳凰多紅苗，靖縣、通道、綏寧、城步等縣有青苗。漵浦、黔陽、武岡、道縣、永明等縣有傜人，永順、古丈、保靖、龍山有土人，瀘溪、乾城、古丈等縣尚有犵狫。土人言語近泰語，恐卽宋代獞人之後，皆爲楚裔。苗與猺皆古之蠻，本在江北、後再南遷。獠卽犵狫爲土著的濮族。又原來的苗蠻與土人是入侵的統治民族，人數較少，雖仍保存其語言，然文化上反被土著同化，故今之苗傜土人亦保有許多獠濮的文化。著者在拙作東南亞之崖葬文化一文中曾說：

> 在東南亞行崖葬的主要民族爲南島語族中的印度尼西安系。此一系民族，古代居於長江流域，尤其在中游，左洞庭而右彭蠡爲中心區域，最早見於中國古史者名九黎，其後在西南者謂百濮，在東南者稱百越。

今湘西的犵狫實爲三千年前即住於沅湘之間古印度尼西安人的濮族，因沅江流域，在近代交通工具未興之前，山高水險，交通不便，至今尚能保存民族的名稱及若干文化殘留。由上的考證，著者敢肯定的說，屈原所作的九歌，是記古代濮獠民族的祀神樂舞。

又名爲九歌，而歌有十一章，這一問題向爲注家爭訟紛紜。王逸注九辯云：「九者陽之數，道之綱紀也」。又注禮魂云：「言祠祀九神」。然禮魂之前有十章，故師叔亦未能確言篇名九歌，而實有十一章的道理。如謂國殤人鬼，不應類及，則禮魂亦非敬神之詞。文選無國殤與禮魂兩篇，陸時雍楚辭疏謂國殤禮魂不屬九歌。李光地九歌注亦止於九篇。林西仲楚辭燈九歌總論云：

> 至於九歌之數，至山鬼已滿。國殤禮魂似多二作。……蓋山鬼與正神不同，國殤、禮魂乃人之新死爲鬼者。物以類聚，雖三篇實止一篇，合前共得九。

蔣驥則以爲湘君與湘夫人，大司命與小司命，皆同一性質之神的重複，四者可合而二，將十一章之數湊成爲九（山帶閣注楚辭餘論）。日人青木正兒又創新說，謂九歌十一篇是一組舞曲，且首尾結構具備，東皇太一爲首篇，禮魂爲末篇（楚辭九歌舞曲的結構，支那學第七卷第一號，昭和八年）。聞一多在什麼是九歌文中，亦有類似青木之說：

前人有疑禮魂爲送神曲的，近人鄭振鐸、孫仲雲、丁山諸氏又先後一律主張東皇太一是迎神曲。他們都對，因爲二章確乎是一迎一送的口氣。……除去首尾兩章迎送神曲，中間所餘大概卽楚辭所謂九歌。

自王逸至今二千年的爭論，仍如朱子在辯證中所云：

篇名九歌，而實十有一章，蓋不可曉。舊以九爲陽數者尤衍說。或疑猶有虞夏九歌之遺聲，亦不可考。今姑闕之，以俟知者。

可說九歌十一章的問題尙未解決。

著者現在提出九歌的新釋，並不敢以朱子的知者自居，但與以往注家不同的，不是鑽研古籍，而用禮失求諸野的民族學和考古學的新方法，搜集材料來比較和分析而求得解釋。九歌是濮獠民族的祀神樂舞，十一章中的東皇太乙、大司命、小司命三者爲星神；東君是日神；雲中君是雲神；湘君、湘夫人、河伯三者皆水神；山鬼卽山神。如上面提及的濮獠化的苗人，至今神鬼不分，凡是在他們神聖領域之中，而認爲有超自然能力的：無論是魔鬼，祖靈或神祇都稱之爲「鬼」，苗語叫做 Kuen （拙著湘西苗族調查報告頁一二七）。再歸類前五者是天神，後四爲山川之神。至於國殤與禮魂是東南亞古文化特質的描寫，凡屬印度尼西安系的民族，多有馘首祭梟的習俗，無論專事獵首或行陣出戰，斬獲敵首，必携回部落擧行盛大祭典，卽鄺露赤雅所謂祭梟，王逸注國殤謂：「死於國事者，小爾雅云：無主之鬼謂之殤」。祭畢，部落之婦女再歌舞以娛「雄鬼」，這可說是禮魂。說來話長，擬在另文國殤禮魂與馘首祭梟中詳細討論。屈原記九歌時，已知夏人郊祀上帝的九歌韶舞，離騷有云：「奏九歌而舞韶兮!」他描寫了濮獠民族常祀天地山川九神的歌舞故名之爲九歌，而附以國殤與禮魂的臨時祭鬼大典。且九歌祀九神成爲東南亞古文化特質之一，如婆羅洲 Milanaus 族的神偶爲九個（註八），佐山融吉的報告花蓮南勢阿美的里漏社信奉的神十種除祖靈外是九神（阿眉族南勢蕃篇，第三章，頁十九——廿）。又據阿廷瑞唐美君本年初在里漏詳細的調查報告（花蓮南勢阿美族之宗敎，未刋），謂里漏社所信仰的最高的天神或創造神，總稱 done，分爲四個：

1. done tɕ'idalu, 女性，爲四個 done 中之最高者。
2. abasma tɕ'idalu, 女性，居第二位。
3. poyaluma tɕ'idalu 男性，居第三位。
4. sayanma tɕ'idalu 男性，居最末位。

tɕ'idalu 爲太陽之意，done 爲造物之意，故上述四神爲造物之神。又水神總稱 k'abido 共三位都是男性：

1. maluts'aba ni k'abido.

2. p'atɕinoai ni k'abido.

3. madais ni k'abido.

楚辭九歌的天神除雲中君外，餘四位皆爲天上太陽或星神，阿美的天神亦四位，神的性別：東皇太一、大司命、東君皆陽神；小司命爲陰神，與阿美的天神陰陽各二，略有不同。阿美的水神三位皆陽神，九歌的水神亦三位，但傳說的注釋湘君、湘夫人是堯之二女皆陰神，河伯爲陽神。唯陳本禮屈辭精義注湘君謂：

洞庭君山上有湘妃墓，相傳爲堯之二女，舜南巡溺於湘江而神遊於洞庭之淵。考竹書帝舜即位三十年后育卒，后育者娥皇也，葬於渭。娥皇無子，女英生均，舜崩後，隨子封於商，商有女英塚，則岳之湘君湘夫人非堯女也，明矣。……讀屈子所賦，殆湘水之神，楚俗之所祀者。

湘君首句：「君不行兮夷猶蹇」，湘夫人首句：「帝子降兮北渚」。稱君與子多不能決定性別，至少雲中君、東君皆陽神，湘君亦應爲陽神，湘夫人爲陰神，如大司命爲陽神，小司命陰神。可能前四神二陽二陰爲兩對夫婦。阿美族的五穀神和土地神各有六位三對夫婦，惟以第一位爲主神。

九歌是否爲祭神時巫覡所唱的歌曲，或是記祀典的詩賦；著者懷疑應屬於後者。但前儒注釋多以爲是前者。如王逸云：俗人祭祀之禮，歌舞之樂，其詞鄙陋，因爲作九歌之曲。朱子辯證：

楚俗祠祭之歌，今不可得而聞矣。然計其間或以陰巫下陽神，或以陽巫接陰鬼。則其辭之褻慢淫荒，當有不可道者，故屈原因而文之。

辯證又云：

九歌諸篇，賓主彼我之辭，最爲難辨，舊說往往亂之。故文意多不屬，今頗已正之矣。

朱子提出「賓主彼我之辭」，九歌不僅是祭神樂章，且成對唱之曲。故陳本禮有云：

九歌之樂，有男巫歌者，有女巫歌者，有巫覡並舞而歌者，有一巫倡而衆巫和者。激楚揚阿，聲音淒楚，所以能動人而感神也。

鄭康成曰：

有歌者，有哭者，冀以悲哀感神靈也。讀九歌者不可以不辨。

青木正兒依據陳氏之意又神乎其說，將九歌分獨唱獨舞，對唱對舞，合唱合舞。巫又分神巫，祭巫，主祭巫，助祭巫，一若耳聞目覩，身歷其境者。九歌是濮獠民族一年中祭之常典，分季舉行，如湘君：「斲冰兮積雪，鳥次兮屋上」，祀在冬末春初；大司命：「使涷雨兮灑塵」；補注引爾雅注云：「今江東呼夏月暴雨爲涷雨」，則當夏令；湘夫人：「嫋嫋兮秋風，洞庭波兮木葉下」，又小司命：「秋蘭兮麋蕪，羅生兮堂下，……秋蘭兮青青，綠葉兮紫莖」，此二歌皆秋祭。今東南亞印度尼西安系民族如阿美、Nagas 等保存原有的宗教者甚多，凡稍有實地工作經驗或曾瀏覽調查報告者，無不知此等民族多有祭神的年歷，分季舉行祭祀。每一祭典的儀式相當複雜，祝辭甚長。所以尋繹九歌文義，略作比較的研究，九歌十一章決非如青木氏的想像，是一組舞曲，而曲又有獨唱、對唱和合唱之別。著者的假設，九歌是屈原記事之賦（註九），歌的內容記祭神祀典有迎神、送神、神言、巫祝、樂舞、陳設、祭品、並及觀者，如東君：「羌聲色兮娛人，觀者憺兮忘歸」。青木氏言：上兩句是神巫唱，人及觀者，謂神自身。如此解釋，殊覺不類。至於孫作雲氏說九歌為楚國國家祭祀的樂章，聞一多氏謂十一章應改稱楚郊祀歌，或楚郊祀東皇太一樂歌；蘇雪林氏又以人神戀愛的說法來解釋九歌；近代的注家較之古儒注釋，似乎離題更遠了！

三

前儒注釋九歌多以書注書，今作者以古器與野語（民族學材料可說是齊東野人語，向為經師所不取者）來注九歌故名新注。宋元人有九歌畫本（圖四），明蕭尺木是有楚辭圖經（圖五），然皆幻想之作，不得謂以圖注書；前引沈存中以獠語注招魂中些字，雖可謂以野語注釋，但偶一及之。所以本文在近代關於九歌的研究中，可說是一種新的方法。

九歌為古代沅湘之間，濮獠民族祀神的歌舞；在同上述地區中亦發現銅鼓：沅江流域的麻陽，據宋朱輔溪蠻叢笑：

麻陽有銅鼓，……蓋江水中掘得，有大鐘長箭，三十六乳，重百餘斤，……鼓尤多，其

> 文環以甲士，中空無底，名銅鼓。

又湘江流域的岳陽，亦掘得銅鼓，岳陽風土紀：

> 靈妃廟有銅鼓，元豐中永慶莊耕者得之，圓口方耳，下有方趺，皆古篆雲雷文，色正青綠，形製精，非近代所能爲，取置於寺。

前在拙著銅鼓的起源與分布文中說過，銅鼓爲濮獠民族傳鑄的重器，且爲祀神的神鼓，鼓上的圖文是祀神的樂舞。所以九歌的文字和銅鼓的圖文所記所繪同是一事。鼓面上的圖文多數是祀天神的樂舞；鼓盆上的行船與游魚，是賽水神。又濮獠民族濱水而居，雖祭天神亦用舟迎神和送神。現以東君爲例，試作注釋。

東君一歌，注家有的分成四節，現依陳本禮分成五節，而略加更改。

迎神：暾將出兮東方，照吾檻兮扶桑。
撫余馬兮安驅，夜皎皎兮既明。

神降：駕龍輈兮乘雷，載雲旗兮委蛇。

觀者：長太息兮將上，心低佪兮顧懷；
羌聲色兮娛人，觀者憺兮忘歸。

樂舞：緪瑟兮交鼓，簫鐘兮瑤簴；
鳴鷈兮吹竽，思靈保兮賢姱。

翾飛兮翠曾，展詩兮會舞；
應律兮合節，靈之來兮蔽日。
送神：青雲衣兮白霓裳，舉長矢兮射天狼；
操余弧兮反淪降，援北斗兮酌桂漿。
撰余轡兮高駝翔，杳冥冥兮以東行。

第一節 迎神，日出之前，天尚未明，祭者出發迎神。「撫余馬兮安驅」，集註：「乘馬以迎之」。作者以爲「馬」應作「楫」解，因濮獠民族濱洞庭而居。集註：「洞庭，太湖也。在長沙巴陵，廣圓五百餘里，日月若出沒其中，中有君山」。向湖上日出東方迎神，當然乘舟而去。且古代獠越以舟楫爲車馬。越絕書卷八：「越王喟然嘆曰：越性脆而愚，水行而山處。以船爲車，以楫爲馬。往若飄然，去則難從」。東君歌中，車馬似作舟楫解。「撫馬」輕划楫，「安驅」使船徐進。

第二節 神降，「駕龍輈兮乘雷」，集註：「輈，車轅也。龍形曲似之，故以爲轅。雷氣轉似輪，故以爲車輪」。屈辭精義註：「雷」字云：「山東日照縣，五鼓日出，水聲如雷」。照陳氏之意，雷爲水聲，龍輈則龍船。這一句是描寫神降龍船，鼓聲大作。杜牧詩：「柘枝蠻鼓殷晴雷」。「載雲旗而委蛇」，每一銅鼓上的船不止一隻，可知迎神的龍船甚多，船上多有旌旗，船依次而行，旌旗如雲，逶迤而長。

第三節　觀者，「長太息兮將上」，山帶閣註：「長太息，記所謂如聞太息之聲也。將，殆也。上，升神座也」。此言觀者屏息觀神上升神座而時長太息。「心低佪兮顧懷」，心留戀而眷念。「羌聲色兮娛人，觀者憺然忘歸」。謂所陳聲色之盛，足以娛人而忘歸。

第四節　樂舞，銅鼓的鼓面圖文，完全是樂舞的寫實，依東君歌詞的前後，先述樂器，圖六所示，東君所記的樂器，大都可以找到。

「絚瑟兮交鼓」。王逸注：「絚，急張絃也。交鼓，對擊鼓也」。後之注家對此多無異說。圖六c在一長木板上，坐四人或三坐一立，手持長木器或竹筒。右第一人之前，有一長絃三條的樂器似瑟，印度尼西安人至今以木盾或木板和竹筒作瑟，如圖七爲兩種木瑟，圖八，竹筒瑟(Ling Roth, Vol. 260-262)。長木板之下，有四銅鼓，置於鼓架之上。在圖上找到瑟與鼓，但如何的絚瑟和交鼓，尚是問題。

「簫鐘兮瑤簴」。戴震屈原賦注：「簫，擊也。樂器所懸，橫曰栒，植曰簴」。又賦注音義：「洪景盧云：洪慶善注東君篇簫鐘，一蜀客過而見之曰：一本簫作橚，廣韻訓爲擊也，蓋是擊鐘，正與絚瑟爲對耳」。九歌的簫鐘兮瑤簴，應與招魂的「鏗鐘而搖簴」相同。王逸注：「鏗，撞也。搖，動也」。文選張銑注曰：「言擊鐘而搖動其簴也」。所有注家對於「簴」或「絚」的注釋，有一問題迄未解決，卽絚瑟，交鼓，簴鐘，搖簴，鳴𪛉，吹竽六種之中，簴必爲樂器之一。否則絚瑟以下三句，相對成文，若以簴爲樂器所懸之植木，則與上下文不類。尋繹文義，搖簴應動一植木即成樂聲，則圖六d，杵臼樂器爲適合的解釋。春杵或杵搗至今爲印度尼西安人的主要樂器，尤用於祭神。如臺灣山地族的杵搗，阿薩姆 nagas 的 dhan-pounding 圖九（註十），越南猛人的杵鼓合樂圖十（註十一）。鐘如圖六b，可能是編鐘，懸於架上。銅鼓圖文的鐘，僅見圖十六黃下銅鼓的船樓之下，與鼓並列。鐘懸架上或以圓形代表。

「鳴𪔀兮吹竽」，𪔀，樂器名，補注：箎與𪔀同，並音池。爾雅注云：箎以竹爲之，長尺四寸，圍三寸，一孔上出一寸三分，名翹橫吹之。圖六d，柗上坐二人對吹管樂頗似𪔀。今婆羅洲的 Dayak 人尚有一種管樂器名 gulieng，亦一孔上出。如圖十a。至於竽、笙類，印度尼西安系民族最爲普通的樂器如圖六f。

以上三句爲演奏樂器的敍述，下接三句：「思靈保兮賢姱，翾飛兮翠曾，陳詩兮會舞」，是歌舞的描寫，在說明之前，我們先看圖十一然後可以順利解釋這三句爲：這許多靈保很好看，他們歌唱會舞，舞的時候「翾飛兮翠曾」。最後一句較難解釋，現在先研究以前注家的舊說。

「翾飛兮翠曾」，王逸注：「曾，舉也。言巫舞工巧，身體翾然若飛，似翠鳥之舉也」。洪興祖補注曰：「翾，小飛也。曾，博雅曰：䎖，翥飛也。」朱熹集註：「翾，小飛，輕揚之貌。曾，舉也。又翥飛也。言巫舞工巧，翾然若羣鳥之舉也」。蔣驥注：「翾，飛貌。翠，鳥名。曾，舉也。狀舞容也」。俞樾讀楚辭（俞樓雜纂卷二十四）曰：「洪氏引廣雅以證曾字之義得之矣，惟此翠字與上篇『孔蓋兮翠旍』不同，非翠鳥也。翾飛翠曾，本文相對。翾爲翾然，則翠亦翠然。

說文足部踤篆下，一曰蒼踤，此翠字卽蒼踤之踤，蒼踤卽倉卒也。書傳中皆省不從足，此假用翠字者，因以飛翥言，故變從足爲從羽耳。」以文字狀舞容，本是難事。王、洪、朱、蔣四家之注尙近似，兪氏之說全憑文字而造臆說則離題太遠。現在我們看了圖十一，再來說明，舞者戴鳥冠而舞，走步時冠上之鳥輕揚小飛，跳躍時則翠鳥上擧。如此圖釋，一目了然，亦可以說，對於「翾飛兮翠曾」是空前的注釋。

本節最後兩句：「應律兮合節」，是言樂聲應律，舞合節拍，「靈之來兮蔽日」，言舞者之多。銅鼓上的舞者雖祇七八人，但 Nagas（圖十二）和 Amis（圖十三）的祀神舞參加的人數甚衆，冠上的翠鳥在空中飛翔，鳥多所以能遮蔽天日。又冠上之鳥爲靈鳥，故可稱爲靈，說詳後。

第五節　送神，「青雲衣兮白霓裳」，言祭者所衣的服色，第二句：

「擧長天兮射天狼」，天狼星名，舊說天狼喻秦，或喻小人，都是題外的解釋。孫作雲東君考云：「這裏的天狼應該與太陽有關才是。我想天狼就是天狗，直到現在中國各地還流行着天狗食日的傳說。」此說近似。孫氏又說：「這種射天狼的故事，神巫必有表演」。圖十四，一人在船樓上射箭，就是擧長矢兮射天狼，最明顯的表演，看了圖不需要再說明了。且黃下銅鼓上的矢來得特別長，如圖十五所示。

「操余弧兮反淪降」，天狼遮道，掃除障礙，一直持弓護送神還而降下。蔣驥注：「反，還也。淪降，日西沉也」。操余弧如圖十六。

「援北斗兮酌桂漿」，送神臨別，酌酒餞之。蔣驥注：「北斗七星在紫宮南，其形似酒器。酌漿者，日既不反而餞之」。現在阿美族迎神送神而敬酒，以手指蘸杯中酒，向空中一彈，口發「潑淒」之聲以敬神。

「撰余轡兮高駝翔」，送日極西，船不能再行，祭者請神持轡高馳翔。原文中駝，舊說多注爲馳。但圖十六，係送神之舟，上有一獸，尾大四足立，是否爲駝？

「杳冥冥兮以東行」，朱熹集註云：「杳，深也。冥，幽也。言日下太陰，不見其光，杳杳冥冥，直東行而復上出也」。

以上東君歌詞，用銅鼓圖文來注釋，凡歌中具體的人事與實物已注了十之七八。至於題文東君，舊說日神也。古今注家多無異說。銅鼓鼓面中央的星光（圖二），我們說他是太陽，代表日神，九歌中名東君，可以毫無疑問了。阿美族至今祀太陽神，藤崎濟之助氏說，阿美族祭日神 te'idalu 是司穀物之神（臺灣之蕃族頁308—309）。在他們的祖廟裏柱上也刻有太陽的圖形（圖十七）。

四

對於最古四個銅鼓上圖文中人與物曾經研究解釋者：Heger 氏說是鑄鼓宴（Le fête d'

inauguration ou de consécration de ces tambours.）Parmentier 氏說圖文是出戰或出獵祭（BEFEO. t. 18, p. 15.）Goloubew氏以婆羅洲 Dayak 人 Tiwah 祭作比較研究（BEFEO. t. 29, pp. 35-38.），說鼓面上的樂舞是喪葬儀式（Fête des Morts）；鼓盆上的船是死者之舟（Barques des Morts）。Karlgren 引用吳王闔閭（King Ho-lu of Wu 514-495 B. C.）葬女，舞白鶴於吳市及楚器的鳥人以釋鼓文（BMFEA, No. 14, p. 16.），日人彌津正志氏主張鼓文爲收穫祝的儀式（氏著印度支那之原始文明，第十四章，頁391—392）。諸氏根據圖文的本身，或銅鼓分布地區的印度尼西安系的文化來解釋，當然亦有部份相合，然本文的新釋，敢肯定地說：最古銅鼓圖文是古代印度尼西安人住在長江中游洞庭湖濱的濮獠民族，祭祀日神樂舞的儀式。

最後我們應由銅鼓上人的服飾與髮式，坐的姿勢和手持的武器等來證明這都是印度尼西安的文化。現在共分冠式（鳥冠，羽冠），髮式（斷髮，椎髻），箕踞，武器（干，戈，長矛，長盾）四項來敍述：

一、冠式　銅鼓上人像最能引人注意的爲鳥冠和羽冠，多數的手持武器，所以宋朱輔溪蠻叢笑有「文環以甲士」，和明史劉顯傳的「奇人異狀」的記載，近代學者 Karlgren 氏如上面所說是白鶴舞，Goloubew 氏曾提及唐書中的飛頭獠（BEFEO. t. 28, p. 35），然迄今尙無適當的解釋。最古四具銅鼓上的冠形可分爲鳥冠與羽冠兩式如圖十八，鳥冠和羽冠之區別，前者比後者在冠上多一枝或二枝鳥飾。這鳥很像是 hornbill，因 hornbill 是 Dayak 的神鳥（圖十九），此鳥的飛鳴可以占卜（Ling Roth, V. II. p. 241-255），又 Nagas 的羽冠上能插 hornbill 的尾羽，戰士已砍得人頭者才有此權利（Hutton, p. 29）。由此我們可以說，銅鼓上人像鳥冠和羽冠式樣不同，或是戴冠人在社會地位的區別。這種冠式直到現在阿薩姆的 Nagas（圖二十），和臺灣的阿美（圖廿一），還保存着，舉行宗教儀式戴着蹈舞。阿美羽冠上的中枝名 Tingol，頂上及中段多紮有羽毛，很像鳥冠中的第二、三兩種。

二、髮式　銅鼓圖文不戴冠人的髮式，可分爲斷髮與椎髻兩種如圖二十二：

斷髮，或稱剪髮：墨子公孟篇：「越王句踐，剪髮文身」。淮南子齊俗訓：「越王句踐，劗髮文身」。史記卷四十三，「夫剪髮文身，錯臂左衽，甌越之民也」。索隱：「今珠崖、儋耳謂之甌人……斷髮文身，避龍」，漢書卷二十八下地理志：「粵地，……今之蒼梧、鬱林、合浦、交趾、九眞、南海、日南皆粵分也。其君禹後，帝少康之庶子對於會稽；文身斷髮，以避蛟龍之害」。至今印度尼西安人，仍多行斷髮文身之俗。

椎髻，史記卷九十七陸賈傳：「高祖使陸賈賜尉佗印爲南越王，陸生至，尉佗椎髻箕踞見陸生」。直至近代黎人尚椎髻，瓊州府志：「椎髻跣足」。小方壺齋輿地叢鈔黎歧紀聞：「男髮結在前而束以圈，或銀或銅，隨貧富爲之，濶半寸許，大視髮之多少，名曰包髮，額前飾以簪」。曾羇海南島志：「黎族男子皆蓄頭髮，由腦際分爲前後二部，前半於額端，結成一束，後半收束於腦後紐緊，由左或右轉於額前一同結束之」。

三、箕踞　銅鼓文上人坐的姿勢如圖六中各圖。這種坐姿即箕踞，漢書卷四十三陸賈傳：「高祖使賈賜佗印為南越王，賈至尉佗魋結箕踞見賈」。師古注云：「箕踞謂伸其兩脚而坐；亦曰箕踞，其形似箕」。今之印度尼西安人工作時蹲踞，休息則箕踞。

四、武器　鼓文上的武器，可分為干、戈、矛、弓、矢等，其中以干（長盾），矛（長矛）至今為印度尼西安文化的特徵。在古代，九歌國殤：「操吳戈兮被犀甲，車錯轂兮短兵接，……矢交墜兮士爭先，……帶長劍兮挾秦弓」。王逸註吳戈云：「或曰操吾科，吾科楯之名也」。吳越春秋卷六：「越王乃被唐夷之甲，帶步光之劍，杖屈盧之矛」。可見古之獠越所用武器同於銅鼓圖文，今之 Nagas （圖廿三）和阿美（圖廿四），迄今猶保存了長盾與長矛，非列賓的 Kalinga （圖廿五），Igorots （圖廿六）尚以干戈、長矛為常用的武器。

由上面的證明，銅鼓上的人像，是兩千年前的濮越或獠越，今之 Nagas 和阿美在東南亞保存印度尼西安古文化較多的兩族，他們的祭神的盛裝，戰爭的武器，而與銅鼓的圖文相同，至此我們敢說濮越是古代的印度尼西安人。

本文為著者提出太平洋學術會議論文之一的中文底稿，上面的研究，僅解釋了銅鼓面上的圖文的整個意義，及人像、樂器和兵器，已超出規定的篇幅甚多，且會期日迫，其餘圖文如鼓盆上的船、樓屋、走獸、飛禽、水族、圖案等問題，祇得留待在另題龍船與銅鼓一文中繼續討論。

民國四十二年十月二十七日於臺北

附　註

註 一 Goloubew V., Sur l'origine et la diffusion des Tambours Mettalique, PAO., I. Hanoi, 1932, p. 140.

註 二 Heger F., Alte Metalltrommeln aus Südost-Asien, Leipzig, 1902, p. 77.

註 三 Parmentier H., Anciens Tambours de bronze, BEFEO., t. 18, pp. 1-30.

註 四 Goloubew V., L' Age du bronze au Tonkin et dans le Nord-Annam. BEFEO., t. 29, pp. 1-46.

註 五 Heine-Geldern R., a. Bedeutung und Herbunft der ätesten hinterindischen metalltrommeln. Asla Major, n. 8, n. 3, p. 520, Leipsig, 1932.
b. L' Art prébouddhigue de le Chine et de l' Asie du Sud-est et Son influence en Oceanie RAA., t. II 1937, p. 194.

註 六 Karlgren B., The Date of the early Dong-son Culture, BMFEA., n. 14, 1942, pp. 1-24.

註 七 Van Stein Callenfels P. V., The Age of Bronze Kettledrum. BRMS. v.1, n. 3, p. 150.

註 八 Ling Roth: The Natives of Sarawak and British North Borneo, Vol. 1. p. 216.

註 九 本文在二校時偶讀戴震屈原賦注盧文弨序文中有云：「九歌東皇等篇，皆就當時祀典賦之非祠神所歌」。始知戴氏先我言之，特增此注，以避掠美之嫌。時在民國四十三年三月二十日。

註 十 Hutton, Angami Nagas, p. 50.

註十一 Janse, Mission Archeologique en Indo-chine, RAA., t. 10, 1936, p. 45.

第一圖 猛族銅鼓

第二圖 玉侶銅鼓

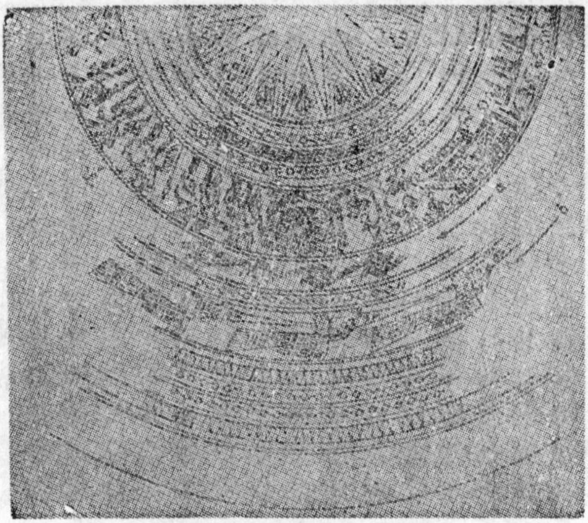

第三圖 黃 下 銅 鼓

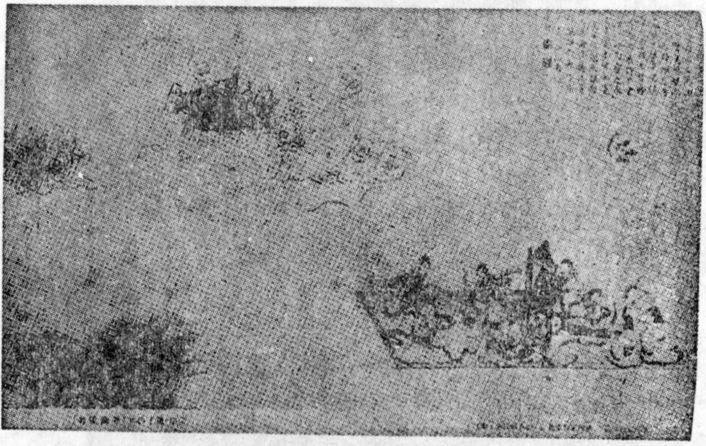

第四圖　宋李公麟所繪東君圖

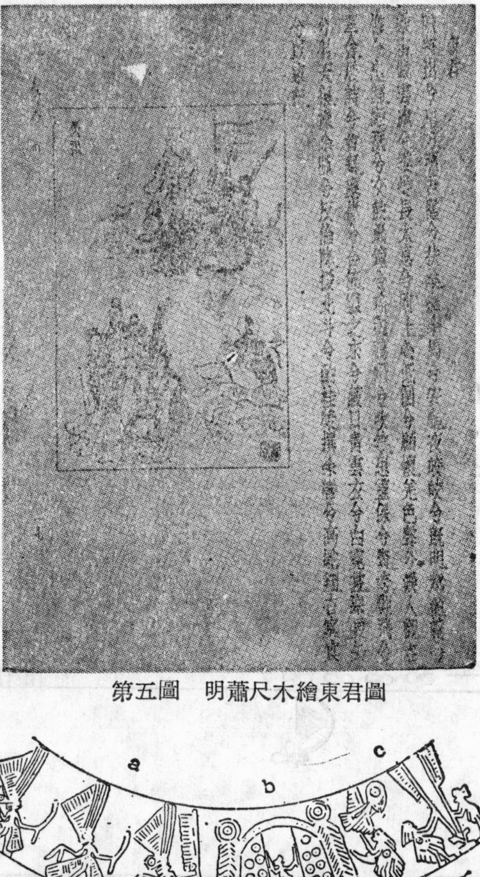

第五圖　明蕭尺木繪東君圖

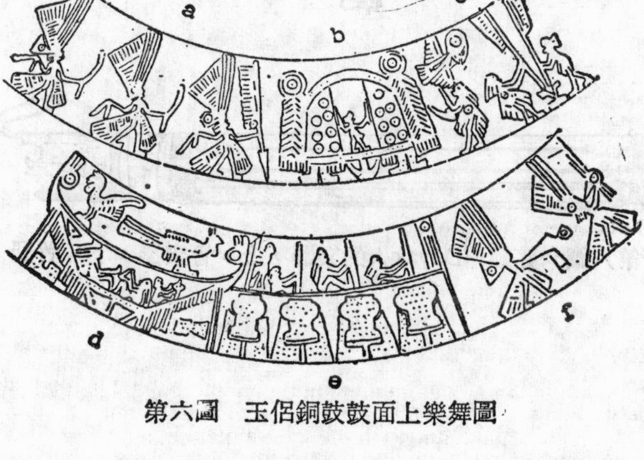

第六圖　玉侶銅鼓鼓面上樂舞圖

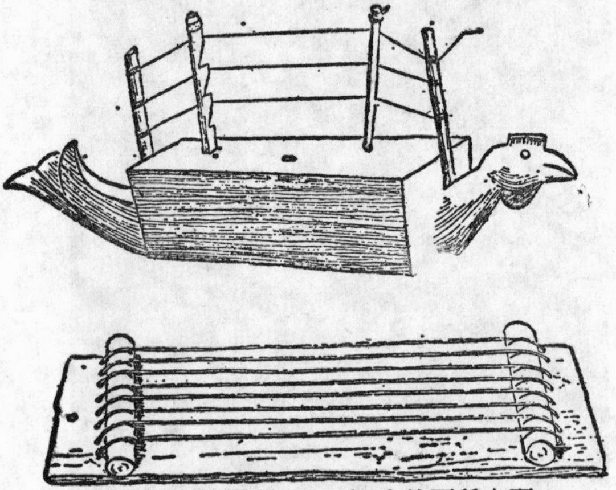

第七圖 婆羅洲 Dayak 人的兩種木瑟

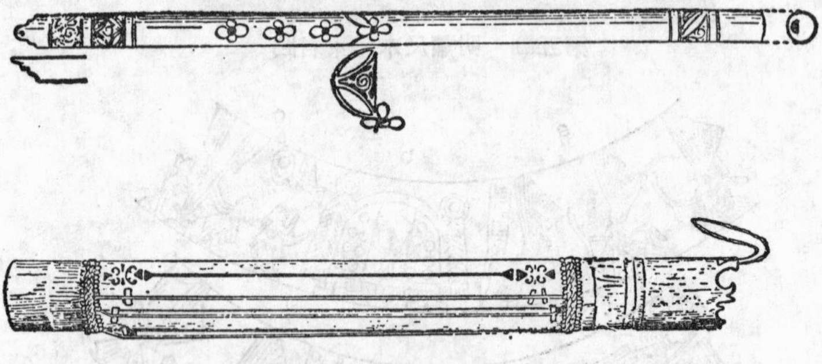

第八圖 婆羅洲Dayak人的樂器，上、管樂器，下、竹瑟

第九圖　阿薩姆Angami Nagas的舂堂(Dhan-pounding)

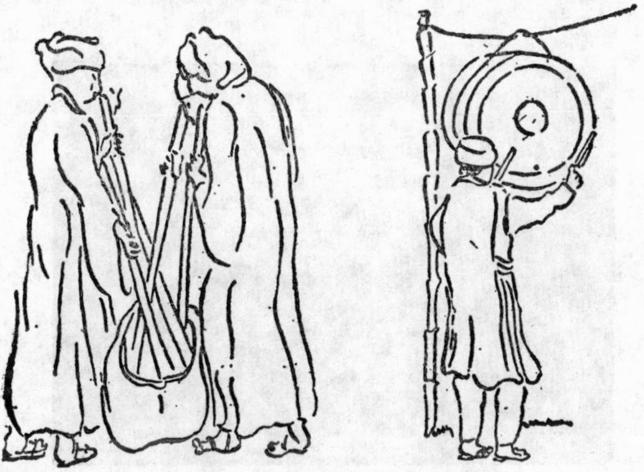

第十圖　越南猛族的杵鼓合奏

第十一圖　銅鼓上的干戈舞：a猛族銅鼓。b黃下銅鼓。c玉侶銅鼓

第十二圖　阿薩姆 Angami Nagas的合舞

第十三圖　花蓮南勢阿美的合舞

第十四圖　玉侶銅鼓上的神船

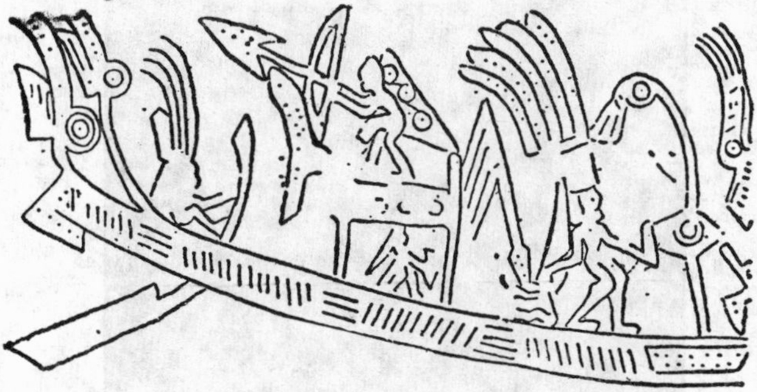

第十五圖　黃下銅鼓上的神船

第十六圖　黃下銅鼓上的神船

第十七圖　臺東太巴塱阿美族祖祠簷柱上的太陽圖文

第十八圖　銅鼓上人像所戴的鳥冠和羽冠

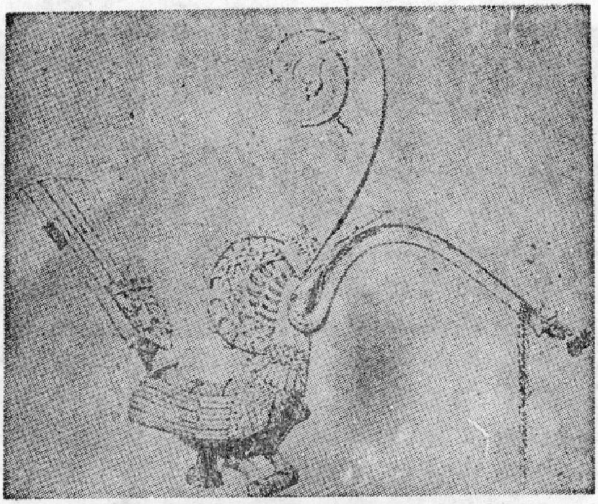

第十九圖　婆羅洲 Dayak 人的神鳥

第二十圖　花蓮南勢阿美族頭戴羽冠

第二十一圖 阿薩姆 Angami Nagas 頭戴羽冠

第二十二圖 銅鼓上人像的髮式

第二十三圖
Angami Nagas的戰士

第二十四圖
南勢阿美的戰士

第二十五圖　菲律賓 Kalinga 的戰士

第二十六圖　菲律賓 Igorots 的戰士灸

中國古代十日神話之研究

管東貴

壹、引言

天地間只有一個太陽。可是，中國有些古書上却記載說，天上有十個太陽。不僅中國如此，另外有些古代民族及現代原始民族，亦有類似這樣的傳說。民俗學上稱這樣的傳說爲神話。神話所說的事物雖未必確有其存在，但某個神話於某一時期在某民族或社會間流傳，却是不可否認的事實。

神話之所以成爲神話，主要是由於它的內容（由我們現在的人看來）含有不少超人類經驗的成份。不過，一個神話的產生，事先必定有某些促使它產生的背景。而那些背景却是人們生活經驗（或直接的，或間接的）以內的事物。至於那些超人類經驗的成份，如果細細分析起來，其基本要素則仍是源自實際的生活經驗來的。例如淮南子天文篇所記載的一則神話說：「昔者，共工與顓頊爭爲帝，怒而觸不周之山。天柱折，地維絕。天傾西北，故日月星辰移焉；地不滿東南，故水潦塵埃歸焉」。顯然，這段神話乃是古人體察到天文現象及中國地理形勢西北高東南低的實際狀況之後，而創造出來作爲解釋的。古人對於天文現象及中國地理形勢的體察乃是實際的生活經驗；同時它亦是促使這個神話產生的背景。而其中所謂「共工氏怒觸不周之山，天柱折，地維絕」，這些便是超人類經驗的成份。這些成份顯然又是由實際生活經驗中的天、柱、地、維等基本要素所構成的。當古人或創造神話的人把天與柱兩個觀念組織在一起，地與維兩個觀念組織在一起，而成爲「天柱」、「地維」時（也許在這個神話產生以前，古人就已經有了天柱地維的想法），便因而產生出超人類經驗的事物來了。

人爲了要說明一件事物，針對着爲說明這件事物所需要的內容去組織經驗，這是人的思想活動的特色。創造神話只是比較自由地去組織經驗而已。

各民族皆有各民族的經驗（有相同的，亦有不相同的），而神話卽反映出各民族對其所經驗到的事物的認識或解釋。同時，每個民族各有其組織經驗的特殊需要及不同途徑。因此，同樣是關於太陽的神話，而其內容却是形形色色。

從古書上的記載看來，中國古代關於太陽的神話只有以「十日」爲主題的比較有系統，而且亦最受後來的人的重視。（註一）「十日」顯然與自然現象不符。然則，中國古時候的人認爲天上有「十個太陽」的想法究竟是怎樣產生的？這是本文所要討論的第一個問題。

十日神話在古代有「十日迭出」（卽十個太陽輪班似地，一天出來一個），及「十日並出」（卽這十個太陽每天全部一道出來）兩種說法；或者說是同一主題的兩個神話。過去研究這個神話的人大都不去細辨這兩種說法的關係，甚至把它們混爲一談。「迭出」與「並出」，無論從形式上或性質上來說，都是很不同的；但他們却都以同樣的「十日」爲主題。古書上記載着這兩種說法乃是事實。那末，同以十日爲主題，爲什麼會有這兩種不同的說法產生？這是本文所要討論的第二個問題。

據我推測，中國古時候的人認爲天上有十個太陽的想法，大概不是最原始的。因爲「十日」究竟與自然界的實際情形不符。所以十日的想法可能是後起的。在這以前，古人對於自然現象憑直覺所得的印象可能認爲只有一個太陽。從古書的記載上雖然不能直接看出、在中國有十日神話以前還有更早期的太陽神話；但從中國古時候的人崇拜太陽的宗敎習慣上來看，則似乎在十日神話產生以前，中國還有關於太陽的神話。因爲我們在古書上乃至卜辭中，始終沒有發現祭第一個太陽，祭第二個太陽，……等記載。這一方面表示了當十日神話產生以後，其十日的觀念始終沒有影響到崇拜太陽的宗敎行爲；另一方面亦表示十日神話可能不是中國最早的關於太陽的神話。因此，我覺得在十日神話產生以前，中國還有關於太陽的神話。至於這個較早期的太陽神話的內容如何？這是本文所要討論的第三個問題。

貳、資料分析與神話內容

關於十日神話，有的書上說「十日迭出」，有的又說「十日並出」。現在，我就把關於十日神話的資料分為「迭出」與「並出」兩類來分析。看它們所說的內容各是怎樣的。

一、十日迭出

我們先看神話說這十個太陽是怎樣來的。山海經大荒南經：

東南海外，甘水之間，有羲和之國。有女子名曰羲和，方日浴於甘淵(註二)。羲和者帝俊之妻，生十日。

這十個太陽原來是帝俊的妻羲和(註三)所生的。把太陽看作是由神或人所生，在神話上並非稀有的事。例如希臘神話亦說太陽和月亮是 Zeus 的外婦 Leto 所生的兩個孩子(註四)。

這十個太陽出生後，如何在天空出現？不在天空出現的時候他們藏在什麼地方？這在山海經上亦有記載，海外東經：

下有湯谷(郭璞注：谷中水熱也)，湯谷上有扶桑，十日所浴。在黑齒北，居水中，有大木，九日居下枝，一日居上枝。

又大荒東經：

大荒之中有山名曰孽搖頵羝。上有扶木，柱三百里，其葉如芥。有谷曰溫源谷（郭璞注：溫源卽湯谷。），湯谷上有扶木，一日方至，一日方出（郭璞注：言交會相代也），皆載于烏（註五）。

按：扶木卽扶桑，所以海外東經說「湯谷上有扶桑」，而大荒東經說「湯谷上有扶木」。扶桑說文作「榑叒」。

前引大荒南經雖說羲和生十日，但並沒有說明這十日在什麼地方。那末，湯谷扶桑樹上的那十個太陽是否卽羲和所生的十日呢？是的，我們看大荒南經說羲和浴十日，而海外東經說「湯谷上有扶桑，十日所浴」。又歸藏（註六）說：「瞻彼上天，一明一晦，有夫羲和之子，出于暘谷（註七）。」可證湯谷扶桑樹上的十日卽羲和所生的十日。

羲和生下了這十個太陽後，把他們安置在東方湯谷上的一顆「柱三百里，其葉如芥」的扶桑樹上。他們在這棵樹上遵守着由羲和所安排的「九日居下枝，一日居上枝」及「一日方至，一日方出」的規律（註八）。居於上枝的一日等出去的那個日回到扶桑的下枝時，他卽從上枝進入天空。於是人間便分享着他的光明與溫暖。當他行完了天空的路程回到東方的湯谷裏時，他的母親羲和便替他洗一次澡，然後才讓他到扶桑的下枝去休息。這時候，另外的一個太陽便從下枝到上枝，再進入天空。人間便又是一次白天了。他們以十天為一週，每週輪班一次。

居於扶桑樹下枝的那九個太陽，在我們人世是不能直接看見的。但他們卻無時無刻不發出光和熱。楚辭遠遊：

朝濯髮於湯谷兮，夕晞余身兮九陽。

洪興祖楚辭補注說：「晞、日氣乾也。仲長統云：『沆瀣當餐，九陽代燭』，注云：『九陽，日也。陽谷上有扶木，九日居下枝，一日居上枝』。九歌曰：『晞汝髮兮陽之阿』。張衡曰：『晞余髮於朝陽』」。按：詩小雅湛露：「湛湛露斯，匪陽不晞」，毛傳：「陽，日也；晞，乾也」。可見「陽」（太陽）與「晞」（晒乾）在古代是常常連用的。再看「九陽」與「湯谷」並提，亦可證明遠遊所說的「九陽」就是指湯谷扶桑樹下枝的九日。而所謂「夕晞余身兮九陽」，夕就是夜裏的意思，這是以人間的晝夜來說的。夜裏在九陽下晒身體，卽表示人間雖已經天黑沒有太陽了，但扶桑樹下枝的九日却仍是繼續不斷地發出他們的光和熱；只不過人間看不見而已。

由於這十個太陽在東方的扶桑樹上輪流出入，而他們又無時無刻不發出光和熱。因此，古人在想像中便認爲十日所居的地方該是多麼地熱。楚辭招魂：

魂兮歸來，東方不可以託些。……十日代出，流金鑠石些。

王逸注說「代，更；鑠，銷也。言東方有扶桑之木，十日並在其上，以次更行。其熱酷烈，金石堅剛皆爲銷釋也」。御覽卷四引招魂作「十日並出，流金鑠石」，可能是抄誤。又聞一多楚辭校補以爲「代」當作「並」，亦誤。因爲至少在王逸注楚辭時就是當作更代的代字去注的。而且招魂這一段只單是對着東方來說的。如果是並出，就不必單指東方了。

根據前面引的山海經來看，太陽是從東方的湯谷裏洗過澡出來後，到生長在水中（又說是孽搖頵羝山上）的扶桑樹上，然後進入天空。但在山海經裏面，日所出的地點除湯谷扶桑外，尙有所謂大言山、合虛山、明星山、鞠陵于天山、猗天蘇門山、壑明俊疾山，凡六山，均見於大荒東經。太陽出入之地有一，卽方山上的柜格之松（樹名，見大荒西經。疑「出」字爲衍文）。太陽所入之地有豐沮玉門山、龍山、日月山、鏖鏊鉅山、常陽山、大荒山，凡六山，均見於大荒西經。而楚辭及淮南子所記又有不同。離騷：「吾令羲和弭節兮，望崦嵫而勿迫」，王逸注：「崦嵫、日所入山也」。天問：「出自湯谷，次于蒙汜」。淮南子天文篇：「日出于暘谷，浴于咸池，拂于扶桑，是謂晨明。登于扶桑，爰始將行，是謂朏明。……至于悲泉，爰止其女，爰息其馬，是謂縣車。至于虞淵，是謂黃昏。至于蒙谷，是謂定昏。……」。太陽出入的地點爲什麼有這樣不同的說法？我們還不明瞭。也許是由於不同地域或不同時代的傳說雜在一起了的緣故。不過，直接與十日有關的，則只有湯谷扶桑，是太陽們的家，亦是他們的出發地點。

據說，太陽從東到西是乘着馬車走的，爲他們駕車的人就是他們的母親羲和。楚辭九歌東君：

暾將出兮東方，照吾檻兮扶桑。撫余馬兮安驅，夜皎皎兮既明。……靈之來兮蔽日，……

……撰余轡兮高駝翔，杳冥冥兮以東行。

王逸注說「吾，謂日也」，又說「余、謂日也」。洪興祖補注說「淮南子曰：『日至悲泉，爰止其女，爰息其馬，是謂懸車』（按：見淮南子天文篇）；車、日所乘也，馬、駕車者也，御之者羲和也，女卽羲和，馬卽六龍」。東君篇是一首在內容上與太陽有關的歌詞，大概是沒有問題的。除了上面引的頭四句是說日出的情形外，末尾二句「撰余轡兮高駝翔，杳冥冥兮以東行」卽是說太陽行完了天空的路程，從一個爲人世所看不見的世界再回到東方。但東君篇却另有問題，卽歷來都說東君就是日神。然則所謂日神究竟是指太陽本身？抑是指主宰太陽的神（如羲和）？看王逸把「吾」「余」說是「日」；又注「靈之來兮蔽日」句說「言日神悅喜，於是來下；從其官屬，蔽日而至」，則他認爲日神就是指太陽本身，亦卽東君。但這與離騷的「吾令羲和弭節兮」，及天問的「羲和之未揚，若華何光？」（這兩句在下面還要討論），却似乎有點不太符合。因此，有人認爲羲和可能是神話上的稱呼，而東君卽日神羲和在祭祀上的稱呼；亦有人認爲是地域不同的神話融合在一起的緣故（註九）。如果我們把王逸對於楚辭上的關於太陽神話的記載的注全部看一遍，則會發現到他對於「日神是否卽太陽本身？東君究竟是太陽本身，抑是羲和？」等問題，還不太拿得定主意。可見這中間的確有問題。如果我們把東君看作羲和，亦照樣可以把東君篇全部講通。尤其解釋「靈之來兮蔽日」這一句，就不會像王逸所說的「從其官屬，蔽日而至」那樣牽強。因此，我疑心可能是在戰國時候，各地的神話漸漸混雜；在以東君爲名的太陽神話中，東君卽是太陽神，亦卽太陽本身，而在扶桑十日的太陽神話中，太陽神却是羲和。扶桑十日的神話是中國北方的一支（以山海經爲代表），它的內容經套上了東君的太陽神話的外衣後，結果東君變得既不像羲和，又不像太陽本身；或反過來說，他既像羲和，又像太陽本身。同時，這亦可能與東君這個篇目的來源有關（註十）。總之，根據東君篇的「撫余馬兮安驅」與「撰余轡兮高駝翔」，及淮南子的「爰止其女，爰息其馬」，我們可以看出自戰國以來確流傳太陽乘車的說法。

現在，我們再看王逸對於羲和是怎樣說的。離騷：

朝發軔於蒼梧兮，夕余至乎縣圃。欲少留此靈瑣兮，日忽忽其將暮。吾令羲和弭節兮，望崦嵫而勿迫。

王逸注說「羲和、日御也」，又說「崦嵫、日所入山也」。又如楚辭天問：「羲和之未揚，若華何光？」王逸注亦說「羲和、日御也」。我還不敢十分肯定地說，王逸在這幾個注裏面所說的「日御」卽是爲太陽御車；因爲歷史上亦有「日御」，是日官（掌曆）的名稱（註十一）。不過，後人却多認爲王逸所說的「日御」就是「爲太陽駕車的人」的意思。例如上引離騷，洪興祖補注說「虞世南（按：虞氏曾仕陳、隋、唐三朝）引淮南子云『爰止羲和，爰息六螭，是謂懸車』，注云『日乘車，駕以六龍，羲和御之』」（註十二）。如果王逸所說的日御確是如洪興祖補注所說的那樣；那末，爲什麼王逸不引東君篇的「撫余馬兮安驅」及「撰余轡兮高駝翔」來做他的證據呢？也許正因爲王逸把東君看作是太陽本身的緣故。再說，羲和爲太陽御車的說法，除始見於王逸注楚辭外，並不見於較早期的著作。而洪興祖補注所引虞世南引的淮南子「爰止羲和，爰息六螭」

與今本淮南子作「爰止其女，爰息其馬」不同。今本的「女」字的確很難解釋。因此，玄珠認爲正是由於這個「女」字很難解釋，所以後人改作了「爰止羲和」；同時，玄珠還認爲羲和爲太陽御車的說法可能是西漢以後才興起的(註十三)。不過，我們根據東君篇的記載看來，則太陽乘車的說法在戰國時候就已經產生了。那末，難道日乘車的說法產生之初是由太陽自己駕車，後來才改由羲和駕的嗎？這還不敢十分確定。明楊愼升菴文集卷七十四彈烏扶馬篇說：「古者羲和爲日御，莊子因御字遂有日車之說。楚辭、淮南子因車字遂有馬之說」。又清崔述考信錄釋例篇亦說「戰國秦漢之書非但託言多也，亦有古有是語而相沿失其解，遂妄爲之說者。古者日官謂之日御，故曰天子有日官，諸侯有日御。羲仲、和仲爲帝堯臣，主出日納日，以故謂之日御。後世失其說，遂悞以爲御車之御，謂羲和爲日御車」。這些論證，也許有幾分可信。

如果「日乘車，羲和御之」的說法不是這個神話本來的內容，而是後來才興起的話，那末，神話原來所說的太陽是怎樣在天空經過的呢？關於這個問題，似乎亦可以從山海經的記載上找到解答的線索。大荒東經說「一日方至，一日方出，皆載于烏」。我覺得這可能是這個神話本來的內容。它的意思是說「每個太陽從湯谷扶桑樹上出來，經過天空，再回到湯谷扶桑，都是由他們的烏載着飛出去又飛回來的。一日有一隻烏，十日有十隻烏」。在下面我們就要討論的十日並出說中，有這樣的一條記載，即「焉羿彈日？烏焉解羽？」（見楚辭天問）。羿之所以能把日射落，卽是因爲他把載日的烏給射中了的緣故。這表示烏與日的關係，原先是載日的。「烏」據說是一種三隻脚的烏鴉(註十四)。烏是一種鳥。在古代埃及、敍利亞、印度等地亦有鳥與太陽發生關聯的神話。埃及神話說太陽本身便是一隻鳥(鷹)(註十五);敍利亞神話說太陽神是載在一隻鳥(鷹)上面的(註十六);印度神話亦認爲太陽本身卽是一隻鳥,後來變爲由鳥載着(註十七)。而山海經所說的「皆載于烏」,從這些例子上亦就可以得到更明白的解釋了。同時,這亦表明在「日乘車」的說法發生以前,日是由鳥載着飛過天空的。

研究神話的人常把這種鳥稱爲「太陽鳥」(Sun-bird,或Solar bird)。日人藤田豐八認爲中國這種太陽鳥的神話是由印度傳入的(註十八)。出石誠彥以爲可能與西王母的三青鳥有關(註十九);而山本淸一又認爲可能是由中國古時候的人觀察到日中黑子後,演變爲日烏的神話的(註二十)。又胡厚宣說,商是一個崇拜太陽的民族;他引詩商頌「天命玄鳥,降而生商」而認爲「烏卽玄鳥,玄鳥生商卽太陽生商」(註二一)。

玄鳥生商的傳說除商頌以外,史記殷本紀記載更詳:「殷契,母曰簡狄,有娀氏之女,爲帝嚳次妃。三人行浴,見玄鳥墮其卵,簡狄取呑之,因孕生契」。這則傳說的來歷可能很古,而月令所記「仲春、玄鳥至;至之日,以大牢祠于高禖」的古禮,亦可能是由這個玄鳥感生的傳說演變來的。中國這個太陽鳥的神話,如果不是受了外來的影響才發生的話,則它的來歷的確以殷人玄鳥感生的傳說可能最大。據說玄鳥就是燕子,燕子之所以又稱爲玄鳥,乃是因爲它的毛色黑的緣故(註二二)。而「烏」亦是一種黑色的鳥。在古代埃及亦正有由崇拜某種鳥而轉變爲太陽鳥的神

話的例子。(註二三)

我讚成胡氏對日烏與玄鳥的聯想，但不同意他的「烏卽玄鳥，玄鳥生商卽太陽生商」的說法。他引王國維的話說「帝俊乃商人之祖」，又引郭沫若的說法說「由傳說之性質而言，十日乃帝俊之子，亦當出於殷人所構想」。如果「玄鳥生商卽太陽生商」，而帝俊又是殷人的始祖，那末神話說「帝俊妻羲和生十日」，究竟是商的始祖生太陽呢？抑或太陽是商人的始祖？因此，胡氏的說法便顯得自相矛盾了。我覺得日烏與玄鳥的關係可能是因玄鳥感生的傳說在演變過程中與太陽神話發生了牽連，結果玄鳥變成了太陽鳥；後來這隻太陽鳥又由玄鳥變爲了烏。但這是傳說演變的結果，並非原來就是「日烏卽玄鳥」。當然，我的看法亦只是一種可能而已。究竟如何，尙待進一步求證。

大概戰國時候的人漸漸覺得太陽爲烏所載太不夠威嚴，因此，創造了日乘車的說法。又由於歷史上的羲和(按：羲和原先可能是神話上的名稱，後來變爲歷史上掌曆的官名。參看本文註三)爲日官的名稱，日官又名日御，御又有御車的意義。而神話上的羲和亦正有主宰太陽行止的能力。因此，遂又添上了羲和爲太陽駕車的一層內容。於是便成了日乘馬車、羲和御之的一套完整說法。再往後，馬亦不夠表現太陽的威嚴，因此又有日乘車駕以六龍(螭)的說法。日旣變爲乘車，烏與日的關係就得重新安排。於是便把烏安置在太陽之中，讓太陽載着烏，卽淮南子精神篇所說的「日中有踆烏」。漢代石刻上把烏刻在太陽中間，而仍作伸頸、挺尾、展翅那種飛行的樣子，則猶保存了古意（請參看本文附圖I）。

二、十日並出

關於十日並出的資料，在古書上大都是片斷的。到了淮南子著成的時候，才把這一段神話記載得比較有頭緒。淮南子本經篇：

逮至堯之時，十日並出。焦禾稼，殺草木，而民無所食。猰貐，鑿齒，九嬰，大風，封豨，脩蛇，皆爲民害。堯乃使羿誅鑿齒於疇華之野，殺九嬰於凶水之上，繳大風於青邱之澤，上射十日而下殺猰貐、脩蛇於洞庭，禽封豨於桑林。萬民皆喜，置堯以爲天子。

這是多麼大的一次天災地禍！剛好堯生存在這個時候。他有應付災變的機智，他知道這些禍害不能靠徒手或短兵；須靠在遠距離亦有效的箭。因此，他請來了百發百中的射手羿來協助解決困難。羿不僅解決了地上的災害；而且靠了他操弓箭的技能，把中天並出的十個太陽亦給射落了九個。於是，大地才恢復正常。因此，人們便推戴堯來做天子。十日並出的神話便是穿插在這段故事中的。高誘注「上射十日」句說「十日並出，羿射去九」。淮南子是漢初的書，嚴格說來它上面的這段記載只能看作是這一神話在漢初的形式。不過，我們在漢以前的書裏面所能找到的片斷記載中，却可以證明淮南子所說的與漢以前所流傳的並沒有什麼差別。現在我們就把那些片斷的記載引錄在下面。同時亦可以補充淮南子所說不足的地方。

呂氏春秋求人篇：

昔者，堯朝許由於沛澤之中，曰：「十日出而焦火不息，不亦勞乎？夫子爲天子，而天下已定矣。請屬天下於夫子」。

楚辭天問：

羿焉彈日？烏焉解羽？

王逸注：「堯命羿仰射十日，中其九日；日中九烏皆死，墮其羽翼。故留其一日也」。

莊子齊物論：

昔者，堯問於舜曰：「……」。舜曰：「……昔者，十日並出，萬物皆照(註二四)」。

山海經海外西經：

女丑之尸生而十日炙殺之。在丈夫北，以右手障其面。十日居上，女丑居山之上(註二五)。

根據高誘注淮南子及王逸注楚辭的說法看來，則羿射十日，射中了九日，九日中的烏皆解羽墮地而死。自此以後，天地間就只有一個太陽了。但另有人認爲羿射十日並沒有把日射落；只是使那十日不敢並出爲天下災害而已。山海經海外東經「九日居下枝，一日居上枝」句郭璞注說「莊周云『昔者，十日並出，草木焦枯』。淮南子亦云『堯乃命羿射十日，中其九日，日中烏盡死』。離騷所謂『羿焉彈日？烏焉落羽？』者也。歸藏鄭母經云『昔者，羿善射，畢十日，果畢之』。汲郡竹書曰『胤甲即位，居西河，有妖孽，十日並出』。明此自然之異有自來矣。傳曰『天有十日，日之數十』，此云『九日居下枝，一日居上枝』，大荒經又云『一日方至，一日方出』，明天地雖有十日，自使以次第迭出運照。而今俱見，爲天下妖災。故羿稟堯之命，洞其靈誠，仰天控弦而九日潛退也。假令器用可以激水，烈火精感可以降霜回景，然則羿之鏃明離而斃陽烏未足爲難也」。照他的注的意思看來，則郭璞顯然認爲：羿雖射十日，中九日，但並未把日射落，射落的只是九日中的烏；因此，那被射落了烏的九日便退了回去，於是才不一道出來爲天下妖災了。據我分析，郭璞之所以要這樣說，可能是他排比古書上的記載所指的時間而推論出來的一個結果。他根據山海經所說而認爲天地間本是十日迭出的。又根據莊子所說的堯時十日並出，淮南子所說的堯命羿上射十日，再根據竹書紀年所說胤甲時還有十日並出；胤甲遠在堯後而復有十日，因此遂認爲堯雖命羿上射十日，並未把日射落。同時爲了要適合天問的「羿焉彃日？烏焉解羽？」的意義，所以他只說「日中烏盡死」及「落陽烏」，而不說落日。其實在古代日烏就代表整個太陽，「烏焉解羽」即表示把日射落了。他的這種推論在基本態度上等於把古書上的一切記載，尤其是所標示的時間，都當作事實看待。郭璞的這種說法大概不是由他獨創出來的，可能早在高誘及王逸以前就已經存在了。漢王充論衡說日篇：「淮南書又言燭十日，堯時十日並出，萬物焦枯，堯上射十日，以故不並一日見也」。所謂「以故不並一日見也」的意思亦是說：這十個太陽因此才不一道出來；一天只能看見一個了。王充說他是引的淮南子，但今本淮南子沒有「以故不並一日見也」這樣的話。再看他誤射日者爲堯，則他引淮南子可能只是凴記憶引的。凴記憶就難免會混入別處的說法了。根據說日篇關於十日的論旨看來，他根本不相信所謂的「十日」是指十個眞的太陽。因此，「以故不並一日見也」的說法就並不一定是王充本人的意見；而可能是他引述當時的人對於羿射十日是否把日射落的一種說法。王充時代的這一說法，似乎又可以追溯到淮南子時代。淮南子兵略篇：「武王伐紂……當戰之時，十日亂於上，風雨擊於中」。本經篇旣記堯時羿射十日，而武王伐紂時，復有十日亂於上，則表示當時亦認爲羿並沒有把日射落。漢代竹書紀年還沒有出土，那時候的人並不知道胤甲時又有十日並出。因此，漢初雖亦已有這種說法，但根據却不相同。據我分析，漢代之所以有這種說法，其推論的方法及對資料的處理態度與郭璞是一樣的。不過，他們的根據不是竹書紀年；而是山海經。漢代人大都相信山海經是禹益等人的親身經歷的記錄(註二六)。淮南子旣說堯時十日並出，命羿射十日；而山海經又記東方湯谷的扶桑樹上有九日居下枝，一日居上枝，及一日方至，一日方出。禹益亦在堯後而復見十日於東方扶桑樹上，因此乃推論堯時羿射十日並未把十日射落。但山海經我們現在知道決不是禹益的親身見聞。

其實，問題的癥結並不在王逸以前，漢代就已經有這種說法。更重要的是郭璞引的竹書紀年上爲什麼會有胤甲時十日並出的記載？如果竹書上的這條記載在十日並出，羿射十日的神話產生之前就已經寫定，那末就不能根據它來推論羿射十日是否把十日射落的問題。如果這條記載在十日並出、羿射十日的神話發生以後才寫定，卽可能表示當時亦已有人認爲羿並沒有把日射落。這就與十日並出神話的內容及意旨有極大的關係了。

十日並出神話發生在什麼時代？這是很難確定的。根據莊子及楚辭天問已有關於這個神話的記載，則它至少在戰國初年或春秋末年就已經發生了。（按：莊周約生於公元前四世紀初，亦卽戰國初期。屈原約生於公元前四世紀中葉，略晚於莊周）（註二七）。至於竹書紀年成於何時？據晉書束晳傳說「（晉）太康二年（281 A.D.），汲郡人不準盜發魏襄王墓，或言安釐王冢，得書數十車。其紀年十三篇，記夏以來至周幽王爲犬戎所滅，以事接之。三家分，仍述魏事，至安釐王之二十年（註二八）。蓋魏國之史書，大略與春秋皆多相應」。魏襄王元年爲公元前三三四年，在位十六年；安釐王元年爲公元前二七六年。魏襄王三十一年（公元前三四〇年）秦伐魏。魏因此自安邑（今山西省有安邑縣）遷都大梁（今河南開封），而獻河西之地於秦。汲地距大梁不遠。故疑竹書紀年係遷大梁後，魏史官追述前事之作。因爲卽令魏國於遷都前本有史記，於戰亂遷都之際，惶惶然逃命猶恐不及，豈能挾數十車之竹書以東遷？再看晉杜預春秋經傳集解後序考紀年所記「今王」卽魏哀王（於公元前三一八年卽位），更可見竹書紀年乃遷都後追述前事之作。由此可證十日並出，羿射十日的神話在竹書紀年寫成以前就已經存在了。然則，寫紀年的人何以記胤甲時十日並出？是否表示他認爲羿射十日並未把日射落？這有兩個可能：第一，他記胤甲時十日並出，可能只是表示胤甲在位時的一種天災，並沒有顧及十日並出神話的全部內容；換句話說就是他不計較羿是否把日射落。第二，他認爲羿沒有把日射落。如果是屬於第一種可能，則紀年所記胤甲時十日並出與十日並出神話的羿射十日，中其九日的內容無關。至於第二種可能，我有兩個解釋，即一他不管神話是怎樣說的，他認為人不可能把太陽射落；二他與漢代的人一樣，把山海經當作禹益的親身見聞看待，因此亦得出同樣的推論。

我們再看楚辭天問「羿焉彈日？烏焉解羽？」，王逸除了注說「羿射十日，中其九日，日中九烏皆死」之外，還說「彈，一作彈，一作斃」。可見在他以前還有作「斃」的一種本子。斃就是把日消滅了的意思（當然不是全部消滅）。姑不論屈原初寫天問時是否作「斃」，但只有解釋說羿已經把日射落，才能與「烏焉解羽？」這一問句的意思貫通起來。同時，我們在下面還要說到，十日並出神話之所以發生與羿射十日，中其九日有不可分割的關係。因此，我覺得羿沒有把日射落的說法，乃是後來才興起的。

以上，我把關於十日神話的資料分為「十日迭出」與「十日並出」兩類。我的分類所根據的主要是資料本身在內容上的互相關聯性。例如：迭出的十日與羲和有關，尤其與湯谷及扶桑有直接的關聯；但却看不出他們（羲和，湯谷與扶桑）與十日並出說的關係。所以把凡與羲和、湯谷及扶桑有關的資料都列在十日迭出說中。至於十日並出說則與堯及羿射日有關，同時十日並出又與草木焦枯有關；而這些人和事却與十日迭出說無涉。因此，我把凡與堯、羿射日及草木焦枯有關的資料都列在十日並出說中。這個分類的標準是我要特別說明的。

另外，在淮南子上面還有一條有關十日神話的資料，在上面不曾提到過。由於這條資料比較特殊，所以在這裏單獨提出來討論。淮南子墬形篇：

扶木在陽州。日之所曊（高誘注：「曊、猶照也。陽州、東方也」）。建木在都廣，衆帝所自上下；日中無景，呼而無響，蓋天地之中也。若木在建木西，末有十日，其華照下地（高誘注：末，端也。若木端有十日，狀如蓮華。華，猶光也，光照其下也）。

清段玉裁注說文以爲若木卽扶桑。說文「叒」字段氏注說「離騷：『揔余轡乎扶桑，折若木以拂日』二語相聯，蓋若木卽謂扶桑。扶若字卽榑叒字也」。按：段氏引離騷以爲「二語相聯」，其實不確。因爲屈原寫這一段的意思是說他依着太陽從東到西所行走的路線作想像中的遨遊。「揔余轡乎扶桑」是說從東方上馬出發；「折若木以拂日」却是說到了西方。這兩句話雖然是一前一後說的，但文勢上並不相聯，而意義上亦不相關。所以根據這兩句話來證明若木卽扶桑是錯誤的。另外，日人杉本直治郎從字形上去考證，說桑字與若字關聯，更進而認爲若木卽扶桑（註二九）。儘管桑若在文字上是同一來源，但說若木卽扶桑則須重作檢討。因爲淮南子跟離騷一樣明明把扶木（卽扶桑）與若木辨爲二物。而且從方位上來說，建木爲天地之中，若木在建木之西；而扶桑却在東方之陽州。因此，儘管桑與若在文字上有關係，但從方位上乃至神話上來看，若木當非扶桑，至少楚辭與淮南子是這樣的。我覺得若木十日（注意：這十個日似乎是長在樹上的，不能到天空上來）的來源有兩個可能：一、如果淮南子原來確有「末有十日」這四個字，則若木十日的神話可能是戰國末至漢初時候的人因見桑若二字同源，乃根據扶桑之十日及若木能自發光的傳說（見下），而創說若木亦有十日。二、如果淮南子本來沒有「末有十日」這四個字，則若木十日的神話可能是在高誘注淮南子以前的人以上面所說的同樣的理由竄入淮南子中去的。因為在山海經及楚辭等書上都有若木的記述，但却沒有說到有十日。山海經海內經：「南海之外，黑水、青水之間，有木曰若木」。又大荒北經：「灰野之山（據畢沅校本），上有樹，青葉赤華，名曰若木」，郭璞注說「生昆侖西坿西極，其華光赤照下地（按：「華」可能是指這種樹的花能發光）」；郝懿行山海經箋疏以為「生昆侖西坿西極」本係經文，後誤入郭注。是則，據古書所載，若木有二：一在南海之外，一在昆侖之西。從方位上來看，淮南子所說的若木當係昆侖西邊的若木。但山海經沒有若木十日的記載。楚辭上對於若木的記載，說這是一種能自己發光的樹，並可折以拂日。離騷：「折若木以拂日兮」，王逸注：「若木在昆侖西極，其華照下地。拂、擊也，一云蔽也」。又天問：「羲和之未揚，若華何光？」，王逸注：「羲和，日御也。言日未出之時，若木何能有明赤之光華乎？」王逸較高誘猶早（按：王逸為後漢順帝時人，高誘為後漢獻帝時人）。如果淮南子本來就有若木十日記載，則王氏當引以注楚辭。由此可見上面所說的若木十日的來源的兩種可能中，尤以第二種可能為大。

三、十日迭出神話與十日並出神話的比較

從上面所引的資料的出處上來看，我們可以發現這兩種說法在戰國時代是同時存在的；而且還見於同一人的著作之中。現在我先把上面所引的比較重要的資料列表於下。表中的星號表示本

文對於該項資料的分類：

（表I）

書名	類屬	十日迭出	十日並出	摘要
山海經	大荒南經	*		有女子名曰羲和，方日浴于甘淵。羲和者帝俊之妻，生十日。
	大荒東經	*		湯谷上有扶木，一日方至，一日方出，皆載于烏。
	海外西經		*	女丑之尸生而十日炙殺之。十日居上，女丑居山之上。
	海外東經	*		湯谷上有扶桑，十日所浴。九日居下枝，一日居上枝。
莊子	齊物論		*	昔者，十日並出，萬物皆照。（託爲舜語）
楚辭	離騷	*		吾令羲和弭節兮，望崦嵫而勿迫。
	東君	*		暾將出兮東方，照吾檻兮扶桑。
	天問1	*		出自湯谷，次于蒙汜，自明及晦所行幾里？
	天問2	*		羲和之未揚，若華何光？
	天問3		*	羿焉彃日？烏焉解羽？（王逸注：羿射十日，中其九日，日中九烏皆死。）

遠遊	*		朝濯髮於湯谷兮，夕晞余身兮九陽。
招魂	*		十日代出，流金鑠石。
呂氏春秋 求人篇		*	十日出而焦火不息。（託為堯語）
淮南子 天文篇	*		日出于暘谷，浴于咸池，拂于扶桑。……至于悲泉，爰止其女，爰息其馬。
淮南子 本經篇		*	堯時，十日並出，焦禾稼，殺草木。堯使羿射十日。（高誘注：中其九日故留其一日）

在前面，我們對於十日迭出說及十日並出說大致都只注意它們之間的異點。其實在這兩種說法之間亦有很值得我們重視的相同之處。玆將其異同之要點列表比較於下：

（表Ⅱ）

	與羲和的關係	與羿的關係	與人間的關係	日烏	乘具	出發地點	發生時間
十日迭出	母子	無	正常	有*	烏→車	湯谷扶桑	自天地間有太陽時開始
十日並出	不明	羿射日	焦禾稼，殺草木*	有**	不明	不明	堯即位前
附註			*羿射日後，人間恢復正常	*皆載于烏 **烏焉解羽			

根據表II，我們一方面可以看出這兩種說法不僅敍事不同，而所涉及的人物亦各不相干。但另一方面我們却又可以發現這兩種說法不僅所說十日的數目相等，而且都說十日皆有「烏」。「烏」是一個非常重要的線索。根據這個線索我們可以證明這兩種說法的主題——十日，在實質上根本是一體。換句話說，卽並出的那十個太陽就是迭出的那十個太陽。有了這個證明，我們可以進一步推論，並出的那十個太陽亦當是羲和之子；而且亦當是出自湯谷扶桑。我們看天問裏面旣有「出自湯谷」及「羲和之未揚，若華何光？」，而又有「羿焉彈日？烏焉解羽？」；淮南子裏面亦是一樣，旣有「日出于暘谷」，又有「堯時十日並出」。這些都可以說是旁證。然則，在所有關於十日並出的記載中爲什麼都不明白說出來呢？關於這個問題我想留在後面再說。

在前面，我把楚辭天問的「出自湯谷」及「羲和之揚，若華何光？」列在十日迭出說中，而把「羿焉彈日？烏焉解羽？」列在十日並出說中。同樣，把淮南子天文篇的「日出于暘谷，浴于咸池，拂于扶桑……至于悲泉，爰止其女，爰息其馬」列在十日迭出說中，而把本經篇的「堯時十日並出，羿射十日」列在十日並出說中。如果我們把這些列在迭出說中的資料，從另一個立場去解釋，是否亦可以把它們列在並出說中呢？（卽把天問的「出自湯谷」，「羲和之未揚，若華何光？」及淮南子天文篇的「日出于暘谷……至于悲泉，爰止其女，爰息其馬」等，看作是羿射十日，中九日，僅留一日之後，所剩的那個日的情形）。這當然亦是可以的。只不過我在前面的分類是根據資料本身的內容的關聯性爲標準的。所以才作那樣的處理。如果我在前面就根據這種解釋把它們列在十日並出說中，即等於不經證明而默認並出的十日亦與湯谷扶桑及羲和有關了。並出的十日既然就是迭出的十日，那末，為什麼會有這兩種不同的說法產生，而又在戰國時候並存呢？關於這個問題我在後面有討論。

叁、十日神話的來龍去脈

上面我們說過，並出的那十個太陽亦就是迭出的那十個太陽。現在，我們要進一步討論：中國古代以十日為主題的神話是怎樣產生的？中國古時候的人認為天上有「十個」太陽的這種想法是怎樣來的？又，以同樣的十日為主題，為什麼會有「迭出」及「並出」兩種說法？這兩種說法之間究竟有什麼關係？這是這一章裏面所要討論的幾個中心問題。

一、十日神話之發生及其背景之研究

中國古代的十日神話緣何而有？歷來有不同的說法。總其要約有兩說：即外來說與自發說。主張外來說者可以日人藤田豐八為代表；主張自發說者可以朱熹及郭沫若為代表。朱熹認為十日神話是由十干紀日誤傳來的；而郭沫若則以為十日神話乃中國古人解釋自然現象的，殷人的十干紀日及旬制卽由此神話所衍生。因此，朱熹及郭沫若的說法雖都屬於自發說，但論到這神話與十干紀日的關係時，意見却恰恰相反。現在我們先把這幾個人的說法作一檢討，然後再討論這神話

究竟是怎樣產生的；促使它產生的背景是什麼？

藤田豐八認爲中國古代的十日神話是由印度傳入的。他說：

> 關於十日並出或十日迭出之神話，印度自昔亦已有之，惟出典稍遲耳。據 Albirûni 氏之印度（India）所載，波羅門教徒有一傳說，卽十二日迭出，燒盡大地，乾渴一切水氣，而相信世界因而滅亡是也。佛教徒亦有類似之傳說，換言之，卽 Meru 有四世界，互爲榮枯盛衰。七日迭出，涸其源泉，愈至地下愈強烈，於是乃化爲沙漠，當其火一移他世界時，則其世界復繁榮矣。其火去，烈風吹，雲起雨降，化爲大洋。由此大洋生出貝殼，精靈宿之，水退則人生矣。如上所說，波羅門教徒之傳說日數十二，佛教七，中國十，然其迭出燒盡地上之生物之根本觀念，則一致也。此種傳說，見於各種 Purāuas 由此觀之，殆從印度傳入中國者，山海經謂十日迭出係南方黑齒國之故事，則益覺其然（註三〇）。

細細分析起來，藤田氏的說法是很有問題的。波羅門教徒說日有十二，佛教徒說有七，中國說有十；太陽數目的何以不同是一個非常重要的問題。必先瞭解這個問題，然後才能討論神話的淵源如何。可是，藤田氏對於這樣重要的一個問題却沒有一點說明。這姑且不論，我們單從他所根據的理由上來看。他說「其迭出燒盡地上之生物之根本觀念，則一致也」。神話觀念的同異固然是重要的問題，但如果對神話本身的內容都沒有研究淸楚，而提出觀念上的問題來討論，這是非常危險的。上面我們說到，中國的十日神話有「十日迭出」及「十日並出」兩種說法（藤田氏亦知道這一事實）。其中只有「十日並出」說才與大地的焦枯有關係；至於「十日迭出」乃是一種正常的現象。而印度神話所說的是「迭出燒盡地上之生物」，這如何可以說根本觀念一致呢？再說，太陽的光熱使人們與火發生聯想是很普遍的事。十日迭出對大地是一種正常的現象，所以太陽雖然是火，亦不致使草木焦枯；至於在東方的湯谷裏，却是「流金鑠石」（見前引楚辭招魂）。印度人固然認爲太陽是火，它的熱度可以使大地草木焦枯，但這種想法並非由印度獨創。古時候的希臘人（註三一），墨西哥人（註三二），以及南美的Mbocobis土人（註三三）等亦都有這樣的聯想。據說人類之崇拜太陽是由崇拜地上的火變爲崇拜天上的火來的（註三四）。是則，中國人並不一定要等印度傳入這個神話後才產生太陽與火的聯想。因此，藤田氏以爲「根本觀念」一致即是由印度傳入的說法亦就不能成爲定論了。而且，據我看來，這只是共同的想法，並不是根本觀念。藤田氏明明知道印度神話之出典較中國爲遲。那末，何嘗不可以說印度神話是由中國傳過去的呢？藤田氏又說「山海經謂十日迭出係南方黑齒國之故事」。其實這並不是黑齒國的故事。山海經說「在黑齒北」只是標示湯谷扶桑的方位。如果我們明瞭藤田氏寫中國南海古代交通叢考的目的是爲了要證明古代中國與印度曾有交通，則我們亦不難瞭解他爲達到這目的而找證據的苦心了。其實，照他所根據的理由至多不過證明這兩個古代民族的太陽神話在某方面有一些相似。中印在古代曾有交通，當無可疑。但憑他的理由一定要說中國古代的十日神話是由印度傳入，則未免過份武斷。

其次，我們看朱熹是怎樣說的。楚辭辨證卷下論「羿焉彈日？烏焉解羽？」說：

「羿焉彈日？烏焉解羽？」，洪引歸藏云「羿彈十日」。補注引山海經注曰「天有十日，日之數十也。然一日方至，一日方出，雖有十日，自使以次第迭出。而今俱見，乃爲妖怪。惟故，羿仰天控弦而九日潛退耳」。按此十日本是自甲至癸耳，而傳者誤以爲十日並出之說。

可見朱熹認爲十日神話（當然，朱子時代並沒有「神話」這個名詞）是由自甲至癸的十干演變（朱子說「誤傳」）來的。但爲什麼十干會變爲十日神話？朱熹却沒有更進一步去求證。近代亦有人作過這樣的推想。如日人出石誠彥說「這個傳說（按：指山海經的「一日方至，一日方出」及「九日居下枝，一日居上枝」）顯然是解釋日出的狀況的。但爲什麼是『十日』？則難以說明。如果試作解釋，則十干紀日的神話化是可能的。亦許幻日的現象有助於這種試想。但，這應明瞭中國古代的氣象才能知道」（註三五）。又日人杉本直治郎亦說「從卜辭上知道殷代已經採用了旬日制，由這種旬日制變爲十日神話是有可能的」（註三六）。他們和朱熹一樣，都只止於推想而已，並沒有進一步去求證。

最後，我們看郭沫若的說法。他在甲骨文字研究釋支干篇裏面費了不少的篇幅來討論十日神話與十干紀日的關係。現在，我把他的論證的重要部份摘錄在下面：

古人謂天有十日，其傳說之梗概見於山海經……，莊子齊物論……，淮南本經訓……，天問篇云「羿焉彃日，烏焉解羽」所問者卽此射日之事也。由此傳說可知中國古代並無崇拜太陽之習俗。

然此十日傳說要亦不甚古，蓋其產生必在數字觀念已進展於十而後可能也。古人以三爲衆，數欲知十，殊非易易。山海經又云「有女子名曰羲和，方浴日于甘淵。羲和帝俊之妻，生十日」。王國維云帝俊卽帝嚳。帝嚳爲殷人所自出，則十日傳說必爲殷人所創生而以之屬於其祖者也。

有十日迭出之傳說，故有以十日爲一旬之曆制。殷人月行三分制爲旬，周人月行四分制爲「初吉」爲「既生覇」爲「既望」爲「既死覇」。……此亦十日傳說之當起於殷人之一旁證矣。

然則甲乙丙丁等十干文字，其朔究當爲何耶？其係十日之專名，抑係一旬之次第？案二者之孰先孰後雖未能斷言，然有可斷言者則二者均非其朔。

據他考證：「甲乙丙丁爲魚身之物，其字象形，其義至古」。又說：「按此六字（戊至癸）均係器物之象形，且多係武器」。然後他又說：

事尤有可注意者，則甲乙丙丁四字爲一系，戊以後又爲一系，與數字之一二三亖爲一系，五以下又別爲一系者，其文化發展之過程皆同。故疑甲乙丙丁者實古人與一二三亖相應之次數，猶言第一第二第三第四。第五之戊以下則於五以下之數字觀念發生以後，始由一時所創制，故六字均取同性質之器物以爲比類也。……則殷人於以甲乙名日之前，蓋先以甲乙爲次數。

十日傳說須於十之數目觀念發生以後始能有。於十之數目觀念發生以前，甲乙丙丁四位次數之觀念自當先行存在。基數進化至十，故次數之甲乙亦補充至癸。

最後，他綜合「十干」「十日神話」「旬制」三者的關係說：

十日傳說乃對於自然現象之一解釋也。太陽日出日沒，出不知所自來，入不知所向往，而日日周旋。古人對此苦於索解，故創爲十日之說以解之。此以今人觀之誠爲怪誕不經之談，大不合於科學之所召，然在古人則適爲古人之自然科學，古人之天文物理學也。古人到能對自然現象索縣解，實非易易事。故此可斷言甲乙實先於十日。甲乙本爲十位次數之名，有此次數於十日傳說發生以後，乃移以名彼十日。十日爲一旬之曆法規定當又在傳說以後，蓋必先有彼初步之自然解釋而後始移之於實用也。以生日爲名號之事自當更在其後。

由文字之性質而言，十干文字至少有半數以上當創制於殷人。由傳說之性質而言，十日乃帝俊之子，亦當出於殷人所構想，則一旬之曆制自當始於殷人。旬制既始於殷人，則以日爲名號之事亦當始於殷人。始於殷之何人雖不可得而知，所得而知者，則殷以前不應有以日爲名之事也。古史中載夏有孔甲、履癸果有其人時，則甲癸之義要亦不過魚鱗，第一，與三鋒矛之類耳。

綜合郭沫若的說法，可簡化爲下表：

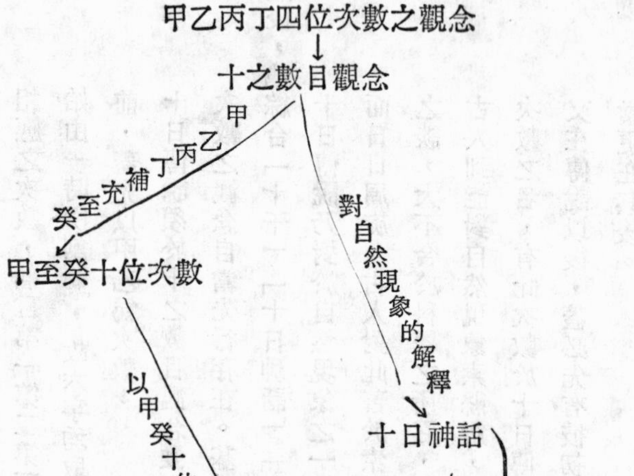

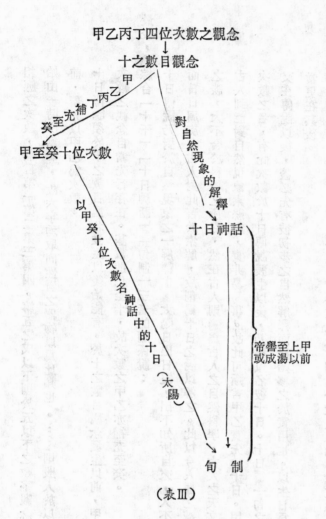

（表Ⅲ）

前面朱熹等人的說法與郭沫若的見解恰恰相反：前者認爲十日神話乃源自十干紀日，後者認爲十干紀日乃源自十日神話。然而，他們亦有相同的地方，即都認爲十日神話與十干紀日有密切的關係。

要明瞭這兩種說法的誰是誰非或皆非，當先明瞭十干紀日是怎麼一回事。然後與十日神話比較，看兩者之間是否有關係。如果沒有關係，則這兩種說法都不對。如果確有關係，我們才能進一步去討論究竟是什麼關係。現在，我把十干在古代的應用情形作一簡單的介紹。至於十干文字的字形及原義，可參看郭書的考證。

所謂十干（又稱爲天干或日干）就是「甲、乙、丙、丁、戊、己、庚、辛、壬、癸」這一組有固定次序的十個字。十干之用爲紀日，照郭沫若的意見看來，他似乎認爲始於上甲或成湯以前，且必爲殷人所創用。目前已經出土的卜辭最早不超過盤庚時代(註三七)。十干在卜辭上的應用，有值得注意的幾點如下。

(1) 十干爲旬制的基準： 今日所謂的甲子表就是古代留傳下來的干支表。十干與十二支相配，六十日爲一循環。例如甲子爲第一日，乙丑爲第二日，至第六十一日復爲甲子。這種干支紀日法在殷代尤可注意者爲十干。因爲殷人在習慣上並非以自甲子至癸亥的六十天爲一單位，而是以十干一旬爲一單位(註三八)。即含甲之日爲第一日，乙日爲第二日，丙日爲第三日……癸日爲第十日；至第十一日又爲甲日。這個單位在殷代稱爲「旬」。殷王所例行的對於未來吉凶的卜問，就是以這樣的一旬爲一個單位——卽於每旬之末（癸）日例行卜問下旬的吉凶。這就是所謂的卜旬。「旬」的範圍似乎只指自甲至癸十天的時間；至於自乙至甲、或自癸至壬等雖然亦是十天，但似乎不可以稱爲旬。因此，凡卜辭中所謂「今旬」或「玆旬」都可能只限於該旬自甲日至癸日這一旬內的時間。

⑵ 可以單用十干中的一個字來紀日：卜辭中最普遍的固然是干支紀日，但有時候却亦可以只單用十干中的一個字來稱某日。例如：「于來日已」（殷契粹編三〇三），「今辛至于來辛又大雨」（同前六九二），「今日戊，王其田」（同前九九五），「乙丑卜，庚雨」（殷虛書契前編三·一八·一），「甲申卜，羽乙雨？羽乙不雨？」（同前七·四一·二），「癸丑卜箙，羽甲雨？甲允雨」（同前七·四四·一）等。以十二支紀時的例子極少，據陳夢家統計說：「以地支爲時名的，僅見二例：『甲子卜今日亥不雨』（殷契粹編七八四）；『王其田以亥不雨』（庫方二氏藏甲骨卜辭七一三）。此『亥』不是天干，不代表一天（因卜日爲甲子日），恐怕指的時刻」（註三九）。

⑶ 殷人以十干爲名，並以之排定先祖妣受祭日期的次第：殷王室自上甲以下卽以十干爲名（註四〇）。如上甲、報乙、報丙、報丁、主壬、主癸、大乙（卽成湯又名唐）等等（註四一）。而且殷人於祭祀先祖妣時，人名與日名亦有極密切的關係，卽王國維所謂「祭名甲者用甲日，祭名乙者用乙日」。可見當時紀日之法表面上雖然是以干與支相配合，但實際用於祭祀上（指祭祖妣）則僅以十干爲次序。而且是以自甲日至癸日的一旬爲一單位，周而復始。殷人這種以十干爲名及

以之排定先祖妣受祭日期的祀祖制度，在入周以後的殷遺（宋國）中還曾保留過一段時期（註四二）。

以上所述關於十干的應用都與紀日有極密切的關係。用十干紀日不僅表明了所紀日期的先後及名稱，而且還用它來當作旬制的基準。旬制在殷代是一個極重要的時間單位，與當時人的生活有很大的關係。

十干紀日與十日神話之間，值得注意的現象除紀日的「十干」與神話的「十日」數目相等外，並且十干所紀之日是一日一干，十日一旬，周而復始。這與十日神話所說的「一日方至，一日方出」或「九日居下枝，一日居上枝」互相對應。

另外還有一點更值得注意的現象，在上面不曾提到過，就是甲、乙、丙……癸這十個字在早期的總名稱並不叫做十干，而是叫做「十日」（郭沫若亦曾注意到這一點）。周禮春官：

馮相氏掌十有二歲，十有二辰，十日，二十有八宿之位。辨其敍事，以會天位。

唐賈公彥疏：「十日者謂甲乙丙丁之等也」。又秋官：

哲蔟氏掌覆夭鳥之巢。以方書十日之號，十有二辰之號，十有二月之號，十有二歲之號，二十有八宿之號。縣其巢上則去之。

鄭玄注：「方，版也。日謂從甲至癸，辰謂從子至亥……，夭鳥見此五者而去，其詳未聞」。又左傳昭公五年：「日之數十」；昭公七年：「天有十日，人有十等」。杜預注「十日」都說是「甲至癸」。又淮南子天文篇：「日之數十」，高誘注：「十，從甲至癸日」。後來，甲至癸（十日）及子至亥（十二辰）在史記律書上稱爲「十母十二子」；班固白虎通姓名篇稱之爲「幹枝」；王充論衡詰術篇始稱之爲「干支」。

是則自甲至癸在周代稱爲「十日」。這十個字在殷代是否亦有一個總名稱？我們還不知道，所知道的是殷人用這十個字來紀日，十日之期稱爲「旬」（註四三）。

甲癸的「十日」與神話的主題「十日」（如：羲和生十日，十日所浴，十日並出，羿射十日等）其名稱完全相同。根據這些現象（卽上面所說的數目相等，互相對應以及剛剛說的名稱相同）我們可以證明十日神話與甲癸的十日（旬制）中間的確有極密切的關係。然則，甲乙丙丁……癸這十個字，究竟是先用來稱神話上的十個太陽，因之才有「十日」的名稱，而後又因之演變爲旬制的呢？抑或是先用它們來紀錄日期，至形成旬制之後，因甲至癸凡十日，所以才演變爲十日神話的？簡單地說，就是先有十日神話而後有十干紀日的旬制？抑是先有十干紀日的旬制而後有十日神話？這就是郭沫若與朱熹等人的說法的分野所在。

郭沫若對於十日神話的那種說法，只是爲了替他所研究的甲乙丙丁……癸這十個字與旬制之間的關係找一個橋梁。他對於十日神話本身並沒有作深入的研究。因此他把十日迭出與十日並出混爲一談。這我們姑且不論。單從他的推論上來看，尙有可商榷者數點如下：

（1）郭氏說「必先有彼初步之自然解釋，而後始移之於實用」。這大概是他的基本觀點，所以他又說「十日傳說乃對自然現象之一解釋也」。其實並不盡然。神話多半是解釋一種先已存在的事物或現象的。它的產生大致都是為了滿足人們的好奇的衝動。當它產生後，可以移之於實用，如某些學者以神話為根據來解釋宗教禮儀的起源，這就是古人把神話化為了實際的行為。但亦可以與實用不發生關係，例如我在前面提到過的、共工氏觸不周山的神話，又如希臘人解釋孔雀尾巴上的眼形花紋的神話，及中國湘妃竹的神話等。然而，亦可以先有實用，而後產生神話。例如中國古代十二個月亮的神話，顯然是先有一年十二個月的曆法上的實際應用，而後才產生神話的(註四四)；可是，這亦並非解釋自然現象的，而是解釋人文現象的神話。卽使十日神話如郭氏所說，是解釋自然現象的；然則，古人所解釋的「自然」現象是什麼？他找不出來。如果不依照根據去找出這個自然現象來，則這個說法就不能算是成立。例如共工氏觸不周山的神話是解釋天文現象及中國地理形勢的，因為天文現象及中國的地理形勢與神話所說的情形相吻合，所以這一說法可以成立無疑。那末，古人體察到甚麼樣的關於「十個太陽」的自然現象，才因而有十日神話的呢？

（2）郭氏說「此十日傳說要亦不甚古，蓋其產生必在數字觀念已進展為十而後可能也」。這一論斷，無可非議。但十日神話之產生並不能局限在「十的數字觀念」發生以後及「殷人始用十干紀日（旬制）」之前。而且所謂「數字觀念已進展於十而後可能」，這個「後」的限度雖不可以向上延伸，但卻可以向下延伸到已有十干紀日的旬制之後。在郭沫若的論證中類似這樣的問題還很多，這裏不詳舉。

（3）郭氏以「殷人月行三分制爲旬，周人月行四分制爲初吉、爲既生霸、爲既望、爲既死霸」作爲十日神話當起於殷人的旁證。其實，這亦未必然。因爲憑這一線索只能判斷十日神話可能與殷人的十干紀日的旬制有關；並不能證明十日神話必在殷人採用十干紀日以前卽已存在。相反地，如果十日神話是因十干紀日的旬制所導致，則兩者間同樣會有這種數目上的對應關係，就像上面說到的十二個月亮的神話與一年十二個月的曆法之間的關係一樣。再說，周人之所以月行四分制，可能是時間劃分趨於細密的結果。在周金中我們常常看到四分制與十干紀日並用。而管子宙合篇說「月有上中下旬」，禮記郊特牲說「日用甲，用日之始也」，可證旬制在入周以後仍然是一個很受重視的時間單位。至於殷人十干紀日的旬制中的宗教意義，如排定先祖妣受祭的日期，因與周人的宗教習慣不合，故漸漸喪失。但基於十干紀日的三分制「旬」，則仍有其顯著的地位。

（4）郭氏根據神話所說「帝俊妻羲和生十日」，又根據王國維所說的「帝俊卽帝嚳」（見郭氏原著引王國維觀堂集林卷九），帝嚳是殷人的始祖，因此他認爲「十日傳說必爲殷人所創生而以之屬於其祖者也」。其實，這亦未必然。蓋神話必託古，否則不能取信於人。帝俊或卽爲殷人的始祖帝嚳，而殷人以日干爲名，古有「生日」說（註四五），故造此神話者或後人託言十日爲帝俊妻羲和所生亦不無可能（參看第肆章）。所以這也許是一個取神話題材的問題，並不見得與殷人有直接的關係。但取用這樣的材料並不一定要殷人才可以，更不一定必須在殷人有十干紀日的句制以前。再說，如果此神話爲殷人所創造，而帝俊又爲帝嚳，則義和爲帝俊之妻殷人自己應當知道。今卜辭中有祭帝俊之辭(註四六)，但却沒有帝俊配妣某的記載，更無羲和之名。因此，如果根據神話所說「羲和者帝俊之妻，生十日」這句話來判斷，則十日神話之創造斷不可能超出西周以前。

照這樣分析的結果看來，在郭沫若的推論中，有些理由介於兩可之間，如(2)與(3)；另外却有些問題無法解決，如(1)與(4)。因此，我覺得他的說法雖然替十干文字與旬制之間找到了一個橋梁，但却把十日神話的發生推到一個不可理解的死角裏去了。其實，十干文字與旬制之間可以不必要這道橋梁。因爲據他考證，十干文字的本義既與「日期」無關，亦與「太陽」無涉。固然我們不知道古人爲什麼用這十個字來紀日；但如果十日神話較旬制先存在，則我們同樣亦不明瞭古人爲什麼要用它們來當做太陽的名稱。既然它們在被用作紀日或當做太陽的名稱以前就已經被用作十個序數字，則這十個序數字先被用來紀日期比先用來指稱太陽，也許是更恰當的。因爲自然界並沒有十個眞的太陽。因此，我覺得郭沫若的說法是很難成立的。

現在，我們回頭再看「十干紀日」與「十日神話」之間的另一種關係。即十日神話是由十干紀日的旬制演變來的。上面說過，朱熹等人就已經有過這種說法了。可惜的是他們都沒有說出一個所以然來。因此，這一說法的能否成立，亦要看我們現在能否有充分的理由。同時還要看這種理由是否比郭沫若的更爲妥當。

十日神話與十干紀日兩者之間發生關係，其主要的關鍵可能在這個「日」字所含的意義上面。

「日」字本來是一個象形字，卽象太陽之形。後來引伸又有今日、明日，或一日、兩日等「日期」的意義。這大概是古人以見太陽一次爲一日之期的緣故。故卜辭中的「日」字已有「太陽」及「日期」（時間單位）的雙重意義。日期之日雖由象形之日所引伸，但這兩重意義在應用上却有明顯的劃分。用在某個場合就只有某種意義；不至於既是指太陽又是指日期，或既可解釋爲太陽又可解釋爲日期。例如卜辭中所記祭日之辭：「辛未又于出日」（殷契粹編五九七，五九八），「御各日。（按：卽落日）」，王受又」（同前一二七八），「丁巳卜又出日，丁巳卜又入日」（殷契佚存四〇七），「乙巳卜王賓日，弗賓日」（同前八七二）。這些日字卽太陽（註四七）。而昔日，之日，今日，今日戊，羽日（明天），來日，來日己，二日，三日，旬㞢幾日等日字却是指日期。尙書上的日字亦有這樣的雙重意義，如堯典：「寅賓出日，……寅餞納日」及「朞三百有六旬有六日」。

上面我們說到，十干紀日的旬制自殷代以來就已經是一個非常重要的計時單位，而且與當時的宗教禮儀及日常生活都有極密切的關係。這種甲日、乙日、丙日、丁日……癸日，共計十日的紀日方法究竟始於何時？以及爲什麼要用這十個字來紀日？這不但我們現在的人無從知道，恐怕就是殷代晚期的人或者周代的人，雖然他們還天天這樣用，但亦可能已經不知道了。他們在腦子裏經常出現甲日、乙日、丙日……癸日，十日一旬過去了，接着又是甲日、乙日、丙日……這樣周而復始。這究竟是怎樣來的呢？這樣的問題一旦出現，神話的種子便開始掉落到思想的田野裏去了。就像古人對於天文現象及中國的地理形勢開始發生好奇一樣。而紀時所用的甲日、乙日、丙日等「日」字既然具有「太陽」及「日期」的雙重意義，因此，神話的種子向着「太陽」這個方向萌芽是很自然的事。古人的聯想範圍雖然不見得有我們現在的人這樣廣，但就他們的生活環境來說，其聯想力却亦不見得比我們差。他們看見漫天都是星星，那末，十個太陽一天出來一個又有什麼不可以呢？古人的這種聯想事實上是存在的。王充論衡說日篇：「禹貢山海經言日有十……淮南書又言燭十日……世俗又名甲乙爲日，甲至癸凡十日。日之有十猶星之有五也」。所謂「五星」是指金木水火土。雖然王充本人並不相信古時候會有十個眞的太陽，但他的這段記載却反映出古時候的人的確是這樣聯想過的。（這亦可以說是當時的人對於十日神話的一種解釋）（註四八）。因此，創造神話的人遂認爲甲日、乙日、丙日，……癸日這「十日」原是十個太陽的名稱。於是，乃產生了十個太陽的十日神話。因此，從淵源上看，十日神話係由十干紀日的旬制引起的（十干紀日的旬制亦即十日神話的背景）；從意義上看，十日神話乃是解釋十干紀日的旬制的所以然的。就像中國十二個月亮的神話一樣，是源自一年十二個月的曆法制度，亦是解釋這種曆法制度的所以然的。所以「日」字有「太陽」及「日期」的雙重意義，即是導致這個神話發生的關鍵所在（註四九）。

根據這個推論，再比較郭沫若的說法看，則我們不難發現郭氏的說法所遭遇到的困難，在個說法之下都不至於存在了。因此，十日神話之源自十干紀日比十干紀日之源自十日神話是更可信的。

現在，我把十日神話的發生經過列表如下：

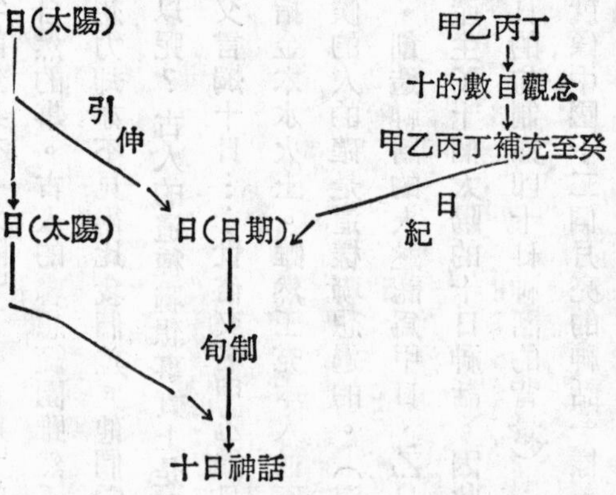

（表Ⅳ）

二、十日迭出神話與十日並出神話的關係

上面我說十日神話是由十干紀日的旬制所引起的。然則，何以有十日迭出與十日並出兩種不同的說法呢？

古人之視神話猶如今人之視科學的知識。我們現在常常以已有的知識用科學的方法去瞭解事物；而古人對於一些不知其所以然的事物則常以他們已有的知識用神話的方法來解釋。但知識是隨着人們的生活經驗的增加而逐漸地改進與豐富起來的，把認爲錯的棄去，對的保留；或者棄去了陳腐的而謀求當時認爲更合理的。例如古人相信天圓地方（淮南子天文篇：「天道曰圓，地道曰方」），日繞地而行（論衡說日篇：「或曰：天北際下地中，日隨天而入地，地密鄣隱，故人不見」）。但現在的人却知道，天是空的，地是圓的；日不繞地，而是地繞日而行。神話亦是這樣，自它誕生以後，時時都隨着人們經驗知識的增長而發生變化。十日神話之有十日迭出與十日並出兩種說法，卽是遵循着這種變化途徑所發生的結果。

神話又像一座載運旅客的長途列車。它從起站出發，旅客們陸續地上下。到了終點，車上的乘客也許很少是從起站來的，甚至可能一個亦沒有。

十日神話既是由十干紀日的旬制所引起的，而這種十日制（旬制）的內容是此日名甲，翌日名乙……，十日一旬，周而復始；這與十日神話所說的「一日方至，一日方出」或「九日居下枝，一日居上枝」的情形相當。因此，這個神話在初創時的形式必是「十日迭出」。神話一旦產生，使對於十日制的來歷發生好奇的人，處在當時的知識背景下，就獲得了一時的滿足。因此，天上有十個太陽的說法遂爲人人所相信，同時亦成爲了當時的人的一種新知識。但玄想出來的事物終久是經不起事實的考驗的。久而久之，就難免又引起人們的好奇，而去核對這種天上有十個太陽的說法的眞確性。如果天上眞的會有十個太陽，一天出來一個，則人們就應該能分辨出甲太陽與乙太陽有什麼不同，乙太陽與丙太陽又有什麼不同……。但他們所體察到的却是只有一個絲毫沒有異樣的太陽。今天看見的牠，明天看見的還是牠。因此，對於自古相傳天上有十個太陽，一天出來一個的說法，就不得不發生懷疑了。這種懷疑直到王充時代還存在。論衡說日篇：

儒者說日，及工伎之家，皆以日爲一。禹貢山海經言日有十，……。淮南書又言燭十日，堯時十日並出。……誠實論之，且無十焉。何以驗之？夫日猶月也，日而有十，月有十二乎？星有五，五行之精；金木水火土，各異光色。如日有十，其氣必異。今觀日光，無有異者。察其大小，前後若一，如審氣異，光色宜殊；如誠同氣，宜合爲一，無爲十也。

王充的這段記載表示當時還有人相信天上有十個太陽，亦有人相信天上只有一個太陽，只不過王充根據實際觀察太陽的氣與色的結果，證明只有一個太陽罷了。其實，「天無二日」的話，孔子早就說過了。孟子萬章：

孔子曰：天無二日，民無二王。

又禮記曾子問、喪服四制、坊記等篇亦都曾引到孔子說的這句話。十日神話在孔子以前卽巳存在，這是沒有問題的。而孔子把「天無二日」這句話說得這樣肯定，可見在孔子以前就已經有人對天有十日（太陽）的說法發生懷疑了。

可是，自古相傳，都說天上有十個太陽，一天出來一個；爲什麼現在只有一個了呢？他們並不知道這是神話；他們所知道的是過去的人都這樣說，而且都把它當做一種知識傳遞。同時，他們又沒有辦法去證明在更古的時代亦和現在一樣，只有一個太陽。在新的思想與傳統的說法發生了衝突的情形下，那些比較容易受好奇心驅使的人（這並不一定是儒者）遂渴望能在「自古相傳天上有十個太陽的說法」與「現在只有一個太陽的事實」中間去獲得一個合理的解答，以塡補由好奇而造成的內心的空隙。這時候的人大都還不能超脫於神話的思考方式。因此，解答這個問題的方法就是秉承了原來的天上有十個太陽的說法來加以改造，使合於現在只有一個太陽的事實。但這種改造並不是很容易的。因爲必須符合下面的幾個原則：第一，必須保持過去的人所相信的天上有十個太陽的說法；第二，必須設法消滅九個太陽，同時還要有消滅這九個太陽的理由；第三，必須在消滅九個太陽之後，每天還會有一個太陽。爲了要符合這些原則，所以就創造了「十日並出，草木焦枯，民無所食。羿乃射去九日，僅留一日」的說法。這個說法產生之後，才使「天無二日」與「天有十日（太陽）」這兩種新舊思想不致發生衝突，而且還配合得天衣無縫。然而，神話的沿襲轉移總難免留下一些痕跡。這些痕跡卽又適足以作爲十日迭出演變爲十日並出的佐證：

(1)迭出之十日有烏，並出之十日亦有烏。

(2)迭出之十日乃出自湯谷扶桑，並出說則沒有明說十日的出發地點。十日既然是於堯時並「出」，則它們一定有一個出發的地點。並出說之所以不明說，顯然是以並出的十日亦出自湯谷扶桑為當然的事。

日人出石誠彥把整個十日並出神話分為兩個不同層次的要點來處理。他說「中國人怕旱災是明顯的事實，因此變為十日並出的神話是很可能的」；又說「羿射九日是為了符合只有一個太陽的現實狀況，而利用了傳說上有名的射手羿來做射日的人」(註五十)。這等於說在有羿射九日，僅留一日的說法之前，就已經另有一個十日並出的神話存在；而羿射九日是後來的人為了要說明只有一日的現實狀況才添到先前的那個十日並出神話中去的一層內容。因此，構成了後來的「十日並出，羿射九日，僅留一日」的神話全貌。這是出石氏的一個特別見解。固然，有些神話的內容是可以明顯地分出它的層次來；但我覺得如楚辭及淮南子等書所說的十日並出，羿射去九日的神話並不如此。如果在羿射九日，僅留一日的這層內容發生以前就已經有了十日並出的神話，而十日並出又是一種極大的天災；那末，這場天災是如何消除的？難道先前那個十日並出的神話會說十日一直並出而無下場嗎？而古書上除了說羿射日之外，又沒有別的消除十日並出這場災害的記載。因此，十日並出與羿射九日，在神話創造之初即是唇齒相依的。出石氏之所以認為十日並出與中國人的怕旱災有關，主要是由於他着重在十日並出的結果是草木焦枯上面。但我覺得十日並出與草木焦枯發生聯想是爲了要配合這個神話的意旨而產生的。因爲如果十日並出會使人間受到十倍於一天見一日的好處，則古書上應當說十日並出是一件吉祥的事。但古書上却盡說那是一場天災。爲什麼不說它是一件吉祥的事，而說它是天災？這並非因十日並出就必然草木焦枯（這是我們在不知不覺中受了古書記載的影響後的想法），而是爲了要有射日的理由，以配合十日並出的意旨（說明只有一日的現實狀況）才產生的。這一方面說明了十日並出的神話與怕旱災沒有關係，另方面亦說明了十日並出與羿射九日是不可分割的。卽使太陽的酷熱與旱災有關，但亦並不一定要「十」個太陽並出才能造成旱災。所以，日之有「十」的觀念是必定有它的來歷的。十日之所以要並出，自有它的理由。依照我的解釋，十日並出是秉承了十日迭出來改造的。如果改造這個神話的人說「十日迭出，羿射去九日」，則其結果就會在羿射去九日之後，使人間每隔九天的時間才能看見一次太陽。這與事實顯然不符。所以必須十日並出，才會在射去九日後，每天仍能看見一次太陽。

肆、對中國十日神話發生以前的太陽神話的蠡測

上面我們說過，十日並出神話是由十日迭出神話演變來的。而十日並出已見於莊子，則這個神話至少在戰國初期就已經產生了。因此，十日迭出神話的產生當早在戰國以前。至於早到什麼時候？這很難確定。山海經說「羲和者帝俊之妻，生十日」。如果帝俊妻羲和生十日這一說法在

創造十日迭出神話之初卽已存在，則十日神話的發生決不可能早到殷代（前面已經說過）；如果那是由後人加上去的一層內容，則十日神話的初創也許就可以早到殷代了。（參看本文第三章）。不過，十日迭出神話既然是由十干紀日的旬制演變來的，則這個神話當在中國採用十干紀日之後才發生。中國於何時始採用十干紀日？這還沒有定論。不過，在商殷時代已經採用了這種紀日法，是毫無疑問的。

十日神話既然發生在中國採用十干紀日之後，而「十日」又顯然與自然界的實際情形不符；因此，我覺得在十日神話產生以前，中國可能另有關於太陽的神話。不過，問題是我們有沒有線索去把這個較早期的神話的痕跡找出來。神話的遞變轉移，總難免留下一些痕跡。例如由十日迭出演變爲十日並出時，其意旨儘管不同，而十日並出說却承襲了十日迭出說中的許多內容。因此，當古人初創十日迭出神話時，亦曾承襲了那個較早期的太陽神話的內容，這亦是很可能的。所以我們根據十日迭出神話的內容來推測那個較早期的太陽神話（以下簡稱爲先十日的太陽神話）的大概情形，亦不是完全沒有希望的事。

一、十日神話與太陽崇拜

在許多古代民族及現代比較原始的民族中，神話與宗教往往是互相關聯的。因爲有些神話是由於宗教儀禮的原始意義失傳後，而創造出來重爲解釋的；而有些宗教儀禮却因神話變成了信仰後才產生的。因此，研究神話的人往往以同時代的宗教思想及宗教行爲爲參證；而研究宗教的人亦往往參證同時代的神話(註五一)。

至於中國古代的十日神話則似乎與宗教的關係不大。楚辭九歌東君篇雖然可能表示着太陽神話與宗教的關係，但由於我們不清楚東君的來歷，所以亦就無法瞭解其關係究竟如何。而且這種關係之發生還可能是由於不同地域的太陽神話混合在一起了的緣故。然則，在十日神話與別的太陽神話混合以前，中國古時候的人難道不崇拜太陽嗎？不，他們是很崇拜的。不過他們所崇拜的太陽似乎與「十日」神話所說的太陽有些不同。

前面我曾列舉過幾條關於祭日的卜辭，可以證明殷人對於太陽是很崇拜的；日出日入皆有祭。周人亦是這樣，早晚都要祭日。尙書堯典：「寅賓出日……寅餞納日」；又禮記祭義：「周人祭日以朝及闇。祭日於壇……祭日於東」。可見早晚祭日的儀禮殷周一脈相承。另外，再看郊特牲：「郊之祭也，迎長日之至也(註五二)；大報天而主日也。……王被衮以象天，戴冕璪、十有二旒，則天數也。……旂十有二旒，龍章而設日月，以象天也」。又鄉飲酒義：「設介僎以象日月」。可惜我們不知道所設的及所象的太陽有幾個。不過，從「迎長日之至也；大報天而主日也」來看，則在祭祀上顯然認爲只有一個太陽。想古人在宗教祭祀場合都以一日爲當然的事，所以不必說日有若干。同時，卜辭上以及先秦經典上亦都沒有祭第一個太陽（或甲太陽），祭第二個太陽（或乙太陽）……等記載。由此可以證明當十日神話產生以後，其「十日」的觀念始終不曾影響到宗敎思想。並且亦可以由此間接證明，在十日神話產生以前，宗敎上仍然認爲天地間只有一個太陽。祭日卽祭這唯一的一個。總之，日之有十的觀念在宗敎上找不到相關的線索。這種現象一方面表明十日神話係晚出；另一方面又顯示這神話完全只是在神話的思維方式下，由十干紀日通過日字的語義雙關而產生的。造此神話者只爲達到解釋十干紀日的目的，而不顧宗敎上的觀念如何。十日神話之始終未能影響宗敎，因此亦就注定了「十日迭出」必演變爲「十日並出，羿射去九日」。

在十日神話產生以前，宗敎上旣然認爲只有一個太陽，則我們可以根據這個線索來推測，先十日的太陽神話中所說的太陽亦只有一個。

二、關於扶桑與湯谷

前面我們說過，太陽由烏載着在天空行完一天的路程後，從一個由人世所看不見的世界回到東方的湯谷裏。先在這湯谷裏洗個澡，然後再到扶桑的下枝休息。輪到該出發的太陽卽從扶桑的下枝到上枝，由上枝再進入天空。這是十日迭出神話所說的情形。現在我們要討論的問題是，太陽先在水裏洗個澡，然後由樹上進入天空，這種想法是怎樣發生的？

太陽從樹上出來的想法，在其他古代民族的神話中亦存在，例如埃及、蘇末爾及敍利亞等。埃及神話說「天空是顆巨大無比的樹，牠遮蓋着整個人間。樹枝上長着許多樹葉，並且還結着果實。當衆神降落到這顆樹上的時候，這些樹葉與果實就變成了我們在晚上看見的繁星。當太陽神漸漸從樹葉間上昇的時候，這顆樹便在晨曦中消失了。到了黃昏時候，太陽便又把自己躲藏在葉叢之中；而這顆樹又再一次遮蓋着我們這個世界」(註五三)。而另外又有一種說法，認爲太陽是從樹上生出來的(註五四)。蘇末爾人於公元前二十五世紀，在一塊封印（Roll seal）上面印着一幅圖案，表示太陽神左手拿着一把鑰匙，打開了日出之門，從東方的山林上出現。據說，在巴比侖人的藝術上所表現的是太陽從東方的 Elam 山上上昇(註五五)。而敍利亞的神話則認爲嬰兒時代的太陽神赤裸裸地（按：敍利亞人把一年的太陽分爲初生、少年、中年、與老年四期四個樣子），肩膀上負着一隻白羊，從絲柏樹（cypress tree）的頂上出現(註五六)。這種想法之普遍是值得注 。

太陽從樹上出來的這種想法之所以相似，亦許是由於各民族在相似的地理環境下，觀察到日出的實際狀況後，因爲所得的印象相同，所以變爲神話時亦相似。中國的東字據說文引官溥說「從日在木中」；如果這種解釋不錯的話，則東字之所以從日在木中，可能就是基於觀日出所得的印象來造的。至於神話說日從什麼一種樹上出來，這就可能與各民族的特殊地理環境及歷史背景有關係了。而中國神話說日先浴於東方之湯谷，而後登於扶桑，則更當從中國的地理環境及歷史背景上去探索它的形成原因。

山海經說「扶木（卽扶桑）柱三百里，其葉如芥」。又李善注文選思玄賦引十洲記（舊題西漢東方朔撰）說「扶桑、葉似桑樹，又如椹樹。長（數千？）丈，大二千圍；兩兩同根生，更相依倚，是以名之扶桑」。十洲記所說的扶桑與本文附圖II很相似，但與山海經所說的「其葉似芥」不同，可見對這顆巨大的太陽樹的形狀一時代有一時代的想法。顯然，這樣的樹事實上是不可能有的。牠只是神話中的樹名而已。不過，扶桑這種太陽樹的原始觀念是由實際生活經驗中對於樹的觀念轉變而來，這該是沒有疑問的。如果我們從中國歷史上去探尋「扶桑」這種太陽樹的來源，則以發生於殷民族的可能爲最大。

根據日人杉本直治郎的研究，認爲扶桑神話乃起源於山東，由楚民族的南遷而傳至中國南部（註五七）。而李濟之先生說「殷商文化最重要的一個成份（按：指骨卜），原始在山東境內」。（註五八）這種地理上的一致表明了扶桑神話與殷民族是有關係的。據古書所載殷人崇奉桑爲有神靈的樹，殷之文化既發源於東方，故東方之地多以桑爲名，如桑野、空桑等（註五九）。這亦顯示十日所出的扶桑可能與殷民族有密切的關係。墨子明鬼篇：

燕之有祖，當齊之社稷，宋之有桑林，楚之有雲夢也。

又呂氏春秋順民篇：

昔者湯克夏而正天下，天大旱，五年不收。湯乃以身禱於桑林曰：「余一人有罪，無及萬夫；萬夫有罪，在余一人。無以一人之不敏使上帝鬼神傷民之命。」於是，翦其髮，𨟖其手，用祈福於上帝。民乃甚悅，雨乃大至。

誠廉篇：

　武王即位，觀周德。……又使召公就微子開於共頭之下，而與之盟曰：「世爲長侯，守殷常祀，相奉桑林，宜私孟諸」（註六十）。

愼大覽：

　武王勝殷，……命封夏后之後於杞；立成湯之後於宋，以奉桑林。

又左傳襄公十年：

　宋公享晉侯于楚丘，請以桑林。

晉杜預注：「桑林，殷天子之樂」，孔穎達疏：「桑林，先儒無說。惟書傳言湯伐桀之後，大旱七年（按：呂氏春秋作五年）。史卜曰當以人爲禱。湯乃翦髮斷爪，自以爲性（牲？），而禱於桑林之社，而雨大至。方數千里或可禱桑林以得雨，遂以桑林名其樂也」。

　由這些記載上可以看出「桑」是殷民族的神樹。劉節說：「『桑林』是殷代的社樹。後來的『宋』，就都于『桑林』。所謂『商邱』，也同指一地。而宋字从宀从木，讀如桑聲」（見中國古代宗族移植史論，頁一三五）。而楊寬更認爲商、宋、木、桑等字，皆有聲類上的關係（見古史辨第七冊，上篇，頁一〇二）。是則殷民族的早期名稱之所以名爲「商」（已見於卜辭），自始就與樹有關。周得天下，對於他們崇奉桑林的宗教信仰尚不敢摧毀，可見殷民族之重視桑林到了如何的地步。這種桑樹的神性與天地人皆相通，求之，雖大旱亦可得雨。湯得天下，旱至五年始向桑林求雨，可見這種神樹是不可輕易驚動的。由殷民族崇拜桑樹的這種行爲上來推測，則神話所謂日出扶桑可能就是源於殷人把他們所崇奉的桑樹轉變爲太陽樹的。

至於湯谷這個神話中的地名，亦可以從殷人的地理環境上得到解釋。因爲殷民族的文化既發源於山東，而其活動範圍又多在冀、魯、豫諸省之間，則有殷一代他們的脚跡曾經到達海邊是無可懷疑的。陳夢家說：「殷商的區域東至於黃海、勃海」。(註六一)當他們遷居安陽的時候，從發掘到的遺物如鯨骨、貝等上面，亦可以證明他們還與海邊有着交通。李濟之先生說「鯨之脊椎及肋骨在第三次已經出現過；這些骨料當然來自東海或南海。可見那時候的交通一定是達到海邊」。又說：「貝蚌多琢成嵌飾，亦爲當時之通用貨幣。貨幣多用鹹水貝，裝飾多用淡水貝」。(註六二)而在城子崖文化層中亦曾發現海水介類之遺殼(註六三)。因此，神話上所說的「日浴於湯谷」可能即是源於殷人實際觀察太陽從海裏上昇的景象來的。

如果我們把「日浴於湯谷而登於扶桑」的景象連在一起看，就會變成像一個人站在冀、魯、豫之間向東看日出的一幅立體圖。這是很值得我們去深深思考的。而中國古代的全部太陽神話也許都可以從這幅立體圖上面以及殷人的文化背景上面找到它的龍脈。

伍、結　語

一、中國古代的十日神話與十干紀日的旬制有直接的關係。它是在「日」字兼有「太陽」及

「日期」的雙重意義下，由十干紀日的旬制演變來的。其最初的形式是十日迭出。而其原意則是解釋十干紀日的所以然的。

二、十日並出是由十日迭出演變來的。其原意爲針對着「天有十日」的古說，而創造出來以解釋何以只有一日的現實狀況的。

三、十日神話並非中國最原始的關於太陽的神話。當十日神話產生以後其「十日」的觀念始終沒有影響到古人的宗教思想。從宗教上只崇拜一個太陽的這種線索上來推測，先十日的太陽神話所說的太陽亦可能只有一個。再根據十日神話的內容上來推測，這個先十日的太陽神話大概是由殷民族創造的。十日神話中的「日浴于湯谷，而登于扶桑」卽是從殷人所創造的那個先十日的太陽神話的內容中承襲過來的。如果十日神話中的日烏確係由殷人的玄鳥感生的傳說演變來的話，則這個先十日的太陽神話中的太陽是由一隻鳥載着飛過天空的；也許太陽本身便是一隻鳥。後來產生了十日神話，太陽由一而十，所以載日的鳥亦有了十隻。殷民族所創造的太陽神話，乃是基於他們的地理環境及宗教背景來解釋日出的自然景象的。

四、在殷人創造他們的太陽神話以前，中國是否還有更早的太陽神話？例如夏民族的太陽神話。這我們在目前尙無法知道。也許將來在考古學上能提供一些線索，例如遺物上的花紋或圖案等。否則，中國太陽神話的發生最早只能追溯到殷民族的時代。

（附圖及說明）

I　採自大村西崖的支那美術史彫塑篇附圖（大正四年；按，卽公元一九一五年），第一一五圖，題爲：孝堂山祠神座所掩石，陽烏。說明見支那美術史彫塑篇，頁五二。注意：圖右下方尙有一隻像飛行樣子的鳥。

Ⅱ 採自 Olov R. T. Janes的Archaeological Research in Indo-China, Vol. II, 1951, 頁四七 第三四圖，題爲：Funerary Sculpture from a Han tomb, representing the Divine Archer Shooting down the Solar birds(漢墓中的彫刻，表示射神射落太陽鳥)。圖標題下並有附註說，該圖又採自 É Chavannes(沙畹)的 Mission Archéologique dans la Chine Septentrionale, pl. li 。可惜我還沒有找到沙畹的原書。O. Janes 在書中曾引述淮南子的堯使羿射十日的記載，並說這就是十日所居的扶桑；又引沙畹的話說，這是公元一四七年（卽東漢順帝建和元年），武梁祠中的石刻。按：圖中的斜線是我加的，表示那都是鳥。在樹中及樹上的鳥(伏在射者頂上方的那隻係建築裝飾，應除外)共十隻。

SOLI·SANCTISSIMO·SACRVM
TI·CLAVDIVS·FELIX·ET
CLAVDIA·HELPIS·ET
TI·CLAVDIVS·ALYPVS·FIL·EORVM
VOTVM·SOLVERVNT·LIBENS·MERITO
CALBIENSES·DE·COH·III

Ⅲ 採自 The Mythology of All Races, Vol. V, Semitic, (由Stephen Herbert Langdon著），一九三一，頁六二，第三七圖，題爲：Palmyrene Altar, Front View 。玆摘譯原書說明如下：這是在Palmyra地方（按：Palmyra 爲古代敍利亞之城名，在大馬士革之東北方)發現的一座由Tiberius Claudius Felix 奉獻給太陽神 Malak-Bêl 的大理石神壇。神壇四面皆刻有太陽神之像。這是神壇正面的一幅；由一隻飛鷹載着的人頭像即太陽神Malak-Bêl。

Ⅳ 來源同圖Ⅲ，頁六〇，第三六圖，題爲：Sumerian Roll Seal。玆摘譯原書說明如下：這是公元前二十五世紀左右蘇末爾人封印上的一幅圖案。圖中央稍下處，一個人樣子的神，據說就是太陽神 Babbar ，又名 Shamash 只露出了上半身，他左手拿一把鑰匙（像鋸子樣的東西），打開了東方日出之門，從山林間出現。（關於圖中的其他人物等，則請參看原書）。

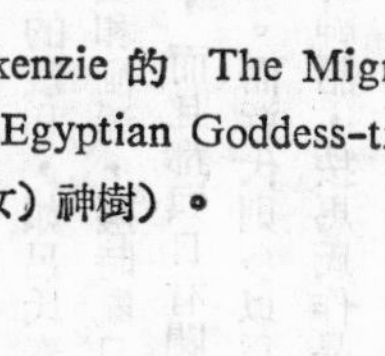

Ⅴ 採自 Donald A. Mackenzie 的 The Migration of Symbols, 頁一八〇，第五一圖，題爲 Egyptian Goddess-tree gives birth to sun。（埃及人的生太陽的（女）神樹）。

附註

註一　東漢以後，中國另有一個關於日月生成的神話，卽三國吳徐整五運歷年紀（見繹史卷一引）所說的「首生盤古，垂死化身。左眼爲日，右眼爲月」。又南朝梁任昉的述異記亦說「昔盤古之死也，頭爲四岳，目爲日月」。按盤古之說一方面出典較晚；另一方面它亦可能不是由華夏民族所創造（參看：夏曾佑中國古代史；古史辨第七册中編，呂思勉的盤古考）。所以本文不列入討論範圍。

註二　「方日浴於甘淵」句，御覽卷三引作「常浴日於甘泉」（按唐高祖諱淵），洪興祖楚辭補注（見離騷「吾令羲和弭節兮」）引作「常浴日於甘淵」。「浴日」猶言「替太陽洗澡」。

註三　據古書記載，羲和有二：一爲神話上的羲和（如山海經所說）；一爲歷史上的羲和，如呂氏春秋審分覽說「羲和作占日」，又史記夏本紀引眞古文尚書胤征說「帝中康時，羲和湎淫，廢時亂日」。因雖然神話上的羲和是女性，而歷史上的羲和似乎是男性；但他們名字相同，而且都與日有關。因此，朱熹認爲神話上的羲和是假借了歷史上的羲和來的（見楚辭辨證卷上）。而近代則多以爲歷史上的羲和只是神話上的羲和的歷史化而已，如馬伯樂（見馮沅君譯書經中的神話，按馬氏作品原刊於 Journal Asiatique, Janvier-Mars, 1924, pp. 1-100），玄珠（見中國神話研究 ABC，頁78），馮承鈞（見國聞週報 6.10，中國古代神話之研究）等人。其中以馬伯樂的辨析爲最精闢。

註四　見 Edith Hamilton 的 mythology, pp. 30-31。

註五　經訓堂叢書畢沅山海經新校正此句作「皆戴于烏」，畢氏並說：「舊本戴作載」。然郝懿行山海經箋疏作「皆載于烏」，郝氏說：「初學記一卷引此經云『皆戴烏』。戴載古字通也」。今據郝氏箋疏本。

註六　見山海經大荒南經郭璞注引歸藏啓筮。按歸藏之名不見於漢書藝文志。而隋書經籍志則有「歸藏十三卷」之文，列於經部之首，注說「晉太尉參軍薛貞注」。然而經籍志說：「歸藏，漢初已亡。案晉中經有之。唯載卜筮，不似聖人之旨。以本卦尚存，故取貫於周易之首，以備殷易之缺」。後來，（明）楊愼論連山、歸藏說（見升庵文集卷四十二）：「『連山藏於蘭臺，歸藏藏於太卜』此語見於桓譚新論。（按：據指海叢書本桓譚新論還說「連山八萬言，歸藏四千三百言」）。則後漢時連山、歸藏猶存，不可以藝文志不列其目而疑之。至隋世之連山、歸藏則僞作上官求賞者耳」。馬伯樂認爲：「歸藏在漢已佚其半，現已全佚……有人以爲是殷代占卜之書，但不能早於紀元前四世紀。應依照那使牠屬於殷代的傳說來斷其爲宋國官用占卜之書。」（見馮譯書經中的神話原註十九（

註七　暘谷卽湯谷，淮南子天文篇說「日出于暘谷」，尚書堯典說「分命羲仲，度禹鋕，曰暘谷，寓賓出日」；而楚辭天問則說「（日）出自湯谷」。

註八　歸藏說「空桑之蒼蒼，八極之旣張。乃有夫羲和，是主日月，職出入，以爲晦明。」（見上註六）

註九　見鍾敬文楚辭中的神話和傳說，第三章，頁一五；及附錄答茅盾的信。

註十　史記封禪書及漢書郊祀志都記載說「晉巫祀東君」。史記索隱引廣雅說「東君、日也」，漢書顏師古注亦說「東君，日也」。然而，史記及漢書的東君是否卽九歌中的東君？這還不敢肯定說。卽使是指同一神，把他解釋爲羲和，亦沒有不妥當的地方。如果在屈原寫九歌時，就已經定好了東君這個篇目，則東君本是指羲和的可能就很大。如果這個篇目是由後來的人從另一地方的太陽神話中取用過來的，則以東君爲名的太陽神話因與羲和的太陽神話混合後，使東君與羲和發生了混亂的現象；而王逸則根據東君卽日的神話，所以注說「東君，日也」。

註十一　左傳桓公十七年：「多，十月朔，日有食之；不書，日官失之也。天子有日官，諸侯有日御。日官居卿以底日，禮也。日御不失日，以授百官于朝。」

註十二　查北堂書鈔（虞世南撰）並無此文，其卷一四九引淮南子作「至悲泉，爰止其女。」按御覽卷三引淮南子與洪氏所引虞世南文完全相同，注亦一樣，也許是洪氏誤御覽爲北堂書鈔的緣故。

註十三　中國神話研究 ABC，頁一三一。

註十四　淮南子精神篇「日中有踆烏」，高誘注「踆猶蹲也，謂三足烏」。

註十五　參看 Cambridge Ancient History, Vol. 1, p. 330; 及 Vol. 11, p. 203.。

註十六　參看 The Mythology of All Races, Vol. V, Semitic (by S. H. Langdon), pp. 61-62.。並請參看本文附圖Ⅲ。

註十七　參看 A. A. Macdonell 的 Vedic Mythology（即 G. Bühler 主編的 Encyclopedia of Indo-Aryan Research, Vol. III, Part 1A.), 1897, p. 152; 及 E. W. Hopkins 的 Epic Mythology (同上III. Band. I. Heft B.). 1915, p. 203.

註十八　藤田豐八著，何健民譯中國南海古代交通叢考，民國二十五年，商務印書館出版，頁 503-504.。

註十九　支那神話傳說の研究上代支那の日と月との說話について，該文原載於東洋學報第十六卷，第三號。

註二十　見上註十九，出石氏引山本氏的說法。按漢王充亦有類似的說法。論衡說日篇：「儒者曰：『日中有三足烏……』。夫日者，天之火也，與地之火無以異。地火之中無生物，天火之中何故有烏？……夫烏、兔、蟾蜍、日月氣也。若人之腹臟；萬物之心膂也。月尚可察也，人之察日無不眩。不能知日審何氣，通而見其中有物，名曰『烏』乎？」

註二一　見北京大學潛學社史學論叢第一册，楚民族源於東方考，民國23年。

註二二　詩毛傳：「玄鳥、鳦也」。孔穎達正義據爾雅釋鳥：「燕燕、鳦也」來證明毛氏說的「鳦」就是燕子。漢鄭玄注月令（仲春）亦說「玄鳥、燕也」，大概亦是根據爾雅與毛傳合證的結果。燕子爲什麼又叫做玄鳥？孔穎達說：「色玄（黑），故又名爲玄鳥。」

註二三　由崇拜某種鳥，而把所崇拜的鳥變爲神話上的太陽鳥的例子，正可以在埃及找到：古代埃及 Behdet

地方的人崇拜鷹（falcon），以鷹爲圖騰（totem），而稱此鷹神爲 Horus 。後來，Horus 卻變成了太陽神。所以他們認爲當這隻太陽鳥（鷹）在天空飛過的時侯，就是人們所看見的太陽，而太陽神的名稱亦由 Horus改爲了 Horus of the Horizon 。後來，這個太陽鳥的神話傳至埃及各地，而與當地的太陽神話結合；因此，太陽神又有 Re-Horus-of-the-Horizon 等名稱。所以埃及人認爲太陽卽鷹的觀念，就是由 Horus 來的。見 Cambridge Ancient History, Vol. I, pp. 330-332 及Vol. II, p. 203。

註二四 山海經海外東經「九日居下枝，一日居上枝」句，郭璞注引莊子作「昔者，十日並出，草木焦枯」。按莊子逍遙遊：「堯讓天下與許由，曰：『日月出矣，而爝火不息。……不亦勞乎？夫子立而天下治，而我猶尸之，吾自視缺然，請致天下』。許由曰……」。這一段與前引呂氏春秋求人篇所說的當屬同一事。是則，逍遙遊的「日月出矣」卽指十日並出。由此推之，則今本齊物論所說的「十日並出，萬物皆照」在古代或卽有作「草木焦枯」的一種本子。

註二五 郝懿行的山海經箋疏，日人杉本直治郎的古代中國における太陽說話——特に扶桑傳說について（刊於民族學研究，第15卷，第3.4期合刊），近人袁珂的中國古代神話（1960年修訂本）都認爲十日炙殺女丑卽十日並出神話中的十日。又袁珂認爲女丑卽女巫（見頁 178，註9）。按海外西經的這一段記載可能是一個解釋地形的神話。只是借十日並出神話來做題材而已。

註二六 劉歆上山海經表：「禹別九州，任土作貢；而益等類物善惡，著山海經」。王充論衡別通篇：「禹益並治洪水，禹主治水，益主記異物。海外山表，無遠不至。以所見聞，作山海經」。所以王充在說日篇裏還屢說「禹益見之（指扶桑十日）」。據說，對山海經的這種看法自戰國以來就已經開始有了。四庫全書總目提要卷一四二論山海經說「列子稱：『大禹行而見之，伯益知而名之，夷堅聞而志之』，似乎卽指此書，而不言其名山海經。王充論衡別通篇曰：『禹主治水，……（見上引)』，然皆因列子之說，推而衍之。」

註二七　姜亮夫歷代人物年里碑傳綜表（一九五九年，中華書局出版）列莊周於孟軻之後，屈原之前。竊疑莊周似不晚於孟軻。

註二八　晉杜預春秋經傳集解後序說「獨記魏事，下至魏哀王之二十年（卽公元前二九九年）」。

註二九　見本文註二五。

註三十　見本文註十八。

註三一　G. W. Cox, Tales of Ancient Greece, pp. 33-34。

註三二　J. E. Thompson, Mexico Before Cortez, pp. 149-150。

註三三　E. B. Tylor, Primitive Culture, Vol. I, p. 288。

註三四　同上註三三，Vol. II, pp. 278。

註三五　見本文註十九。

註三六　見本文註二五。

註三七　陳夢家殷虛卜辭綜述，一九五六，頁三三～三五。

註三八　董作賓論殷人以十日爲名（大陸雜誌二卷三期）：「商代雖然用六十干支紀日，但卻仍有偏重十干的傾向，因爲他們過『日子』，同時也過『旬』，卻並不注意『六十天』的大周」。又說「以上所舉，是證明商人對于『旬』看的特別重要，他們過的是由甲至癸的『旬』。至于平常用的，自然是六十干支紀日之法」。

註三九　殷虛卜辭綜述，頁九三。

註四十　陳夢家殷虛卜辭綜述頁四〇五引白虎通「殷以生日名子……於臣民亦得以甲乙生日名子」說：「其實王室以外以天干爲名，殷與西周是相同的。」本文只在說明人名與祭期的關係，故只舉王室爲例。

註四一　關於殷人於甚麼時候開始及爲甚麼用十干爲人名等問題，請參看王國維的殷卜辭中所見先公先王考及其續考（觀堂集林卷九）；董作賓先生的論商人以十日爲名（大陸雜誌二卷三期）；陳夢家的殷虛卜辭綜述頁四〇三～四〇五。前引郭沫若釋支干篇所說的「殷以前不應有以日爲名之事也。古史中載夏有孔甲、履癸，果有其人時，則甲癸之義要亦不過魚鱗，第一、與三鋒矛之類耳」，是很值得注意的一個問題。在王國維的文章裏還提到殷王亥以地支爲名的問題。

註四二　董作賓論商人以十日爲名。

註四三　關於「旬」字的解釋，董作賓先生說「卜辭中旬字作ㄅ，王靜安先生據使夷敦之鈞字證之，知古人鈞作𠣘，釋爲旬，極允當。按旬、亘字，皆象周匝循環之形，故以十干一周爲一旬」。見安陽發掘報告第三期卜辭中所見之殷曆，頁四九三。

註四四　山海經大荒西經：「有女子方浴月，帝俊妻常羲生月十有二，此始浴之」。馮承鈞說：「姮娥（按：馮氏認爲即常羲）故事疑出于羲和故事。蓋羲和有十日，姮娥有十二月；日中有踆烏，月中有蟾蜍或菟也。」（見國聞週報6．10，中國古代神話之研究）馮氏的懷疑也許懷疑對了，但他以「日中有踆烏，月中有蟾蜍或菟」爲證據則嫌不當。我覺得月中有菟（即兎，見楚辭天問：「夜光何德，死則又育？厥利維何，而顧菟在腹？」，王逸注：「夜光，月也。言月中有菟，何所貪利，居月之腹而顧望乎？菟一作兎。」）及月中有蟾蜍（見淮南子精神篇：「日中有踆烏，而月中有蟾蜍」）的神話是一個系統，而常羲生十二月的神話與它可能沒有關係，不可混爲一談。大體言之，山海經爲先秦之書當無疑問。然亦不無後人附益的成份。北齊顏之推顏氏家訓書證篇論山海經說「山海經、夏禹及益所記，而有長沙、零陵、桂陽、諸暨，如此郡縣不少……皆由後人所羼，非本文也」。又四庫全書總目提要卷一四二論山海經說：「觀書中載夏后啓、周文王及秦漢長沙、象郡、餘暨、下嶲地名，斷不作於三代以上；殆周秦間人所述，而後來好異者又附益之歟？」現在的山海經既有秦漢時候的人附益的成份，則研究山海經上的神話就不能不參證其他先秦時代的著作，否則就有危險。而大荒西經所載十二月之神話，不但不能在其他先秦古書上找到同樣的記載，而且亦不見於秦漢時代的著作中。這就不能不令人懷疑了。因此，我疑心月中有菟或有蟾蜍的神話是中國關於月亮的神話的較早說法。而常羲生十二月的神話是較晚才興起的。再看王充論衡說日篇：「夫日猶月也。日而有十（按：指十日神話），月有十二乎？」照王充的文意看來，似乎當時還沒有十二個月亮的神話。如果山海經上已有「常羲生十二月」的記載，則博學如王充者就不應問「月有十二乎」。因此，十二個月亮的神話不但在已有一年十二個月的曆法之後才產生，而且可能晚到東漢時才有。其產生之由或即以曆法爲背景，仿羲和生十日的神話而造的。

註四五 班固白虎通姓名篇：「殷人以生日名子何？殷家質，故直以生日名子也」。這是殷人以日干爲名的一種最早的解釋。

註四六 王國維觀堂集林卷九殷卜辭中所見先公先王考：「卜辭有𡕒字，其文曰『貞賓于夒』殷虛書契前編卷六第十八頁，又曰『賓于夒□牢』同上，又曰『賓于夒六牛』同上卷七第二十葉，又曰『于𡕒賓牛六』……案夒𡕒二字象人首手足之形，疑即夋字。……夋者，帝嚳之名」。又殷卜辭中所見先公先王續考：「前考以卜辭之夒及𡕒爲夋，即帝嚳之名。但就字形定之，無他證也。今見羅氏拓本中有一條曰『癸巳貞于高祖夒』下闕。案卜辭中惟王亥稱高祖王亥，或高祖亥；大乙稱高祖乙。今𡕒亦稱高祖，斯爲夒𡕒即夋之確證，亦爲夋即帝嚳之確證矣」。後來，王氏改釋夒及𡕒爲夔，其作夋或俊者乃夔字的譌變，然夒爲帝嚳之說則仍不變（見古史新證）。董作賓先生的甲骨學五十年所列殷代王室世系圖亦以夒爲夔，即帝嚳。

註四七 稱日為陽，最早見於詩經。小雅湛露：「湛湛露斯，匪陽不晞」。

註四八 郭沫若也許可以根據這段記載說，這就是古人所解釋的自然現象（事實上他並沒有引這段記載去做證據）。其實並不然，因為古人在有十干紀日以前，日（太陽）之有「十」的想法是無從解釋的。如果說只是十的數目觀念與太陽的觀念的單純結合的結果，那末為什麼古人會從漫天星斗中聯想到十日，而不是三日，七日，或二十日？

註四九 從語言上去分析一個神話的形成原因，在神話學上稱為語言派。在二千多年以前，我國的孔子及希臘的蘇格拉底就已經開始注意到神話與語言之間的關係（見呂氏春秋愼行論察傳篇所述孔子解釋「夔一足」的神話；及柏拉圖對話集的 Phaedrus 章，二二九節，記述蘇格拉底解釋希臘當時所流傳的關於 Boreas 及 Orithyia 的神話，今臺灣啓明書局有中譯本，世界文學大系第七册，頁六七三～六七八）。惟眞正建立語言學派的卻是出生於德國而執敎於英國的米勒教授（Friedruch Max Müller, 1823-1900。）他舉了許多神話上的例子來證明他的理論。例如：希臘神話說，當洪水滅世之後，只剩下 Deukalion（或 Deucalion）和 Pyrrha 兩個堂兄妹。他們感到人世太寂寞，因此求禱於神。神說「你們蒙着頭，把你們母親的骨頭向背後丟」。Deukalion 領會到這句話的意思，所謂母親的骨頭是指地上的石頭，因為大地是一切的母親。於是他們照着做了。睜眼一看，果然那些石頭都變成了人。據米勒分析，這神話完全是由語言所導致的。因為在古代希臘語中，人與石頭的讀音原來一樣（pun）。又一個希臘神話說，當太陽神 Apollo 看見了 Daphne後，由於她長得美麗絕倫，因此起了愛意。Apollo 想追過去擁抱她。於是 Daphne 拼命逃。正當 Apollo 就要將她一把抱住的時候，她卻變成了一顆桂樹。據米勒分析，希臘語 Daphne 乃源自梵文 Ahanâ（黎明）。而 Daphne 在希臘語中的意義卻是「桂樹」（laurel tree）。經他這一分析，不但發現了這個神話的原意（太陽出來前是黎明；當太陽出來後，黎明便消失了），而且還找到了它的來歷。（以上關於希臘神話的敍述部份，見 Edith Hamilton 的 Mythology, p. 74 及 pp. 114-115。關於米勒解釋這兩個神話的部份，見所著 Comparative Mythology, p. 15 及 pp. 117-120.. 及 Introduction to the Science of Religion的附錄 The Philosophy of Mythology, pp. 353-355。）近年來雖然語言學派曾遭到一些批評，但這些批評對於語言學派的基本觀點卻未嘗推翻。然而，亦有人一方面爲語言學派辯護，一方面提醒他們不要把分析的範圍只限於語源及語義上面，而應使語言與當時人的知識背景及思維方式連帶起來研究。總之，語言學派的基本觀點在神話學上是仍有相當的價值的。這並非說一切神話的發生原因都可以從語言上得到解釋，而是說有些神話的確是由語言引起的。否則，就是誤解語言學派了。（參看 Ernst Cassirer的 Language and Myth, 據Susanne K. Langer的英譯本，一九四六年，美國出版。）

註五十 見本文註十九。

註五一 參看 S. H. Hooke 編的 Myth and Ritual, 1933, London。

註五二 唐孔穎達正義：「王肅用董仲舒、劉向之說，以此爲周郊。上文云郊之祭迎長日之至，謂周之郊祭於建子之月而迎此冬至，長日之至也。」

註五三 見The Mythology of All Races, Vol. XII, p. 35.。

註五四 見本文附圖V。

註五五 The Mythology of All Races, Vol. V, p. 60.. 並請參看本文附圖 IV。

註五六 同上註，頁五八～六〇。

註五七 見本文註二五。

註五八 見城子崖序文。

註五九 淮南子墬形篇：「東方曰桑野」；山海經東山經有「空桑之山」。

註六十 高誘註謂此桑林爲樂名，恐不確。而高氏注愼大覽之桑林則謂「桑山之林，湯所禱也」。故疑誠廉篇之桑林亦卽桑山之林。

註六一 見陳夢家殷虛卜辭綜述，頁三三一。

註六二 見安陽發掘報告第四期，安陽最近發掘報告及六次工作之總估計頁五六七及頁五七五。

註六三 見城子崖，頁九一。

中國原始變形神話試探

樂蘅軍

善弄筋斗的悟空，翻了七萬八千里，仍然不出如來的掌心，吹毛成形，搖身而變，也終於被識破眞面目；因此人類「一犯人之形」以後，他的生存，就只是一個被決定的點，一個被繫在特定的時空上的梭子。在他生存的現實界網裏，生命永不許超越先賦的時空結構——包括他自己形體的物質空間在內。然而，我們人具有了人形之後，會不會生出某種慾望，要突破他的形體的範囿，想望那超越固有形象的景況？我想，自人類有了意識活動以來，這個想望是經常在熱烈表現着的。從嫦娥月中化蟾蜍的古神話，而莊周夢爲胡蝶的哲學寓言，而悟空的魔術式變形，無論是智性的體悟，和情感的幻覺，都在描寫人類要衝出這個固定形體的熱望。只有突破這特定的初犯之形（自人說是人形，自物說是物形）生命才不是一隻被模鑄定型的洋囝囝，他才有希望跳出這個宿命的掌心，而和造物主並肩以立，參與宇宙密勿。

唯有在變幻形體的流動存在樣式中，他才能馳騁於時空的囹圄之外；才能鞭韃現實，使生命超離現實的固定公式，把僅僅個體的形象存在，歸原到生命本質的普遍存在——形象只是生命此一時的寄寓，形象的變改，却襯托出生命本質是無往而不存，無形而不宜的。這就是一切宇宙萬物變形的一個秘密的熱望。自邃古原始神話到後世詩人的創作，變形是從物質的呆形上昇到精神境界的努力；變形所表現的，是從有限到無限的一個創造，是否定生命僅爲形式存在的一個雄辯。這個雄辯，在詩人，以靈感在不斷地給予藝術修飾和更新；而在原始時代的初民，却把這雄辯固執爲他們質樸心靈的一個深沉信念。因此在初民神話中，變形的故事完全是生命情操的詠歎。他們創造變形神話來描述生命的原委和曲折；藉着萬物可以改形變象，而把宇宙所有生命都連絡在一起，在原始自然的浩瀚中，變形神話唱着生命交會的森嚴頌歌。

一

邃古之初，神話創作是視爲眞實和信念的事物。由於對生命的本能熱愛，和冥覺到生命與它生存於其間的宇宙的休戚之情，原始人內心時時昇起一種迫切的渴望，要想對他自己，和生活周遭的物理世界及人文世界賦以豐富的意義。這是人類心靈發出的第一個訊號。自從有神話造作以後，人類就開始脫離僅僅茹毛飲血的動物性生存，而成爲有理想的和有詩意的生靈；人類的生存才從匍匐於狹隘的平面，而有了精神的上昇與下潛的幅度。因此古代神話的創作是人類從物質束縛中的解放，它表現的不單是智慧的運作，並且是熱情的努力。神話在描述這個世界的時候，極盡其幻設的能事，它無視於生存境遇裏現實情理的阻礙，却無限盡地展露着創造的天眞。而表現這創造的天眞最淋漓盡致的，又莫過於變形的神話。在變形中，一切不可能的成爲可能，一切不相關的成爲相關，於是人可以化成魚，鼓可以變爲蛇，而蟾蜍乃連屬於人的生命。變形的世界，像這樣充滿了驚奇的結果，使得宇宙事物除了「變化」以外，似乎再也沒有其他的原則存在。這「變化」的動力，把一切常識的與物理的邏輯，毫不在意地挈開，而暢遂無阻地恣意重組宇宙萬物的關係。變形神話正充分地反映着原始初民那一不受邏輯思想約制的絕對自由和一無障阻的心境，它是神的權威，和孩童天眞的奇妙混合。而這個奇妙混合的心理，正是最活潑的創造泉源。在神話學的理論中，變形乃被視爲是構建神話思想的一個基因。文化哲學大師卡西勒(Ernst Cassirer)在論及神話思想基礎時說：

它(按指初民心靈)的生命觀是一個綜和的觀點，而不是一個分解的觀點。生命不被分爲類和次類，它被感受爲一個不斷的連續的全體，不容許任何清楚明晰和截然的分別。不同領域之間的限制並不是不能超越的障礙，它們是流動的和波盪的。不同生命領域之間並沒有種類的區別。沒有任何事物具有一定的、不變的和固定的形狀。由一種突然的變形，一切事物可能轉化爲一切事物。如果神話世界有任何特色和突出的性格，有任何統治支配它的律則

的話，那就是變形的律則了。（註一）

卡西勒之所以將變形看成是支配神話的律則，是因爲變形在空間上連絡甚至冥合了生命種類的區別，在時間上則使生命成爲連續的整體。這個「和以天倪」的觀念，恰好就是初民心靈所持信的綜和的生命觀；如此，則變形不僅僅表現着原始初民創造的藝術心，並且它根本就是初民生存信心的表露；是初民對宇宙與生命觀照後的思想語言和感覺語言。所以變形神話既是初民自我表達的形式，並且也是他們自我表達的內容，這一種內涵的嚴肅性，就將創造的天眞之趣，凝重化而爲思想的眞誠。於是對變形神話的討論，也就是對初民內在情況的探索了。

由於變形是神話這一普遍含有的性格，它在神話中常常以各種形態來表現，從表現的方式，大約可以歸納成兩種類型來看。一是力動的，一是靜態的。所謂力動的變形，指從某種形象蛻化爲另一種形象，包括人、動植物、和無生物之間的互變。這也就是我們通常對變形一詞所習指的意思。（禮記月令篇孔穎達疏：「易乾道變化，謂先有舊形，漸漸改者謂之變；雖有舊形忽改者謂之化，及本無舊形非類而改亦謂之化。」這一個「變」和「化」的定義恰好可以用作神話中「變形」的完整注脚）例如北溟有魚，其名爲鯤，化而爲鳥；山海經大荒西經：蛇乃化爲魚；北山經：炎帝少女女娃，游於東海，溺而不返，化爲精衞鳥；左傳：鯀化爲黃熊；穆天子傳：靈鼓化爲黃蛇。——這等等的變形，都是某一個形體在生命的力動下，突然躍向另一個形體，而成爲變形的。它可能爲時短暫，但總含有一個變化的過程，也就是，神話用一連續性的時間，把兩個完全不同形類的生命關係統一起來；在連續不斷的時間流裏，前一個生命是後一生命的因子，後一生命是前一生命的蛻變。而這一切如魔術一樣突然間生出來的效果，完全是依靠時間的緊密連續爲創造的。因此這類變形不妨形容作是生命向時間的征服和創造，一個舊的生命創造了一個新生命的時間；事實上也是，因爲所謂時間，就是由生命的變化來創造的，此外可謂別無時間的存在。

不過，力動變形除了時間的結構外，這裏面還有一個更重要的因素應該體察到，就是它必須具有「信心」這個大前提，簡言之，這類變形既沒有給我們任何證據，而僅在刹那之間形成，那麼沒有信心做內在動力是不可能成功的。試看它們敍述變形的過程，是簡陋而抽象的，它的動詞只有囫圇一個：蛇「化」爲魚，女娃化「爲」精衛鳥，姮娥奔月，而「爲」月精，禹方「作」熊。這種敍述絕不展露任何可見信的事實景象，它的簡陋已經沒有什麼「過程」可說。在這裏我們不妨來看一個西方神話的變形，然後加以比較。羅馬詩人奧維德在他的變形記裏，寫河神女兒達佛妮的變形是非常細膩的，當時的情景是這樣：有一天達佛妮受到日神阿坡羅的追求，因爲陌生和驚慌（也是命運，因爲邱比特作弄阿坡羅，射了一支使他發狂而終不獲所愛的箭），達佛妮逃向她的河神父親那兒求援，祈求她的父親把她變形，於是在這灼急的申援中，達佛妮突然被一陣深沉的疲倦襲擊，感覺「兩腿麻木而沉重，柔軟的胸部箍上了一層薄薄的樹皮，她的頭髮變成了樹葉，兩臂變成了枝幹。她的脚變成了不動彈的樹根，她的頭變成了茂密的樹梢，她的心在新生的樹皮下跳動，最後，達佛妮終於完全變成了一棵月桂樹。」（註二）在這藉感覺上的透視體驗，而逐次展露的可見情景中，奧維德讓他的變形過程，表現了生命變化的節奏和韻律；相形之下，我們原始古神話的變形，似乎是殘陋而黯然失色的了，那麼，我們不禁要問，像「蛇化爲魚」，「靈鼓化爲黃蛇」等等這樣簡拙的敍述，是不是因爲我們古代祖先想像力貧弱，或者由於文字紀錄簡陋的緣故？

我認爲作如是觀的，只是進化論的故套說法，是不足爲最後根據的。這裏面還有些屬於本質上的差異。奧維德的變形過程，是經過藝術修飾的想像（變形記之作，對希臘神話而言，已被看作是神話的一個墮落，它只是詩人自已的創作，本已喪失希臘神話的固有精神，當然更不是原始神話，此處只是藉以與中國原始變形的表現形式作一比較，以收對比效果，目的不在比論中國神話與希臘神話的異同），而靈鼓化爲黃蛇，帝女化爲精衞鳥則是神話的信仰。神話的信仰是直覺的，所以只要直率而簡單地說：「靈鼓化爲黃蛇」信仰就產生了。在這個信仰的基礎下，只需連續性的時間，就可以把兩個異類生命統貫爲先後的一體，而不需要虛擬的事實，和匠心的想像，也就是並不需要過程的詳盡描寫，不需要視覺形象的逐漸變遷來證明變形的事實。它的簡陋語言樣式，是信心的投射。因此，原始神話的力動變形只是一個純然的信仰，和生命律動的原理和法則。

問。無論如何力動變形總是顯而易見的，靜態變形則須待稍周折的會解。它是如圖畫一般來陳述的，例如像山海經裏許多人獸同體互生的神話，或蛇身人面、或鳥首人身等等不一而足：西王母是人形而虎齒豹尾，鍾山神是人面蛇身，帝王世紀和列子都記伏犧是「蛇身人面」，女媧也是「蛇身人首」，因爲這類神話絕少動作上的敍述，只是靜態的形象呈現，所以通常只看他是原始初民荒誕心理下產生的怪物，而不是一種形象的蛻變。這些怪物似乎是一種永恆的存在，在這存在的前一刻，它就是這樣，而以後也仍然如此。這種怪物絕不給人時間的感覺，它們不是時間的存在，而是沒有時間分割、沒有意義呈訴的一種混沌的永恆存在。我們閱讀這類神話時，確實是會產生如此感覺的。但是這只是一種看法和印象，並沒有觸到最根本的東西。甚至可說視異類合體的怪物爲生而具有乃是不可能的。

原始初民把不同類的生命形象，組合在一個空間裏面，並不是突然的混亂心理，人類學家早已指出來，假如我們認爲原始人和我們的心理並不同一邏輯系統的話，那是很大的錯誤。因此我們只要對這些異類合體的創造心理加以探索，最後我們會發現，這裏面既有思想爲根由，並且它的形成也有某種程序存在。它是一種變形，且正表現着變形的過程：人面蛇身，或鳥首人身的怪物，可能是從蛇、鳥變往人，或從人變往蛇、鳥，而在變化興味最酣飽的中途，突然因爲某種原因（這些原因是永不可知的），而凝固了停頓了。於是它就以異類互體的形象被永恆地保留下來。意大利彫刻家拜里尼（Gianlorenzo Bernini）用一座大理石彫像來表現達佛妮變形故事，它彫刻着達佛妮有一部份肢體是月桂樹的形象；這座充滿幻想的彫像，對於山海經圖畫式的靜態變形，確實是一個很有益的提示。因此異類合體的神話，其實也就是變形神話，它們是一些「正在進行式」的變形。（所謂「變形」原不妨解釋爲「變去常形之形」，但在本文中，甯更積極的視「變形」是一個富彈性的詞，是名詞，也是動詞。）或者更妥當的說，它把時間上的力動，轉變爲空間關係的表現；它在靜止的空間組合上，表現了人獸互動的淵源關係。山海經大荒西經有一則記載正充分證明了這一變形的隱秘：

有互人之國（郭璞注：人面魚身）。炎帝之孫，名曰靈恝，靈恝生互人；是能上下于天。有魚偏枯，名曰魚婦。顓頊死卽復蘇。——郭璞注：淮南子曰后稷龍（壠）在建木西，其人死復蘇，其中爲魚。（按淮南子地形訓：其人死復蘇其半，魚在其間。）蓋謂此也。

根據郭注，人面魚身的互人，是由人死而復蘇以後，一半變成魚的生物（據山海經，這個魚和顓項有關。魚應是顓頊的圖騰，關於圖騰變形，留待後節討論）；而這種「人魚」或「魚人」的奇特形象之所以形成，無疑的，有一個「變形」爲背景。也許，原始初民就是用這種神話來捕捉他們所知覺到的，宇宙生息變化的奧秘的。

而同時，我們還可以從人獸互體的變形神話裏，探索初民其他觀念和心理狀態：在這些奇形怪像的神話中，很顯然地是組合了三個觀念，就是神、人、和獸。所謂神，是人和獸的構成；所謂人，是同獸形而具神性；所謂獸，是共人形而可通神，三者混而爲一，不知其名（註三）。這是初民對生命的一個基本概念。這個概念用空間靜態變形的一幅畫面表現出來，於是讓我們具體地體驗到初民那一種欲努力從強固深邃的自然中蛻化出來的心理狀態。因爲神和獸都屬於純粹的自然，原始的人要從這兩個純粹的自然質性和控制力量中掙脫出來，人類的自我意識才能充分獲得。因此，靜態變形乃揭露了原始人類心理蛻變的過程。

而超於這一切寓意之外的，是這種圖畫式的變形裏，流瀉着狂想的幽默、童話的天眞、色彩的繽紛，與意象的超奇；它充滿了夢幻的美麗；它把超自然的感覺用造型與圖畫具象的表現出來，使神話的語言具有繪畫的視覺藝術感，所以遠古神話的敍述雖簡拙，但已是內容與形式兼具的藝術雛型了。

二

卡西勒認爲神話的分析工作，是在無窮的假面之後，去探測眞面目，因爲神話和文學一樣，是用象喩的手段來表達他們所感知到的眞實的。而這分析工作裏主要的一個便是分類神話的動機。分析動機是進入神話內在世界的唯一一條通路。

觀察原始神話變形的動機，它的心理可說是多角度的投射，原始人身處榛莽，在大自然深沉無邊的幢幢影象中，每一現象都可能在原始初民的心靈中，喚起某種刺激與反應。尤其自然中的生息變化現象，對于那一如初生之子一般新鮮的原始心靈，必定具有最大的吸引，從日月運轉、星雲變幻，以至卵化成鳥，蛹變爲蝶，這些景象的神秘和驚奇，天生具有受感性和創造才能的人類，是不可能忽略的；甚且，大自然這種神奇的活動，鼓舞着和誘導着原始人類一同去參與宇宙的創造。因爲原始人是從物相上看宇宙變化的，他們相信宇宙萬物的生成完全是變化而來，即使生命也是變化，不是生殖，於是他們說腐草是可以化爲螢的，雀入大海就成了蛤，他們在意念上如此做效自然的創造；但是這樣純粹從觀相上解釋自然，把物種之差，事理之隔都一概泯除，却不自覺地成了一種類於神話的虛構和創想，也可以說腐草化螢之類的仿自於自然動態的變化觀念，就是創作變形神話的一個最基本誘因。

不過如更具體地來討論，那麼，變形動機有很多迹象是和原始宗教同一根源的。本來人類學討論原始宗教必包含神話。神話和宗教不同的地方，是宗教用崇拜的儀式來表示信仰，而神話用語言或文字的敍述來表示信仰。它們在很多地方叠合，而可以互釋。變形神話的動機，絕大多數需要用原始信仰來解析說明的。首先最顯著也最重要的，是圖騰信仰（註四）。圖騰信仰認爲一個人的生命既出自他所屬的圖騰物，所以一方面他秉有這圖騰的特性，一方面他生從圖騰，那麼他的死亡，是又回到他的圖騰物去。例如澳洲阿倫他人，如以袋鼠爲圖騰的始祖，也同袋鼠一樣能吃草，或者以植物爲圖騰的肇祖，死後就變成這種植物（註五）。從圖騰物和人之間存在如此密切關係的啓示下，我們可以了解，原始神話裏，人忽然間變成一個動物、植物，甚至無生物，並不是原始人毫無根由的幻想，而是他們對生命觀的闡釋，是宗教信仰的表露。中國口傳文學裏，有一個典型的圖騰變形神話：

畬民族祀槃瓠爲始祖。最初是高辛王王后耳痛，挖出一條蠶形蟲，養在盤子裏，忽然變成龍犬，取名槃瓠。槃瓠因爲立了戰功，要娶高辛王公主，便要求公主把牠放在金鐘裏，預言七天七夜變成人；但公主第六天就打開金鐘，結果還剩下一個頭未變，仍舊是犬（註六）。

這個神話很清楚地說明了圖騰信仰和變形的關係。至於山海經等書中的靜態變形也大都像槃瓠神話一樣，是一種圖騰變形。何聯奎先生的民族文化中就認爲牛首龍顏、人首蛇身之類，都含有圖騰的意味（註七）。史記秦本紀：

秦之先，帝顓頊之苗裔孫，曰女脩。女脩織，玄鳥隕卵，女脩吞之，生子大業……生大費……大費生二人，一曰大廉，實爲鳥俗氏……大廉玄孫曰孟戲中衍，鳥身人言。

這裏「鳥身人言」的「言」字，極可能是「首」字的誤寫，否則就應該寫「鳥形人言」，然而孟戲中衍既是「人」，就不可能完全爲鳥形；如果據山海經、帝王世紀等一般記異形的語法「鳥身人首」、「蛇身人首」，來揣測「言」爲「首」的誤，並非不可能，那麼，孟戲中衍的鳥身人首，就顯然是一個靜態的圖騰變形神話。像這樣的圖騰變形，雖然中間關係幾經周折（註八），但圖騰和異形的關係，仍舊是很明顯的。鳥身人首的孟戲中衍把肇祖的圖騰物（同時也是自己的圖騰物）率直地表露在自己的形體上，使人感覺到生命和它的始源向來是如何牢固而永恆的連繫。而它表現的天眞，又使我們對於生命的新奇形象充滿了童話式的欣喜。變形在神話中確屬一種最富興趣的創造。

至於楚辭天問和史記殷本紀記簡狄呑玄鳥生契的神話（註九），故事與秦本紀大略相同，而沒有最後變形的敍述，因此僅只是圖騰感生的神話。感生當然是圖騰信仰中重要的一個思想，如果把感生神話看做是一種隱藏的變形，也未嘗不可，不過僅感生而無意象的轉換變形，究竟嫌它意趣晦暗了些。

而變形神話在變形效果下，圖騰作用却像是生命脈動一樣，總是使人當下可感的。力動變形尤其是如此的。有不少這樣的例子，例如古籍多有記載的鯀化黃熊的神話就是：

一、左傳昭公七年：「……昔堯殛鯀于羽山，其神化爲黃熊，以入于羽淵，實夏爲郊，三代祀之。」

二、國語晉語八：「……昔者鯀違帝命，殛之於羽山，化爲黃熊，以入于羽淵。」

三、楚辭天問：「（鯀）永遏在羽山，夫何三年不施？……化爲黃熊，巫何活焉？」

四、郭璞注山海經引開筮：「鯀死三歲不腐，剖之以吳刀，化爲黃龍也。」

鯀究竟變成什麼，說法雖參差不一（註十），但夏的始祖們既和龍多有密切的關係，而以龍（蛇）

爲圖騰(註十一)，郭注「化爲黃龍」是極可能成立的。尤其更重要的，黃龍入于羽淵，是意象貼切的神話創造，而一頭黃熊竄入羽淵，則令人費解。如是，以龍爲鯀的圖騰，鯀失敗了——(根據呂氏春秋行論篇，鯀是和堯帝爭權，仿佯於野，聚獸爲羣，造反作亂，而戰敗被殺的。像這樣，鯀的死當然悲壯激烈的多，而鯀處此情景下變形，也更富於神話趣味。)在圖騰信仰下，鯀的精魂就遁回到他的圖騰物；他變成一隻悔龍，潛入深黑的羽淵，留在神話靜默的深處，永遠等待着不能再出場的出場，如此他乃逃避了一場眞實的死亡。這其實就是大多數力動變形最重要的隱藏在背後的意旨。

山海經裏幾個變形故事，也都可以解釋爲這一類的圖騰變形：

一、北山經寫精衞鳥故事：

又北二百里曰發鳩之山，其上多柘木；有鳥焉，其狀如烏，文首白喙赤足，名曰精衞，其鳴自詨。是炎帝之少女，名曰女娃，女娃游于東海，溺而不返，故爲精衞。常銜西山之木石以堙于東海。

二、中山經寫䔄草故事：

又東二百里曰姑媱之山，帝女死焉。其名曰女尸，化爲䔄草，其葉胥成，其華黃，其實如菟丘，服之媚于人。(李善注別賦「惜瑤草之徒芳」句下引宋玉高唐賦：「我帝之季女，名曰瑤姬，未行而亡，封于巫山之臺，精魂爲草，實曰靈芝。」)

女娃是炎帝少女，據畢長樸先生中國上古圖騰制度探賾中，認為炎帝祀火（祀火是鳥族之宗教特質），為鳥族之子，所以是鳥圖騰族，又古史辨收呂思勉先生三皇五帝考，認為蚩尤炎帝是一人，而蚩尤又便是少昊（皞）（註十二），關於少皞氏的圖騰，據左傳昭公十七年昭子問少皞氏以鳥名官的事可以斷定是鳥圖騰的（註十三），因此作為鳥族之子的少女女娃，化為精衛鳥，就不僅是一般幻想，而與圖騰信仰有關。帝女化為䔄草則可能是個人圖騰。根據高唐賦，帝女名為瑤姬，死後化為䔄草，已顯示個人命名和圖騰的關係；而䔄草的媚人性能，和一個未嫁少女的嫵媚天性，是可以相貫通的。

這兩個變形神話，比起前面所舉的鯀化黃龍故事，更進一步關心到變形的前因後果，也就是，在這兩個神話裏，我們可以感到有一股強烈的意識流動在整個變形的過程中；由於這個意識的貫聯延伸，不僅是在形式上使得故事可以成立，它尤其讓我們體味到，他們這前後兩個形體如是親切地勾連在一起，像前後呼吸一樣，息息相連，不可割切，便是顯露了宇宙生命對自身執着的一往深情。同時，也由於這前後兩個生命對同一意念的貫徹一致，使得物類變形，只是改變形象，而不改變質性，而這個涵義就是大多數變形的基本精神。

圖騰是變形動機的一種，還有些變形，前後兩者不像圖騰信仰那樣，純粹是固定的血緣式的關係，而是一種比較更活潑，更自由的，各種不同形類的物的互相溝通，和移轉變化。它仍然和原始信仰有關，人類學家認為在圖騰信仰之前，還有一種泛靈信仰（animism），和泛生信仰

（animatism），前者相信宇宙萬有都有一擬人格的精靈存在，後者認爲宇宙自然中遍佈一種非形質的超自然的生命力，這種生命力（或謂之魔力）無論在人在物，作用相同；這兩個信仰共同的特質是：企圖把各類別的生命（甚至無生物）都統歸在一個根源上。我認爲這類思想是促使變形神話產生的一大基本動因。下面舉幾則變形來說明：

一、山海經海外北經：

夸父與日逐走，入日，渴欲得飲。飲于河渭，河渭不足；北飲大澤，未至，道渴而死。弃其杖，化爲鄧林。

二、山海經大荒西經：

有互人之國。……有魚偏枯，名曰魚婦。顓頊死卽復蘇。風道北來，天乃大水泉；蛇乃化爲魚，是爲魚婦。

三、穆天子傳卷五：

□獻酒于天子乃奏廣樂，天子遺其靈鼓，乃化爲黃蛇。是日天子鼓道，其下而鳴。乃樹之桐，以爲鼓，則神且鳴，則利於戎；以爲琴，則利□于黃澤。

四、漢書武帝紀：

「元封元年，春正月，行幸緱氏。詔曰：朕用事華山，至於中嶽，獲駮鹿，見夏后啓母石。」應劭注：「啓，夏禹子也。其母塗山氏女也。禹治鴻水，通轘轅山，化爲熊。謂塗山氏曰：欲餉，聞鼓聲乃來。禹跳石，誤中鼓，塗山氏往見，禹方作熊，慚而去。至嵩高山下，化爲石。方生啓。禹曰：歸我子。石破北方而生啓。」

這些變形神話表現了比圖騰信仰還更原始更基本的生命觀，它把宇宙萬有，無論有生無生，都結合爲一個貫通的統一性的存在。所以有「神禹」傳說的大禹固然可以變成熊，而並非神人的塗山氏，也竟然從一個活生生的人頃刻化爲一座石頭，乃至於石成有靈，它不僅保有了從彼而生的塗山氏的意識，並且還孕育和生產了一個生命；顯然，塗山氏之石，和後世視爲無生氣的土木石塊之石，絕不是同樣的事物，而是近於大地之母，豐饒生產的象徵。至於靈鼓可以化蛇，枯杖可以爲林，兩者之間，也許有某種內在的連繫，也許什麼也不關聯，其內情我們無法明白的肯定，然而看來是無生之物，却在變形蛻化之後，獲得生命，這完全是最活潑的泛生的原始信仰使然。在這一信仰的作用下，人和萬物是水乳交融，物物之間也未嘗絲毫隔閡；整個宇宙間事物的存在，彷彿是滙成一片的生命的大海洋，誠如莊子所說：「通天下一氣耳！」

不過莊子是自哲學的理想而說，神話是自宗教的信仰而說，莊子以恆在的道貫穿萬物（如道在瓦甓之喻），而神話以生命連絡萬物；莊子通天下一氣是形而上的眞實，神話無阻隔的變形是感知上的眞實，是情感上的信賴。卡西勒說：「所有各種形式生命的血族相連，似乎是神話思想的一個一般假定。」然而它不僅是一個假定而已，卡西勒又接着說，不管在空間和時間上，生命的休戚相關，和不能打破的統一性，其實就是神話的原理，他描述神話的世界說：「對神話和宗教的感覺而言，自然變成了一個偉大的社會，一個生命的社會，在這個社會中，人還未被賦與一種突出的地位。人和動物，動物和植物，都是在同一個平面上的。」(註十四)要證實這同在一個平面上的休戚相關原理，泛生和泛靈的變形神話，是最具體而恰當的親證了。試看一座石頭而可以解意和生育，一面鼓變成蛇而仍然可以響應鼓聲，一條蛇化成魚，又回來和人結合，這一切無不是有生有情有信；它的看似渾沌未分的心理，却純然是大宇宙的強烈情感。這個情感溶人類個我而投入宇宙，也化宇宙之存在爲我自己的生命，由是，原始初民透過情感與信仰的尋求和強化，在這大宇宙裏，每一個生命也都成了無限擴大的存在。

以上都是從原始信仰這個心理動機來觀察變形的，還有一些變形神話，它的基本心態略異於前述，而近於(然不等於)前科學或前哲學的探索思惟。它們是試圖解釋世界的創造和生命的起源。正如楚辭天問開篇所問：

遂古之初，誰傳道之？上下未形，何由考之？冥昭瞢闇，誰能極之？馮翼惟像，何以識之？

明明暗暗，惟時何爲？

宇宙瀕濛，究竟是如何而開闢的？唯像無形，萬物究竟是如何而創造的？在人類還無法假借知識來建立一套說法的矇昧時代，同時也是人類對事物還懷着天眞關切的孩童期時代，這類問題，必定是最常和最能打動人心去發問追究的。或者應該說，自從人類自覺其存在的一刻，這些就是他們向天心與人智發出的第一個訊問。而這些問題正好就落在神話的百寶箱裏，其中變形神話往往是爲這類發問而構作的。像北歐神話冰巨人伊米爾（Ymir）的身體變成天地風雲與諸物，像非洲布須曼人（Bushmen）的神，以杖擊蛇，化成他們的祖先；至於其他事物的生成，在原始人的神話中，也莫不是絪縕變化而成的。中國古代神話對天地開闢、生命起源，也充分運用變形的原則來表達。它們有的冥想玄遠，構思宏偉、涵泳着近於哲學的思惟；有的則觀察現象、揣摩入微，近於前科學的探索。總之，它們都傳達着一個共同的基本信念，就是宇宙和萬物，是在變化中產生的。例如徐整寫記盤古開天闢地的神話：

一、三五歷記：

天地渾沌如鷄子，盤古生其中。萬八千歲，天地開闢，陽淸爲天，陰濁爲地；盤古在其中，一日九變，神於天，聖於地；天日高一丈，地日厚一丈，盤古日長一丈。如此萬八千歲，天數極高，地數極深，盤古極長。後乃有三皇。

二、五運歷年紀：

元氣濛鴻，萌芽玆始，遂分天地，肇立乾坤，啓陰感陽，分布元氣，乃孕中和，是爲人也。首生盤古，垂死化身，氣成風雲，聲爲雷霆，左眼爲日，右眼爲月，四肢五體爲四極五嶽，血液爲江河，筋脈爲地理，肌肉爲田土，髮髭爲星辰，皮毛爲草木，齒骨爲金石，精髓爲金玉，汗流爲雨澤，身之諸虫，因風所感，化爲黎甿。

盤古垂死化身，爲日月星辰，以致諸蟲化爲黎甿，是神話學中所謂「巨人尸體化生說」，它以巨人尸體的變化，來說明宇宙萬物最初的生成。這一個神話的宇宙論和生命觀，和後來一神教神造天地萬物（例如舊約創世紀說上帝造世界和人類祖先亞當夏娃），兩者完全是大異其趣的。盤古神話中，生命最早的形象盤古，雖然還不是生命的最後原因，也就是他仍然是「被」生下來的，但生盤古的並不是某神，而是某種可以生生的動能，這可以生生的動能，又只是瀰漫宇宙的一種鴻濛元氣，這元氣在自動作用下首生盤古；而盤古的生天生地、生山川、人類，也仍然是自動律的「變化」作用。它僅僅是一個作用，其中未嘗提到一個主宰的和創造的大神。列子所謂「自生自化，自形自色，自智自力，自消自息」（天瑞篇）差不多可以比擬。

不過徐整所記盤古神話，有所謂陽淸陰濁的分稱，已經受到後世思想的增飾，而山海經、楚辭天問記女媧的造化萬物，應該是較古的萬物起源神話：

一、山海經大荒西經：

西北海之外，大荒之隅，有山而不合，名曰不周負子……有神十人，名曰女媧之腸，化爲神，處栗廣之野。（郭璞注：「女媧，古神女而帝者，人面蛇身；一日七十變，其腹化爲此神。」）

二、楚辭天問：

女媧有體，孰制匠之？（王逸注：「傳言：女媧人頭蛇身，一日七十化，其體如此，誰所制匠而圖之乎？」）

三、說文：

媧，古之神聖女，化萬物者也。

女媧一日七十變，其腸乃能化爲神，可見她有化生之能，臺靜農師的天問新箋就視女媧爲創世主；加之女媧又有鍊石補天神話，儼然她是創造天地萬物的一個主神。至於她創造人類的方法，風俗通雖然有一個後起的異說，但和山海經及楚辭中的神話原型是不相合的。

俗說天地開闢，未有人民，女媧摶黃土作人，劇務力不暇供，乃引繩於泥中，舉以爲人。故富貴者，黃土人也；貧賤凡庸者，絙人也。（太平御覽引風俗通）

人而有富貴貧賤之分，可見它不是最早的原始思想，所以雖有如同創世紀的上帝摶土造人神迹，却不適宜作爲女媧最原型的神話。根據山海經原文、郭注、淮南子（註十五）及說文的記載，女媧造萬物，純粹取最古老的自身變化爲形的模式；所謂「一日七十化」、「化萬物者」，是自身的變化；和盤古一樣，女媧親身投入創造工作，以自己的骨血化成萬物生靈，「其腹化爲此神」，正是宇宙中生命血族相連的原始神話思想。

至於夏小正、禮記月令篇和淮南子，描述自然界生命的發生，也頗近似神話。

如夏小正：

鷹則爲鳩

田鼠化爲鴽

雀入于海爲蛤

雉入于淮爲蜃

——禮記月令：

仲春之月……始雨水，桃始華，倉庚鳴，鷹化爲鳩。

季夏之月……溫風始至，蟋蟀居壁，鷹乃學習，腐草化爲螢。

季秋之月……鴻鴈來賓，爵入大水爲蛤。

孟冬之月……水始冰，地始凍，雉入大水爲蜃。

這些描述，和前述盤古與女媧神話一樣，也都認爲生命的形成不是「生殖」，而是一種純然的「變化」；不過，就神話的一般定義看，它們似並不屬於眞正的神話，因爲它們對意象的經營是不足夠的，內容更缺少事件的敍述，同時，就語言形式和思想形式看，它們是對自然現象作一種率直的解說（可是由於只觀察事物表相，而將毫無因果關係的事物，解釋爲必然的因果關係，以致形成對自然現象的誤解。）而不是如神話以象喻來說明。它和一般稱爲神話的構作，有若干不同的地方，但如果把它們看作是近似的神話，或創作神話的一些基型的、構想的質料，於理是不應有所背謬的，因爲第一神話本來就負有解釋自然現象的任務，如夏小正、月令篇中鷹化爲鳩之類的敍述，自屬對自然現象的一種解釋；然而可注意的是，這種解釋無論它怎樣企圖從實際着眼，但由於原始初民僅僅乎觀察表相，只是就表相來作獨斷的聯想和幻覺，所以它仍舊是一種想像的創造。換句話說，與其看它們是誤解的科學（錯誤的生物學），或粗糙的哲學（以簡陋的思想來討論生命的起源），毋寧說，它們只是鄰近於神話的自信爲眞的幻想，因爲在那些獨斷的聯想裏表現出來的，是對人類自己幻覺的信心，而不是理智的因果關係的尋繹，並且也不從事概念的說明。

鷹化鳩草爲螢和盤古、女媧神話的化生說，也許只是一指之差——這一指之差，不太容易淸晰界說，嘗試簡說如下：盤古與女媧是超自然的幻覺材料，鷹化鳩草爲螢則完全是現實的事物；前者企圖將現實世界連屬於超自然，後者則依舊在現實世界中建立事物關係。但是，原始初民是否能絕對分別什麼是幻覺的事物？什麼是現實事物，却是一個很大的疑問。總之，盤古、女媧的化生，和鷹化鳩草爲螢雖有相異的地方，但和別的思想比較起來，它們之間還是有共具的性質。

例如，莊子：「萬物皆種也，以不同形相禪。」列子：「天地含精，萬物化生。」這些思想也都指出生命之創造，是生生不息的變化。它們在某一層面上和前述化生說是相應的，不過，哲學思想終究是分析的解說，所以需用「精氣、天地（陰陽）、種」——抽象概念作爲生命創造化生的原因，這正如同生物學解釋生命的形成一樣，同屬於理性的解析式的語言；而盤古神話和腐草化螢的傳說，在解釋宇宙生命的起源時，它們的語言，却都是感覺的語言，和信仰的語言。它們都相信，一個舊有的生命（或生命的部份），在不可知之下，（其條件頂多是隨着大自然的變化而變化）突然，就整個地變成了另一個生命。它發生的原因是不可知，它創造的過程，則是從「存在」到「存在」，是純粹由於生命本身內在衝動的一個突然躍進。這種境界應該就是神話的渾然境界，含有濃厚的原始色彩。

三

以上對神話動機的探討，是就原始初民一般較顯著的思想作爲了解背景的。藉着這些原初思想的詮釋，神話就成了原始時代人類心靈的顯影，同時在這些動機的解析中，我們也看到變形神話的創作，是有相當思想依據的。而神話既成之後，它便自爲一個敍述完整的構作，在這自身完整的敍述形式裏，正像後世文學作品一樣，每一神話都含藏若干意蘊。

就變形神話看，它通過一些變形事件，而呈露若干人生的意義，或藉着變形事件，以觀照生存的眞實景況；例如生活中一些基本的處身安危的恐懼和希望，以及對生死的解說等，就是變形神話所表現的最核心的意念。這就原始神話說，原是極自然的；以原始時代生活的單簡，這些基本的危懼與希望，是原始人較之文明人更必須常去赤裸面對的。他們面對這些，他們感受，然後有了要表達，和要描述這些感受的需要，於是有充分想像自由和具相當表現形式的神話，就是這樣被運用起來了，正好像後世的文學在同樣情況下被運用一樣，因而在神話的這一個陳義上，神話就是文學，神話表現的主題，也就是文學作品所經常表現的主題。

下面我們嘗試以前面這層意思，對變形神話，逐步作一些實地的體驗。

首先我們會注意到，大多數變形幾乎都是在某一特殊情況之中才發生的，或者說每一變形必包含一個人生事件：鯀是在治水失敗被殛羽山而後化龍的，嫦娥偷不死之藥，而後化爲蟾蜍，精衞鳥由於女娃的溺死，塗山氏之石，是受了夏禹化熊的驚恐；這些事件，透露了古代原始初民內心所關切的一些問題。其中最顯著，也最根本而永恒存在的，便是前面提及的生死的事件。

變形神話無可掩飾地是在試圖解釋生和死。簡單地說，神話用變形來代替生命死亡的這一個事實。——雖然卡西勒說：神話和純粹哲學信仰之間的差別是，哲學思想的全盤努力是要想證明人的靈魂不朽，神話思想則正好相反，是要去證明死亡的事實，而又不相信這些證明；他甚至說，整個神話思想，就是對死亡現象恒常和固執的否定（註十六）。但是理論雖然如此，死亡的事實，對原始初民仍然會是一種非常驚異而恐懼的特殊現象，從而必付出了極大的注意。莊子有一則極富意味的小寓言：一隻小猪跑到已經死了的母猪前去吃奶，當牠發現情況不對，立刻就轉着小眼睛害怕地跑開了。——這情景可以說是一個活的生命，對死亡現象最原始而本能的反應了。

不過原始初民究竟已有某種超越純粹本能的天賦；人類之異於禽獸，就是有運用象徵來表達內心的才能；而神話既如神話學者所說，是對各種問題的象徵式回答，那麼，神話也就是原始初民內在意念的象徵表現。因此對死亡的現象，神話乃以變形將它作一個象徵式的解釋。

死亡是什麼？一方面是可見的形體的變化，一方面是某種不可見的事物的隱遁消失，對這神秘不可知的改變，原始初民就說那只是靈魂的移轉，和形象的遷化，至於永遠寂滅無存的死去的事情，却是不眞實的。用這個信念，原始人在不自覺的虛構下，將死亡化裝，就好像我們在夢裏把不願意彰顯究明的意識化裝起來一樣。於是，死亡就只是個變形的故事。鯀的失敗而死，只是回到他的圖騰物去，以他原本的生命樣式繼續生存；瑤姬和女娃的死，不止是形體的化而不亡，並且是物我移情相通。所謂死亡，是使物稟我之性而續存。

實際上這形體改化和心志移情的變形，就是更富有生氣的「再生」；透過變形，死亡就是再生。在這裏死和生啣接在一個環節上，恰如莊子所說：「生也死之徒，死也生之始，孰知其紀。」這就是宇宙生息起滅的大輪廻。

在這一生一死相依倚的轉接中，一方面使人與物類逃避了個體的死亡，同時更進一步補償了人們非願而死的憾恨：鯀失敗於治水，齎雄志而喪身；瑤姬華年未嫁，倏爾夭亡；女娃失足東海，徒然空遊，精魂不返，死有餘恨；嫦娥懼死逃死而不得，倉皇化爲蟾蜍。這等等非其所願的死亡，都是某種橫逆而來的死亡，因而這一個死亡的打擊是分外強烈的，而反抗死亡的意志和恨心也相對而強烈。這種強烈的死生之戲劇，不會寂然來去，他要求完全的報償，要求命運回過來服從自己的意志。於是他死而不死。他超越那本已挫敗而死去的原軀，改形托象而再生。甚且，透過變形神話的想像和創造，這一個變形再生，被賦予了永恒性：他超乎先前那受命於現實的脆弱生命，而是更堅執的和綿綿不絕的生。事實是，他已從物質的存在，上升爲非物質的存在，從有限的生到達無限。他的生已成了一個永不滅絕的意象——因而，萏草黃華茂葉，生生不已，精衞鳥啣石堙海，永飛無倦，嫦娥化身的蟾蜍，恒在月中，直到人類神話的全部終了。

如此，古代人類運用他們原始的智慧，把不可逃避的死亡事實，化成一片生機。而同時他們也用變形來解決生存境遇裏其他的危機和困境——死亡自然是生存中最大的危機——在只能依靠祖先的簡單經驗，和僅僅個人智能的時代，有許多生存危機事實上是和死亡一樣令人無助的。而危機又是原始時代，經常有的威脅。林惠祥先生的文化人類學中說，原始生活中，危機時時發生，使初民有寢不安席之苦，這痛苦感覺，遂產生了原始宗敎的崇拜(註十七)。

宗敎的崇拜，固然可以鎭撫面對危機的痛苦，但這危機的壓力，必然也會在原始心靈中尋求不同的衝擊，迫使原始人類從窘迫的現實中，轉逃向幻想的樂園，而企圖用幻想的特殊方式，把危機和困境解開。要說明這層意思，不妨仍舊從「危機」一詞說起，所謂危機，林惠祥先生曾解釋爲「一個人智窮力竭的時候」(註十八)，這個深中肯綮的解釋，用在原始時代尤其恰當不過；然而對人類來說，却又不會絕對的「智窮力竭」，因爲解決危機正是人類繼續生存的必要條件。無論他用那一種方式，總之危機必須和終將獲得解決。宗敎用超自然的神力，神話的心靈和宗敎一樣也是超自然的，但它運用表達的方式則是藝術的幻覺，變形神話便是原始人用幻想的手段，超越實際的智、力窮竭，來戲劇化解決危機的一個途徑。

因爲變形的本身便意味着對現實拘囿的突破和征服，變形效果可以改變現實情境，而使當前危機和困境立即喪失它的作用和意義。這類乎幻想的戲劇，在若干變形神話中可以看到。

史記五帝本紀，正義引通史，有如下記載：

瞽叟使舜滌廩，舜告堯二女，女曰：「時其焚汝，鵲汝衣裳，鳥工往。」舜即登廩，得免去也。……舜穿井，又告二女，二女曰：「去汝裳衣，龍工往。」入井瞽叟與象下土實井，舜從他井出去也。

這段敍述沒有直接說舜變形，但從二女告舜：「鵲汝衣裳，鳥工往」「去汝裳衣，龍工往」，顯然見出不是什麼訴之實際效用的計謀，而是含有神秘主義的超自然作用。在這種神話的超自然幻想作用中，舜經由模擬鳥和龍，而赫然變形，或爲鳥從燃燒的屋頂飛去，或爲龍自地底深穴蜿蜒以出。列女傳有虞二妃篇便逕說：「瞽叟焚廩，舜往飛去。」宋書符瑞志也說：「舜父母憎舜，使其塗廩，自下焚之，舜服鳥工衣服飛去。又使浚井，自上塡之以石，舜服龍工衣自傍出。」(註十九)因此儘管司馬遷說「舜乃以兩笠自扞而下去得不死」「舜穿井爲匿空旁出」，企圖替它建立理性根據，而把原來是神話的資料，納入歷史的合理主義中，但是早期的舜的傳說，必然是神話格式的(楚辭中的舜便帶有神話色彩)。舜在生命瀕臨危境的時候，神話奮其創造的想像，因勢趁境而改變舜的形象。

這一變形眞有扭轉乾坤的力量，它最奇妙的作用是：本來舜在危境中，舜只是一個被選擇的客體，由情境來決定命運，但變形之後，情境反成客體，它主宰的權能消失，而爲舜所化的鳥和龍所利用。從這兒我們可以領會到，變形確實是極奇妙的思想上的創造。變形的意義已不僅是幻想的娛樂，而是人類心靈取得最高自由的象徵。變形是反賓爲主，在變形中，人獲得改變命運的能力。

像這樣因勢爲用的趁境變形，在禹通轘轅山化爲熊的神話中（見前引漢書武帝紀注夏后啓母化石事），也可看出。大禹治鴻水，必需開通轘轅山，這極度艱苦的工作，可能是非人力所能爲的，於是神話的需要和趣味便乘時而生了。當現實危境阻礙了人類繼續前進的齒輪時，神話便像潤滑油一樣，它活動了人類的心智，使它充滿了智慧和靈感，於是大禹就變成一頭熊，他借着熊這種山野動物的本能，而征服了轘轅山。同時它的趣味還不止於此，由於神話的表達總是象徵的，我們就看到它用禹化熊來喻說開山非人力所能爲，而襯出神話英雄克服危難的精采；而禹化成熊，跳擲在岩石堆中，這純乎獸的形象，偏偏「原形畢露」地給塗山氏看到了，這却又是原始人天眞的幽默。但鴻濛未闢時的草萊英雄原就是這樣的，他們之所以成爲人類開闢先鋒，成爲神話中的創造主角，是因爲他們具有獸一般的野蠻勇力和戰鬥的韌性。然而這一種粗野的原始文明，却也讓我們看到了當人類處在侷促受困的物質環境中，曾如此奮力地企圖有所超越，最終却果然以克服形體的有限，而獲得了力量的超越。但人如何體驗和表現這一從形體超越到力量超越的非常經驗，似乎像禹化熊這樣的變形神話，確實是很具象地有所把捉了。

大禹化熊的神話是一則如此在變形中獲取力量的故事，但人類遭遇的危困，不一定都能成爲光榮的事蹟，有時候，危境與困阨，只是一種恐懼；而原始時代的恐懼，可以想見，不僅來自現實世界，並且也來自超現實世界。現實世界的恐懼已難應付，超現實世界的恐懼，更無從應用實際的辦法克服，那時候，似乎也只有求訴於神話的一途了。

眼見大禹化熊的塗山氏變形神話就是這樣的一個例子。塗山氏在一種完全的出其不意下，突然看到大禹正變成一頭野熊，這一驚非同小可，它不止是生理上的刺激反應，而且震動了塗山氏整個的心魂，因爲由人變成熊，這景象必竟已超出了人類經驗的了解，塗山氏從一個常態的環境，突然被拋到無從認知和信賴的完全陌生的世界，她對所見的事態，既不能有所解釋，又不能有所行動，因而陷入喪失能力的眞空——這是一種眞正的內在恐懼，是人類絕無任何事物可憑藉的，沒有依靠、沒有遮護、被屛棄在純然無知中的恐懼。塗山氏在無可求援之下，終於變成一座石頭，而逃避了這場極度的靈魂的震恐。變成石頭的塗山氏，把自己封閉在石頭裏，把那個不了解的世界屛拒在外——這就是原始初民解決危機的一種很特別的方法。

這種解決方法，既不循乎智能，也不依賴力量，而是應用富於創造性的幻想。當然它不是從現實方面給予實際的解決(既然這恐懼不是來自現實世界，所謂實際解決原不可能)，但變形的幻想運用，却使人類精神從危急、恐懼的苦痛中解脫出來，重新開拓一個新的生存機運。其實這以變形來解救人生危境的心理，已沉澱在人類潛意識中，所以神話時代以後，變形的心理摩擬，還是生動地時常在文明人的意念中出現。

以上我們看到，每當人有所重大遭遇，而迫處於危機邊緣的時候，變形的需要便立卽產生，這可說是一種潛意識的自然適應。但在嫦娥奔月化成蟾蜍的變形神話裏，這一自然的心理適應，却變成了意識上的尋求。先看嫦娥的神話是這樣敍述的。淮南子覽冥訓：

（譬若）羿請不死之藥於西王母，姮娥竊以奔月。

（高誘註：「羿請不死之藥於西王母，未及服之，姮娥盜食之；得仙，奔入月中爲月精。」

初學記引淮南子正文「竊以奔月」下，尚有「託身於月，是爲蟾蜍，而爲月精。」（註二十）後漢書天文志梁劉昭註：

羿請無死之藥於西王母，姮娥竊之以奔月。將往，枚筮之於有黃，有黃筮之曰：「吉。翩翩歸妹，獨將西行；逢天晦芒，毋驚毋恐，後其大昌。」姮娥遂托身於月，是爲蟾蜍。

嫦娥偷了不死藥，奔月化爲蟾蜍的變形，既含有企圖否定死亡，也含有逃避危機困境的寓意。它表現的心理是相當微妙而複雜的。嫦娥私自偷吃了羿從西王母那裏得來的不死藥，無以交待，是故事表面的困境，然而還有深一層的危機是，嫦娥偷吃不死之藥的後果怎樣？吃了不死藥的嫦娥現在成爲一個展示的樣品，她必須證實不死，或仍舊是死亡，這就是嫦娥被賦予的眞正困境和危機所在。它的癥結在：由於不死藥的緣故，嫦娥已經命定不能去證明「死亡」，然而要相對的證明不死，則是一件更加困難而可說絕對不可能的事；因爲「相信」不死是容易的，「證實」不死，就超出人類所能（譬如秦始皇是相信不死的，但從沒有人爲秦始皇證實過不死）。在前面我們曾經說過原始初民藉信仰作用，在潛意識裏以變形來化裝死亡，以生命的轉化來否定死亡，而使生死渾然無間；嫦娥神話在故事表面上，雖然也用嫦娥化蟾蜍解答了不死的疑問，但是這一個解答其實暗含着一個自我辯論的過程。

首先是，我們不能忽略這個變形的特殊結構：它是先以「不死藥」爲前設的命題的。所謂「不死藥」這個設詞，正表露着對生命是否死亡的一種濃厚的辯證意味。當我們對於一件事物，一旦需要辯證的時候，也就是表示它不再是一個絕對的存在。所以不死藥是強烈地暗示着或者生或者死的可能性。在嫦娥這個比較晚出的神話裏（從西王母已自山海經的虎齒豹尾的半獸形演化爲能致不死藥的神仙，可知道嫦娥是晚出神話。不過其中「不死藥」不必是受道教的影響，就從嫦娥不升天爲仙子，而變爲一隻蟾蜍的構思看，嫦娥還是一個較古的神話，絕非傳說或神仙故事。）我們不能說它已經完全喪失了原始初民無死亡的古老信念，但它似乎不像鯀化爲黃熊（龍）那樣了無疑慮。事實是，在它的信仰裏已經暗暗地滲進了懷疑論的陰影。它不再是單純地直呈信仰的故事了，而是帶着幾分辯證的姿態，提出一些兩極的問題：是成功或者是失敗？是生或者是死？是信或者是不信？在這兩極點上，故事受着焦急而迫切的追問，這就是這一個神話的眞正困境。

而嫦娥既不能長留塵世來證明不死的眞實，同時又不能逃開這緊迫的追問。因爲自從嫦娥以盜食行爲介入不死藥的難題後，整個故事的重負就全部落在嫦娥一個人的身上。傳授不死藥的西王母早已不問人間死生，羿則不過是傳報不死想像的一個導體人物（羿得不死藥而不卽刻服食，却擱置在那裏，讓嫦娥偸得，是不是羿心存懷疑？總之，無論如何，羿求不死的情緒是鬆弛的。）唯有嫦娥，她迫不及待的盜食不死藥，急切的渴望着能以此拯救她必死的生命，因此嫦娥才是一個懼怕死亡的眞正的人類。那麼對於生或死的考問，當然只有落在嫦娥的身上了。但身爲人類的嫦娥却不可能來解答這個問題，因爲嫦娥有生死的身軀，只不過是被包含在這個演算程式裏的一個未知元而已。

嫦娥進退於生死維谷中，而生命正在分秒地消失；所以嫦娥的恐懼，不是在害怕不能向羿交代，甚至向羿對抗，而是這一對生命不停逝去而終無以遏止的恐懼。除非逃到另外一個世界，除非把這一個正逐漸死去的軀體掩飾起來，嫦娥將忍受赤裸暴露在死亡前的痛苦。於是嫦娥只有奔月變形了。當初服不死之藥時只一味迫切於求生，如今却變成了要從這令人受窘的形體前急急逃開。只有逃開這形體，這迫人眉睫的生死的質詢，才不再能迫害生命的活存。如此，嫦娥奔往月中，變成了蟾蜍。

況且嫦娥變成了蟾蜍後，又似乎成功了一個自證，而解答了原是不能解答的問題：嫦娥以在另一個世界轉化爲另一種生類，來證明了此世間的不死。然而，從遙遠的彼岸傳來的不死的福音，多少帶有像折光一樣的空幻的感覺。至少，必須把生命舞台轉移到別一個世界才能證實不死，像這番周折的努力，使我們感覺到嫦娥奔月爲蟾蜍的神話，已經處古代神話的尾聲，而摻有文明人的悲劇感了。

附註

註一 引自劉述先先生譯歐因斯特・卡西勒（Ernst Cassirer）著論人第七章神話與宗教第九三頁。

註二 本節參考 Ovid 的 Metamorphoses, Mary M. Innes 英譯本 (Penguin Books, 1955) 第四三頁，及林欣白編譯奧維德生平及其代表作變形記節譯第三八頁。

註三 山海經這類神話很多，例如西山經：「又西北四百二十里曰鍾山，其子曰鼓（郭璞注：此亦神名，名之爲鍾山之子耳。）其狀如人面而龍身。是與欽䲹，殺葆江于昆侖之陽，帝乃戮之鍾山之東曰瑤崖。欽䲹化爲大鶚，其狀如雕而黑文白首，赤喙而虎爪，其音如晨鵠；見則有大兵。鼓亦化爲鵕鳥，其狀如鴟，赤足而直喙，黃文而白首，其音如鵠；見卽其邑大旱。」大荒北經：「西北海之外，赤水之北，有章尾山；有神，人面蛇身而赤（郭注：身長千里）直目正乘（郭注：直目，目從也。正乘，未聞）其瞑乃晦，其視乃明；不食、不寢、不息，風雨是謁（郭注：言能請致風雨），是燭九陰（郭注：照九陰之幽陰也。）是謂燭龍。」

註四 圖騰信仰，涵義繁複，玆引錄李宗侗先生中國古代社會史譯法國人類學家涂爾幹（E. Durkheim）一個比較簡明的圖騰定義：「圖騰是一種生物或非生物，大多數是植物或動物，這個團體自信出自牠；牠並作爲團體的徽幟及他們共有的姓。」舉一個中國古史家共認的圖騰例子：詩經商頌玄鳥篇：「天命玄鳥，降而生商。」所以商是以玄鳥（燕子）爲圖騰，而以「子」爲姓。論衡奇怪篇也說：「卨（按卽契）母吞燕卵而生卨，故殷姓曰子。」商以鳥爲圖騰，是族團圖騰，此外還有共有圖騰（如十二生肖）和個人圖騰。個人圖騰爲個人所獨有，他除秉有個人圖騰物性以外，並以圖騰爲自己的名。

註　五　以上資料根據李宗侗先生中國古代社會史第一章圖騰與姓，第五頁。

註　六　槃瓠傳說，參考何聯奎先生民族文化研究中畬民的圖騰崇拜一章，第廿五——廿六頁，古史辨第七册收楊寬中國上古史導論第三篇盤古槃瓠與犬戎犬封，第一七一頁。

註　七　見何聯奎先生民族文化中圖騰文化與臺灣中部山地之圖騰遺制，第四十八頁。

註　八　圖騰信仰最早的形式是相信一族團的所有團員都直接由圖騰生，後來則演變爲圖騰生始祖，始祖再生下一代。參見李宗侗先生中國古代社會史第四頁。秦本紀的故事，似乎是包含着這兩個圖騰信仰形式的。

註　九　楚辭天問：「簡狄在臺嚳何宜？玄鳥致貽女何喜？」王逸章句：「言簡狄侍帝嚳於臺上，有飛燕墮遺其卵，喜而吞之，因生契也。」史記殷本紀：「殷契母曰簡狄，有娀氏之女，爲帝嚳次妃。三人行浴，見玄鳥墮其卵，簡狄取吞之，因孕生契。」

註　十、除了黃能與黃龍二說之外，又有下列說法：㈠段氏說文注：「左傳國語云晉侯夢能入於寢門。韋（昭）注曰能似熊。凡左傳國語能作熊者，皆淺人所改也。」陸德明釋文也以爲「熊」作「能」，奴來切。㈡史記正義引梁元帝左傳音，「鯀之所化是鼈也，若是熊獸，何以能入羽淵。」㈢王嘉拾遺記：「鯀自沉于羽淵，化爲玄魚。」

註十一　例如：㈠夏姓姒，姒卽以，以又作巳；巳，蛇也。㈡禹母修巳，修巳，長蛇也，故禹母族爲蛇圖騰；而圖騰信仰中，蛇與龍同屬類。以上兩條說法據趙鐵寒先生古史考述：夏民族的圖騰演變，及畢長樸中國上古圖騰制度探賾。㊂禹名是虬龍的意思。見古史辨第七册中國上古史導論第三三四頁。㊃楚辭天問：「河海應龍，何畫何歷？」王逸章句：「禹治洪水時，有神龍，以尾畫地，導水所注，當決者而治之也。」㊄山海經大荒西經：「西南海之外，赤水之南，流沙之西，有人珥兩青蛇，乘兩龍，名曰夏后開（按開卽啓）。㊅何聯奎先生民族文化研究據明堂位：「夏后氏以龍勺，夏后氏之龍簨簴。」而認爲「夏后饗龍，則龍當爲夏族的圖騰。」見原書第七頁。又趙鐵寒先生古史考述：夏民族的圖騰演變一章中也以爲龍是夏的原始圖騰。後來分化爲蛇圖騰。而「鯀死化爲龍，正是夏之先蛇圖騰的還原。」

註十二　見古史辨第七册。三皇五帝考八，炎黃之爭考第三六八頁「則蚩尤炎帝一人」九，少昊考第三七二頁「少昊卽蚩尤也」。

註十三　左傳昭公十七年：「郯子來朝。公與宴。昭子問焉，曰：『少皥氏鳥名官，何故也？』郯子曰：『吾祖也。我知之矣。昔者黃帝氏以雲紀，故爲雲師而雲名，……我高祖少皥，摯之立也，鳳鳥適至，故紀於鳥，爲鳥師而鳥名。』」故趙鐵寒先生古史考述，少皥氏與鳥圖騰一篇，便據論少皥氏是鳥圖騰。

註十四　以上均見劉譯卡西勒，論人第一章第九四——九五頁。

註十五　淮南子說林：「多有雷電，夏有霜雪，然而寒暑之勢不易，小變不足以妨大節。黃帝生陰陽，上駢生耳目，桑林生臂手，此女媧所以七十化也。」揣摩上下文語意，女媧七十化，自然是指本身的變化。女媧一日七十化以生萬物，但不失本身之仍爲女媧，就是所謂「小變不足以妨大節」的意思。

註十六　見劉譯卡西勒論人第七章第九六頁。

註十七　見林惠祥先生文化人類學第二七七頁。

註十八　同前註。

註十九　舜變形說法，參考自袁珂中國古代神話，並三書資料，亦從袁氏引述而採爲此處討論的。

註二十　初學記引淮南子原文，根據袁珂中國古代神話，唯本人尚未於原書查得。

牽牛織女傳說的研究

王孝廉

古代星辰神話與牽牛織女傳說

考察尚書、詩經等書關於古代天文現象的記載，可以知道古代中國的天文學是非常發達的，在西元前一世紀左右寫成的石氏星經中就已經有了一二六星座的記錄（黃道附近的二八星、中宮六二星、外宮三六星），同時由史記天官書把星象分成中宮和東、西、南、北宮的記錄情形，可以知道古代中國人的星座觀念是以北極星爲中心而形成了一種天上宮庭政府的假想，古代的占星術就是以此天上宮庭政府的帝星（皇帝）爲中心而觀察其他各星的動態以預測國家的命運和農業上的豐穰或災害。古代的中國人並且把形成世界的五種元素木、火、土、金、水的五行思想和五惑星相配合，用來和人類的德、色、味、聲、位（方向）以及神話中的上帝相對應，用五行相生相尅的終始循環現象來解釋人間的四時季節的推移，王朝的興衰代謝等具體的現象，這種五行觀念與天文現象的結合而成的思想，對於中國的占星術、巫卜、律曆、醫術、雜占、民間信仰都有很大的影響。到了西元前後左右，又有集合占驗術數大成的讖緯說興起，讖者常常詭爲隱語以預決吉凶，「緯」本是經書的支流，但常衍及旁義，自稱能精微天意，預言未來。讖緯說興起以後，由於幾個皇帝像王莽、劉秀等人都深信的緣故，使得後來的中國充滿了災異祥瑞和占卜預言等思想上的神秘色彩。

也就是由於古代中國的天文學以及由天文學發展成的占星術高度發達的關係，因此使得中國關於日月星辰的神話傳說顯得特別貧乏，古代神話中固然也有零碎的太陽和月亮的神話存在，但在天文神話裏，關於星辰的神話却寥寥無幾，這自然也是和遠古的中國人就已經知道爲了實際上的曆法需要而觀測星辰的運行而缺少神話上的聯想有關的。

現存的中國星辰神話傳說中，比較有名的是關於北極星的傳說，北極星被稱爲北辰或天極星，北極星在古代人的想像裏是天帝的所在地，四顆星中最明亮的一顆是太一，太一就是天皇大帝。其他的三顆星則是天上的三公，相當於人間的太師、太傅、太保（註一）。道敎流行以後，北極星又成了道敎的至高神太一眞君，漸漸成爲中國人思想裏的神聖星辰。

另一個星辰神話是參星和商星，杜甫詩所說「人生不相見，動如參與商」，就是由這個參商星辰神話而來的，參星是多天晚上出現在東方的三顆星，即是希臘神話中的獵戶（Orion）。商星是夏天晚上出現的紅色星，是西洋人所說的天蝎星（Scorpion）。因爲這兩顆星不在同一時間出現而且顏色不同，古代的中國人把它們想像爲兩個感情不好的兄弟，這兩兄弟都是天帝高辛氏的兒子，哥哥叫做閼伯，弟弟叫實沈，兩兄弟住在曠野中，每天拿着刀劍互相攻伐，後來他們的父親生氣了，就把哥哥遷到商丘，命他主司商星的祭祀，商丘就是後來商國的建國地方。弟弟實沈被遷到大夏，命他司參星，大夏是後來唐國的建國地方，以後晉國又代唐國興了起來，所以參星也叫晉星。就這樣，兩個兄弟就永遠地不能再相見了（註一）。

在中國少數的星辰神話傳說裏，最沒有神秘色彩，最爲一般民間大衆熟悉喜愛和信仰的，應該是牽牛織女的傳說吧？牽牛和織女的愛情悲劇在每一個中國人的心靈上抹上那麼一道淡淡的哀愁，因爲替渡河相會的情人造橋而成禿頭的鵲鳥被中國人看做是帶來喜訊的天使，他們一年一度相會的「七夕」被後世無數的多情兒女看成爲愛情的象徵，紛紛地在七夕的夜晚對着暗夜的星空祈禱着自己的愛情永恒不渝，織女又是傳統封建社會無數女性心目中的女紅巧手，她們紛紛地在七夕的夜裏向織女「乞巧」，希望她把女紅技術傳給大地上的婦女……。

但是，在這個悠美而富有人情味的愛情傳說故事的後面所包含的民族心理是什麼呢？是遠古的中國人在星空的夜裏抬頭望天而突然創造出這個傳說的嗎？或是在那兩顆星星在被命名爲牽牛和織女之前遠古的中國人已經有了牽牛織女思想的根據？那麼，牽牛織女的原始本義是什麼呢？日本的神話學大家高木敏雄說：

牽牛織女的傳說在很久以前已經從中國傳到日本來了，這個傳說的本源現在還是不明白的，這固然當是有了文明以後的產物，但是牽牛的「牛」是遊牧民族的牛呢？或是農耕民族的牛？織女又代表了什麼樣的民族生活呢？遺憾的是這些問題至今都無法獲得解決，因爲牽牛織女的傳說本來是一個天文故事，因此輸入日本以後也無法成爲日本化的故事……（註三）。最遲在詩經的時代，「牽牛」「織女」已經被中國人當做是那兩顆明星的名字了（註四），但是在人們把那兩顆明星命名爲牽牛織女以前，人們已經有了牽牛和織女的原始信仰，因此，我認爲牽牛織女的傳說決不是單純的天文故事，而是一個由大地上農耕信仰的崇拜對象與天文上的實際星象觀察結合而形成的神話傳說，也就是說牽牛織女的傳說不是單純地由古代人觀察星空的天文現象而憑空想像出來的東西，而是以大地上的現實生活爲背景結合天文現象所形成的。雖然這種結合早在詩經以前已經形成了。

本文的寫作重點分三部份，首先由原始宗教的考察，透過古代農耕信仰和祭祀儀式來檢討牽牛織女的原始本義，希望由此多少能瞭解牽牛織女在成爲星辰神話以前在農耕信仰中所佔的地位，這也就是此傳說形成以前的思想淵源。

第二部份是由各書關於牽牛織女傳說記載的時代順序來檢討此傳說的形成過程以及和這個傳說有關的一些問題。

第三部份是檢討傳說具體形成以後的演變和脫化以及它們所代表的社會背景下的民族心理。

附註

註一 史記天官書。
註二 左傳昭公元年。
註三 高木敏雄「日本神話傳說の研究」p. 311（昭和十八年，荻原星文館）。
註四 詩經小雅大東「維天有漢，監亦有光，跂彼織女，終日七襄，雖則七襄，不成報章，睆彼牽牛，不以服箱……」

一、傳說形成的思想淵源

1. 牽牛與古代農耕信仰

殷代卜辭中所出現的「土」字應該就是史記所載殷代系譜中的相土，殷代的祖先神相土相傳是中國第一個馴飼牛馬的人（註一），呂氏春秋說「王亥服牛」，王亥也是殷代初期的酋長。由此可以知道在殷代前期的中國人，已經開始使用牛馬做爲人類有力的家畜了。

甲骨文字是以銳利的刃物刻在龜甲和牛骨上的文字，由此也可以證明牛在早期的中國文化中已經佔有很重要的地位。殷代已經大量使用牛是沒有問題的，問題是殷代的牛是用來農耕或是做爲攻擊敵人的武力？

山海經說「稷之孫叔均，始作牛耕」（海內經），叔均在古代的神話中又是舜的兒子（註二），也卽是是商均（註三）在神話中是始作牛耕的田祖（註四）。據御手洗勝先生的考證，舜與田祖商均元是一神，舜的原始是農神，同時舜和做爲殷商祖先神的契，其性格是完全一致的，舜與契元來也是一神（註五）。殷代的祖先神叔均（商均、舜、契）旣然是「始作牛耕」的田祖，再加上前引殷代祖神相土、王亥等服牛的記載，由此推想，在殷商時代牛已經是很重要的動物了，也許已經有使用牛農耕的現象了。

周禮記載說：「以官田牛田賞田牧田，任遠郊也。」（注先鄭云牛田者，以養公家之牛，後鄭云牛田牧田，畜牧之家所受田也）以牛與田合稱，當也可以證明三代以前已有牛耕的事實。鄭樵通志說牛耕始於漢代的趙過，在漢代以前沒有以牛耕田的事，漢以前的牛祇是用來拉車，用以祭祀，而不用來耕田。但是用山海經「叔均始作牛耕」，周禮「牛田」的記載以及春秋時代孔子的弟子冉伯牛名耕之說，如果三代不用牛耕，冉子何以名耕而字伯牛呢（註六）？另外做爲中國農業神的神農氏，據史記的記載是「人身牛首」的（註七），由此也可以知道牛與中國農耕的關係是很早以前就已經存在的了。

在古代的農耕信仰中，牛被認爲是具有神秘力量的動物，世界上有許多民族的神話中認爲牛頭上的角是威力和尊嚴的象徵（註八）。因爲在農耕儀禮中牛是威猛和力量的象徵，因此在世界上的許多地方，牛被當做是穀物神的化身而被人崇拜，被視爲是神聖的宗教性的動物，在北歐、雅典等地方的農耕祭祀儀禮中，有殺做爲穀物神的牛以祭祀大地的儀式，這種以牡牛爲供犧的原始宗敎儀禮是爲了向生產穀物的大地祈求熄滅旱災和饑餓，或感謝農作物的豐收。祭祀的時間多半是在六月終了或七月初旬的時候，這種向大地奉獻自己最重要的東西（象徵穀神的牛）以及祭祀以後分食穀物神來吃的宗敎儀式，和歐洲的收穫晚餐是同一性質的。他們認爲吃了穀神的肉以後就能在人體內產生神秘的力量，並且他們把剝製的牡牛讓牠站立着，把軛架在牠的身上以象徵穀物神的復活和再生（註九）。

做爲牽牛織女傳說中星名的牽牛和古代的中國農耕儀禮有什麼樣的關係呢？史記天官書解釋星名牽牛說：

牽牛爲犧牲，其比河鼓……

由以下所列舉的這些記載，正可以說明做爲犧牲的牽牛的原始本意：

A犧牲粢盛，旣于凶盜——書、泰誓。

B凡祭祀共其犧牲，以授充人繫之——周禮地官牧人。

C攘竊神祇以犧牷牲——書、微子。

D天子以犧牛，諸侯以肥羊——禮、曲禮。

E子見乎犧牛乎？衣以文緝，食以芻菽，及其牽而入於太廟，雖欲爲孤犢，其可得乎？——莊子、列御寇。

F犧牲旣成，粢成旣潔，祭祀以時——孟子、盡心。

關於犧牲的解釋，前引書經微子注說：「色白曰犧，牛羊豕曰牲」，說文「犧，宗廟之牲也……」禮記曲禮注犧牛，「純毛也」。

那麼，應該可以瞭解的是星名牽牛的原始是「犧牲」，也就是祭祀時所用來當做供物的純白色的牛。

牛在古代的祭祀儀禮中是最重要的犧牲，尤其是純白色的牡牛在古代人的思想裏是最具有神秘的宗敎力量的動物，因此祗有用在天子祭祀天地宗廟，或用在祭祀山河大地的農耕儀禮中。在中國古代除了祭祀大地和宗廟用牛以外，諸侯結盟也執牛耳，割而取血（註十），戰爭時以牛血釁鐘（註十一）。祭鬼神也是用牛（註十二），牛所以被廣泛地用來做祭祀的犧牲，自然是由於在古代的農耕儀禮中牛是被視爲具有神秘力量的象徵的關係。

牽牛（犧牲）在古代農耕儀禮中被當做是穀物神的化身而用來祭祀大地的情形，由今天仍然殘存的「打春」儀式，可以知道和上述北歐、雅典等地殺牛以祭祀大地的情形是很相像的，James G. Frazer 在他的大著金枝中，有一段關於中國民間以牛爲犧牲祭祀農業神神農氏的記載說：

中國各地迎春儀式中有殺牡牛的事，充分地可以明白此是以牡牛爲穀物神的化身，一般的儀式是在二月三號到四號所謂春天到來的第一天，也就是中國新年的頭一天，都市的總督或地方長官並列在東門外，在那裏供奉着人身牛頭的神農氏，神農的前面擺列着紙紮的牡牛或大水牛的供物像，同時也排列着各種農具，然後由盲人在巫師的指揮下在供物像上貼着五種顏色的紙，紙的顏色預兆着這一年的性格，紅的表示多火災，白的表示多雨……然後用棒子打破牛像，把牛像的紙屑投入火中焚燒，大家吵嚷着去搶奪燃燒的紙屑，能搶到手的就表示這一年中一定有什麼幸運的事會發生，然後屠殺一匹眞的牛，大家分肉拿回家吃。

這種撕裂牡牛投入光明（火）的祭祀儀式是和歐洲各地的習慣相同的，都是表示着一種穀物神的祭祀，「分肉」是表示把穀物神的活力埋入地下使其再生，我推測大概有一部份的人是把分到的肉拿回家埋到田裏去的吧(註十三)？

關於這種農耕儀式中的打春，陸和九在他的俗語考原書中說：

舊制府縣官立春前一日迎春牛置署前，次日東紅綠鞭打之，謂之打春，晁冲詩「自慚白髮嘲吾老，不上譙樓看打春。」

這兩個記載大致是一致的，可以知道在農耕的儀禮中以牛爲穀物神而祭祀大地的情形。

由上述牛在古代農耕信仰中所佔的地位和中國古代以白色的牡牛爲祭祀大地農神犧牲的記載，由史記天官書解釋星名牽牛是爲「犧牲」的證據，因此我推想在成爲星名以前的牽牛是古代中國農耕信仰中被視爲穀物神化身的神聖動物，牽牛星名的原始當就是一匹祭祀大地所用的白色牡牛，也就是說在牽牛做爲天上的星名以前，古代中國已經先有了這種農耕信仰。因此當他們看到天上的那幾顆星星「其狀如牛」(註十四)的時候，就很自然地把天上閃亮的白色星星和大地上的白色牽牛連想在一起，由此而以牽牛做爲那幾顆星座的名稱。

考察許多古書的記載，可以知道做爲星名的牽牛在古代並沒有被當成如後世傳說裏和織女戀愛的牽牛牧童，詩經小雅的「睆彼牽牛，不以服車」，淸楚地說所謂牽牛祇是一隻不能拉車的牛而已，史記律書又說：「東至牽牛，牽牛者，言陽氣牽引萬物出之也。」此牽牛也是牽引萬物出之的陽氣而不是多情的牛郎，荆楚等地的人叫牽牛星爲「檐鼓」（註十五），也是純由星的形狀而成的稱呼，並沒有和後世的牛郎有什麼關係，由這些可以知道史記天官書「牽牛爲犧牲」的星名解釋是有其原始的思想根據。人格化成爲牛郎以前的「牽牛」既然是一匹祭祀儀禮中的畜牲，那麼自然也就沒有和織女談戀愛的資格了。事實上，在史記的時代，這個戀愛傳說是還沒有形成的。

附註

註一　藤堂明保「漢字と文化」p.60，昭和42年德間書店。
註二　國語「舜有商均」，韋昭解「均舜子，封於商」（楚語）。
註三　山海經大荒南經「蒼梧之野，舜與叔均之所葬也」，郭璞注「叔均，商均也」。
註四　山海經大荒北經。
註五　御手洗勝先生「帝舜の傳說について」p.66-69、p.87，廣島大學文學部紀要28卷1號（1968）。
註六　王伯厚困學記聞。
註七　史記三皇紀。
註八　如印度敎的生殖神西霸，頭上頂有半月型的角，其子智慧神迦奈葵頭上也頂着角，月神撒瑪臉上有新月型的圖案，是牝牛的象徵。此外古代伊朗族聖典中代表生殖的月神被稱爲「藏着牛種的神」。

另外在南斯拉夫、法國、葡萄牙等地所流傳的基督降生傳說中有瑪利亞兜咀馬而祝福牛的故事多則流傳。

註 九 James G. Frazer, The Golden Bough，日譯簡約本第三册 p. 240-278，岩波文庫。
註 十 周禮夏官「贊牛耳桃茢」。
註十一 孟子梁惠王上、周禮大祝曰「上春釁寶鐘及寶器」。
註十二 管子形勢篇。
註十三 Frazer前揭書 p. 279-280
註十四 爾雅義疏引牟廷相曰「牛宿其狀如牛……」。
註十五 爾雅釋天「河鼓謂之牽牛」注。

2. 織女與帝女之桑

織女的名字說文說「織」字从糸戠聲，是作布帛的總稱(註一)，小爾雅說「織」就是治絲(註二)。由織女字形從絲和她的原義是「治絲」的記載，可以知道織女是古代農耕社會中「治絲的女人」。

絲的起源自然是和桑蠶有不可分的關係，中國以產絲聞名世界主要的是因爲中國是桑樹的原產地，地理學家已經證明了古代中國華北一帶的地質和氣候是特別適宜栽培桑的地方。從出土的山東臨淄的瓦片，可以看到許多瓦片上的圖案是一株巨大的桑樹。因爲桑是特別高大的樹，更因爲桑能養蠶治絲以及結生纍纍的桑椹，因此伴着起源於黃河流域的中國古代文化，桑在古代人的思想裏被看做是具有神秘力量的聖樹，和世界上的其他民族一樣中國古代有「樹木信仰」（註三）的原始宗教儀禮，就是把一種特定的樹木神聖化做爲崇拜和信仰的對象。「扶桑」就是遠古黃河流域的中國人所信仰的神木。

在古代的神話裏，桑被看做是東海中的大神木，這株神木是天上十個太陽的故鄉，每天十個太陽由桑樹上輪流出來，帶領着這十個太陽的是他們的母親羲和，這個叫羲和的女子就是帝舜的妻子（註四）。由於桑樹的養蠶治絲和結生桑椹的實際效能，在古代人的樹木信仰中，桑被看成是生殖和蕃殖子孫的原始母神，殷商的後裔宋國就是以「桑社」做爲自己土地的氏祖母神，而且許多古代帝王如顓頊，以及孔子的出生也都和聖樹扶桑產生了神話上的連想（註五）。又由於桑葉摘了再生，繼續不衰的實際現象，使得桑木在古代人的思想裏又和「不死」與「再生」的原始信仰結合在一起。桑被認爲是具有不死和再生能力的生命樹，在後來的神話傳說裏，連桑椹也成了九千年生一次的長生仙菓（註六）。

桑樹在古代又叫做「扶桑」、「博桑」、「若木」（註七），扶桑、博桑的意思都是指大桑樹，若木是由於桑被認爲具有「再生」的生命力量而得名的。若木的「若」字原始的字形是一個披着長頭髮跪着的女人形象（註八），這應當是和古代人的桑木信仰有關而形成的字形吧？在古代現實的農耕社會裏，採桑養蠶是婦女們的最主要工作，山海經說：「歐絲之野，在大跡東，有一女子跪據樹歐絲。三桑無枝，在歐絲東，其木長百仞，無枝。」（海外北經），這個「跪而歐絲」的女子當是原始神話中的桑神，也應該就爲若字披長髮跪着的女人形象。後世傳說黃帝殺蚩尤以後，有蠶神獻絲（註九），蠶神相傳是一個人馬戀愛的悲劇少女（註十）。

關於古代中國婦女採桑養蠶的工作情形在古籍中的記載是很多的，夏小正說「三月攝桑」又說「妾子始蠶」，是說三月是民間婦女開始採桑養蠶的季節。禮記月令：

是月也，命野虞無伐桑，鳴鳩拂其羽，戴勝降於桑，具曲植籧筐，后妃齋戒，親東鄉躬桑，婦女毋觀，省婦使，以勸蠶事，蠶事旣登，分繭稱絲效功以共郊廟之服，無有敢惰。

由這段記載，可以知道當採桑的季節，王后妃子就以身作則地去做採桑的工作，民間的婦女們放下了平常的工作，也停止了容飾（毋觀），去從事採桑養蠶的工作。此文所見的「戴勝降於桑」，戴勝是織紝之鳥（註十一），可是在古代神話裏戴勝又是西王母（註十二）。由後來民間流傳織女爲西王母的外孫女的傳說故事上來檢討的話，織女與西王母發生親戚關係的思想背景，或者就是由此戴勝爲織紝鳥的記載而來的吧？

詩經的一些關於採桑的記載都是十分活潑生動的，現以兩則爲例子以見當時民間婦女採桑的情景：

十畝之間兮，桑者閑閑兮，行與子還兮。
十畝之外兮，桑者泄泄兮，行與子逝兮。

——魏風、十畝之間

春日載陽，有鳴倉庚，女執懿筐，遵彼彼行，爰采柔桑。——豳風七月

魏風的十畝之間顯然是當時採桑女的情歌，大意是說在郊外的採桑地方，男女無別人來人往地忙着採桑，一個採桑的女子看上了一個男子，因此想和他結伴回去。豳風七月的詩是當時採桑的寫實，是說在七月溫和的太陽下，田間的離黃鳥開始歌唱了，少女們背起了竹編的深筐，循着小徑，去採柔桑的情形。

在殷墟發現的青銅斧上附着有綾織絹的斷片，據發掘報告說此綾絹是由家蠶之絲所織成的，另外卜辭中刻有「蠶禾三牢」的話，是一種祈禱蠶早些生育的祭祈儀禮。此外，一九二一年仰韶村發掘的新石器時代遺跡中，有紡紲石，據推定是西元前二千五百年以上的東西(註十三)，由此可以知道桑蠶與紡織在遠古的農耕社會以前已經是很發達的了。左傳記載晉公子亡命於齊的事，文中有「謀於桑下，蠶妾在其上」，蠶妾就是專門從事於養蠶取絲的治絲婦女，這段記載說明了在當時的山東一帶，種植桑樹以養蠶的事情是很發達的了(註十四)。在進入農耕社會以後，養蠶紡織已經是一般婦女日常的主要工作，詩經說「婦無公事，休其蠶織」(註十五)，戰國時孟母有「斷織教子」的傳說，可以知道一般民間婦女是以治絲而織爲主要工作的。因此，孟子的社會理想中也就有「五畝之地，樹之以桑，五十者可以衣帛」的話了(註十六)。

由中國古代的蠶桑和治絲的實際情形上，我推想織女星名的形成是和古代農耕社會中婦女以治絲紡織為主要工作的實際社會現象有關，另外以織女做為天上的星名的思想淵源當是產生於古代人對桑的信仰（樹木崇拜），農耕社會中的古代人把桑樹看做是和「生殖」、「不死」、「再生」有關的神木，那麼司掌這種神木的自然是和人間紡織治絲有關的女神。山海經：

又東五十里白宣山，淪水出焉，東南流注于視水，其中多蛟，其上有桑焉，大五十尺，其枝四衢，其葉大尺餘，赤理黃華青柎，名曰帝女之桑(註十七)。

依郭璞注此桑所以名為帝女之桑是由於「帝女主桑」的緣故，也就是說司桑的女神是為「帝女」。而做為星名和牽牛織女傳說中的織女，在各記載中也正是「天帝之女」：

織女，天女孫也——史記天官書

織女，天帝孫也——漢書天文志

織女，天之眞女——後漢書

織女三星在天紀東端，織女天女也——晉書

由以上這些推察，織女在成為星名以前的原始意義當是農耕信仰中被視為神聖樹木桑樹的桑神，或許也就是原始的母神，形成這種以織女為桑神的信仰是和古代農耕社會中無數的婦女以桑蠶紡織為主要工作的實際勞動生活有關的。也就是說在人間大地上先有了以織女為桑神的信仰，然後結合了天文現象的觀察而形成了織女星的星名。這種結合和上節所述遠古的中國人以農耕信仰中做爲穀物神存在的牽牛在天上星象結合而成爲牽牛星的情形是一致的。

由考察牽牛織女在做爲星名以前的原始本義和他們的現實社會背景，我想後來形成的牽牛織女傳說，應該不是出於天文學家或詩人的想像創作，或許應該是古代勞苦役役的民間大衆，在長期的辛苦工作之後，抬頭望着暗夜的星空，對那兩顆已經被叫着「牽牛」「織女」的星象由實際的觀察而產生的神話構想吧？

附註

註一　說文「織，作布帛之總稱也，从糸戠聲」。

註二　小爾雅廣服「治絲曰織，織，繪也」。

註三　關於以樹木爲崇拜對象的信仰分佈於印度、中國、東太平洋、北歐、以及亞洲各國。在今天的臺灣鄉下各地也還有以榕樹爲民間信仰對象而加以崇拜祭祀的習俗存在。宗教學上的樹木崇拜，Frazer: The Golden Bough(1890),和 M. Eliade: Patterns in Comparative Religion (New York, 1958)等書有很詳盡的記述。

註四　山海經海外東經「湯谷上有扶桑，十日所浴，在黑齒北，居水中，有大木，九日居下枝，一日居上枝」。大荒東經「東南海之外甘水之間，有羲和之國，有女子名曰羲和，方日浴于甘淵，羲和者帝俊之妻，生十日。」

註五　呂氏春秋古樂篇「帝顓頊生自若水，實處空桑」。春秋緯演孔圖「孔子母徵在，遊大澤之陂，睡夢黑帝之使請己，已往夢交，曰『汝乳必於空桑』，覺則若有感，生丘空桑之中」。

註 六 太平御覽卷955引十洲記「扶桑在碧海中，上是天帝宮，東王公所治，有椹樹長數十丈、二千圍，兩兩同根，更相依倚，故曰扶桑，仙人食其椹，椹體作金色……九千歲一生實耳，味甘香」。

註 七 關於桑、扶桑、博桑、若木即是一樹的論證，前人考之甚詳，如鈴木虎雄「桑樹に關する傳說」（支那學一卷九號），水上靜夫「若木考－桑樹信仰の起原的考察」（東方學21輯）等。

註 八 見藤堂明保「漢字と文化」p. 230。

註 九 繹史卷五引黃帝內傳：「黃帝斬蚩尤，蠶神獻絲，乃稱織維之功。」

註 十 搜神記卷十四。

註十一 禮記鄭注「戴勝，織紝之鳥也」。

註十二 山海經西次三經「西王母其狀如水，豹尾虎齒善嘯，蓬髮戴勝，是司天之厲及五殘。」

註十三 藤堂明保前揭書，p. 225

註十四 左傳僖公二三年。天野元之助「中國の養蠶原始」（東方學12集）。

註十五 詩經大雅瞻卬。

註十六 孟子梁惠王上。

註十七 山海經中次十一經，郭注「婦女主蠶，故以名桑」，鈴木虎雄前揭文認爲「婦」字當是「帝」字之誤，今從之。

二、傳說的形成經過

1. 胚　胎

牽牛織女的星名記載最早見於詩經小雅大東篇：

維天有漢，監亦有光，跂彼織女，終日七襄，雖則七襄，不成報章，睆彼牽牛，不以服箱。

在當時人的思想裏，織女雖然具有「織女」之名，但却是不能從事實際治絲織布工作的織女，而牽牛，也僅僅是一隻不能拉車的神牛而已。這天上的兩星，雖然以人間大地上農耕信仰中的穀物神（牽牛）和帝女之桑女神（織女）爲名，但却是不能像人間的牛和織女一樣從事實際的勞動工作。

從這段詩經的記載，只能看出當時人們對天上的牽牛和織女不能從事實際工作的不滿，看不出任何後世牽牛織女戀愛悲劇的傳說痕跡，牽牛也只是一匹天上的牛而不是後世傳說中的多情牛郎。如我前章所做的推論，牽牛到史記天官書的時候（B. C. 145-86），還是祭祀用的神牛，約同時代的星經說「牽牛六星，主關梁」，也似乎沒有很明顯的人格化跡象。

織女的原始因爲是主司桑織的女神，又是天帝的愛女，因此在人們的觀念裏，她的地位是遠在牽牛之上的，這種觀念由許多以後所見的記載是可以知道的，而且在牽牛織女的傳說裏，織女所佔的地位也遠比牽牛重要的多，也就是說，這個美麗的愛情悲劇傳說是以織女爲中心而發展形成的，牽牛只是一個做爲織女戀愛對象的配角。

史記天官書說織女是「天帝女孫」，星經的織女又已經是「生苽果絲帛，收藏珍寶」的女神了。

唐宋間的白氏六帖中引淮南子文說「七夕烏鵲塡河成橋，渡織女。」許多學者常以此段文字做爲牽牛織女傳說起於漢代的證據（註一），如果白氏六帖所引的這段文字眞的是淮南子的佚文，那麼自然有足夠的資格說明牽牛織女傳說的具體內容在西元前一四〇——一三九年以前已經完全形成了（註二）。

但是今本淮南子沒有這段記載，而且引此段文字的白氏六帖本身是一部頗有後人杜撰之嫌的問題書，因此我不能不懷疑唐宋間的白氏六帖所引的這段文字是後人假託淮南子的僞造。如果在淮南子時代已經有了如此具體完整的牽牛織女傳說，那麼和淮南子約等於同時代的史記、石氏星經等書就不可能完全抹殺這個傳說而仍以牽牛爲祭祀的神牛。

另外一個使我不能相信淮南子時代此傳說已經如此具體形成的原因是今本淮南子有另一段關於織女的記載說：

若夫眞人則動于至虛而游于滅亡之野……妾宓妃，妻織女，天地之間何足以留其志。

——卷二俶眞訓

如果白氏六帖所引的眞是淮南子的佚文，那麼這裏的關於「妻織女」的記載就不可能單說織女而絲毫不提到牽牛。

我認爲此處淮南子所說的「妻織女」是因爲織女星名的原始是爲帝女桑神的思想而產生的，在人間，織女被認爲是主司治絲紡織和菰果財寶的女神（前引星經），又是天帝的女兒，由此而產生了後來許多的「妻織女」的幻想吧？

後漢順帝時（西元一二六——一四三）王逸（A. D. 89-158）的楚辭九思章句也有一段妻織女的記載：

傳說兮騎龍，與織女兮合婚（哀歲）。

傳說是殷王武丁時的賢相，相傳死後補為天上的辰星（註三）。如果白氏六帖所引的文字確是淮南子佚文，如果牽牛織女的具體傳說在淮南子以前已經形成，王逸何至於硬把織女改嫁給天蝎星傳說？

由今本淮南子和王逸楚辭章句兩段「妻織女」的記載，可以知道白氏六帖所引的淮南子文是出於唐宋人的僞託，不可以做為牽牛織女傳說形成的證據，如果西漢時人們已經有了牽牛妻織女的傳說，那麼淮南子和王逸似乎不該有使織女先嫁給游于滅亡之野的眞人，再嫁給騎龍傳說的說法。

織女在這些記載中都是單獨地被當着天女而記錄的，和牽牛並沒有關係，雖然詩經時代以前的中國人已經把現實農耕社會中做為信仰對象的「牽牛」「織女」做為天上星辰的名字，但並沒有把這兩顆星結合在一起發生神話聯想，後來的人們由實際的天文星象觀察而把牽牛織女兩星由神話聯想而成立了傳說的雛形，最早也該是在西元以後的年代了吧？

附註

註一 如歐陽飛雲的「牛郎織女故事之演變」（逸經35期）認爲此段文字是淮南子原文，以此做爲傳說的具體形成證據，日本新城新藏認爲牽牛織女的故事在周初已經普遍地流傳（宇宙大觀 p.227）等。

註二 這個年代是根據徐復觀先生「劉安的時代與淮南子」（大陸雜誌47卷6期p.2）。

註三 洪興祖楚辭補注四庫叢刊本。

2. 雛形

如果以詩經到王逸的時代是牽牛織女傳說形成的胚胎時期的推論是正確的話，可以知道後來所流傳的這個傳說在王逸的時代是還沒有正式形成的，胚胎時期的牽牛織女只是一些原始農耕信仰所殘存的思想痕跡的記述，這些零星的痕跡固然是形成以後這個傳說的胚胎和骨幹，但是距離具體的傳說依然有一段相當漫長的距離。

在牽牛織女傳說的胚胎時期，最重要而且必須的當然是牽牛的人格化，固然在許多民族的古老傳說中也有人與獸，或人與半人半獸的動物戀愛的例子，但是因中國春秋時代以後人文思想高度的發展和儒家合理主義的抬頭，中國人在牽牛織女的戀愛故事形成以前先把做爲農耕儀禮中的神牛加以人格化當是很自然的事情。

牽牛的人格化是發展成這個傳說的雛形的重要關鍵，也是在中國思想要求「合理化」情形下的必然要求，史記天官書仍然是以牽牛爲「犧牲」的，到了東漢班固（A. D. 32–92）的西都賦中才有牽牛人格化的跡象，那麼以司馬遷和班固所處的時代爲準的話，牽牛的人格化當在此傳說胚胎時期的西漢武帝到東漢明帝（B. C. 145—A. D. 92）的兩百多年之間吧？

豫章之宇臨乎昆明之池，左牽牛右織女，似雲漢之無涯（註漢宮閣疏曰昆明池，有二石人，牽牛織女之象也）（註一）。

由班固此文，當可以推想在當時人的觀念裏，牽牛已經不再是祭祀的白牛，而是和織女隔着天河遙遙相對的牧童了。但是他們的遙遙相對是否就是說當時已經有了如後世流傳的傳說一樣的悲戀故事呢？是否由班固這個簡短的記載就可以推定這個傳說在漢代已經在知識份子間普及的徵證呢？（註二）

魏文帝（A. D. 187-226）曹丕的詩中有：

明月皎皎照我床，星漢西流夜未央。
牽牛織女遙相望，爾獨何辜限河梁。

魏文帝的弟弟曹植（A. D. 192-232）有一首「詠織女」的詩說：

西北有織婦，綺縞何繽紛。明晨秉機杼，日昊不成文。太息終長夜，悲嘯入青雲。妾身守空閨，良人行從軍（註三）。

河梁是送別地方的通稱，曹丕的詩是寫一個婦人在長夜裏抬頭望看星河中的牽牛織女兩星而思念着自己遠行的丈夫，曹植的詩是敍述一個人間織女在星夜裏思念着自己從軍遠行的良人。這兩首描寫閨中少婦思念愛人的詩都是以牽牛織女遙遙相望而不能相會的故事爲思想的背景，可以知道在當時，牽牛織女兩星已經在人們的觀念裏是兩個相愛而不能相見的情人了。牽牛織女傳說的雛形，此時應當已經形成。或許是由於人們接受了詩經以來以「牽牛」「織女」為星名的觀念，然後經過長時期的天文星象的實際觀察，由此而發展成的傳說雛形吧？在這個傳說的雛形時期，兩顆一左一右遙遙相望的星辰是人間無數別離的情人象徵而已，似乎並沒有傳說中的「七夕相會」和「使鵲為橋」而渡天河的具體內容吧？

迢迢牽牛星，皎皎河漢女。纖纖出素手，札札弄機杼。終日不成章，泣涕零如雨。河漢清且淺，相去復幾許。盈盈一水間，脈脈不得語。——古詩十九首

這是牽牛織女的愛情故事最早的具體描寫，但是作者不詳，並且此詩的成立年代也異說紛紛，遺憾的是無法由此詩來斷定此傳說被文人所正式紀錄的具體年代，只能根據現代學者們的推論，說五言詩的告成是起於東漢而完成於東漢末年的建安時代（註四）。

如果這首描寫牽牛織女具體故事的古詩確是形成在東漢末期的話，牽牛織女傳說形成的雛形時期當在王逸到曹丕的百年多之間（A. D. 89-226），因為這個傳說已經由零星的胚胎時期發展成雛形時期，所以曹氏兄弟以這個傳說來做為閨中少婦相思的詩的背景。

附　註

註一　後漢書列傳第三十。

註二 出石誠彥「中國神話傳說の研究」p.125，昭和十八年中央公論社

註三 曹丕詩見文選卷27，曹植詩文選卷29。

註四 劉麟生「中國詩詞概論」p.12，香港南國出版社。

3.具體

晉武帝（A. D. 226–290）時代陸機（A. D. 261–303）有「擬古詩迢迢牽牛星」（註1）和前引無名氏古詩十九首中的牽牛織女隔河遙相望，有淚如雨的內容是一致的。

傳玄（A. D. 217–278）在他的擬天問中有「七月七日，牽牛織女會天河」的話，是文人記錄的牽牛織女傳說中最早出現的七夕相會。同時代的周處（A. D. 240–299）在他的風土記中關於此傳說有更詳細的記載，不但有七夕相會，使鵲爲橋的內容也出現了：

織女七夕渡河，使鵲爲橋。相傳七日鵲首無故皆髡，因爲梁以渡織女故也。

同時代的張華（A. D. 232–300）在他的博物志中說：天河與海相通，有一個住在海渚的人，在海上航行了很久，前十多天還可以看得見天上的日月星辰，後來就「芒芒忽忽」了，最後這個航海人到了一個「有城郭狀屋舍甚嚴」的地方，「遙望宮中多織婦，見一丈夫牽牛渚次飲之……」。這個人間的航海者不但上了與海相通的天河，還看了許多織女，並且和牽牛說了些話。梁吳均所編的續齊諧記中也有一段敍述「織女渡河，諸仙還宮」的事：

桂陽成武丁有仙道，常在人間，忽謂其弟曰：「七月七日織女當渡河，諸仙悉還宮，吾向已被召，不得停與爾別矣。」弟問曰：「織女何事渡河？去當何還？」答曰：「織女暫詣牽牛，吾去後三年當還。」明日失武丁，至今云「織女嫁牽牛」。

晉人好清談，喜歡作筆記，這兩則故事也許是出於文人的想像創作，但是其中所說「天河與海通」以及人與天上牽牛織女相會等思想也是不能不加以重視的。由後世傳說中的牽牛演變成人間牧牛的農夫而和天上仙女戀愛的故事發展來看，必定是先有了天河與海通以及人與天上織女交通的思想爲其形成的背景。

牽牛織女傳說在民間由雛形而具體化以後，經過文人的記錄也就越發富有情趣了，南北朝宋謝惠連（A. D. 394-430）有「七月七日夜詠牛女」詩，更詳細地道出了牽牛織女的隔河相思的痛苦：

……雲漢有靈匹，彌年闕相從。遐川阻眠愛，修渚曠清容，弄杼不成藻，聳轡騖前蹤。昔離秋已兩，今聚夕無雙。傾河湯廻幹，款顏難久長……。

到了梁（五〇二——五五六）宗懍（A. D. 500-563）的荊楚歲時記出現，牽牛織女傳說的故事，正式地具體完整地形成了。

天河之東有織女，天帝之子也，年年機杼勞役，織成雲錦天衣，天帝憐其獨處，許嫁河西牽牛郎，嫁後遂廢織紝，天帝怒，責令歸河東，唯每年七月七日夜，渡河一會。

荆楚歲時記是採集記錄荆楚一帶鄉俗的書，一共記載了三十六事，宗懍所記的這個牽牛織女傳說已經是一個完整的故事，後世許多記載如琅邪代醉篇、述異記等所敍的織女傳說，當都是以荆楚歲時記爲藍本而成的吧？

宗懍集合當時流行的牽牛織女傳說所做的這個記錄中最值得重視的織女已經不再是空有織女之名而不能報章的星名，而是能夠「織成雲錦天衣」的勞動女性了，織女也不再是高級知識份子筆下的游于滅亡之野的眞人之妻，也不是和騎龍傳說的合婚女子，而是和大地上無數的人間織布女子一樣辛勞地工作、結婚，並且在愛情之中有所沈溺，有所執着。

由荆楚一帶民間流傳的這個傳說的記載可以知道傳說的流傳在民間是很純樸可愛的，沒有高級知識份子和詩人們的誇大和矯情，宗懍是把一個在民間流傳的古老傳說做了忠實的記錄，所以他筆下的織女不是「泣涕零如雨」或「引領望大川，雙涕如霑露」。比較宗懍和詩人們筆下的織女，當也可以看出流傳在民間和知識份子間的同一傳說是多麼地不同了。

由以上的考察，可以推想牽牛織女傳說的具體形成當是在建安以後到南北朝之間。（約A. D. 226-563）

附　註

註　一　陸士衡擬「迢迢牽牛星」：「昭昭清漢暉，粲粲光天步。牽牛西北廻，織女東南顧。華容一何冶，揮手如振素。怨彼河無梁，悲此年歲暮。跂彼無良緣，睆焉不得渡。引領望大川，雙涕如霑露。」

三、傳說的內容檢討

1.天　河

天河是織女渡河而會牽牛的河，是詩人筆下的盈盈一水，和引領而望的大川，這條河分隔了東西兩邊的牽牛織女，使他們不能相聚而只有「雙涕如霑露」似地遙遙相望。

在各書的記載裏，天河又叫做「漢」、「雲漢」、「天漢」、「星漢」、「河漢」（註一），也叫做「天杭」、「銀河」、「銀漢」等名稱（註二），就是西方人所說的 milky way，在希臘神話中是 Hera 神流在天上的乳汁而成的河流（註三）。前人把 milky way 不譯爲「銀河」而硬譯做「牛奶之路」，雖然受到魯迅的嘲笑，但却也錯誤的很有根據（註四）。

日本的新城新藏認爲以漢、星漢、雲漢等「漢」字做爲天河的名稱是和中國地上的漢水有關的，但不能肯定「是先有地上的漢水名稱，然後用以附加在天河上做爲天河的名稱？或先是以『漢』做爲天河的名稱，然後成爲地上漢水的命名？中國的文化發展到漢水地方當並不是很遙遠的古代，因此這個先後順序的研究，將是和研究古代文化有關的有力材料……」（註五）。

出石誠彥認爲天上銀河以漢爲名是源於地上漢水的名稱來的，先有地上的漢水，然後以此漢水做爲天河的命名，他的證據之一是中國的河流多是由西而東流，只有漢水是由北而南，正和天上銀河的方向一致。由中國人附於天文星象上的名稱，全是由地上現實界的事物名稱而來的一貫精神來看，當然該是以地上實際的漢水來配合天上的銀河。他並且考察世界上的其他民族的天河觀念，如希臘人思想中的天河是 Hera 神的乳汁，在許多民族的天河思想裏是以天河爲死者靈魂的歸所，以天河爲太陽的通道，以天河爲大地上現實之道路的比擬等情形。由這些實際的考察情形，他認爲人類文化發展的幼稚期間，當是以現實上的生活經驗而做爲外界諸現象的說明（註六）。後來的另一位森三樹三郎贊成出石此說，認爲出石的天河之名源於地上漢水的推論是「最妥當而應該跟從的說法」（註七）。

天河的「漢」和地上漢水的「漢」同見於詩經及其他的古代記載，誰先誰後，由這些記載是無法得到圓滿解答的，鄭玄注詩經的「維天有漢」說「漢，天河也，有光而無所明」說文「漢」字的解釋是「漾」，漾水也就是出於隴西而東流至武都就改稱漢水的河流。

「漢」字的原義（古文中的「漢」字）在今天是無法從字形上去瞭解的（註八），做爲天河的「漢」和地上的漢水的「漢」是不是一定有關係呢？天上的星漢和地上漢水的由北而南的方向一致是偶然的巧合或是有其原始的相互關係呢？這些都是我渴望而不能夠解決的問題，在這些問題沒有得到合理的解決之前，似乎也不能不跟從出石誠彥的說法而認爲星漢之名是出於地上漢水的名字了。

附註

註一 詩小雅「維天有漢，監亦有光」，詩大雅「倬彼雲漢爲章于天」，楚辭九思「越雲漢兮南」，博物志山水總論「河者水之伯，以象天漢」，曹丕詩「星漢西流夜未央」，古詩「河漢清且淺」……。

註二 太玄經「漢水羣飛，薇於天杭」、溫庭筠詩「銀漢横空象萬秋」……。

註三 Cr. Schwartz, Sonne, Mond und Sterne, (1864) ss. 279-280. 見出石誠彥前掲書p. 114。

註四 上海大學教授趙景深把希臘神話中「半人半馬」的 Centaur 誤譯爲「半人半牛」，又把天河 milky way 譯爲「牛奶之路」，因此魯迅做詩嘲笑他，詩爲：「可憐織女星，化爲馬郎婦。烏鵲疑不來，迢迢牛奶路。」（見魯迅三閒集）。

註五 新城新藏「宇宙大觀」 p. 273-274。

註六 出石誠彥前掲書 p. 113-117。

註七 森三樹三郎「中國古代神話」 p. 202 （昭和44年清水弘文堂書房）。

註八 加藤常賢「漢字の起原」p. 223 （昭和46年角川書店）。

2. 七夕

傅玄擬天問「七月七日，牽牛織女會天河」，是牽牛織女傳說中最早的七月七日相會的記載。在中國古代的曆法上，奇數原是代表了某些神秘的思想，一月一日當然是一元之始，三月三日是曲水之宴，五月五日是端午，九月九日是重陽，唯一例外的是十一月十一日，那麼七月七日在古代以奇數為神秘的思想裏自然也是應當含有特別的意義存在的，何況七月七日是奇數中的奇數(註一)。

七月七日在古代所特別代表的意義現在已經不明白了，只是在一些零星的記錄中，還可以知道七在古代人的思想裏是天地四時人的開始，又是和天有關的陽數(註二)。詩經說：

七月流火，九月授衣。春日載陽，有鳴倉庚。女執懿筐，遵彼彼行，爰采柔桑……

鄭玄(A. D. 127-200)說是「將言女功之始」，那麼就是說到七月的時候，婦女們將要開始忙碌的工作了。以我本文前面所做織女的原始是農耕儀禮中桑神的推論來看，後世以七月七日為織女渡河而會牽牛的傳說內容，會不會是由於這種古代以奇數為神秘的曆法思想加上古代以七月為「女功之始」的勞動思想為背景而由實際上的天文星象觀察所形成的呢？

以七月七日為特別行事的日子是否在牽牛織女七夕相會傳說形成以前就有，固然由上述的道理上來推想是「應該有的」。但是在七夕相會的傳說形成以後，後世的關於七月七日的行事記載應當都是受此傳說的影響而形成的。出石誠彥舉列仙傳的王子喬、陶安公等仙人和西京雜記、漢武故事與漢武帝內傳的記載為例說明七月七日的特別行事是和牽牛織女的七夕相會是無關的證明，由此而對七夕相會的傳說採取暫且存疑的態度(註三)。後來的森三樹三郎又以出石所列的這些資料做為漢代牽牛織女傳說一般化以前，在七夕相會的民間信仰形成以前就有以七月七日為特別行事日子的證明資料(註四)。

我認爲在道理上固然可能在七夕相會的傳說形成以前在古代應有以七七爲特別日子的觀念，但是出石誠彥和森三樹三郎以這些資料來做爲七月七日的特別行事是和七夕相會的傳說無關或先於七夕相會以前的證明材料却是很值得檢討和商榷的。爲了方便起見，我把他們兩位所引的資料先列在下面：

告我家七月七日待我於緱氏山巓，至時果乘白鶴駐山頭——列仙傳王子喬

須臾朱雀止治，上曰安公治與天通，七月七日迎汝以赤龍，至期赤龍到大雨而安公騎之。——列仙傳陶安公

……是爲武帝，帝以乙酉年七月七日旦生於猗蘭殿——漢武故事。

至七月七日王母暫來也，帝下席跪諾言訖，玉女忽然不知所在——漢武帝內傳

戚夫人侍高帝（中略）至七月七日臨百子池作于闐樂——西京雜記

這兩位中國神話研究的大家所引來做「證明」和「存疑」資料的幾本書不幸都是很有問題的書，列仙傳舊題爲劉向所撰，但是文體根本不像西漢人的文字，宋代黃伯思的東觀餘論已經疑此書是「東京人所作」，書錄解題就更明確地說此書「必非向撰」了。

漢武帝內傳和漢武故事舊題都是班固所撰，晁公武讀書志引張柬之洞冥記跋，謂漢武故事是王儉（A. D. 452-489）所著，但內容和漢書多相出入，因此可能也不是東漢王儉所著而是魏晉以後的人所僞託的書，四庫總目已疑漢武帝內傳是魏晉間人的僞著。

西京雜記隋經籍志沒寫作者是誰，唐志說是晉葛洪，但葛洪本傳又沒有記載他著有此書。以這樣的作者和著作年代都不能確定的書來做推論的說明資料是很危險的，這些書雖然記載的是西漢的高祖、武帝等人的事，但我認爲全是後世道教一流的文士所僞造的「仙話」，仙話的形成和傳說不一樣，仙話的主要特色是以個人享受和利己主義爲前提而形成的(註五)，雖然也有由於仙話的流傳而成爲民間信仰的事，但是仙話的原始却沒有如傳說一樣的遠古社會爲其思想背景(關於神話、傳說、仙話的不同，別稿另述)。

此外由漢武帝內傳所見的西王母當也可以斷定此書的不可信，在神話中，西王母是一個面目猙獰的怪獸(註六)，由怪獸脫胎換骨爲風韻猶存的半老徐娘至早也是魏晉以後，何況這裏所見的是容顏絕世的玉女？

因此我是不能同意這兩位學者的推論的，我的推想和他們却也正好是相反的，我認爲不但不能以這些資料做爲七月七日與牽牛織女傳說無關的證明材料，相反的我認爲這些七月七日的故事內容如「乘鶴上天」，「騎龍昇天」和見西王母等故事是在牽牛織女傳說形成以後，受七夕相會的傳說內容影響而形成的。傳說是先有事實而後有理論，民間大衆是把傳說當做眞實的事情而相信着，仙話則是出於知識份子的僞造，是先有理論而後流行的。這是根本上的不同。

基於我在本文以上所做的推論，七夕相會的形成當是伴着具體的牽牛織女傳說而來的，在傳說的雛形時期，牽牛織女只是遙遙相望而不能相聚的情人，或許是這個傳說在民間流行以及經過了知識份子的整理以後，由於民間的大衆對於這兩個相戀而不能相會的情人寄以無限的同情，由這種同情而產生七夕相會的傳說內容當是可能的。

所以在這個傳說裏以七月七日做爲他們相會的日子，當然是由於人們長期地觀察銀河中的那兩顆悲戀的星星，由發現這兩顆星在每年七月上旬互相接近的實際觀察而產生了七月七日織女渡河會牛郎的傳說內容。

在七夕相會的背後所代表的民族心理，或許是如我上述古來以七月爲「女工之始」和以七爲神秘日子的觀念，加上對兩個戀人的無限同情而和實際觀察互相結合的吧？

附註

註一 所以說是奇數中的奇數，是因爲在一年之中有三月三日的倍數六月六日，一月一日的倍數二月二日，五月五日的倍數十月十日，而七月七日以後的沒有倍數現象。

註二 漢書律志「七者，天地四時人之始也」，說文「七，陽之正也」，易繫辭「天七地八」，白虎通嫁娶「陽數七」等。

註三 出石誠彥前揭書 p. 129。

註四 森三樹三郎前揭書 p. 207。

註五 袁珂「中國古代神話」，p. 27（一九五七，商務）。

註六　山海經西次三經。

3. 乞　巧

荊楚歲時記說：「七月七日為牽牛織女聚會之夜，是夕人家婦女結彩穿縷，穿七孔鍼，或以金銀鍮石為鍼，陳瓜果於庭中，以乞巧，有喜子網於瓜上，則以為有符應。」我認為是七巧最早的記載。

前節所論的出石誠彥認為乞巧與牽牛織女傳說原是兩回事，乞巧是流行已久的一種極普通的民間原有的風習（註一），森三樹三郎沿襲出石之說，以出石所列的證明資料所做的結論說「穿七孔鍼的行事必須看做也是和織女無關的」（註二）。

因為我不能同意出石的說法，所以也不得不再把他所引用的資料列下來加以簡單的討論。

漢彩女常以七月七日穿七孔針于開襟樓，俱以習之——西京雜記

乞巧不獨七夕也，續博物志山東風俗正月取五性女年十餘歲，共臥一榻，覆之以衾以箕，扇之良久如夢寐，或欲刺文繡事筆硯理管絃，俄頃乃寤，謂之扇天卜，以乞巧，下黃私記八九月中輪外經雲時，有五色下黃人，每值此則急呼女子持針線小兒持紙筆，向月拜之，謂之乞巧，是正月及八九月皆乞巧矣！——陔餘叢考

西京雜記是本有問題的書已如前節所述，這裏所記載的「漢彩女……」的乞巧正如同其所載

的「戚夫人七月七日作于闐樂」一樣是未必可信的，不能以此來做為研究漢代的可信資料。而以距離牽牛織女傳說具體形成以後的一千五六百年的淸人趙翼陔餘叢考的記載，是否可以做爲在織女傳說之前已有乞巧風俗的證明資料也是很有問題的。退一步就以趙翼所引用的續博物志的話來看，續博物志是宋代李石剽掇說部而成的書，也是距織女傳說形成十分遙遠的以後了，似乎這兩個資料都不能成爲織女傳說以前就有乞巧習俗的有力證據。

出石所引趙翼所說的「扇天卜」，是一種預占未來在那一行業有所成就的占卜，至今山東一帶仍有在小兒周歲時置文繡筆硯管絃於前，命幼兒自取，以預卜此兒未來事業的習俗。另外由八月中秋節拜月乞巧的記載來看，我懷疑是由七夕乞巧經過長時間以後演變而成的後代習俗。

我認爲七夕乞巧的民間信仰是源於牽牛織女傳說形成以後而有的，從「結綵縷穿七孔鍼」的乞巧內容來看，鍼是婦女做縫紉工作不可缺少的最主要工具，自然是和織女司「織」有關係，「有喜子結網於瓜上則以爲符應」，喜子是小蜘蛛，蜘蛛在瓜上結網不正是織女「織成雲錦」的象徵嗎？至今華北一帶仍有以這種結網的蜘蛛爲報喜而來的天使，稱之爲「喜蜘蛛」的事。出石誠彥以爲「喜子結網於瓜上」只是一種偶然附加在乞巧習俗上的 divination（註三），或許是他偶然附加的想像吧？「陳瓜果於庭中」的祭祀織女以乞巧的儀式，是由於古人以織女又是「主司瓜果」的女神的信仰而來的，這種以織女兼司瓜果的信仰是源於遠古農耕信仰中以織女爲桑神的原始信仰而來的，在牽牛織女傳說形成以前就已經存在，如前述遠古農耕社會中的人們把桑視爲神聖的樹木而做爲信仰的對象，桑除了養蠶以外還有結生桑椹的實際效能，桑椹是古代人思想中的仙菓，由此以司桑的帝女兼司人間瓜果當也不是什麼不可思議的事。在託名孔子而實際成於西漢的春秋緯元命包中記載說：「織女，神女也……並司瓜果」，由此可以知道在牽牛織女傳說形成以前，直到西漢，仍有以織女爲原始桑神的信仰痕跡存在。晉書天文志說「織女天女也，主司果瓜絲帛珍寶……」，乞巧或以「金銀鍮石爲鍼」，當是因織女司絲帛珍寶的民間信仰有關。

由荊楚歲時記所見的乞巧儀式與民間原始織女信仰的關係來看出石所引西京雜記「穿七孔鍼于開襟樓俱以習之」的乞巧內容，可以斷定西京所說的「漢彩女」所爲，是絕對和織女傳說有關的。

我推想乞巧的儀式是源起於古代的織女桑神的原始信仰，這種信仰結合了牽牛織女每年七月七日相會的傳說而成爲七夕乞巧的民間信仰，形成以七夕爲乞巧儀式的習俗是由於這個美麗的傳說在民間廣大地區流行以後，織女在當時人們的思想裏是美麗多情而善織的少女，是人間勞動婦女們的女性典型，是令人尊敬和同情的女紅巧手，又是在天上主司大地上瓜果布帛的女神。因此民間的無數勞苦婦女們在這一天晚上一面慶祝織女和牽牛的相會，一面以瓜果陳於庭院中向天上的女神乞巧，希望她把她高明的女紅技術傳授下來給自己。

七巧的巧字固然是指婦女女紅的技巧，而婚姻上的巧配和諧也是巧，因此人間無數的多情兒女，上至皇帝貴妃，下至販夫奴婢，也都在七月七日的夜半無人私語時，對着暗夜的星空，祈禱自己的美滿姻緣了。

附　註

註一　出石誠彥前揭書 p. 129。
註二　森三樹三郎前揭書 p. 207。
註三　出石誠彥前揭書 p. 130。

4. 鵲　橋

周處風土記說：

織女七夕當渡河，使鵲爲橋。相傳七日鵲首無故皆髡，因爲梁以渡織女故也。

唐代韓鄂的歲華紀麗也說「風俗通曰織女七夕當渡河，使鵲爲橋」（註一），錢大昕纂的風俗通義逸文記有與此同樣的句子，宋代羅願的爾雅翼所載，也和周處風土記大致相同（註二）。

在牽牛織女傳說具體形成時期，當時的人們因爲同情天上這對相愛而不能相會的情人而產生了七夕相會的傳說內容，但是遙遙漠漠的天河該如何渡呢？因此而產生了使鵲爲橋的傳說內容吧？

產生以鵲爲橋的原因也許是如前人所考察的鵲是棲息於中國全境，常在固定的季節羣飛

(註三)。鵲陣羣飛是遮雲蔽日的一大片，有如在空中架橋，於是民間的人們看到七月飛來的鵲羣，就認爲鵲是爲七夕織女渡河會牽牛而來架橋的了吧？由這種鵲羣飛行的實際觀察而結合牽牛織女傳說而形成使鵲爲橋的內容自然也是很可能的事。

出石誠彥又認爲傳說內容中「織女渡河會牽牛」，而不是牽牛來會織女的思想背景恐怕是由於中國的實際習俗和「男尊女卑」的思想而形成的(註四)。在關於牽牛織女傳說的記載裏，的確是織女主動地渡河去會牽牛，而牽牛只是處於等待的地位的。但是我想這應該是由此傳說的具體內容和傳說的發展來看，在此傳說中織女是主角，牽牛只是配角，人們所強調的織女是上帝的女兒，是司瓜果布帛的女神，是婦女女紅的典型。而牽牛在傳說中的地位是做爲織女的丈夫或情人的配角，是天帝可憐自己的愛女終日辛勞而爲她覓嫁的丈夫罷了。由此傳說是以織女爲中心而進行的具體內容來看，或許織女渡河去會牽牛也是理所當然的吧？把男尊女卑的思想和此傳說結合在一起而發展成後世以牽牛爲主角的傳說演變，當是宋代以後才有的事。

因爲在這個傳說裏，鵲是促成織女得以和牽牛相會的橋樑，是爲了完成情人心願而犧牲自己的天使，因此大地上的人們對於鵲是特別誇獎和喜愛的，認爲鵲是使天下有情人成爲眷屬的愛情紅娘，於是華北一帶的民間稱鵲是「喜鵲」，當鵲在門前鳴叫的時候，他們會說「報喜來了！」

民間故事還說，喜鵲的頭所以禿了，是因爲天帝發覺了牠們去架橋，所以憤怒地拔了牠們頭上的羽毛(註五)。閩南一帶流傳的織女故事說，織女和牽牛幽會被天帝發現，被關在房裏不准出來，正在遙望流淚，窗外飛來了一隻鵲鳥，她就叫鵲鳥飛去對牽牛說「你每七日來和我相會一次」。口笨的鵲鳥去了，却把「七日」說成「七夕」，於是這對情人只能每年七夕會一次。爲了處罰鵲鳥的錯誤，因此命它架橋等（註六）。

附註

註一　卷三七夕「鵲橋已成，織女將渡」的註。

註二　原文：「涉秋七日，鵲首無故皆禿，相傳是日河鼓與織女會于漢東，役烏鵲爲梁以渡，故毛皆脫去」。

註三　A. David et E. Oustalet, Les Oiseaux de la Chine, Texie (1877), pp. 373-374，出石前揭書所引，頁137。

註四　出石誠彥前揭書p. 127。

註五　馬南邨「燕山夜話」p. 55。

註六　歐陽飛雲前揭文 II 680。

四、傳說的演化

——由唐到明知識份子筆下的傳說——

1. 唐

唐代所流行的牽牛織女傳說和魏晉間的是一樣的，只是唐代的詩人們對於這個悲戀故事的主角織女寄以更深的同情和美化，由唐代詩人筆下的天上織女與人間織女的一些詩，可以知道這是以人間的現實社會爲背景而和這個傳說做了更深密的結合。

皎皎宵月麗秋光，耿耿天津橫復長。
停梭且復留殘緯，拂鏡及早更新妝。
彩鳳齋駕初成輦，雕鵲堪已以作梁。
雖喜得同今夜秋，還愁重空明日床。

——沈叔安，七夕賦詠成篇

粉席秋期緩，鍼樓別怨多。奔龍爭渡月，
飛鵲亂塡河。失喜先臨鏡，含羞未解羅。
誰能留夜色，來夕倍還梭。

——宋之問牛女

秋近雁行稀，天高鵲夜飛。妝成應懶織，
今夕渡河歸。月皎宜穿線，風輕得曝衣。
來時不可覺，神驗有光輝。

——沈佺期題七夕

這三首詩詠織女的詩都是很美的，但也都是強調織女乍會還離的惆悵，唐代詩人們所以特別同情「還愁重空明日床」「誰能留夜色」的織女，我想主要的是和唐代多征戰、多分離、多閨怨的現實社會有關的，唐代詩人是社會的良心，因此且再看詩人筆下現實大地上的人間織女的詩：

秋漢飛玉霜，北風掃荷香。含情紡織孤燈盡，拭淚相思寒漏長。檐言碧雲淨如水，月弔棲烏啼雁起。誰家少婦事怨機，錦幕雲屛深掩扉。白玉牕中聞葉落，應憐寒女獨無依。

——錢起效古秋夜長

黃雲城邊烏欲棲，歸飛啞啞枝上啼。

機中織錦秦川女，碧紗如煙隔窗語。

停梭悵然憶遠人，獨宿空房淚如雨。

——李白烏夜啼

這是唐代無數人間織女的寫實，在烽火連年的唐代，多少青年爲了關山征戍而閨閣別離，那些「縱有還鄉夢，又聞出塞聲」(註一)的征夫們所留下的妻子在寒夜中也會停梭望着星空，悵然地懷念着未歸的情人而淚下如雨吧？那些在錦幕雲屛中掩扉高臥的豪富朱門，當他們聽到白玉窗下如泣如訴的落葉聲音時，是否也會同情這些無依的寒夜織女？

唐代無數把青春投擲在寒夜中往來的機梭中的織女，當她們抬頭望着天上銀河中閃爍的織女星，她們該有同病相憐的親切感吧？天上的織女雖然寂寞，可是她畢竟還能在每年七夕渡河與牽牛相會，而人間無數的織女與征卒之間，誰是造橋的烏鵲？

天上的牽牛雖然和織女隔着銀河，但畢竟也還可以遙遙相望，而唐代無數的大地牛郎却是無定河邊的可憐白骨。

那麼，由唐代詩人筆下的織女傳說與人間織女的寫實記錄，或許也可以知道這個傳說在當時是和人間社會已經密切地結合了吧？

附　註

註一　令狐楚從軍行。

2. 宋

宋代張文潛的七夕歌：

人間一葉梧桐飄，蓐收行秋回斗杓，
神宮召集役靈鵲，直渡銀河橫作橋，
河東美人天帝子，機杼年年勞玉指，
織成雲霧紫綃衣，辛苦無歡容不理，
帝憐獨居無何娛，河西嫁與牽牛夫，

自從嫁後廢織紝，綠鬢雲鬟朝暮梳，
貪歡不歸天帝怒，責歸却踏來時路，
但令一歲一相見，七月七日橋邊渡。

此詩在關於牽牛傳說的內容上是和魏晉到唐以來所流行的傳說一樣的，但此詩對織女的感情態度上顯然是和唐詩不同的。唐代詩人是對織女的相思和別怨寄以最大的同情，而宋代詩人却把織女寫成是一個「綠鬢雲鬟朝暮梳」，光愛打扮，貪歡任性的女人了。

唐人重情，他們重視的是織女渡橋前的喜悅和還愁明日分離的惆悵，他們所同情的是織女的寂寞心情。宋人重理，因此他們重視的是織女的廢織紝，他們所責備的是不努力工作的和不服從權威（天帝）的織女。

由魏晉以來的一句「嫁後遂廢織紝」的話演變為宋人詩中的貪歡不歸任性女人，似乎也可以看到在宋代理學的風氣下，知識份子觀念中的牽牛織女傳說已經被禮教所吃而不再那麼具有活潑的生命了。

唐宋明民間所舉行的乞巧儀式和荊楚歲時記所載大致是相同的，此處省略。

3. 明

張鼎思的琅邪代醉篇關於織女傳說的記載和前引宋人張文潛的七夕歌是如出一轍的：

天河之東有美麗女人，乃天帝之子，機杼女工，年年勞役，織成雲霧絹縑之衣，辛苦無歡悅，容貌不暇整理，天帝憐其獨處，嫁與河西牽牛之夫婿，自後竟廢織衽之功，貪歡不歸，帝怒責歸河東，但使一年一度與牽牛相會。

宋明在思想上原是一線相承的，因此他們不重視寒夜停杼淚下如雨的織女相思，也不重視他們的七夕相會與使鵲爲橋，只是着重在攻訐織女的貪歡和不服從上帝。

明末太儀朱名世又根據齊諧志、續齊諧志以及前人關於牽牛織女的記載而創作了一本小說新刻全像牛郎織女傳，全書分四卷是萬曆中仙源余成章刻本，由此書的卷名，當可以略見故事內容的一斑：

卷一：①牽牛出身 ②織女出身 ③織女獻錦 ④織女訓織 ⑤天孫論治 ⑥牛女相逢 ⑦月老僉書 ⑧天帝稽功 ⑨天帝旌勤 ⑩陳錦激內 ⑪玉皇閱女 ⑫太上議親 ⑬牛郎納聘

卷二：①成親賜宴 ②牛女交懽 ③鳳城恣樂 ④天孫拒諫 ⑤星橋玩景 ⑥歌兒導淫 ⑦漢渚觀奇 ⑧行童進酒 ⑨遣使諫淫 ⑩玉皇閱表 ⑪抱禁牛女 ⑫謫貶牛女 ⑬牛女泣別

卷三：①星宮竊婢 ②二婢諧緣 ③七姑結義 ④七姑助織 ⑤披提星官 ⑥牛郎遣使 ⑦織女回書 ⑧七姑服義 ⑨七姑上本 ⑩玉皇批本 ⑪越河被繫 ⑫致書慰友

⑬兄弟上本 ⑭老君議本

卷四：①聖后戒女 ②織女回詩 ③老君議本 ④准本重會 ⑤奏造橋樑 ⑥鴉鵲請旨

⑦鴉鵲治橋 ⑧天帝觀橋 ⑨貴客乞巧 ⑩平民乞巧 ⑪文人乞巧 ⑫七夕宮怨

⑬遺書謝友 ⑭鵲橋重會 ⑮褒封團圓

這自然是明末無聊文人的想像創作而不是民間流傳的牽牛織女傳說，由卷目中這些荒誕不經的卷名以及「導淫」「諫淫」等事，似乎玉皇所以謫貶牛女是因爲織女犯了淫罪，或者是說婚後的織女因沈醉在肉慾之中而忘記了工作吧？他們所強調的不再是織女的勞動和織女的相思，而是天帝的神通和天上諸神的活躍情形，後來京戲中的「天河配」，似乎就是根據這個卷目而演繹成的。

牽牛織女的傳說在知識份子筆下發展到了明末，已經被加枝添葉地週詳演述，但却失去了魏晉時期的純樸可愛，也沒有了唐代詩人筆下的美麗哀愁與無限同情。明代的牽牛織女傳說只是沿襲宋代相承下來的犯罪檢擧，由這個卷目的內容至少可以肯定的一點是，在知識份子間流傳的牽牛織女傳說，由宋以降不斷地被文人所摧殘，發展到明末，就如此地被宋明理學家的後裔活生生地姦污了。

五、傳說的脫形

—民間流傳的牽牛織女傳說—

在民間有許多種牽牛織女的傳說流行着，這種流行在民間的傳說內容是和上章所述的知識份子筆下的記載有許多不同的，正因爲沒有加上知識份子的合理主義的人文思想和詩意的渲染，因此民間的牽牛織女傳說是更清新可愛，也更完整動人。

在民間流行的牽牛織女傳說當然是在魏晉以後，經過漫長的時間而逐漸形成的，因爲沒有人記載，所以是從古以來相傳的傳說故事。多種流行民間的牽牛織女傳說在後代因爲自然環境和人文環境的不同而有演變脫形的現象，但主要的內容却是魏晉以來的七夕相會，使鵲爲橋的織女戀愛悲劇爲基本的內容。流行比較廣泛的一個牽牛織女傳說是這樣的：

天上銀河的東邊住着一個仙女，她用神奇的絲在織布機上織出了層層累累的美麗雲彩，隨着季節的不同而變幻它們的顏色，叫做「天衣」。穿着這種天衣就可以自由地在天上和大地之間來往，織女還有六個姐妹，織女是其中最年青最美麗的一位。

在大地上有一個年青的牧牛郎，他父母早死，常受哥嫂的虐待，後來他被哥嫂不公平地分家出去，只得到了一匹殘弱的老牛，年青的牧牛郎就如此和老牛相依爲命地過着寂寞貧窮的生活。

有一天，老牛忽然口吐人言，告訴牛郎說天上的織女們將到大地上的河裏去洗澡，叫牛郎乘她們洗澡的時候去偷織女的天衣，這樣織女就不能上天而可以成爲牛郎的妻子了。

那一天，織女和她的姐姐們果然來到河裏洗澡，牛郎從蘆葦裏跑出來，從青草岸上奪取了織女的衣服，其他的仙女都因爲這個陌生男子的出現而急忙地穿上天衣跑了，剩下的是被搶走了衣服而裸體的織女。牛郎說要她答應做他的妻子才能還給她衣服，織女答應了，做了牛郎的妻子。

他們婚後，男耕女織，生活過得相當幸福美滿，並且生了兩個孩子。夫妻滿以爲能夠在人間終身廝守到白頭，可是仙女和凡人的戀愛悲劇終於不可避免地發生了。天帝因爲織女擅自和地上的牛郎結婚而非常的憤怒，所以派遣了天兵天將把織女捉回天庭問罪。

牛郎回家，發現織女已經不在，只有兩個哭泣着的孩子，這時候那隻老牛對牛郎說：「凡人是不能上天的，只有一個辦法你可以上天，就是把我殺了，剝下我身上的皮披在身上。我已經是不能工作的老牛了，感謝你還那麼仁慈地養着我。現在，請你趕快殺了我吧，這是我唯一能報答你的事了。」

牛郎無論如何是不忍心殺這隻爲他工作過一輩子的老牛的，最後老牛爲了牛郎自己碰頭死了，牛郎悲痛萬分地剝下了老牛的皮披在身上，並且用籮筐挑起了兩個孩子就上天去了。眼看着就要追上織女了，可是正當孩子們伸手要牽住織女的衣袂的時候，忽然半空中伸出了一隻巨大的手——原來是天帝的妹妹西王母着了急，拔下了她頭上的金簪，在空中一劃，說也奇怪，在牛郎和織女之間就出現了一條波瀾滾滾的大河……

對着面前的滾滾銀河，牛郎的小女兒說：「我們用瓢來舀乾這河裏的水吧！」他們父子三個就這樣開始一瓢一瓢地舀着那滔滔銀河的水……這種愛情和親情終於也感動了天帝，於是允許他們每年七月七日的夜裏渡河相會，喜鵲爲了完成這對夫妻的愛情，自願答應了以身塡河以做渡橋的任務……。

據說和牽牛星並列的那兩顆小星就是牽牛和織女的一對兒女，稍遠有四顆成平形四邊形的小星是織女投給牛郎的織布梭，距織女星不遠有三顆小星，是牛郎投給織女的牛拐子……（註一）。

閩南一帶流傳的牽牛織女故事，則把仙女和凡人的悲戀改成了人間富家女與貧苦牛郎的戀愛。這個富家女和貧苦牛郎原都是天上的星神，因爲犯罪被謫降人間，因爲富家女愛上了貧苦牛郎，所以遭受到勢利眼父親的反對和禁錮。織女叫鵲去傳信給牛郎，叫他每七日來一次，口吃的鵲把「七日」說成了「七夕」，貧苦的牛郎等不及而相思地死了，織女也殉情自殺，魂魄仍歸天上……（註二）。

以這兩個流行在民間的牽牛織女傳說來看，傳說所代表的民族心理背景應該是這樣的：故事的舞臺已經由天上移到人間，人神戀愛或是富家女與貧苦牛郎的戀愛注定了是悲劇的收場，因爲人神、貧富之間是如同天河一樣無法越過的對立階級，在現實社會的階級下有無數的愛情悲劇在民間流傳着（如梁山伯與祝英台等），因此在長期無法突破的階級下，養成了中國人的宿命觀念，把今生不能完成的愛情寄望於死後的來生。這種以現實爲痛苦，以死爲大解脫的思想是由對現實的社會形態絕望和佛教思想結合而形成的。

牽牛在此傳說中是受兄嫂虐待的牧童，是當時社會上常有的事實，中國的民間故事中關於兄嫂虐待弟弟或後母虐待前妻子等故事特別多，主要的就是因在以前的社會裏這是常有的事實的緣故。

民間勞苦役役的大衆對牛是有特別親密的感情的，因爲牛爲人耕田爲人貢獻了所有的勞力，民間的牽牛織女傳說中的牛爲牛郎娶妻和殺身以報牛郎的故事內容是由「動物報恩」的思想而產生的。產生動物報恩的傳說內容，是由中國人的「善有善報」的思想而來。中國這種動物報恩的民間傳說是很多的，如報恩的狗、螞蟻、牛、狐狸……。

民間傳說觀念中的天帝和宋明以來知識份子觀念中的天帝顯然是不同的，知識人觀念中的上帝是至高無上的權威，是不能抗拒的人君和人父的象徵，因此人們只有在上帝的旨意下去順從他。民間觀念裏的上帝雖然也是至高無上的權威，但人民對這個權威却沒有知識份子所持有的那份好感，所以在這兩個民間的牽牛織女傳說裏，一個天帝是派天兵天將拆散情人的愛情劊子手，一個上帝已經具體化爲人間欺壓百姓的富豪（織女的父親）。

在民間的勞苦大衆們對黑暗的現實階級以及掌握階級的權威感到絕望而形成宿命觀念的時候，中國人的思想裏也仍然還有那麼一點反抗和叛逆的思想火花，中國的神話傳說中許多悲劇性的故事都反映了這種在無可奈何之下的掙扎，如夸父逐日（註三）、吳剛伐桂（註四）、刑天舞干戚（註五）等都是這種在無可奈何之下的掙扎過程。因爲中國人相信「精誠所至，金石爲開」。牽牛牽領兩個兒女以瓢舀銀河之水也是由此思想所產生的吧？

此外由民間傳說的牽牛與織女是一對工作努力的夫妻而被「神人」、「貧富」的階級所拆散的故事內容與知識份子筆下以織女爲貪歡不歸違背上帝旨意而受罰的故事內容來比較，也可以看出知識份子與勞苦大衆之間的距離是多麼地遙遠了。

附註

註一 參照袁珂前揭書p. 129-132。

註二 歐陽飛雲前揭文 II 680。

註三 山海經海外北經「夸父與日逐走，入日，渴欲得飲，飲于河渭，河渭不足，北飲大澤，未至道渴而死，棄其杖，化爲鄧林」。

註四 西陽雜俎「舊言月中有桂，有蟾蜍，故異書言，月桂高五百丈，下有一人，常斫之，樹創隨合，人姓吳名剛，西河人，學仙有過，謫令伐樹」。

註五 山海經海外西經「刑天與帝至此爭神，帝斷其首，葬之常羊之山，乃以乳爲目，以臍爲口，操干戚以舞」。

結語

傳說是事實先於理論而進行的，因此以文字上的記錄來決定傳說的形成與演化的年代往往是並不準確但又無可奈何的事，古老的傳說決不是「詩人隨意拈出來的想像罷了」（註一），而是有它現實世界的自然性、社會性、人文性和宗教傳統做爲它的背景的，傳說的特質之一是被當時人當做眞實的事實而相信着，特質之二是傳說有其時空的拘制。傳說內容的事象和人物大都有其生起地方和時代的痕跡，代表的是一個民族或集團在某時某地的一種普遍思想，所以傳說不像神話一樣往往有超時空的特性存在。

當人們的自然環境、文化環境（生產經濟方式、家族制度、社會習俗）、共通意識（道德觀、階級觀、合理觀）以及個人心靈活動（司祭、詩人、記錄者）等發生變化的時候，神話和傳說也跟着而有變化、脫形的現象（註二），此外當神話傳說一旦進入文學成爲詩人或小說家所歌詠的對象時，做爲神話傳說母胎的原始儀禮、信仰、習俗等往往呈現一種化石性的存在現象，這些化石性的神話傳說的母胎又隨着前述的原因下被演化和脫形以後的神話傳說所掩蓋而被人遺忘了。

總合本文所論，對於牽牛織女傳說的考察，我的推論大致是這樣的：這個傳說的母胎是遠古農耕信仰中的穀物神牽牛和桑神織女，遠古的人們以這兩個現實大地上農耕信仰中最重要的神做了那兩顆星星的命名。後來由於人們長時期的星象觀察而把這兩顆星做了神話聯想，由此而形成了牽牛織女傳說的雛形，這時候，牽牛已經被人格化成爲牽牛的牧童而不再是傳說胚胎時期的祭祀犧牲了，雛形時期的牽牛織女只是一對遙遙相望而不能相會的情人，後來又經過長期間的以這種傳說的雛形爲思想中心加上星象的觀察而形成了牽牛織女七夕相會的傳說，又由遠古以來的織女神的民間信仰而形成了乞巧的內容，再由七夕相會的傳說需要而形成了使鵲爲橋的內容，於是具體地形成了這個牽牛織女的悲戀故事。

唐至明之間的知識份子記錄下的牽牛織女的傳說，除了在對織女的態度上有所不同以外，傳說的內容是沿襲魏晉而沒有什麼大改變的，而民間所流行的織女傳說却以現實的社會爲背景而把故事的舞臺移到了地上，同時由神和神的戀愛，演變爲神和凡人，以至凡人之間的悲戀故事。這種不同代表了知識份子和民間大衆在環境上和思想上的不同。

牽牛織女傳說的形成演變是根據了前述神話傳說演變的規則而進行的，是古代農耕信仰與星象觀察在現實社會背景下結合所形成的產物。

本文所做的若干結論是我個人目前暫時的結論，有許多地方仍待於日後的修正和補充。這只是我個人對此傳說以及環繞此傳說的一些問題的整理和提出，誠懇的希望得到批評和指教。

一九七四年五月二十三日十一時脫稿

附註

註一　歐陽飛雲前揭文。

註二　松村武雄「神話學原論」第八章（昭和16年培風館），同氏「神話及び傳說」p. 21（岩波講座界文學）。

追記：

本文脫稿以後，又在偶然的機會下看到了兩個有關的資料，一是徐中舒的「古詩十九首考」（國立中山大學語言歷史研究所週刊六五期一九二九年一月）關於古詩「迢迢牽牛星」詩說：

1. 蓋西晉以前民間傳說牛女尙無七夕渡河之說，故古詩「不得語」「不得渡」。

2. 李充詩「河廣尙可越，怨此漢無梁」，傅玄與李充同時，疑七夕牛女相會之說卽起於此時，傳世未久，故李充猶云天漢無梁不得相會。

徐氏所論與我在本文第三章「傳說的內容檢討」所做的結論大致上是一致的，所以附引於此，做爲一項補充材料。

另一則是鍾敬文的「七夕風俗考略」（前引雜誌第一集一一、一二期合刋一九二八年一月）論從魏晉以來，經唐宋元明到淸的民間七夕乞巧風俗，週密詳盡，剛好可以補充我第四章「傳說的演化」中所省略了的七夕乞巧風俗。

五月二十五日

中國古代神話的精神

尉天驄

德國哲學家尼采（Nietzsche）在他的『悲劇的誕生』（The Birth of Tragedy）中，曾經一再地透過古老的神話以及由神話孕育出來的悲劇藝術，來闡釋早期希臘民族堅苦卓越的精神。如果抱持這種態度，我們似乎就不宜把古代神話當作神怪故事看待，而應該從其中尋求先民們在奮鬪創造的過程中所體認出的痛苦經驗。因爲，當人們爲了生存去認識他所處身的環境時，對於那些他們所不了解的事物，必然會根據個人的經驗而予以想像。所以，古代神話雖然是那樣地充滿了迷信的成份，缺乏科學的根據；但是，由於它是從經驗中建立起來的想像世界，我們仍然可以在那裏發現到當時的人對於他們的現實生活所作的體驗。

不僅如此。一個民族能否經得住災難的打擊，首先要看它有無雄健的民族精神；其能否如此，又必須訴諸兩件事，那就是對於現實的體驗是否深刻，以及有無深厚的信仰。初民時代，草榛未開，以渺小的個人面對無盡的洪荒，其所遭遇的艱難與痛苦，眞是可以想見；故其對於現實之種種體驗必然也深；由此而表現於外，自然成爲眞正發自生命的心聲，非後世泛泛之感傷能夠比擬的了。又因爲其對現實之認識係產生於求生之搏鬬，所以他們對自身之力量固然會由此而有所了解，卽對於未來之發展亦必然有所領會。孟子說：「孤臣孽子，其操心也危，其慮患也深，故達。」把這句話用來形容先民，似乎也頗爲合適。由此可知，就知識來說，先民的信仰實在是膚淺的；但是，就其內涵的精神力量而言，那却是虔誠而又深厚的。而要了解這些，我們似乎不能不對古代神話有所認識。

還有，今天我們所見到的古代神話，都是產生於先民共同勞動生產的經驗之中，而且經過多次的流傳與變動才定型的；它們能通過這麼漫長的歷史過程，必是由於它們已經成爲這一團體之共同精神與信仰，發展成爲全民族共同的財產。也就是說：它們所以流傳下來，並不是人們要透過那些故事來訴說個人的悲喜，而是藉此來傳達全民族的經驗，及其共同的感情與認識。因此，在古代神話中，我們所接觸的不僅僅是趣味的事物，更重要的是要從其中體驗一個民族如何在艱辛中奮鬬和成長。

這些，就是我們在認識中國古代神話時的基本構想。

中國的古代神話是怎樣成長起來的？這是與它所處的環境有着密切關係的。在中國以黃河流域爲中心的地區，根據歷史學者們的考察，在三千年以前還是一個經常遭受洪水氾濫的地帶，有不少地方生滿密林及灌木叢，林內叢間，沼澤密佈，除了今日所常見的毒蛇猛獸之外，常見的動物還有竹鼠、象、犀牛、納瑪牛、貘、水鹿、四不像鹿、孟氏鹿、豪豬……等類；而且，除了洪水，也經常鬧旱災。斯賓格勒（O. Spengler）曾經歸納世界的神，說它早一階段實際是由「物」衍化而來，而後一階段却是各種「力」的形象化了。蓋前者起於對事物的恐懼，後一階段則起於那些事物征服的企圖。因此，在中國古代神話中，我們最先看到的，也是一些由「物」衍化而來的半人半獸或半獸半禽形的東西，如『山海經』所載的，便是最常見的例子：

自招搖之山以至箕尾之山，其神狀皆鳥身而龍首。

自柜山至於漆吳之山，其神狀龍身而鳥首。

自天虞之山以至南禺之山，其神皆龍身而人面。

自鈐山至于萊山，其十神，皆人面而馬身，其七神皆人面牛身。

崇吾之山至于翼望之山，其神狀皆羊身人面。

自單狐之山至于隄山，其神皆人面蛇身。

自休與之山至于大騩之山，其十六神者皆豕身而人面。苦山、少室、太室，其神狀皆人面而三首，其餘屬皆豕身人面也。

由於這些神都是從「物」衍化而來，實際上它們所代表的意義便是一些超乎個人力量的自然界之災難；如西王母，在早期神話中，她並不是一位住在羣玉山的美人，『山海經』上說她是「

其狀如人豹尾，虎齒而善嘯，司天之厲及五殘」。其他，如㚟，「其狀如虎而牛尾，其音如吠犬，食人」；如長右，「其狀如禺而四耳，見則郡總大水」；如欽䲹，「其狀如雕而黑文，白首赤喙而虎爪，見則有大兵」；無不說明了先民對於處身於其間的環境所生的恐懼。

先民既生於如此憂患重重之中，爲了生存，自然必須盡個人之力而與大自然搏鬪，然而，在搏鬪之中，却因爲所處的環境不同，有的容易克服，有的徒勞無功，得之甚易者可以古代埃及人爲代表，其生活所需往往隨尼羅河水之氾濫而垂手可得；人力之可貴對他們來說簡直是甚少思索之事，故其神話仍然是對大自然所作的泛神論的解釋，而甚少「人」的成份。至於徒勞無功者則可以希伯萊爲代表，由於其所處的環境爲無垠之沙漠，故雖用盡力氣，仍然所獲不多，於是因無法克服環境，乃感到人之渺小，而日漸擴大其被自然慴服之情，這樣一來，內心中最巨大的形象自然便是那超越現實的大神了。既然無法改進現實，故不禁便將一切希望寄託於「來生」了。我們如果把埃及人與希伯萊人的「來生」作一比較，便可以瞭解前者是盼望死後重臨人世來享受生前的一切，而後者則是對人生無望，盼望天國的降臨了。

中國先民生來沒有尼羅河那種天然的易於生活的天地，也沒有希伯萊那樣的絕境；然而，生活之所需，可由部族之共同奮鬪獲得。如果依斯賓格勒所說：後一階段的神是「力的形象化」，在埃及和希伯萊便是那種人們心目中超越現實的力；在中國，則是要人自己去發揮的「潛能」了。因爲中國人相信人的力量可以勝天，所以在古代神話中，繼那些前階段「物」象而起的神之後，後階段的神便是那些對抗大自然、爲人們帶來幸福的英雄了。如山海經和淮南子中所記載的衆神之神的帝俊，就不是希臘神話中宙斯一型，也與希伯來的耶和華迴然相異；中國古代的神其所以爲神者，實因爲他是文明創造之祖。只要看一看他們的譜系就明白了：

有中容之國。帝俊生中容；中容人食獸，木實，使四鳥、豹、虎、熊、羆。

有司幽之國。帝俊生晏龍，晏龍生司幽，司幽生思士。思士不妻，思女不夫，食黍、食獸、是使四鳥。

有白民之國。帝俊生帝鴻，帝鴻生白民，白民銷姓；黍食，使四鳥、虎、豹、熊、羆。

有黑齒之國。帝俊生黑齒，姜姓；黍食，使四鳥。

有人食獸，曰季釐。帝俊生季釐，故曰季釐之國。

大荒之中，有不庭之山，榮水窮焉，有人三身，帝俊妻娥皇，生此三身之國；姚姓，黍食，使四鳥。

有西周之國。姬姓，食穀，有人方耕，名曰叔均。

帝俊生后稷，稷降以百穀；稷之帝曰台璽，生叔均；叔均是代其父及稷播百穀，始作耕。

帝俊生愚號，愚號生滛梁，滛梁生番禺，是始爲舟。

番禺生奚仲，奚仲生吉光，吉光是始以木爲車。

帝俊生晏龍，晏龍是始爲琴瑟。帝俊有子八人，是始爲歌舞。

帝俊生三身，三身生義均，義均是始爲巧倕，是始作下民百巧。

帝俊賜羿彤弓，素矰，羿是去恤下地之百艱。

從帝俊的譜系，也許我們就可以了解到中國人後來把有巢氏、燧人氏、伏羲氏、神農氏等神話正式納入歷史系統中所含的創造奮鬥的意義了。

衆神之神的帝俊既然如此，其他的也就可以想見了。例如古代的女神女媧，根據記載便是一個在洪水之後重建世界的人，『淮南子』說：

往古之時，四極廢，九州裂，天下兼覆，地不周載，火爁炎而不滅，水浩洋而不息，猛獸食顓民，鷙鳥攫老弱；於是，女媧氏鍊五色石以補蒼天，斷鼇足以立四極，殺黑龍以濟冀州，積蘆灰以止滛水；蒼天補，四極正，滛水涸，冀州平，狡蟲死，顓民生。

與女媧相反的，后羿似乎就是一個拯救人們於旱災和其他禍害中的角色。除『山海經』記載「帝俊賜羿彤弓、恤下地之百艱」外，『淮南子』更說：

堯之時，十日並出，焦禾稼，殺草木，而民無所食；猰貐、鑿齒、九嬰、大風、封豨、脩蛇，皆爲民害。堯乃使羿誅鑿齒於疇華之野，殺九嬰於凶水之上，繳大風於青邱之澤；上射十日而下殺猰貐；斷脩蛇於洞庭，擒封豨於桑林。

然而，與女媧和羿相比，禹的神話似乎更富有「力」的色彩。在『山海經』及『淮南子』等書裏，人們把洪水等災害形象化爲一個叫做共工的兇神，然後再由禹予以克制：

昔者，共工與顓頊爭爲帝，怒而觸不周之山，天柱折，地維絕，天傾西北，故日月星辰移焉，地不滿東南，故水潦塵埃歸焉。

不周之山，有兩黃獸守之，有水曰寒暑之水，水西有濕山，水東有幕山，有禹攻共工國山。共工之臣相柳氏，九首，以食於九山。相柳之所抵，厥爲津谿。禹殺相柳，其血腥，不可以樹五穀種。禹厥之，三仞三沮，乃以爲衆帝之台。

共工臣相繇，九首，蛇身自環，食於九土。其所歍所尼，卽爲源津；不辛乃苦，百獸莫能處。禹湮洪水，殺相繇，其血腥臭，不可生穀；其地多水，不可居也。禹湮之，三仞三沮，乃以爲池。羣帝是因以爲台，在崐崙之北。

從這一連串的神話看來，我們不是可以對中國先民心中的神有了概略的認識了嗎？不僅如此，從近代歷史學者們的研究（如『古史辨』第二、三、七册），我們還可以知道，這些神話中的人物不但是古代現實中的人物，而且後來還演變而爲各地的社神。社神，實際上就是掌管當地一切生命財物的守護神，有的則名之爲后土。僅僅從這一點看來，我們就可以了解到：古代所謂的神實際上是「人」的擴大，也就是說，他們都是發揮人的「力」以克服各種災害的英雄。『山海經』有關夸父的故事，便是最好的說明：

大荒之中，有山名曰成都載天，有人珥兩黃蛇，名曰夸父。后土生信，信生夸父，夸父

> 不量力，欲追日影，逮之於禺谷，將飲河而不足，將走大澤，未至，死於地。
>
> 夸父與日逐走，日入，渴欲得飲，飲於河渭，河渭不足，北飲大澤，未至，道渴而死，棄其杖，化爲鄧林。

所謂「不量力」，正是面對困境時不屈服的奮鬪精神，這種精神有人稱之爲「悲劇精神」，是一種從苦難之中孕育出來的力量。中國先民處身於苦難與憂患之中，憑生命的搏鬪建立起自己的天地，故其所體驗出來的便也是生生不息的、知其不可爲而爲之的悲劇情操。對於人，懷有如此的看法，對於其它生命亦莫不如此，這是一看『山海經』中精衞鳥與刑天獸的故事，便可以領會到的：

> 發鳩之山，名曰精衞。是炎帝之少女，名曰女娃，游於東海，溺而不返，故爲精衞；常銜西山之木石，以堙於東海。
>
> 刑天與帝爭神，帝斷其首，葬之常羊之山。乃以乳爲目，以臍爲口，操干戚以舞。

這種被溺而化爲飛鳥仍然想要塡平大海、被斷首而仍然「操干戚以舞」的精神，正是後代中國人所仰慕和努力學習的，於是由「神話」發展下來的「人話」——寓言——便也繼承了這種精神，如『列子』中所記載的『愚公移山』的故事，就是一個代表：

> 太行、王屋二山，方七百里，高萬仞；本在冀州之南，河陽之北。北山愚公者，年且九十，面山而居。懲山北之塞，出入之迂也；聚室而謀，曰：「吾與汝畢力平險，指通豫

南，達于漢陰，可乎？」雜然相許。其妻獻疑，曰：「以君之力，曾不能損魁父之丘，如太行、王屋何？且焉置土石？」雜曰：「投諸渤海之尾，隱土之北。」遂率子孫荷担者三夫，叩石墾壤，箕畚運於渤海之尾。鄰人京城氏之孀妻有遺男，始齔，跳往助之。寒暑易節，始一返焉。河曲智叟長息曰：「甚矣！汝之不惠！以殘年餘力，曾不能毀山之一毛，其如土石何！」北山愚公長息曰：「汝心之固，固不可徹；曾不若孀妻、弱子。雖我之死，有子存焉；子又生孫，孫又生子；子又生子，子又有孫；子子孫孫，無窮匱也；而山不加增，何苦而不平？」河曲智叟無以應。操蛇之神聞之，懼其不已也，告之於帝。帝感其誠，命夸蛾氏二子，負二山；一厝朔東，一厝雍南。自此，冀之南、漢之陰，無隴斷焉。

所以，後世之人如陶淵明，一方面做着烏托邦——桃花源——的夢，一方面却不住地去追尋那種奮鬪不息的悲劇精神，如若不信，讓我們背誦一下他那兩首『讀山海經』的詩吧！——

夸父誕宏志，乃與日競走；俱至虞淵下，似若無勝負。神力旣殊妙，傾河焉足有？餘迹寄鄧林，功竟在身後。

精衛銜微木，將以塡滄海。刑天舞干戚，猛志固常在。同物旣無慮，化去不復悔。徒使在昔心，良晨詎可待！

生命旣幾經搏鬪而得以成長、茁壯，故隨之而生的便是一種優美的生命情調了。因此，原始「物」化之神，經過多次的衍化，便一一變爲和諧的對象。我們試一接觸儒家關於堯舜及三王時代之神話、老子有關小國寡民之回憶，以及『楚辭』『九歌』之諸神之面貌，便無一不充滿生命之芳香。如經過多次演變，由後人（有人說是屈原）改定而流傳至今的『湘夫人』及『少司命』，便是最好的說明：——

帝子降兮北渚，
目眇眇兮愁予，
嫋嫋兮秋風，
洞庭波兮木葉下，
登白薠兮騁望，
與佳朝兮夕張；
鳥何萃兮蘋中？
罾何爲兮木上？
沅有茝兮醴有蘭，
思公子兮未敢言。
……——湘夫人
秋蘭兮靑靑，

綠葉兮紫莖，
滿堂兮美人，
忽獨與予兮目成。
入不言兮出不辭，
乘回風兮載雲旂；
悲莫悲兮生別離，
樂莫樂兮新相知。
……──少司命

至此，我們可以領會到先民對神鬼的態度，已將宗教的恐怖予以詩化了。由於這樣對於現實抱着詩一般的態度，故其所流露之感情便成爲一種深厚的鄉土之愛了。『楚辭』『招魂』於招喚亡魂之際，先告以東方充滿種種災害，不可以久居；又告以西方、南方、北方，甚至天堂、地府……等地同樣不可久居，最後所可以歸來居住的地方便只有生於斯長於斯死於斯的故鄉了。這恐怕也就是後來屈原作『離騷』，於上窮碧落下黃泉的追尋之後，忽然「陟陞皇之赫戲兮，忽臨睨夫舊鄉；僕夫悲余馬懷兮，蜷局顧而不行」，而最後不能不回到自已的土地的同一原因吧！

然而，隨着現實世界的演變，人們在經過長久的奮鬪以後，生活各方面所需要的已一天比一天改善；但另一方面，由於剩餘物品之增多，個人佔有慾之加強，跟着便形成『禮運』「各親其親，各子其子，貨力爲己，大人世及以爲禮，城郭溝池以爲固，禮義以爲紀……」的局面。上下階層的對立，「苛政猛於虎」的現實相繼出現，不僅使和諧的民歌產生「變風」、「變雅」的現象（見『詩經』）；就是人們心目中的神，也在宗教與政治相結合的神權統治中產生「變形」；於是，像「去恤下地之百艱」的羿，便一變而爲「射夫河伯，而妻彼洛嬪」的墮落者了。及至人類的文明再向前進展，舊社會與舊秩序因無法適應新的現實而要成爲過去之時，人們由於已認識出舊事物的愚昧和可笑，因此原來由之而生的崇拜之情便一變而爲嘲弄。如此，他們才能變悲劇的對象爲喜劇的素材，並在這喜劇的諷嘲中對自己或自己民族的幼稚愚昧，才能有一次愉快的訣別。發展到這個階段的神話也是一樣。例如戰國時的河伯，在『史記』的記載中就是一變神聖而爲卑微可笑的。——

魏文侯時，西門豹爲鄴令。豹往到鄴，會長老，問之民所疾苦。長老曰：「苦爲河伯娶婦，以故貧。」豹問其故，對曰：「鄴三老、廷掾常歲賦斂百姓，收取其錢得數百萬，用其二三十萬爲河伯娶婦，與祝巫共分其餘錢持歸。當其時，巫行視小家女好者，云是當爲河伯婦，卽娉取，洗沐之，爲治新繒綺縠衣，閒居齋戒；爲治齋宮河上，張緹絳帷，女居其中。爲具牛酒飯食，（行）十餘日。共粉飾之，如嫁女床席，令女居其上，浮之河中。始浮，行數十里乃沒。其人家有好女者，恐大巫祝爲河伯取之，以故多持女遠逃亡。以故城中益空無人，又困貧，所從來久遠矣。民人俗語曰『卽不爲河伯娶婦，水來漂沒，溺其人民』云。」西門豹曰：「至爲河伯娶婦時，願三老、巫祝、父老送女河上，幸來告語之，吾亦往送女。」皆曰：「諾。」至其時，西門豹往會之河上。三老、官屬、豪長者、里父老皆會，以人民往觀之者三二千人。其巫，老女子也，已年七十。從弟子女十人所，皆衣繒單衣，立大巫後。西門豹曰：「呼河伯婦來，視其好醜。」即將女出帷中，來至前。豹視之，顧謂三老、巫祝、父老曰：「是女子不好，煩大巫嫗爲入報河伯，得更求好女，後日送之。」即使吏卒共抱大巫嫗投之河中。有頃，曰：「巫嫗何久也？弟子趣之！」復以弟子一人投河中。有頃，曰：「弟子何久也？復使一人趣之！」復投一弟子河中。凡投三弟子。西門豹曰：「巫嫗弟子是女子也，不能白事，煩三老爲入白之。」復投三老河中。西門豹簪筆磬折，嚮河立待良久。長老、吏傍觀者皆驚恐。西門豹顧曰：「巫嫗、三老不來還，奈之何？」欲復使廷掾與豪長者一人入趣之。皆叩頭，叩頭且破；額血流地，色如死灰。西門豹曰：「諾，且留待之須臾。」須臾，豹曰：「廷掾起矣。狀河伯留客之久，若皆罷去歸矣。」鄴吏民大驚恐，從是以後，不敢復言爲河伯娶婦。

而就在嘲笑中，便宣告了神話時代的結束。有了這樣的結束，人們才能在不留連於「傷逝」的情懷中，開創一個新的未來。

六十一年十月於木柵

希拉克力斯和后羿的比較研究

古添洪

一、楔子

希拉克力斯(Heracles，又名 Hercules。本文以前者為正名，因其更表明其神話身份之故)是希臘神話中的英雄。后羿是中國神話中的英雄。筆者選擇這兩個神話作為比較對象，乃由於他們看來就有著許多類似點，能使比較的工作得以安全地進行。現在我們先指出這些類似點。一、希拉克力斯本被許諾為王，但由於作為宙斯妻的希拉（Hera）的阻撓而告吹。后羿即有着帝王的名號，「后」字就是帝王之義，可作為希拉克力斯王者身份的啓發。二、希拉克力斯是希臘最高神宙斯（zeus）與人間女子亞米妮（Alemene）所生，故其本身是神的孩子。后羿是最高神帝俊從天上派遣下來以除民害，本身就有着神的身份。三、他們二人都是神箭手，以弓箭作為他們最重要的武器。四、他們二人都完成了許多艱巨的苦差或功績，射死許多猛獸卽爲一例。五、他們二人在世間裏都以悲劇作爲收場。后羿之死，或傳說爲臣下所暗殺，或傳說爲其射箭弟子逢蒙所殺。希拉克力斯誤披魔衣，焚燒至皮膚盡脫，乃要求部下點火，於祭壇上自焚而死。然而，在這類似點上，仍有着根本性的相異，可供比較。本文透過二神話的相互闡發，發掘並討論其相同及相異處，並試圖對其相異處作文化上的探討。在神話學上，人類學研究法及心理學研究法最具勢力，本文卽以此二途徑來着手比較研究。所謂人類學的神話學就是佛萊則（Frazer）與其同路人所建立的劍橋派理論，把神話與祭禮（Ritual）聯結起來，認爲神話是祭禮的語言層次的表現，表現着人類的基本需求。在這英雄神話的場合裏，我們主要是用聖王（Sacred King）的理論來解釋這兩個神話。所謂心理學的神話學，就是以佛洛伊德（Freud）和楊格（C. G. Jung）的理論來解釋神話的母題。神話的解釋，有如或更甚於對文學的解釋，不免帶着主觀、武斷與自圓其說，我們的解釋或未必盡如人意，但我們的解釋是牢牢地建基於人類學與心理學所提供的理論。也許我們應更退一步說，本文只是提供了這兩種神話解釋的可能情形，只是一種嘗試，不敢僭稱我們的解釋已確實地抓住了這兩個神話的眞諦。

二　本文所徵引的資料，關於希拉克力斯的我們皆來自羅勃・克利夫斯（Robert Graves）所著的「希臘神話」(The Greek Myths)。該書是很高水準的學術著作，尤其是關於希拉克力斯部分，更爲詳盡。每一神話資料都註明了出處，並且有着許多人類神話上的註釋。在本文的徵引中，我們將註明原書的神話號碼，節數號碼。擧例來說，神話一〇八第一節，我們卽註明（一〇八·a）。此外，我們徵引其註釋處亦頗多，當我們註明一一八·二時，就表示神話一一八，註釋二，以利讀者考查。關於后羿部分，我們多來自袁珂所著「中國古代神話」一書的註脚中，我們會標明該原始資料的出處，如山海經、淮南子等。

二、希拉克力斯神話的人類學解釋

在「希臘神話」一書中，羅勃·克力夫斯對希拉克利斯神話的意義提出了一啓發性的假設，他說：

概言之，希拉克力斯是希臘海倫力時代（Hellenic Greece）早期的王的代表。王是女族神的配偶，而女族神是月亮女神的化身。他的孿生兄弟義弗克力斯（Iphicles）是他底繼承人。月亮女神有很多的名字：希拉（Hera），雅典妮（Athene），奧玆（Auge），艾奧妮（Iole），希比（Hebe）等等。在一羅馬早期的銅鏡上，朱比特（Jupiter）正主持「海克利 Hercele」（按卽希拉克力斯）和「尊奴（Juno）」（按卽希臘女神后希拉）的神聖婚禮。而且，在羅馬婚姻儀式上，新娘裙帶上的結——那是紀念尊奴的——稱爲希拉克力斯結。在婚禮中，新郎需要把這結親手解開。」（一一八·二）

在此段文字中，羅勃·克利夫把希拉克力斯看作一與月亮女神化身的女族神的配偶，那就是聖王。希臘神話傳至羅馬，希拉易名為尊奴，為最高女神，為月神，而他與希拉克力斯相結合，於是證明了希拉克力斯為女族神配偶地位。他又認為女族神在各地可有不同的名，但本質上都是月神，都是女族神的地位。羅勃．克利夫斯一方面利用繼承希臘的羅馬神話作證，以銅鏡所刻及羅馬婚儀上希拉克力斯結作證，證明希拉克力斯為女族神尊奴的配偶。一方面，又利用「Heracles」一詞的語源以證明希拉克力斯為作為女族神地位的希拉的配偶。「Heracles」一詞由「Hera」和「cles」組成，前者就是女神希拉，後者是「榮耀」之義。希拉克力斯被稱為「女神希拉的榮耀」，當然是女神希拉的配偶莫屬了。於是，他根據「Heracles」一詞在語源學上的意義，而謂希拉克力斯是女族神地位的希拉的配偶。因此，在本質上，希拉克力斯神話在人類神話學的觀點來看，是一聖王神話。在這裏，我們碰到一個很大的衝突，一方面，根據一神話情節希拉是最高神宇宙的配偶，也是希拉克力斯的養母，因宙斯把希拉克力斯放在希拉懷中讓她餵奶。一方面，在羅馬銅鏡、婚儀及 Heracles 一詞的語義上，希拉是與希拉克力斯相結合的女族神，而希拉克力斯是聖王。這一重大的衝突如何解釋呢？我們在此認為銅鏡上、語源上的根據為神話的原始型態，而奧林匹克大家庭神族（希拉為宙斯之妻）為後起神話。關於這點，我們徵引濟圖（Kitto）的理論作解說。濟圖在其所著「希臘人」（The Greeks）一書中認為希臘神話經過幾重演變。他認為諸神是諸自然力的化身，然後在希臘人活潑的塑造力中變成了人格化的神；再在希臘人愛好統一與秩序的思維中組成一大家庭式的神族（註一）。我們很贊同此演變的看法，希拉爲宙斯妻而形成一大族的神話是晚起的，是秩序化了的。此外，濟圖的另一觀點對此衝突也可有使人折服的解說。他認爲希臘是由許多區域構成，某區域原所供奉的假如是女神的話，當宙斯爲最高神的信仰傳入該地區並爲該地區接受時，原供奉的女神便成爲了宙斯之妻，這就是爲何宙斯在神話中有許多風流韻事之故（註一）。這觀點也同樣可用來解釋我們此處所碰到的衝突。希拉原爲某地域的女族神，而其聖王爲希拉克力斯，但當宙斯爲最高神的信仰傳入該地後，希拉便慢慢在神話流傳中成爲宙斯的妻。但希拉的原始地位是女族神，是月神的化身應是可成立的。同樣，羅勃·克利夫斯以希拉、雅典妮等皆爲女族神的名字的看法，與濟圖的看法是互相協合的。

從人類神話學的觀點來看，希拉克力斯神話的中心是一聖王神話。希拉克力斯是聖王，從其名號「希拉的榮耀」中即含有「王」義，女族神的榮耀當然是聖王了。他在中國神話的相對人物后羿，就有著「后」（王）的名號了。簡言之，希拉在此僅是女族神的名字之一，而我們甚至可以說希拉克力斯與其說是一特定的人物，無寧說是一個作爲聖王的名號。他的神話特別紛雜，事蹟特多，而諸事蹟又相若，其或即在此。聖王所擔任的角色爲何？聖王神話的功能何在？佛萊則認爲聖王是個富有神性的人神，他作爲女神的新郎（舉例來說，在 Aricia 地方，Egeria 便是這女神），並且每年與她結合以帶給人民繁庶（註二）。簡言之，聖王與女族神的每年結合的祭禮就是以行動作爲象徵行爲，以帶來人民每年農作物及其他諸種的繁庶，確保生命的延續。而聖王神話即是這祭禮的語言層次的象徵方式。佛萊則同時說：「當聖王表現出他生命力衰退的跡象時，就必須立刻被殺死，以便他的靈魂轉到一生命力充沛的繼承者身上，以免他的靈魂受到衰弱的身軀所傷害（註四）。」這種殺害行為實在可怖。後來就制定聖王的任期。根據羅勃·克利夫斯的看法，在希臘，任期最初是一個包括三十個月的年，然後延長為一個包括一百個月的大年，再延長後包括十九年的大年（註五）。

希拉克力斯神話以一生作經緯可以分為四部分，即誕生，十二苦差（包括十二苦差前後的若干神話情節），死亡和重生。差不多所有的神話情節都可以歸結到祭禮上，都可以用祭禮來解釋。這些神話情節所要表現的母題，就是祭禮上的競爭，祭禮上的苦差，聖王與女族神的神聖婚禮，與及與聖王一角色相連的諸事。希拉克力斯神話除了以聖王神話作重心外，贖罪母題深深地植於神話的基層上，這是很值得注意的。現在我們就以希拉克力斯的生平順序來展開我們的討論。

在希拉克力斯的誕生神話中，宙斯利用阿弗提利奧（ Amphitrion ）出外作戰時，幻作其形，與其妻亞米妮共宿一夜；而這夜，宙斯把它延長為三夜的長度。於是，希拉克力斯就在亞米妮腹中孕育了（一一八·c）。這神話是與聖王祭禮相符合。當聖王就職時，他要扮演一重生的儀式，其時他以宙斯為父，而否認他的人父（一一八·三）。希拉克力斯孩提時即很有力，一度握死來襲的蛇，這神話母題就是表現其神性，有如詩經生民篇中的稷，幼時即善於耕種，其母題相同。

在希拉克力斯變瘋而殺死孩子以前，他所作的重要事蹟是殺死摔角手朶馬斯（Termerus）（一一九·j），與非士披亞士（Thespius）的五十個女兒共宿，與及殺死幾腓廣（Cithaeron）地方的獅子。在這第一第三的神話情節裏，希拉克力斯充分表現出他是一位神箭手與摔角手。這與聖王祭禮相符。聖王往往是在各類比賽中，如賽跑、摔角、射箭等，選出來的優勝者，作爲女族神的配偶（註六）。希拉克力斯殺死那以摔角之法來殺死路人無數的朶馬斯，可看作是聖王在角逐中的競爭。希拉克力斯於一夜或五十夜中遍交非士披亞士的女兒，可作是他精力充沛的象徵。精力充沛是聖王所必具的。佛萊則說當聖王表現出身體衰弱的迹象時便被殺，而這迹象往往見諸於其不能滿足其妻子們的性需求（註七）。這與五十女子夜宿的神話，亦可認爲是男性生殖器崇拜的一種表現。在中國，祖字在甲骨文寫作「且」，即爲男性器具，有人據此謂中國古代亦有男性生殖器崇拜的情形。總之，這幾段神話情節或多或少與聖王祭禮相符合。祭禮中的競爭，祭禮中的苦差（射殺獅子）與及婚禮等母題都在這些情節中表現出來。我們甚至可以說，以後的許多情節都只是這些母題的不同呈現。

希拉克力斯的突然失去理智以至殺死了孩子是全神話的一大轉捩。它帶來了一個自足的神話單位，那就是十二苦差。這神話中心仍然是一聖王神話。他射殺了或捕捉了諸種動物，其母題表現恰如前述的射殺幾腓廣地方的獅子。其在祭禮上的意義是象徵性的戰勝了大地上的動物，也就是控制了大地。在這十二苦差中，希拉克力斯曾深入陰間把那狗 cerberus 抓來，並回到人間。

在神話的意義上，也許是象徵性的克服了死亡。但值得注意的，是在這神話單元中，有着贖罪一主題。希拉克力斯殺死了孩子，犯了罪，才會做這十二苦差以贖罪。照理，在十二苦差完成以後，他應該給洗淨罪孽，而使神話告終。但在現存的全神話來看，依照其生平作排列，他完成了十二苦差後，却卽又犯了殺人罪而在從事苦差時也種下了許多禍根，而造成了他對其鄰近諸國一一作征服以復仇。當他剛做完十二苦差，在某一祭祀典禮中，猶里斯米斯（Eurystheus）不公平地僅給他一份屬於奴隸身份的祭品，於是希拉克力斯一怒之下把他的三個孩子殺了。但這一回，希拉克力斯並沒有懺悔，也沒有贖罪。

總之，當十二苦差完成之後，希拉克力斯從事了一連串的南征北討，其足迹遠至埃及及小亞細亞。我想，這情形是表示希拉克力斯聖王神話流傳的廣遠。在這些情節中，希拉克力斯總是與該地的女公主結婚而重新建立一新政權。各故事幾同出一轍，這現象我們可用前述濟圖底神話疊合的理論來解釋。希西奧妮（Hesione）的神話情節（一三七.d），狄依亞娜拉（Deianeira）的神話情節（一四二），加西奧比（Chalciope）的神話情節（一三七）和奧玆（Auge）的神話情節都只是同一母題的諸種呈現。大體說來，這些神話情節只是重覆着聖王的競爭以及和女族神結合的母題而已。他們好像是從一個模型裏倒出來似的。

在這些神話情節中，最重要而最具啓發性的莫過於奧華妮（Omphale）部分（一三五到一三六）。贖罪母題表現於此情節中。希拉克力斯把他的客人衣腓打士（Iphitus）殺害了。他自知罪孽，請求贖罪。西奴奇利亞（Zenoclea）告訴他阿波羅的神諭，要他作奥華妮的奴隸一年以贖罪。在這一年內，他射殺了一大蛇及做了其他苦差。雖然這故事較十二苦差神話爲短，但在某些方面，它更切合地、明顯地與聖王祭禮相符。希拉克力斯雖是以奴隸的身份爲奥華妮所購，但奥華妮買他時却心目中以他爲愛人。而在全故事中，我們要說希拉克力斯是奴隸，不如說是奥華妮的配偶，是聖王的地位。這關係正符合聖王與其配偶女族神的關係。聖王是出生低微，沒有權力的。女族神通常是皇后，她不嫁人而僅選一些卑微的愛人。這是非洲母系社會的風俗（一三六·四）。奥華妮神話情節正符合此風俗。在這一年中，希拉克力斯有時以女裝出現，這也證明他底聖王的身份。羅勃·克利夫斯解釋說：「聖王，作爲女族神的配偶，在某些儀禮及祭禮上，可以行使女族神的權力。但只有當他穿上她底服裝時才可」（一三六·四）。在我看來，這神話是十二苦差神話的縮形，但更爲濃縮更爲有啓發性。除了十二苦差神話及此奥華妮神話情節有着贖罪的母題外，另一有着贖罪母題的神話情節是希拉克力斯因一時憤怒殺死了厄奇打里士（Architeles）的孩子的故事（一四二·g）。雖然他獲得厄奇打里士的寬恕，他仍自我放逐以求贖罪。

現在我們來看希拉克力斯的死亡與重生神話情節。希拉克力斯與及妻狄依亞娜拉渡河，奴蘇斯（Nessus）答應以其船載狄依亞娜拉渡河，而希拉克力斯自己則游泳渡河。奴蘇斯過河後把狄依亞娜拉按於地上企圖施以強暴，希拉克力斯從遠處以神箭射殺他。奴蘇斯臨死時佯說：「假如您把我灑在地上的精液、血液加上橄欖油，秘密地塗在希拉克力斯的衣服上，您以後就不必防範您丈夫對您不忠了」（一四二・h・j）。其後當希拉克力斯攻陷了奧基利亞（Oechalia）並俘虜了公主艾奧妮（Iole）之後，他建一祭壇奉獻其祭品給宙斯，派人回家拿新衣服。狄依亞娜拉妒忌艾奧妮並誤信奴蘇斯的話，把那前述的混合液塗於新衣上以給其丈夫。希拉克力斯穿上此魔衣後，即發熱焚燒，肌皮盡脫，苦不堪言，便吩咐部下在壇上點火自焚而死（一四五）。從這情節來看，他的死亡是間接爲其妻所促成。在祭禮的立場來解釋，也許我們可以說奴蘇斯是希拉克力斯前任的聖王，他的死預言着希拉克力斯的死亡。同時，狄依亞娜拉把魔衣交給希拉克力斯，可看作是其任期已到，須走向死亡。希拉克力斯之死出現在其對宙斯的謝恩奉獻儀式上，對此，我們不妨推想聖王被處死時是舉行於對最高神宙斯的供奉典禮上。希拉克力斯被橡樹木所架成的柴堆所焚燒而死，是一種清洗罪孽的過程。火能清除罪孽而得重生。經過這火浴後，希拉克力斯在天國被接受爲一份子並經重生儀式爲希拉收養。

三、后羿神話的人類學解釋

從人類神話學的觀點來看，把后羿神話看作聖王神話似乎亦屬可行，因爲兩神話間既如本文開首所述有着衆多的類似。后羿神話由兩自成單元的部分組成。其一是后羿爲天帝俊所遣，降臨人間除獸害及射殺太陽。事見山海經及淮南子：

帝俊賜羿彤弓素矰，以扶下國。羿是始去恤下地之百艱。（山海經海內經）

逮至堯之時，十日竝出，焦禾稼，殺草木，而民無所食；猰貐、鑿齒、九嬰、大風、封豨、脩蛇皆爲民害。堯乃使羿誅鑿齒於疇華之野，殺九嬰於凶水之上，繳大風於青邱之澤，上射十日而下殺猰貐，斷脩蛇於洞庭，禽封豨於桑林。（淮南子本經訓）

其一是羿求不死藥於西王母而嫦娥竊之以奔月的故事。事見淮南子：

羿請不死之藥於西王母，姮娥竊以奔月。悵然有喪，無以繼之。（淮南子覽冥訓）

這兩故事都自成單元，兩單元甚至是無路可通的。從山海經的記載來看，羿既是天神，當屬不死，不必尋不死藥。袁珂在「中國古代神話」中強爲之解說，以爲十日是帝俊的孩子，羿射其九，因此得罪帝俊，不得上升於天。這解說是不能使人信服的。我們寧願假設當羿從天上降到人間時，便失却神底不死的身份。

除開所有神話中故事的裝飾，我們仍不妨把此神話看作是聖王神話。羿的從天而降，是聖王的神性，因爲聖王是人神（Human god）。羿爲神箭手並射殺多種惡獸，那是在聖王祭禮中的行爲，與希拉克力斯所行相同。羿之妻爲嫦娥，嫦娥卽姮娥，是月神，與女族神爲月神化身之說完全相符。此外，后羿有「后」（王）之名，故其地位是聖王大有可能。后羿的射日其義或與印度、埃及諸地聖王典禮中聖王以箭射天空各方位的情形相若（一三五・一）。后羿在希臘神話中的相對人物希拉克力斯也曾以箭射日神（一三二・c）。至於后羿之死有二說，一是羿相浞使家臣逢蒙射殺之，事見王逸楚辭注離騷「浞又貪夫厥家」句：

羿因夏衰亂，代之爲政，娛樂畋獵，不恤民事；信任寒浞，使爲國相，……羿畋將歸，使家臣逢蒙射殺之。

另一是后羿弟子逢蒙因后羿爲其前途之障礙而射殺之，事見孟子離婁篇：

逢蒙學射於羿，盡羿之道；思天下惟羿爲愈己，於是殺羿。

王逸爲漢人，其說較爲晚出，故孟子之說以神話出現之先後言爲可信。在聖王祭禮的觀點上，我們不妨認爲逢蒙之殺后羿，是聖王的繼起者把前任聖王殺死。后羿、逢蒙均爲神箭手，後者爲前者的弟子，頗有繼承人的身份。

佛萊則和羅勃．克利夫斯底聖王理論是建基於神秘主義上，是建基於原始人不加識別的以類同爲合一的視察上，把聖王和女族神的結合視作生命繁衍的象徵，視作大地諸動植物繁衍的象徵。這生命的繁衍是原始人所最關切的，農作物死了他們就沒得吃了，春夏過去就寒冷了，人死了就不復生了，因此，以交媾作爲對諸種回轉底企求的象徵表現，藉交媾行爲喚回農作物的生長。春夏的回歸與生命的重覆等，這才有聖王祭禮的產生，才有聖王神話的隨生。在希拉克力斯神話裏，除了贖罪一母題外，不易顯著地看出有什麼特殊的文化意義，但却與聖王祭禮中諸行爲相符合，因此，我們順理成章地把它解作聖王神話。由於后羿與希拉克力斯有許多類似點，所以，我們也試圖把后羿神話解作聖王神話如前述。但我們細察二神話的異點，我們發覺可從較具體的文化現象來解釋后羿神話，而同時保有神話是祭禮的語言化層次而表現着人類基本需求的基本理論。在希拉克力斯神話裏，此希臘英雄所做的，並非有益人類的明顯工作，即使他殺野獸，也不過是贖罪的苦差而已。而在后羿神話裏，后羿所做皆關係乎人生基本需求；於是，這爲人類獻身解決困難的后羿神話，使我們超越神秘主義的聖王理論，而得以較具體的文化現象來解釋。

后羿的功蹟，如射日，射猛獸，尋不死藥，皆關乎着人生的基本問題。十日的熱量當帶來大地的焦乾與荒蕪。把十日中的九日射殺是一象徵，象徵大地重新的繁庶。太陽之死亡會帶來雨，雨帶來大地的生機。同樣地，太陽也是爲人生所必需的，人類需要陽光，這就是爲何希拉克力斯射了日神立即道歉的原因（一一二．c）。中國人似乎富有象徵力與想像力。中國人想像天空有十個太陽，射殺了九個，剩下一個就不會太熱，也不會因爲完全沒陽光而陷於黑暗。那就是最理想的中庸之道了。這十日神話就象徵着這個理念。射日與求雨是有着相當關連的。山海經裏記載說：

女丑之尸，生而十日炙殺之，在丈夫北，以右手障其面，十日居上，女丑居山之上。

這「丑」就是祈雨的女丑，她爲了求雨而給十日晒死了。她死的模樣很可憐，以右手障着面。后羿的態度就不一樣了。不下雨嗎？就把日一個一個射下來。女尸的神話象徵着祈求的理念，而射日的神話象徵着積極的理念。我想，在人世繁複的世事裏，兩種理念都是需要的。祈求不行就得付諸武力了。

我們現在談后羿所射的猛獸。猛獸是人類之敵，也是大地繁庶的障礙。顯然地，后羿射殺六大猛獸對人類求生存有着最基本的關聯。這些猛獸從那裏來的呢？后羿神話裏沒有述及。在希臘神話裏，大地之母的第一批孩子就是怪物。后羿所殺的猛獸就像這批半人半獸的怪物。如果這是對的，我們可以引伸說，克服了這些怪獸，也就是克服了大地，克服了自然。文化是對自然的破壞而產生的，后羿射殺猛獸這一神話卽象徵着人類克服大地，克服自然。如果后羿射殺猛獸看作是人類征服大地，那后羿射殺十日就象徵着人類征服天空。什麼武器使羿能征服大地與天空呢？那就是弓箭。弓箭是原始社會的一大發明，有了弓箭人類才有着征服自然的本錢。在古中國裏，射禮是一個極爲隆重的禮。在三禮裏，射禮是常常嚴肅地記載着的。也許我們甚至可以說，射禮或射箭測驗本身就是一過渡祭禮，因爲弓箭對原始人實在太重要了。詩經騶虞篇說：

彼茁者葭
壹發五豝
于嗟乎騶虞
彼茁者蓬
壹發五豵
于嗟乎騶虞

這是描述君王射獸的情形。這描述非常簡單而象徵化，我懷疑這只是古君王作君王時在儀禮上的象徵式的射獸。作君王須作射獸儀式，則可見射禮的重要性了。羿此字本身很有趣味，上半是兩根羽毛，象徵着羽箭，下半是手，象徵着射。以羿爲名，后羿是箭神殆無疑義。他既是箭神，弓箭當然是他製作的了。因此墨子非儒篇記載道：「古者羿作弓」，呂氏春秋勿躬篇也記載道：「夷羿作弓」。他的優越箭術，除了見諸於射猛獸的實際功蹟外，尙見諸於人民對於他射箭時的哄動。韓非子說林篇記載說：「羿執鞅持扞，操弓關機，越人爭爲持的。」他的眼力確實很好，莊子庚桑楚篇記載說：「一雀適羿，羿必得之。」我想只有箭神才有這麼多的歌頌吧！

死亡是人類最大的恐懼。后羿尋不死藥神話即是對死亡克服的母題呈現。在蘇味尼安神話裏（Sumerian Mythology），喬賈米殊王（King Gilgamesh）也同樣有過尋找不死藥的事跡。克服死亡這一母題是喬賈米殊王神話的中心所在。當他歷盡千辛萬苦獲得不死藥以後，那不死藥却戲劇化地給一大蛇所吞噬了。所以蛇是長壽的。不死藥爲蛇所吞這一回事正暗示着人無法獲得長生。喬賈米殊王有此領悟後，便埋首於世間的生活上。在這神話裏，失望情緒是相當濃厚的，雖然喬賈米殊王終能化失望爲智慧，走向人世的奮鬪。后羿神話裏則處理略有不同。不死藥是得到了，却給嫦娥偸去了，嫦娥不但不死而更能飛昇到月亮裏。多麼美麗的一個神話。但嫦娥眞的在月亮裏嗎？又使人半信半疑。也許，嫦娥的本來面目只是一隻蟾蜍。後漢書天文志說：「羿請無死之藥於西王母，姮娥竊之以奔月，是爲蟾蠩」。姮娥變爲蟾蜍，我們寧願說姮娥的原身爲蟾蜍。如此說來，羿所尋到的不死藥爲蟾蜍所食則與喬賈米殊王的不死藥爲蛇所吞同趣了。然而，無論如何，不死藥曾一度爲人們所得，帶給人們無窮的希望。這不死藥得而復失的神話，是一戲劇性的、象徵性的處理，使我們的感情（渴望不死）與理智（死亡爲必然）得到一平衡。在嫦娥奔月的神話裏，更用美麗的遐思來加強這理智與感情的平衡。在希拉克力斯神話裏，這希臘英雄也找尋到許多神奇的藥。（二三四．j）但這以不死藥來克服死亡給人類的恐懼的主題尚沒充分發揮。

后羿之死不僅是聖王爲其繼任人所殺的呈現，也同時是新生一代戰勝老一代的呈現。后羿和逢蒙都是神箭手。逢蒙是后羿的弟子，代表着新的一代。新的一代無可避免地爲其前一代所培養，因此，神話中逢蒙爲后羿的弟子。但同樣的，前一代也無可避免地是新生代的絆脚石，因此，逢蒙發覺后羿是唯一勝他的人——象徵着前一代爲新生代的絆脚石——竟不惜射殺他。更重要的，后羿晚期淫佚的生活，正顯明地象徵着前一代通常走向的腐敗。年青的后羿，射日射獸尋不死藥，是多麼的爲人民効力，多麼英姿挺發，但年老的后羿如何呢？楚辭離騷稱之爲「淫遊以佚畋」，王逸注則稱之爲「娛樂畋獵，不恤民事」。在這麼的情況下，新的一代怎能不採取激烈行動呢？逢蒙之射殺老后羿，正象徵着新舊兩代的致命衝突。

我們這裏用較具體的文化現象來解釋后羿神話，是並不與把后羿神話歸結於聖王神話相違背的。聖王在佛萊則和羅勃．克利夫斯以神秘主義作基礎的人類神話學上，也許只有藉交媾的象徵行爲來象徵大地的繁衍；但聖王在此象徵行爲外，並非必不能有所作爲；從后羿神話的啓發，聖王神話也可以用具體的文化現象來解釋。我們回過頭來以解釋后羿神話的文化現象來解釋希拉克力斯神話也是可通的。

四、希拉克力斯神話的心理學解釋

用心理學的途徑來研究神話，其目的在於發掘神話情節中所蘊含所要表現的母題。並且，心理學的研究途徑亦能闡發某些神話學上的現象。同一母題以不同的表現來重覆的神話現象得以佛洛伊德的心理學來解釋。這重覆就是加強與支援其母題的功能。某些母題在某些地方表現明晰而在其他地區却以朦朧的姿態出現，則是由於每不同的社會底不同的社會規範有嚴緊、鬆懈之別，故其僞裝的差距便有所不同。神話母題作僞裝的表現，是由於要通過代表社會規範的「超我」（Superego）的檢查。我們前述在希拉克力斯神話裏，某些母題重覆呈現，便是此因。我們也提到希拉克力斯神話流傳甚廣，故其於各地所產生的神話情節，其呈現形式雖相類亦有其相異，其相異之因卽由於各地的社會規範有嚴緊、鬆懈之別，故其僞裝亦異，以便拉出一適當的距離，能讓潛意識得以解放，同時能通過「超我」的檢查。這是一動力學的問題。

從強調性問題及認爲神話乃解放潛意識之方法的佛洛伊德的神話理論來看，所有關涉婚姻及交媾的神話情節皆得輕易解釋之。希拉克力斯一夜之間與菲士披亞士的五十個女兒同宿或分別地一夜與一女兒同宿神話是把潛於人類潛意識的性渴望作了一戲劇性的表現。沒有人敢親口說自己也有此過癮的企求。但神話卽表現了它。讀者讀到此神話情節時或能與希拉克力斯認同而有過癮之感，而得到象徵性的滿足，藉此滿足潛意識的壓力便得以解除。希拉克力斯在雅典妮聖殿強姦修女奧玆（Auge）（一四一．B）也可以同樣方式來解釋。在佛洛伊德心理學的照明下，也許我們可把希拉克力斯突然失去理智而把孩子們殺死的神話情節看作一經過多重僞裝的伊底帕斯情意結（Oedipus Complex）。希拉克力斯身爲阿弗提利奧的孩子時，因伊底帕斯情意結（其義爲戀母情意結）的作祟，便以宙斯爲父，謂其爲宙斯與其母神交所生，並非其人父阿弗提利奧所生。藉此宣稱來否認了阿弗提利奧的父親地位而使戀母情意結得以解救。（當然，這一否認生父的父親地位而以上帝爲父親的神話，從楊格的心理學來看，我們可稱之爲一種人類以爲自己有神性的原始類型（Archetype）。人通常以爲自己有着神性，於是以爲自己是上帝的孩子。在人類歷史上不斷出現的扮神，自認爲神與及死後的神化都在在證明此原始類型的存在。）當希拉克力斯作爲父親的地位時，這伊底帕斯情意結就變爲懼子奪妻情意結。在這情意結不斷的壓力下，他突然失去理智，在潛意識的驅使下，他竟殺死了他的孩子們。當然，這殺子行爲是絕對不能爲社會所容的，因此，在神話裏，需要加以僞裝，才能讓這可怕的伊底帕斯情意結通過「超我」的檢查而表現出來。在神話裏，希拉克力斯的變瘋是由於希拉憎恨他爲宙斯和亞米妮所生之故。我們不妨以爲這只是神話的僞裝。並且，如果我們不以希拉爲宙斯之妻，而把希拉看作是女族神，而希拉克力斯旣以「Heracles」——希拉的榮耀——爲號，則希拉爲其配偶的女族神。希拉克力斯因其配偶女族神希拉之故而發瘋而殺死親生的孩子們，那就更適合伊底帕斯情意結了。

在前面我們利用了楊格原始類型之說相解釋希拉克力斯以宙斯為父的神話，在此我們以楊格「怪獸」（Bad Animals）之說來解釋希拉克力斯在神話中射殺怪獸的母題。在十二苦差和其他情節中，希拉克力斯殺了或制服了許多野獸，雖然這些野獸並非全是「怪獸」（Bad Animals），但其在中國的相對人物后羿所射殺的確為怪獸，我們不妨假設希拉克力斯所殺所制服的野獸其本質原為怪獸。而且，無論如何，海達拉（Hydra）和里頓（Ladon）為怪獸無疑。前者是一狗身而有八、九蛇頭的怪物（一二四．c），後者是有百首百舌的龍（一三三．b）。這些「怪獸」（Bad Animals）就是我們潛意識中諸種盲目的衝動，在夢中出現的怪獸，卽為這些衝動的化身。海達拉底狗蛇複合的身軀，正象徵着獸性，象徵着人類心理上的慾念本能(libido)。在神話裏，海達拉是一繁庶的破壞者，神話裏說：「這繁庶、神聖的區域被這海達拉一度毀壞了」（一二四．c）。海達拉對土地的毀壞，一如潛伏於潛意識中的諸種慾念破壞着人的健康，當這些慾念以消極破壞的姿態出現時。（當然，這些慾念也有其積極的價值，如果人沒有慾念libido，就沒有生命力，沒有任何活動、創造的可能。）簡言之，這些怪獸正是楊格心理學上的「Bad Animals」。擒殺海達拉，在心理神話學來看，也就是制服潛意識中的「Bad Animals」，也就是以象徵方式控制了潛意識。里頓的情形也是一樣。在遠古的傳統裏，龍一面被認作是破壞力的化身，同時也被認作是像水一樣能給予生命（註八）。龍和蛇，那些黑暗與邪惡的有力的象徵，也同時是黃金、隱藏的寶藏和聖水的保護者（註九）。在里達神話中，龍里達本身一方面作爲邪惡的象徵，一方面也是金蘋果的看護者，金蘋果則是美好的象徵。英雄需要把那龍、那邪惡的象徵殺死，以便能獲得那金蘋果，那美好的象徵。這神話似乎暗示着戰勝了潛意識中的「Bad Animals」才能獲得心靈的健康與幸福。當然，英雄與「Bad Animals」的戰鬪，不但象徵着意識與潛意識的衝突，同樣表現着光明與黑暗，正直與邪惡諸種相對的衝突的原始類型。

五、后羿神話的心理學解釋

在后羿神話裏，我們很驚異地發覺，其中幾乎沒有表現任何的情意結母題，因神話中本身沒有多少涉及婚姻與性愛的故事。后羿與嫦娥的婚姻過程，神話中付諸闕如。唯一的愛情糾紛大概是后羿、河伯與雒嬪的三角關係吧！事隱約見於天問的「胡射夫河伯而妻彼雒嬪」？王逸注謂：「傳曰河伯化爲白龍，遊於水旁，羿見射之，眇其左目。河伯上訴天帝曰：爲我殺羿。天帝曰：爾何故得見射？河伯曰：我時化爲白龍出遊。天帝曰：使汝深守神靈，羿何從得犯也？汝今爲蟲獸，當爲人所射，固其宜也，羿何罪歟？」陳本禮楚辭精義則引竹書以作註，謂：「竹書帝芬十六年，雒伯用與河伯馮夷鬥；河洛二國名，伯其爵，嬪其妃耳。羿恃善射，殺河伯奪其國，又殺雒伯而淫其妃耳。」袁珂則以爲雒妃爲河伯妻，爲羿所奪，河伯並因此爲羿所箭傷。這筆風流帳不甚了了，且對情意結母題的表現更屬模糊。簡言之，佛洛伊德心理學對后羿神話是無用武之地。有些學者認爲古中國的社會規範過於嚴苛，以致情意結母題在神話中亦無法表現。但由於古中國社會情形目前尚未清楚，且現存神話資料又僅是殘餘的零星片斷，筆者對此假設保持懷疑態。

雖然佛洛伊德心理學對后羿神話的解釋無甚貢獻，然而，楊格的原始類型學說仍可派上用場。從太陽的東升與西沉與意識的覺醒與泯滅相認同的觀點下，后羿射日就是帶來黑暗，從意識世界回到潛意識世界，回到生命的根源——子宮。回歸於生命的根源，回歸於潛意識，也有它積極的功能。因爲藉此回歸，我們認識到潛意識世界，而這一「認識」就把潛意識提升到意識階層而不致有所遺害。此外，我們可以另一神話資料來解釋射日神話。山海經大荒東經謂：「一日方至，一日方出，皆載于烏」。王逸楚辭章句「羿焉彈日，烏焉解羽」下謂：「羿仰射十日，中其九日，日中九烏皆死，墮其羽翼。」就山海經而言，十日是爲烏鳥所負載而得以東升西沉；就王逸章句而言，日中有烏鳥，日墮烏亦死。無論烏載日而飛或烏居於日中，其象徵意義是烏與日的同一。這烏鳥究是如何形狀呢？淮南子精神篇謂：「日中有踆烏」。高誘註謂：「踆，猶蹲也，謂三足烏。」烏而有三足，則似屬「怪獸」。如此，后羿射日神話的母題或多少有如殺害或制服「Bad Animals」的含義。至於后羿所殺的猰貐、鑿齒、九嬰、大風、封豨、脩蛇等確實是形狀怪異、複合、恐怖的怪獸。我們且看高誘淮南子註「十日竝出」句的描述：

猰貐，獸名也，狀若龍首，或曰似貍，善走而食人在西方也。鑿齒，獸名，齒長三尺，其狀如鑿，下徹頷下而持戈盾。九嬰，水火之怪，爲人害。大風，風伯也，能壞人屋舍。封豨，大豕，楚人謂豕爲豨也。脩蛇，大蛇，吞象三年而出其骨之類。（筆者今按：袁珂謂九嬰卽九頭之義，而大風卽爲大鳳鳥，更得怪獸眞象。）

這六種怪獸就形狀而言，確實配稱「Bad Animals」。其神話功能卽是以象徵手法獲得對慾望（libido）的象徵克服。

后羿尋不死藥和嫦娥奔月可看作是兩個原始類型。前者是人類對永生不死的渴望的原始類型的戲劇化表現，後者是人類飛翔本能的原始類型。楊格說，原始類型的來源卽根植自人類不斷重覆的經驗。死亡是世間裏最恐怖的現象，沒有人能逃此刼。以想像來假設有不死藥的存在可以減輕心靈的壓力。達爾文認爲人類是由鳥慢慢演化而來。佛洛伊德謂在夢中人幻化爲鳥是這進化的痕跡。因此，飛翔是一原始類型。在后羿神話中，嫦娥奔月卽是這原始類型的戲劇化呈現。后羿爲其弟子所殺，正象徵着兩代間衝突的原始類型，前已有所述，不贅。

六、結　語

在前面的分析中，我們已把二神話的相同與相異指出，此處似不必一一重述了。從人類神話學的觀點來看，希拉克力斯和后羿神話皆基本上可看作是聖王神話，其神話情節與母題與聖王祭禮可得到相當的吻合。同時，二神話亦可在聖王神話的基礎上，用較具體的文化現象來解釋其所表現的諸母題，尤其是在后羿神話裏，更是容易着手。從佛洛伊德與及楊格的心理神話學來看，神話是一種僞裝，讓諸種慾念（libido）得以通過「超我」的檢查，並我們的潛意識藉此得以釋放、解救。在二神話中，我們碰到許多的原始類型。在希拉克力斯神話中，贖罪原始類型最爲主要，其餘有伊底帕斯情意結，人具神性的原始類型，兩極（邪惡與正直）衝突的原始類型等。在后羿神話中，我們碰到人類求不死藥的原始類型，飛翔原始類型，兩代衝突的原始類型等。二神話的相類，當由於人類基層有着共通的人性，故對人世的重大問題上有着類似的反應。至於其相異之因，或由於民族性的不同，民族發展的經過不同，民族發展下來的文化模式不同之故。這問題比較複雜，需要其他各種專門知識的幫助，本文無法深究。但就神話本身言，我們願就其所關切的重點不同而陳述一二。在希拉克力斯神話中，宗教情緒很濃。宗教底贖罪感表達最爲清楚。三個神話單元（十二苦差單元，奧華妮單元和厄奇打里士單元）明顯地表現着這贖罪母題：犯了罪然後作苦行以贖罪以求清洗罪孽。希拉克力斯之誕生自宙斯與及其死亡爲清洗行爲（Purification）都在在表現着這神話有着宗教的骨架。第二個顯明的特色，是對情意結的諸母題的表現特爲衆多。如伊底帕斯情意結及希拉克力斯與五十個女兒共宿等等，在在表示該神話對「性」的關切特爲強烈。后羿神話則似乎是走向另一方向。后羿所作的是功蹟，是對人類有着貢獻的工作，諸如射日，射獸，尋不死藥等。而希拉克力斯的功蹟只是他個人贖罪的過程。一爲俗世的，一爲宗教的，分野相當明顯。后羿死後被尊爲神乃由於他的功績之故。淮南子謂：「羿除天下之害，死而爲宗布」。世俗的意味較宗教的意味爲多。在后羿神話中，尋不死藥以求不死的母題呈現明顯，而且份量極重，足見對「死亡」一課題的深慮。在一個宗教的文化裏，這克服死亡的方法可以宗教來解除，不必以不死藥來自我陶醉。從這不死藥主題的呈現及其重要地位，足證產生此神話的文化是相當世俗的。比起西方來，中國文化應是最世俗，最不帶宗教色彩的吧。由於缺乏宗教對死亡的安頓，故中國先哲用其他方式來尋求不死，尋求不朽，那就是左傳所提出來的以文化的貢獻來達到不朽，那就是立德、立功與立言。在后羿神話中的另一重要母題，是表現於逢蒙殺后羿的兩代衝突。以「殺」來解決此衝突實在太草莽了，於是，又有一套嶄新的解決兩代權力衝突的方法表現在另一神話中，那就是禪讓神話。在這禪讓神話裏，權力的轉移並非來自鬭爭而是根據德性與能力。逢蒙殺后羿神話和禪讓神話均是兩代權力衝突及其轉移的呈現，但處理方式却完全不同。我想以一句帶有讚美的話來結束本文，中國文化是兼容並蓄的，故有其無窮的應變力，這文化特色正表現於相反相成的神話中。

附註

註一 H. D. F. Kitto, *The Greeks* (England: Penguin Books Ltd, 1951), p. 196

註二 同上，p. 199.

註 三 Theodor Gaster, ed., *The New Golden Bough: A New Abridgement of the Classic Work by Sir James George Frazer* (New York: New American Library, 1911), p. 21.

註 四 同上 p. 275.

註 五 Robert Graves, *The Greek Myths*, Rev. ed. (Baltimore: Penguin Book Ltd., 1960), pp 18-19.

註 六 同上，p. 16.

註 七 Theoder Gaster, ed. *The New Golden Bough*, p. 176.

註 八 Jolande Jacobi, *Complex/ Archetype/ Symbol*. Tr. Ralph Manheim. (New York: Princeton University Press, 1959), p. 146

註 九 同上，p. 156.

神話的文學研究

李達三著
蔡源煌譯

前言

以如此有限的篇幅介紹神話入手的文學批評方法，恐引起混淆與誤解。然而，扼要的概括性陳述，自所難免；因爲神話包涵甚廣，其定義亦如「文學」一樣不可能三言兩語交代清楚。所以，我們祇能就往昔遺留下來的文化成績中與神話一詞具有密切關係的幾個特點，作個描述。

有些「神話偏執狂」（mythomaniacs）大言「神話的重建」不僅可以挽救藝術，而且至少能獲致現代問題的治方與最後的拯救。美國最著名的神話及儀式作家甘培爾（Joseph Campbell，著有「神的面具」*The Masks of Gods*, 1964 及非常有影響力的「千面英雄」*The Hero with a Thousand Faces*, 1949 等書），一度向毀謗他的各界同僚表示，大學的全般課程均可以包含在集思廣益的神話一科裏面。

本文無此雄心。雖然本文會忠實報導各派的不同意見，我們應先有個了解：任何批評方法，在文學上，均無法鰲裏奪尊，壟斷其他各派。反之，各種批評方法，祇要有助於闡釋或應用於某一作品，均可採用；有時候，甚至同時動用好幾種方法。

然則，創造神話的批評，已成了西方最近最有抱負的批評方法，不論其觀點或可行性，均值得注意。由於這種批評方法發跡於西方，本文中大多數論點自然取材於歐美。事實上，西方各國所發展的神話研究之系統理論與實際，應當能在中國文學經驗界一試；否則，其理論之健全便無法受到充分的考驗。

如果我們支持神話研究的批評方法與美學觀點，也就表示相信一般人文學的理論包容甚廣，足能給人性及人類境遇提供一個勘察。理想的創造神話批評家，應該具有渾厚的精力、學術好奇心及融會貫通各項學問工夫的思維。他應當能夠自各種學問——如文化人類學、社會學、心理學、比較宗教、歷史、哲學、藝術，甚至自然科學——當中，抽取文學素材；運用這些題材的時候，心裏倒不必擔心文學論為外在關懷的附庸，而應該要有充分信心藉這些素材來強化文學，因為它們在文學上開花結果乃是以神話的形式表現出來。

衆所週知的，神話在文學中佔了相當重要的一環。例如，希臘羅馬古典作品、聖經、古代英雄故事、史詩、民俗文學，均脫不了神話色彩。然而，藉創造神話來從事文學研究，作爲突出而有力的批評體系，雖然相當複雜，歷史並不長，而且受到超文學來源之影響極深。人類學、心理學以及語言哲學對於文學中神話成分的研究極有分量，這裏有必要就這些學問作一個梗概介紹。

爲求闡述明晰，我將按人類學、心理學及語言哲學三個範疇，指出神話研究之界說與功用。或許這般作法有點牽強武斷，但是，我們寧取它所提供的淸晰界說來彌補大而化之之弊。

一、什麼是神話？

學術背景

初步商榷

描述「神話」最簡單的說法，稱它是神的故事（如希臘女神 Athena ）或一系列這類相關的故事集成的神話誌（如希臘神話）。各方學者試圖將這個簡單的解說再加以精鍊，反而使神話一詞的意義層次益加複雜。例如，有的人強調時間觀念。神話是關於遠古時代衆神或超人的存在以及異常事態、環境的記述；儘管它是人類經驗中根本的一環，却與人類經驗完全不同。稍後，神話的界說又增添了形上學的色彩。就神話一詞的意義而言，是指神話誌或敍事詩、文裏面的一個故事。神話誌所載錄的故事，必曾為人們所採信；它們是以超自然存在的意志與活動，來解釋宇宙之形成與事物之發生。西方的禪學權威瓦茨（Alan W. Watts）表示：「神話的界說是這樣的：它是許多故事混雜而成，有的是本於千眞萬確的事實，有的是出自幻想。基於種種理由，人類素以神話爲宇宙與人類生命內在意義的表現。」（註一）同樣地，神話也被認爲是一種形上學的圖畫語言，因爲神話中構成圖畫的直覺具體相與理性的、抽象的事物是對立的。

另一派較苛刻的看法，則認爲神話祇是無從證明而不正確的故事，呈現異常的事象，却無從加以印證。因此，在許多人心目中，神話幾乎成了一個毀謗性的詞語，意味着羣衆迷信或率眞的幻想，無異傳說、幻想、寓言或謊言。二十世紀以前，這種解釋——神話爲不正確或曲解的世界觀——往往爲宗教界與自然科學界所採納。例如，古代宗教信仰，在教會的神父們看來，祇不過是希臘人演假面戲扮衆神的惡性寓言，無從作實證主義的分析與實驗，以至於自然科學家不屑談論之。

科學的先天限制與危險難以控制，神話在現代人心目中幾乎成了一頭「聖牛」。二十世紀社會科學發達，有思想的人乃着手重估神話的地位，冀望它爲生命中最艱難的問題提供一些答案。（這些問題甚至自然科學也未必能回答。）時下，一般對於神話的看法是：神話和詩一樣，是一種眞理或相當於眞理的事物，不是用來與歷史或科學眞理一較長短，而是來輔助它們。

神話的種類甚多，主要的有宇宙起源神話（關於開天闢地的各種說法），滅亡神話（eschatological myth 說明世界毀滅與死亡），生生不息神話（如四季的更替。亦卽詩人雪萊所說的：「多天來臨，春天還會遠嗎？」），時間與永恆神話（人世間的時間觀念與超越的永恆），救主神話（或基督救主神話），富翁神話（新的烏托邦世界），甚至有人主張包括混沌神話（如歐立德的二十世紀「荒原」）。

上述神話類別，有某一兩項或可作爲其他一切神話的根本。筆者相信，人類的「原始神話」（Ur-myth）是一種「完美神話」；質言之，亦卽人類對超乎能力範圍的事物之內在欲望。人類欲望意味着一種饑渴的感受性，各方面的胃口（欲望）均不易滿足，而且欲望之最後目的也往往彼此相交。人類全部生命，是在各種極端——如理智與感情，精神與物質，神和人——激烈而却是創造性的妥協中，尋求平衡。當然，在這個生命的過程中，他絕難完全如意，因爲他永遠無法臻至完美的境界；他的成就永遠是不完美的。這個神話，用聖奧古斯汀的話來描述最爲恰當：「上帝啊！我們的心靈爲祢而造，祂們要在祢那裏得到安息，方得安息！」波普（Alexander Pope）的「論人」一詩，將人類的根本困境描繪的更是淋漓盡致：

人類被掐在地峽中，
陰鬱睿智，大哉唯粗。

太多知識而致懷疑，
太多弱點而致外強中乾，驕矜自恃。
行動、安息均所遲疑；
奉自身爲神明乎？野獸乎？亦所猶豫。
不知心智，肉體孰爲可取！
生而不免於死，推理而不免於錯。
推論如故，思慮多寡，無知依然。
思想情感紊亂，濫用與否，混淆不分。
創造伊始，半起半墮落；
大哉萬物主，莫奈役於萬物。
眞理之唯一裁判，過失不斷——
世界上之神耀、揶揄、謎！　（二章，三——一八行）

這種「完美神話」與「美國夢神話」或「進步即理想的神話」不同；後兩者過份自信，以爲機敏與科技是萬能配方，可以解決一切問題。

另一種神話乃是民間故事，往往能超越時空界限，而成爲文學題材。本文附圖透過各個不同文化與時代，追溯約瑟（Joseph）與波提伐（Potiphar）的太太的故事。從根本架構來看，這

PARTIAL DISTRIBUTION IN WORLD LITERATURE OF THE STORY OF JOSEPH AND POTIPHAR'S WIFE

附圖

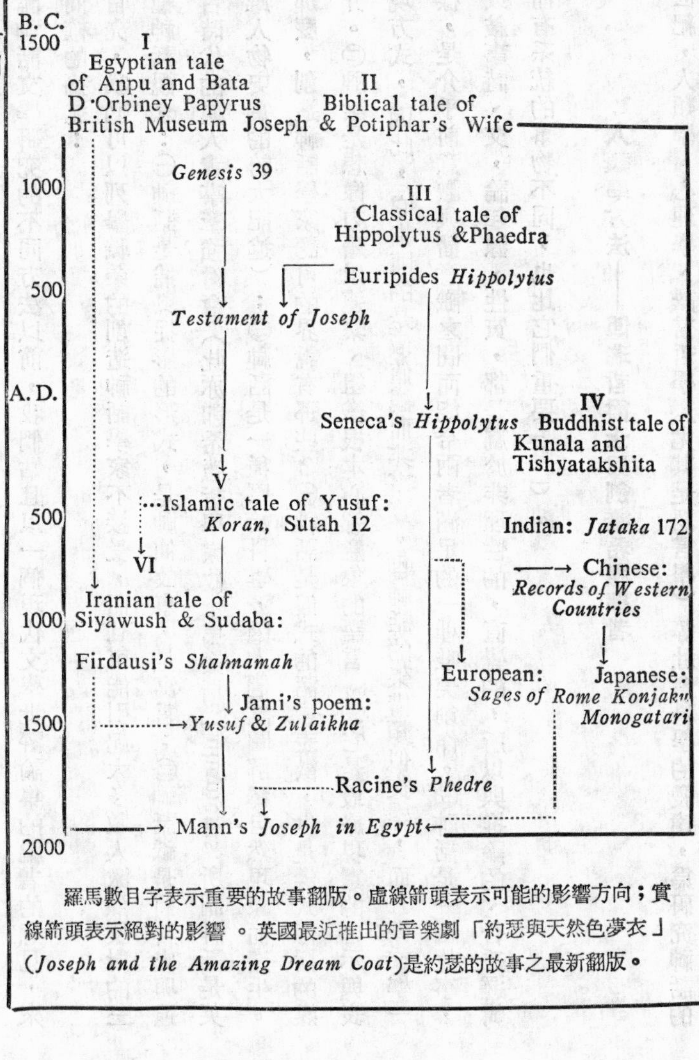

羅馬數目字表示重要的故事翻版。虛線箭頭表示可能的影響方向；實線箭頭表示絕對的影響 。英國最近推出的音樂劇「約瑟與天然色夢衣」(*Joseph and the Amazing Dream Coat*)是約瑟的故事之最新翻版。

個故事與猶太聖經有所關連，描寫一個女人勾引一個年輕人被拒，反而控告他強姦。

在討論神話文學研究的不同方法以前，我們姑且以一個現代文學批評論集的編者的意見，來作爲本節商榷的摘述：

首先，我們可以列舉職業的創造神話學家不接受，而且可能引起大多數人激烈反對的三種神話觀念：㈠神話是捕風捉影的形式，是神仙故事，是寓言；㈡神話祇是將稗史與遠古時代的眞人實事牽強附會（此亦卽希臘哲學家攸希馬樂斯 Euhemerus 所謂神話是英雄人物史實的誇大記述）；㈢神話是一種原始科學，因人們試圖解釋自然現象而產生。那麼，創造神話學家認可的界說有那些？㈠神話是儀式的語言表徵，也是儀式傳播的媒介。㈡神話是想像力藉以連繫、組織根本心智意象的語言。㈢它是最終現實的啓示與表現方式，因此，它指陳的是價值觀而非事實。㈣神話的架構類似文學，而且像文學一樣，是介乎前意識與潛意識之間而能令兩者滿足的一種唯美創作。㈤神話是一個故事，或敍事詩、文，論起源、性質，都是屬於非理性的，直覺的，所以與推論的、合乎邏輯而有系統的事物不同，也比它們重要（註二）。

1. 人類學方法——傅瑞哲爵士與劍橋希臘學者

二十世紀，人類學、心理學、語言哲學（尤其是語言學）等社會科學的發達，爲研究神話的學者與有志於廣泛了解文化、分析文化的人，提供了新的看法。這些社會科學之中，人類學無疑對現代神話研究的熱潮貢獻最大。

二十世紀初，劍橋大學希臘學者所出版的一系列研究論著，顯然是在這股力量推動下產生的。這些英國學者，包括劍橋大學的哈莉生（Jane Ellen Harrison）、孔服德（F. M. Cornford）、柯克（A. B. Cook）以及牛津大學的穆瑞（Gilbert Murray），應用近代人類學的發現，從神話與儀式的起源來探研希臘古典作品。他們的信念是：儀式的發生先於神話和神學。一九一二年，哈莉生小姐推出「西密司女神」（*Themis*）一書，探溯希臘神話的人世神話（chthonic）背景，並簡短地討論了希臘悲劇中隱約可見的儀式形式。她的主要論點之一是：神話不是其他任何事物的替代，它自成一格，自有其淵源。「西密司女神」一書既出，劍橋派或儀式派的方法派上用場的機會也多了。以文學界來說，最重要的文獻是一九一四年穆瑞的一篇講演「哈姆雷特與歐雷斯蒂」（"Hamlet and Orestes"）（註三）：文中指出，兩劇相隔爲時久遠，却本於同一神話與儀式。因此，神話研究與比較文學也連上了。穆氏所強調的論點——兩劇本身非神話非儀式，而是道地的文學作品——爲日後許多批評家所重申。

然而，英國派學人最重要的當推傅瑞哲爵士（Sir James G. Frazer）；他是第一個以創造神話研究影響文學及其直接來源的人。他的不朽名著「金枝：魔術與宗教之研究」（*The Golden Bough: A Study in Magic and Religion*），比較研究魔術、儀式與神話中可見的宗教原始淵源，對於二十世紀文學有莫大影響。風行所及者除批評家外，還包括葉慈、歐立德、勞倫斯(D. H. Lawrence)、焦易士等創作作家（註四）。傅氏揭示了各地方、各時代人類需要，尤其是古代神話中所反映的需要之共同處。論名義，論細節，神話與儀式因地而異；實質上則無大差別。

傅氏所討論的一個中心題旨是釘死於十字架(Crucifixion)及復活的原始類型(archetyre)，特別是「弒聖天子」("the Killing of the Divine King")的神話。其次，應祭祀儀式而生的是「代罪羔羊」的原始類型。此一主題的中心思想是將部落的腐敗轉諸牲獸或人的身上，然後殺了（甚至吃掉）這個代罪羔羊，部落方得滌洗汚穢，贖得自然或精神再生。

「金枝」一書之普遍流傳，使已往屬於專家的知識，公諸大衆。還値得一提的是，這部積五十年研究經驗而成的心得報告，於進化的人類學觀念之孕育，功不可沒。一則由於它所包羅的材料甚饒，一則由於它本身具有準文學作品的特性，「金枝」一書確實吸引了不少作家。

2.心理學方法——佛洛伊德與容格

心理深處之探索，爲神話性質的認識添增了一個新層次。佛洛伊德的作品，與傅瑞哲的「金枝」、劍橋派著述同時流傳，因此，也被神話學家採用來支持不斷增加的創造神話資料。例如，佛氏的「圖騰與禁忌」(*Totem and Taboo*, 1913) 指陳一項假設說：弒父的原始類型是社會組織形成的基礎。

佛洛伊德對於神話研究最重要的貢獻是：他認爲觀念的形成不在於文化史。到了佛洛伊德在學術界嶄露頭角之時，神話學家均相信歷史的分析與人類意識發展階段的認識，殊屬必要。佛氏的心理分析學說，建立於生理觀念而非文化史，自成一個獨立而超越的「機構」。儘管他也運用久經駁斥的人類學觀念（例如他將圖騰祭祀這個最早的儀式風俗與第一個弑父的原始類型相提並論），並未影響他的立說。罪惡感或願望實現的象徵表現，不特發生於歷史上某一個特殊時代，神話裏、夢裏一樣有之。論者所以批評佛氏，不外針對他偏執一個主題——伊底帕斯情結或性的罪惡心理觀念——而且從意識的「壓抑」來解釋神話。

代表影響神話批評的第二支主要心理學派意見，甚至比佛氏的立論重要，乃是容格博士。容格是心理學家兼哲學家，一度師事佛洛伊德，後來因覺得心理分析方法過於狹窄，方脫離乃師，另樹一幟。容格相信，「欲力」（libido）應當不僅限於性的範圍；同時，他認爲佛氏的理論太消極，宿命論色彩太濃厚——因爲佛氏強調的是神經病的而非健全的心理方面。

由於容格的理論較少宿命論色彩，文化題材較多，而且賦與藝術家較大的尊嚴（佛氏認爲藝術家是有天賦的精神病人），所以傾向於神話研究的作家與批評家熱衷於容格的理論較之於佛氏之理論猶甚。容格所稱之「表我」（persona），「女性潛傾」（anima）與「男性潛傾」（animus）的二元論以及「潛影」（shadow），均爲文學論著大量吸收。容格的原始類型界說，雖然多少歷經一些改變，迄今仍是創造神話派文學詮釋的基準。

容格對於神話批評的主要貢獻則爲他的種族記憶與原始類型理論。容格將佛氏的個人潛意識理論加以擴大，主張說，在潛意識層次底下，是人類大家庭心理上所秉承的一種久遠的「集體潛意識」。正如低等動物繼承某些本能，同樣地，人類也繼承一些複雜的心理偏向，亦即種族記憶。因此，容格所謂「神話形成」之結構因素，永遠出現於潛意識境界中；他把這些因素之表現稱爲「母題」（motif）、「久遠意象」（premodial image）、「原始類型」等。

他主張說，自有人類以降，這些心理上之本能即已產生，而且永遠存在，迄今仍是人類心靈的基本架構。當我們能和這些「象徵」和諧相處時，生命才能夠充實；智慧是這些嘗試的補償。

容格同時強調說，原始類型實際上也是繼承而來。這種說法較大多數人類學家的立論猶高一籌；人類學家繼承而來的形式係透過各種祭祀儀式，而非透過心智結構本身，世代傳襲下來的社會現象。此外，在「原始類型與集體潛意識」（*The Archetypes and the Collective Unconscious*, 1959）一書中，容格聲稱，神話並非來自像四季晝夜循環那樣的外在因素，而是內在心靈現象的投射。

容格甚至果斷表示，一個種族或集體潛意識中，貯存着人類往昔的經驗與神話象徵。儘管生理學家多方反對，這項觀念肇始了多數神話學家同意的一個看法：神話不可能是狹義的歷史，而是將一些同時代及永遠存在的事實編成故事。其他各派的主說均忽略了人類一切經驗多少總有吻合之處，唯獨在容格的理論中，此項觀念得到了適當的強調。

神話是原始類型，是潛意識付諸意識心智狀態表現的媒介。容格更進一步表示，原始類型往往於個人的夢裏有所顯示，所以我們不妨說：夢是「個人化的神話」，神話是「非個人化的夢」。

總而言之，夢、神話、藝術三者是原始類型臻至意識境界的媒介，彼此有着密切的關係。誠如容格於「追尋靈魂的現代人」(*Modern Man in Search of a Soul*, 1933)一書中所說的，偉大的藝術家是賦有「原始靈視」的人。原始靈視係指對於原始類型的特殊敏感性而言，是以久遠意象表達事象的能力；它能使藝術家將「內在精神世界」的經驗透過藝術形式而付諸「外在世界」表現。容格聲明，藝術家也是人——「集體人」；同時，詩人的作品亦必然能夠迎合他所處的社會之精神需要。如此一來，藝術家的地位可眞是高高在上了！

容格的作品，堪稱文學批評者不多，然而，他的成就肯定地顯示他相信文學及藝術是人類文明的一項重要媒介。最有力的是，他的理論大大地擴展了神話派和羈於佛氏論點的批評家之詮釋視野。

關於心理學派的神話研究，最後仍得特別注意的一點是：神話與心理學，雖然彼此關係密切，却是兩個界限分明的範疇，而神話的境界也較廣。心理學所要揭櫫的是個人的人格，而神話研究則揭櫫全民族的心智與性格。夢反映個人潛意識中的欲望與焦慮，神話則是全民族之希望、價值觀、恐懼與殷望之象徵投射。

3. 其他方法——柯希瑞與李維史卓斯

新康德派哲學家柯希瑞（Ernst Cassirer），分析語言之性質，精闢透徹，對於神話批評也是一大助力。柯氏精研心智意象的結構——即他本人所謂的「象徵形式」，認爲它是人類把握現實的一個必要條件。藝術便是其中之一，人們需要它來加強理性；運用藝術來象徵性地描述時間、地點與社會習俗。柯氏將原始語言與情感經驗相提並論，特意表明神話語言是人類對於現實直覺感知之原始形式，比人類的理性和科學領悟歷史更爲久遠。事實上，柯氏辯稱，神話與語言是人類最早的象徵成就；作爲表現方式，神話與語言實基於同一語言與心智基礎。

柯氏的高徒藍婕（Susanne K. Langer）於柯氏「語言與神話」（*Language and Myth*）一書英文版（一九四六）的前言中指稱，柯氏之卓見影響人類心智之鉅，可以從底下這段文字中看出來：

> 「語言」是人類論理的主要工具，它所反映的神話創造傾向較理性化傾向更爲顯著。語言是思想的象徵符號，展現了兩種完全不同的思想方式。然則，在這兩種形式中，心智是有力的，創造性的，可藉不同形式表現出來；其中之一方式爲推論的邏輯，另一方式爲創造的想像……。語言與神話則是最古老的方式。由於兩者之誕生均溯自遠古，我們無法正確地指出其發生之年代，但是我們有充分理由相信它們是同時並生的產物。反映

於古老語言中有關自然和人類的直覺看法，以及語言形成的過程、神話發展的根本直覺看法及過程等均是一致的。它們並非構成科學和常識之主幹的推論邏輯，或理智形式的範疇。理性不是人類的原始稟賦，而是一種成就，左右逢源，唯蟄伏於語言當中。語言這項最偉大的象徵方式成熟時(如我們在歷史或人種學中所見者)，邏輯方期誕生……。語言將人類自心智之神話創造階段帶到邏輯思考與事實概念的階段……。柯教授……最重要的主題不外是：心智哲學包容了前邏輯概念與表現理論兩個媒介，以及它們最後臻至理性與事實認識的樣式。

柯氏爲我們從詩歌和神話中所得到的知識奠立了一個認識論的基礎。他一貫主張語言與神話賦有具體表現非邏輯意義或眞理的力量。這種現實的直覺感知，近似東方禪學的「純粹經驗」，當爲東方人所樂於接受。

柯氏本人似乎不太贊成人類學派與心理學派的神話研究。他批評有關神話創造的最後源頭與眞正核心之各種理論說：「神話時而發生在某種心靈狀態或經驗中，特別是作夢的現象；時而發生於對自然現象的冥想……，所以視心靈或自然爲神話，視太陽、月亮、雷公爲神話基礎的意圖，屢見不鮮。」

柯氏甚至從一般譬喻式的思考中，擬測語言與神話世界的一致性，因爲語言乃根植於生命詩，而非散文的一面。柯氏這部哲學論著最後的結論是：

抒情詩肇基於神話動機，甚至最上乘最純粹的作品，均與神話有密切關聯。凡偉大的抒情詩人……如濟慈等，乃是能夠客觀呈現神話洞視力的人。然而，這種客觀呈現必須摒棄一切物質的拘囿。反之，精神頓悟則發生於語言文字與神話意象，但是不受它們限制。詩所表現的，既非神魔鬼怪的神話意象，亦非抽象指示與關係之邏輯眞相。詩的世界與上述兩者——換言之，即幻覺與奇想的世界——迥然不同，不過，也唯有在幻覺中，純粹感覺的境界方能付諸表現，臻至最完美具體的實現。文字與神話意象，一度以生硬的寫實力量臨馭人類心智，現在則拋棄一切現實而成了某種明晰的「以太」(ether)——其間精神因素活動自如。這種精神的解脫並非因心智不顧文字與意象之感官形式而臻至，而是因運用文字與意象爲工具，認淸它們的眞面貌：藉自我顯現的形式而達成(註五)。

另一派神話研究的主要方法叫做「結構」方法。它先表明世界各處的神話彼此相似這個前提，進而說明相似之處爲何?有些結構主義者發現，所有的世界觀均可以在團體生活的各方面窺見一斑。另外也有些學者，如法國人類學家李維史卓斯(Claude Levi-Strauss)，則以類似語言學研究的某種邏輯連貫性來探討神話彼此共通之處。

二十世紀社會學家強調社會組織之特殊樣式，反之，結構主義者則像十九世紀人類學家，試圖藉神話研究尋找關於人性的普遍看法，也像容格的門人，視神話爲人類根本生理特性之至終表現。

然而，就其他各方面來說，結構主義者與容格派的看法不同。李維史卓斯並未設定某一套比較固定的象徵體系；換言之，這些象徵一如容格的原始類型，其意義視內容而定。李氏的「文化人類學」（*Cultural Anthropology*, 1967），探討一個體系的因素彼此的關係樣式，而不計議該因素內容如何。他重新提出早期的一個神話理論說，神話是沈思的原始形式。此一論調爲人類學家馬里諾斯基（Bronislaw Malinowski）坦率摒斥。李氏表示，神話確實爲冥思人類生命情況的方式。神話是一種思想的方式，自有其法則；其法則於文化產物中可以看見的甚多，諸如婚姻習俗與植物分類均是。人類心智實質上是一致的；就外在表現而言，世界各處，人類心智格式於李氏的中心題旨文化體系——語言——當中，表現最顯著。李氏秉承某些結構主義派語言學家的方法，分析神話並指出二元對立的格式。對某些語言學家而言，這些格式奠立了語言形成的結構理論，事實上，對於人類心智活動也是一個必要條件。面臨人類生命中各種無法妥協的矛盾，人們乃在語言與神話中創造一個思想體系，來緩和矛盾，俾與生命現實妥協。

結構主義派的方法，應用在「個人神話」（如葉慈）上，澄清了一項事實：詩人所特有的神話思想模式，於西方文化中極爲普遍，而非特殊點綴性而已。葉慈的詩，結構均環繞着一些相反而對立的範疇所形成，如肉體與靈魂，死亡與永恆，世代更替的世界與拜占庭不朽藝術之世界，紫色的霧氣與人行道的灰白。雖然如此二分法總是涉及兩個相互排斥的詞語、範疇，但是兩者不可任捨其一：

身子應和音樂搖將起來。啊！雪亮的眼睛，

焉知舞者之於舞乎？

像這兩行詩中，毫無抉擇取捨可言，因為它所揭櫫的是人類生命的根本矛盾。然而，將生命的性質付諸文字藝術表現時，其卓越力量，因對立的兩種特質，益形彰著；對李氏而言，此即神話思想的中心所在。

上述人類學家、心理學家以及其他思想家的發現，自然能激發文學家將這些新觀念併入文學批評之理論與實際。理所當然的，神話在古代文明中，祇因為是記史傳統的一部分而知名。因此，文學繼承的是神話的功用。拿荷馬來說，他的史詩成了希臘教育的基石。但是，創造神話學者與人類學家、心理學家、語言哲學家、結構主義者不同的是，其興趣不在於神話與儀式，而在於文學——視文學為神話與儀式於藝術中之最後體現。

文學固然不是一門社會科學，底下一節將從較嚴謹的文學觀點來討論神話之性質，重點在揭示神話的正式文學特徵。為求清晰一致，仍按前面討論各派之順序來說明。

文學背景

初步商榷

二十世紀行爲科學發達以前，一般人祇把神話當作文學典故看待。在一些大師的作品中，神話典故僅止於文學作品中的運用；甚至有時候祇被當作一種點綴。藝術家或蓄意以神話作爲創作基礎，或完全不知不覺地讓神話自心靈潛意識中泉湧而出。彌爾頓的「失樂園」乃是一個典型的基督徒作品實例，充分運用了傳統的神話知識。

反之，仍有一些非國教派的作家（例如布雷克 William Blake），不以希臘羅馬或聖經裏的神話爲滿足。現代作家充分理解神話的傳統運用泛濫無度，却與現代生活環境扯不上關係，因爲現代人爲戰爭與核子彈的威脅所困擾。重要的作家乃試圖尋求新的神話體系來重振——或稱「神話重建」——老掉牙的文學傳統。正如前面我提到的，葉慈無疑是二十世紀作家嘗試神話重建的明顯例子。葉慈的神話高度個人化而有力，以愛爾蘭民俗與靈知通神論（gnostic theosophy）交織而成。另外，歐立德則綜合了人類學、基督教神秘主義及希臘、印度形上學。葉歐二氏的成就，是以詩來從事神話重振或重建，透過當代詩來探討神話經驗之哲學與宗教涵意。

與其說葉慈者流詩人艱深晦澀，不如說讀者未達某一個水準，無能力「公正」地欣賞他們的作品。時下，由於「知識爆炸」，學者們更是任重道遠；他必須跨越的知識滄海，茫茫無涯，而他的現代追尋，又必須避免大而化之或鑽牛角尖的積弊。簡而言之，他的目標是要求與文學有關的知識之完整性。（事實上，哪樣事物與文學無關？）

假設我們要能將各種批評方法衡量一番，神話批評與新批評可能就各執一端了。雖然新批評幫助我們把注意力焦點置於作品本身，有時不免偏執一隅，失之周慮。反之，神話批評的視野較廣，能搜尋賦予外在形式力量的內在精神。好在自本世紀中葉以降，批評家已漸捨棄新批評手法，朝向一些更重要的外在顧慮邁進——如人類學、心理學、語言學、社會學等。值得注意的是這些學問與神話均有密切關係。

1. 人類學方法——魏克利

一種方法可善爲利用，也可能濫用。人類學派的方法自不例外。現代文學界之神話塑造者認爲，過去可資現在借鏡，而神話正是這回事之縮影。所以劍橋派希臘學家以及他們的學術衣鉢繼承人，對古代神話珍惜有加，視之爲人類進化過程中之原始階段。一如正統法國派比較文學家之弊端，一味利用人類學家所搜羅的原始風俗與神話，危險在於可能淪爲以務探源，專比較而自滿，反而忽視了根本的文學價值。

人類學派的文學研究者當中，最傑出的是魏克利。前面我提到他所著「『金枝』對文學的影響」（*The Literary Impact of "The Golden Bough"*）；該書中，魏氏以十九世紀的背景，指陳「金枝」的重要論點，並詳細備載傅瑞哲對於各個作家之直接或間接影響，因爲「金枝」一書幾乎成了二十世紀作家的一只「魔鏡」。「在這個魔鏡中，作家看到自身的困境反映無遺，而預示他們的世界之未來與生命本身那種可望而不可及的二重矛盾情感。」（註六）

魏氏所編的另一本書「神話與文學：當代之理論與實際」(*Myth and Literature: Contemporary Theory and Practice*, 1966)，緒言中指出大多數神話批評家可能贊同的一般原則：

第一，神話的塑造或創造神話的天賦，是人類思考過程中所固有的，所以能滿足人類的根本需求。第二，從歷史或心理學上來看，神話是形成文學之母體。因之，故事情節、角色、主題、意象均係神話與民間故事中各種成分之複雜化或替代。神話如何注入文學當中，說法不一：有容格的種族記憶說，有歷史普及說，人類心智一致說。第三，神話不僅能激發創作藝術家，而且能爲文學批評家提供批評的模式與觀念。有人主張說，通曉神話的基本規則，有助於文學語言的精確閱讀。神話批評家明白神話特性存在文學之中或表面，所以方法上與已往文學中神話成分的研究入門不同。第四，文學之所以能夠感動人是由於它的神話成分，它的「原力」(mana)，它的「神妙」(numinous)；質言之，我們以恐懼的喜悅，或純粹的恐怖，去感知神秘。文學在人間的眞正功用乃是它繼承神話的努力，爲人類創造一個他的世界所不知之有意義境界（註七）。

不過，從書中節錄的文章中，任意抽取兩篇來看，便可知道人類學派諸家的文學神話研究有利有弊。有利者如布洛克（Haskell M. Block）的「文學人類學與當代批評」（"Cultural Anthropology and Contemporary Criticism"）一文，綜覽劍橋派希臘學家將比較人類學應用於希臘戲劇起源研究的成績。他說：「劍橋派學者的結論是，希臘戲劇由古代儀式發展而來；儀式的表現因希臘劇本之結構、人物造型、主題，甚至插曲的細節中，得以保存。然而，傅瑞哲的影響不止於希臘文學的研究：早在一九〇三年，單柏爵士（Sir Edmund Chambers）即表示『金枝』一書對於中古英國戲劇的了解頗有助益；魏士頓小姐（Jessie Weston）的研究心得——『從儀式到傳奇』（*From Ritual to Romance*, 1920），便是利用傅氏的方法研究聖杯故事。」（註八）

至於有弊者，我們不妨看看穆爾曼（Charles Moorman）駁斥某些神話偏執狂論「高文爵士與綠騎士」（*Sir Gawain and the Green Knight*）的說法。為了表示神話批評與其他各種說法——包括歷史派及文體批評派——能夠融會貫通，穆氏特別反對假批評之名而自充老學究的作風：「正如典型的十九世紀學院派人士認為『高文爵士與綠騎士』不過是集中古冑甲、建築、性慾放肆之大成，同樣地，神話批評家也堅持『高文爵士與綠騎士』是神話模式的貯藏所，故而竭力想闡明高文與英國五月節將孩子的頭、手鎖在綠箱子中的遊戲，或塞爾特日神，萬能植物神的關係。」（註九）我們自然也想知道，就主題、情節、角色、背景而言，神話在敘事詩、文中如何發揮作用，如何影響文體。這些「文學性」的問題，將留待稍後討論。

2. 心理學方法——佛萊

毫無疑問的，容格的原始類型界說與分際，於文學批評上之影響力相當可觀。桂林（Wilfred L. Guerin）曾對這一點作了整理（註十），本文中特加以引述。

雖然每一個民族各有他的神話誌（這些神話可能反映在傳說、民俗與意識形態），但是，廣義地說，神話是普遍性的。類似的母題與主題，可能出現於不同背景的神話中；時常出現於時代、環境相距甚遠的民族神話中的某些意象，可能有其共通之意義，或者，更精確地說，可能勾勒出某些類似的心理反應，而且文化上的功用也極相近。這些母題與意象稱為「原始類型」或「普遍象徵」；對大多數的民族而言，其意義可能是一致或極相近的。這些原始類型的例子與其意義，可以分為三個主要的類別：(一)原始類型意象；(二)原始類型母題或模式；(三)文學原始類型。

一　原始類型意象

①水：代表創造的神秘、生—死—復活、淨化與贖罪、生產力與成長。容格則認為水也是潛意識最普遍的象徵。

②太陽（火與天空關係密切）：代表創造的精力、自然法則、父性原則（月球與大地往往被視為母性原則）、時光與生命的流逝、意識（如思考、啓蒙、智慧、精神靈視等）。

③顏色（與中國之習慣看法截然不同）：黑色代表黑暗、混沌、神秘、不可知之事物、死亡、憂鬱、潛意識等；紅色象徵血、犧牲、強烈感情、紊亂；綠色意味成長、感官、希望。

④圓圈（圓環、蛋）：意味着完整性、統一性、上帝無限大、久遠的生命、陰（陰性、死亡、黑暗、冰冷與潛意識）與陽（陽性、生命、光明、熱、意識）的結合。

這些例子乃是讀者可以在文學作品中經常見到的一些原始類型意象。（雖然，這些意象在文學作品中出現時，未必都是原始類型。）

二 原始類型母題或模式

①創造：原始類型母題中最根本的一項。事實上，幾乎每一種神話都涉及超自然存在如何創造宇宙、自然、人類。

②不朽：逃避時光，歸返樂園或人類落入腐敗、死亡的窠臼以前那種完美而永遠的福祉（道地基督教觀念）；時間的神秘循環、死亡與再生循環不息，順乎自然的永恆循環（尤其是四季循環的神秘週期），而達到不朽的境界——此則為道地佛家思想。

③英雄追尋者：一個英雄歷經艱險旅程，斬妖除怪，克服一切艱難障礙，拯救他的國家。他的結局可能是成為駙馬爺。

④英雄為犧牲的代罪羔羊：一個英雄通曉大義，視一己之利益繫乎國家民族之利益，効死為全民贖罪，使土地恢復豐收。

三　文學原始類型

原始類型賦諸文學類型表現，也可能與四季循環的主要階段相應。佛萊（「批評剖析」*Anatomy of Criticism*, 1957的作者）就四個原始類型的階段與相對的文學類型整理出一個表；佛萊的許多作品中均附有該表。底下是我引自佛萊「文學的原始類型」("The Archetypes of Literature" 1951）一文的片段：

儀式因神話而賦有原始類型意義；預言因神話而成爲原始類型的故事。因此，神話便是原始類型，雖然我們所稱的神話，大半場合係指敍事的詩、文而言，唯以意義而言時，方稱原始類型。晝夜、四季、生老病死的循環，均有某種意義模式可循；從這些意義模式中，神話乃構思出一個環繞着某一個人物——如太陽、司繁殖力之神、或神或人——的故事。容格、傅瑞哲加諸文學批評家頭上的便是這種「神話」。然而，論及這種神話的書，未必有明晰的系統，所以我列了這樣一個摘要：

①黎明、春天、生的階段：例如英雄誕生、甦醒、復活、創造（四個階段爲一循環）與擊敗黑暗勢力、多天、死亡等神話。故事中附屬角色有英雄之父母。屬於此類的文學類型如傳奇、祭酒神之狂熱合唱歌及狂文狂詩等。

②天頂、夏天、結婚或勝利的階段：如神聖化崇拜、神聖婚姻、昇入天國的神話。附屬

角色有英雄的同伴與新娘；文學類型如喜劇、田園詩、牧歌。③日落、秋天、死亡的階段：如墮落、將死的神、暴斃、犧牲、英雄的疏離等神話。附屬角色有背叛者與海怪；文學類型如悲劇與輓歌。④黑暗、冬天、解體的階段：如上述象徵性惡勢力的得逞、洪水、混沌再臨、英雄敗北以及神明式微（Gotter-dammerung）等神話。附屬角色有食人巨妖、巫婆；文學類型如諷刺詩文（波普的「愚人傳」*The Dunciad*之結論便是明顯例證）（註十一）。

在同一篇文章中，佛萊區別「向心的」（centripetal）與「離心的」（centrifugal）這兩種方法。前者研究文學的內在，強調作品本身、修辭、結構分析；後者強調作品的背景，但是也承認如此作法的危險：「我們可能發現，閱讀文學作品的時候，焦心急慮想著文述之，倒忘記該如何讀作品了。」

佛萊聲稱，內現與外在研究方法之對立二分，是「不實在的困擾」；事實上兩種方法是相輔相成。他說：「我覺得目前文學批評上所失落的是一個調和的原則，故而缺少一項重要的假設，能像生理學上的進化論一樣，視文學批評涉及的現象爲整體之一部分。如此的原理，雖保留結構分析派的向心（內在）研究觀點，倒能爲他種批評提供同樣自如的觀點。」（註十二）

他接着說，以原始類型方法作文學研究，便是所謂「調和的原則」；同時，文學中的重要神話，就敍述之層次而言，即「追尋神話」（quest-myth）。佛萊的立論，頗有容格之傾向：

如果我們想把這個主要的神話視爲某種意義的模式，就得從頓悟所出之潛意識作用（換言之卽夢）着手。人類作夢，甦醒的循環，與自然中的光明、黑暗密切相應；也許就在這項相應中，一切想像生命得以發動。大多數場合，相應的因素均是對立的：在白晝，人反而是籠罩於黑暗勢力底下，是挫折與脆弱手下的犧牲者；在自然的黑暗中，「欲力」或英雄的「自我」方得淸醒。因之，藝術——柏拉圖稱之爲淸醒的夢——似乎以對立的決定、太陽與英雄之混爲一體、內在欲望與外在環境之吻合實現等爲其至終目的。……所以，如果我們將追尋神話視爲意象的一種模式，我們就能一眼以實現的成就來衡量英雄的追尋。這便爲我們提供了主要的原始類型意象模式，以至於思無邪的靈視能以人類智慧去看世界。然而，同樣地，它與未墮落的世界或宗敎的天國靈視遙遙相對。至若視追尋爲其註定的循環之靈視，則姑且稱之喜劇靈視，俾與悲劇靈視對照(註十三)。

佛萊又訂了另一個表，列擧主要的喜劇與悲劇靈視：

①依喜劇靈視來看，「人類」世界是一個團體，或是以一個英雄來代表讀者意願之實現。座談會、思想情感交流、秩序、友誼、愛情等都屬於人類原始類型意象。在悲劇靈視看來，人類世界是一種專制政體或無政府狀態；其人物典型或爲各個孤獨的人，或領導者棄追隨者於不顧，或傳奇故事中欺凌弱小的巨人，或被遺棄、背叛的英雄。婚姻結合或類似的成就，屬於喜劇靈視；妓女、巫女與其他如容格所稱的「可怕之母」的意象，均屬於悲劇靈視。一切神聖的，英雄的，

天使的，或超人的團體均從人類團體之樣態。

②在喜劇靈視下，「動物」世界是屬於家畜的團體，是田園意象的原始類型。反之，悲劇靈視中，動物世界的動物則如肉食的鳥獸、野狼、兀鷹、蛇、龍（西方的龍絕非中國傳說中主吉兆的龍）等。

③喜劇靈視中，「植物」世界如花園、小樹林或公園、生命樹、玫瑰花、荷花是屬於淳樸之田園意象；如馬維爾（Marvell）的葱綠世界或莎士比亞的森林喜劇。反之，悲劇靈視則爲邪惡的森林，如彌爾頓的「科莫」（*Comus*）或但丁的「地獄」（*Inferno*），或荒郊高原，或食人樹。

④「礦物」世界於喜劇靈視看來，是一座城市、建築物、廟宇，或一顆石頭（通常是寶石）……。幾何意象的原始類型，如「星光照耀的圓頂」屬此類。悲劇靈視的礦物世界則如沙漠、岩石、廢墟、或交叉線圖形的邪惡幾何意象。

⑤喜劇靈視的「未成形」世界如河流，傳統上是四等分的，其「四行說」（four humors）影響了文藝復興時代人體四行的意象。悲劇靈視裏，這個世界則成了滄海，例如解體神話往往是洪水神話。滄海與野獸兩個意象結合，造成像海鯨怪或類似的海怪之意象（註十四）。

從這個來看，顯然與詩的意象與形成多能符合。葉慈的「拜占庭之航」（"Sailing to Byzantium"）有城市，有樹木、鳥禽、聖人，幾何的圓錐形與洞視循環世界的超脫感。

毫無疑問的，佛萊是道地的神話批評擁護者，雖然他的觀點與文學理論的關係較之於實際批評的關係更密切。他所以強調當代批評缺少一個能結合衆說的中心原理，誠眞知卓見也。有位人士說，佛氏的「批評剖析」是創造神話運動之「詩學」（*Poetics*）。佛氏於該書中指稱，原始類型批評可包容衆說，因爲唯有它假定文學本身之完整性。他說：「在文學批評中，神話意味的是……文學形式的結構組織原理。」

「批評剖析」無疑是廿世紀最發人深省的一部文學理論作品，但是有些地方牽涉太廣而不易回答神話文學上之全盤問題。力求綜合妥協的意圖，可從他的類型理論看出來。例如，他所作的分際：喜劇、傳奇、悲劇、反諷爲重要神話的四個層次，似乎過於武斷，而於神話文學之了解也無多大裨益。再說，以四季階段之原始類型與文學類型相提(註十五)，似乎太單純。愛斯基摩人與斐濟島島民一年經驗到的祇有兩個季節，又作何解釋？然而，這些因素並未減損此書於現代文學批評上的價值。

3. 其他方法——蔡斯

柯希瑞之著作影響甚廣，在文學上最能代表這股影響力的是蔡斯。蔡斯的「神話追尋」（*Quest for Myth*）引述柯氏的「論人」（*Essay on Man*）說：「神話的世界是一個戲劇性的世界——行動、力量、衝突力量的世界。」接着他又談到藝術的「共通性」（connaturality）

說：「力量一旦能感覺出來，就可成爲一種藝術形式。但是，它並不僅僅是像顏色、聲音等不易與激發心思活動之客體加以區別的特質。神話塑造者感知客體外貌——如柯氏所云；客體因應神話塑造者的情緒而改變其可用之面貌。」

在另一篇文章中，蔡斯強調：描述神話的唯一途徑乃是以藝術方法着手。他說：「神話一詞在希臘文的原義是最恰當不過了。一個神話是一個故事；神話是敘事文或詩，與其他文學類型一樣，不屬於哲學範疇。因之，神話是藝術，而也必須視之爲藝術來研究。神話是一種認知、思想體系、生活方式，一如藝術。」(註十六)

蔡斯在「神話追尋」一書中，更進一步重申此一觀點，並且說文學之發生先於神話。「神話是一種文學，因此，也是想像力與唯美經驗的問題……。了解神話文學的第一個重要步驟是先從那些以爲神話是哲學、宗教教條、心理分析、或語言學的人手中將之拯救出來。」

然則，「神話追尋」出版一年後，蔡斯的看法於另一篇文章中略有修正：「如果神話是一種文學，它的人物角色、事象均可視爲超人或擬超越力量的本能，而有非凡氣氛與不祥意義。」

另一個神話批評家拉甫（Philip Rhav）反對蔡斯的看法，特別不滿蔡斯試圖以藝術特質來增加神話之力量：

> 詩的結構改變神話材料，使之遷就邏輯上及心理上之動機，而捨其本源。神話是多種文學形式的總滙，顯示神話乃文學或文學即神話的說法，祇是一種起源的謬說（Genetic

Fallacy）。神話是某種客觀的幻想；文學材料與模式固然取之於神話，但是，神話實稱不上是文學。文學作品的主要特性為條理與字詞的性質安排。反之，如藍婕小姐於「情感與形式」（*Feeling and Form*, 1953）所說的，神話「並不是拘限於任何特定字眼，甚或語言，而是可以口述或繪畫、演出或舞蹈表示但不致貶值曲解……。神話不押韻，沒有典型辭句章法，可是花瓶釉畫或浮雕卻常剽襲之。然而，一支民謠卻是一篇文章……。我們知道伊底帕斯王（*Oedipus Rex*）依根據神話儀式而撰，但問題是：該劇中影響我們最深的是什麼？是與言語形式無關的神話（梭弗克里斯 Sophocles 取材的來源）？抑或他的篇章句構？伊底帕斯神話固然有力，但是我們必須區別這種力量與詩人的戲劇體現所賦有的力量（註十七）。

雖然蔡斯一再強調神話的文學研究方法，他也注意到關於神話之現代意義，衆說紛紜。在他最後一部著作「美國小說與其傳統」（*The American Novel and Its Tradition*, 1957），他已不再以神話批評自許了。

二、為何採用神話？

學術背景

初步商榷

本節欲就「爲什麼要研究神話？」這個問題，提出一些答案。討論的重點爲神話的功用如何？以文學、藝術的觀點來從事神話創造與研究，動機何在？答案將分人類學派、心理學派與其他學派的觀點來說明。本節後半則偏重神話的功用，重複之處在所難免。

1.人類學派的方法

人類學與社會學強調神話的集合功用。身爲社會的成員，人們亟欲利用神話來團結社會力量。換句話說，神話是人類團結意識——包括思想、情感與行動各方面——的自然流露。這種團結意識可以延伸到家庭、國家界限以外，而涵蓋全人類：「四海之內皆兄弟」。

神話中的英雄經常是能招徠向心力的領袖，人們以他爲中心，團結在一起。因此，許多神話均與人民對領袖的信心，視之爲希望與得救之化身這些經驗息息相關。

由於此一功用，神話自然對人們產生了一股控制力量。假若人們(原始或現代人)所遭遇的問題可以某種控制力量來解決，則毋須擔心安全了。美國印第安人常以各種野獸來象徵神性力量，冀望藉此而將力量併爲部族所有。例如，野馬一旦馴服，則有助於人們打獵、耕作、作戰的速度和力量。馬的神話象徵，成了族人生活與儀式的重心。至今「馬力」一詞仍被沿用來表示現代人的「鐵馬」——汽車、摩托車——力量之大小。現代人尙無法確知如何有效發動原子能，如何控制核子武器以前，遂以動物意象來描述力量之大小，乃是相當有趣的現象。再舉兩個例子：二次世界大戰有著名空軍部隊名「飛虎」；最近的百萬汽車廣告有這麼一句名言："Put a Tiger in Your Tank"（新出廠的油箱牌名）。

隨着神話的集合作用產生的另一個自然結果是穩定的力量。神話的目的之一乃是要穩定自然界與社會中之現存秩序。必要的話，甚至訴諸超自然的約束力與先例，來維護傳統的行爲與狀況。宗教性的神話一度能達成這種作用，但是由於近代理性主義與科學主義與起，文化整體性被破壞，人類的平衡力量被摧毀。若想以現代哲學或科學作爲神話的取代，必會因變化之迅速與缺乏綜合性而造成更多的困擾與不安。神話創造者告訴我們，神話貫穿過去與現在，使我們不受現世變遷的限制。神話之所以能「終止」變遷，乃是因爲它將無窮性、永恆性、與周期性的事物視爲「神聖的重複現象」。

玆引惠萊特（Philip Wheelwright）一九四二年發表的一篇文章「詩、神話與現實眞象」（"Poetry, Myth, and Reality"）中的一段話作爲本段——神話的集合作用——的結束。該篇文章痛陳二十世紀的人類因無法分享神話所傳達的眞理，想像力與現代文學變得貧乏不堪：「神話意識（myth consciousness）喪失是人類的浩刼，因爲神話意識是使人類彼此團結，並與人類起源的神秘性聯繫之約束力。失去神話意識，則一切事物的根本意義毀滅殆盡。」（註十八）

2. 心理學派的方法

神話的另一作用兼具人類學與心理學兩方面，可資某些文化習俗的殷鑑。一些明申崇拜式的重要主題，如種子之死亡與豐收（「除非五穀落地而亡……」）婦女與性的意義（各種不同象徵生產的儀式）等。另一常見的現象是：在新年的慶典中往往停頓日常的瑣事（卽假日或拜拜請客），若逢上 *Mardi Gras* 嘉年華會，則不顧平時的道德法規而盡情狂歡（各種不同的服裝用來掩飾獸性的慾望）。這些例子往往可藉神話的主題——混沌再臨與死者魂歸故里——來證實。

心理學家重視神話，爲的是要瞭解人類行爲的基本動機。藉著宗教儀式，神話解除了人們心中的壓抑，具有洗滌的作用。有些神話儀式（如閹割）是象徵性的自我懲罪，用以減輕個人的罪惡感。對早期心理學家而言，神話是一種「羣體狂想」，是某種社會願望之達成；這點非常類似個人的夢境與白日夢。

概括地說，神話意圖解答一直困擾着人類的一些問題：世界是如何創造的？爲何創造？生物如何誕生，爲何誕生？爲什麼有生就有死？說得切題一點，神話欲終止人們對根本問題作「無止境退縮」不求解答的陋習，而要滿足我們內心想探討一切事實眞象的無窮慾望。

3. 其他方法

柯希瑞按神話的本身結構與作用，解釋神話的本質。神話的整體性在於其功用的統一性，而非事物的統一性。然而，有關這項重實用的功用之解釋紛紜不一。神話的主要起源是情感的（心理學的說法），其功用以實用性、社會性為主（人類學的說法），也與整個自然、生命和諧並存。解說的統一性唯在功用的統一性、文化活動、結構形式的統一性中方可求得。因此，柯希瑞反對「自然神話」的形式。「自然神話」藉自然界的某些個體（如星體神話），來解釋神話的起源。柯氏認為神話的象徵不是一些神秘眞理的代表，而是解釋現實眞象的完備形式。原始宗教對於它所屬的神話相當認眞，因為神話與其儀式履行後，始得確保世界的生存。於是在舞蹈與象徵生產力的祭典儀式中，演員不認為自已衹是從事模倣性的演出，他們暫時把自已視為神話劇中的人物，並執行他的法力。同樣的道理，言語、名稱不僅是指示事物而已；它們是事物的精髓，具有特別的魔力。事物的意象亦具活動的力量，凡是發生於意象的一切，亦發生在事物上——這是絕大多數原始魔力的基本假設。因此，在原始類型的語言、藝術、魔力裏，神話思想採用象徵性代表，却無意區分其象徵與客體。

神話最顯著的功用之一是它在傳統社會中的教育價值。神話為理論上的與實際上的引導奠立了典範。事實上，在古老的傳統中，由於缺乏獨立的哲學探討，神話是唯一的指導典範。

神話兼具典範的現象，並不祇發生於原始社會。現代人也常常以風靡當代的英雄人物來決定個人的行為方向；最吸引人的是那些大衆傳播工具呈現在我們眼前的人物，例如體育界風雲人物、電影明星、太空人與其他顯赫人士，他們的地位類似古典神話中的英雄。不管其風靡的程度如何，現代的觀衆如同先前的觀衆一樣，試圖探討典範，作爲人類無窮需求的準繩。未受歐洲啓蒙運動影響的文化，較易接受神話爲人類實際行爲諸範的說法。神話的世界往往取代正規教育，而成爲人類生命中一些重要問題——戰爭與和平、生死、眞假、善惡——的知識泉源。有時候，社會中的世故份子認爲這種看法是膚淺愚蠢的迷信；實際上，對未受教育的人士而言，它是自然哲學，用以捕捉生活中最深奧的問題。

簡而言之，上述神話的功用（集合的功用、控制與穩定的力量，文化習俗的殷鑑、壓抑的解脫、心理清滌作用、社會願望的達成、現實眞象的完備解說與體現、透過典範奠立理論與實際的指導）多少說明了「神話勝於事實眞象」的名言，因爲神話使我們對生命中最基本的問題作更深一層的摸索。

文學背景

初步商榷

神話祇要能夠使我們對文學作品之藝術性有深一層的認識，對藝術作品更加瞭解與欣賞，皆可算是符合了正統的文學需求。文學是一種藝術形式，比起抽象的理論較具吸引力與影響力，因為文學能將生命的特質具體化，並使我們認清有限時間內的「永恆性」。文學使我們得以與珍貴、永恆之物結合，文學更能超越東西方之界限，溝通過去現在與未來。

1.人類學的方法

探討神話在文學上的功用，亦可從人類學的觀點着手。一九二四年，歐立德說，「金枝」這部書的重要性與佛洛伊德的論著不相上下，甚至比佛氏作品更有傳世價值。歐立德還預言說，傳瑞哲與其他人類學家對未來文學將有深遠的影響。一九四一年，歐立德曾評論焦易士的作品「攸里希斯」說：「焦易士運用神話，並比較當代與遠古。顯然他是在追尋某種可資後來者效法之方法……，這個方法企圖控制當今歷史的枉然性，將紊亂的現象條理化，並賦予形式和意義。」（註十九）

魏克利表示，「金枝」為當代作家提供了有彈性和多重性的觀點。當代作家作品內容本身前後連貫；換言之，他們專注於古老的神話或儀式，以便明瞭它們在當代社會日常生活中的地位如何，或者將它們與更久遠、更原始的過去聯繫，或探究其中的永久性隱喻，俾認清人世的主要困境。魏克利特就二十世紀的「自我」與世界（「自我」的蘊釀所與牢獄）交互作用所牽涉到的心理變化，提出神話創造的例證資料來加以戲劇化。

神話的另一功用是使詩人得以「藉着矛盾的觀點，實質上既採取超然的態度，却又以憫人的清晰眼光來觀察事實與隱喻，殘暴經驗與神話，合邏輯的強迫性與想像中的富饒。」葛瑞甫（Robert Graves）的詩便是很好的例證(註二十)。

神話表現在文學中，往往使我們超越時空，對一部作品的宇宙性有了進一步的認識。因此，神話的文學功用之一乃是溝通時空上不相關的作品，探討其共同性，正如比較文學意圖研究東西方文學的關係。簡而言之，神話方法使歷史上不相關的文學比較賦有豐富的潛在研究價值。

最後，從神話功用的人類學內涵轉入心理學方面，我們必會注意到佛萊所說的：「金枝」這部作品讓我們瞭解人類經驗的主要類型（卽原始類型的意象），人類的經驗必須仰賴某些具有代表性的永恆象徵來表達。

2.心理學的方法

前段所說的原始類型是一部成功的文學作品應備的特質，能引起讀者內心的共鳴。某些文學作品有股神秘的力量，永遠能誘導出戲劇性與普遍性的反應。幾乎所有的古典文學名著，均能反映某種現實眞象，扣人心弦，使讀者產生熟悉的安適感與自發的贊同。

小說、電影、繪畫的虛構性，的確是矛盾的「眞象背叛」，換言之，所謂「假」的虛構形式，往往不同於眞理的形式——某種「心理上的」眞理。心理上的眞理，無時無地不符合個人對於人類境遇的情緒感受。以心理學的術語來表示，文學的神話功用乃是將我們內心隱含的主題提昇到知覺意識的領域。一旦語言上的障礙、文化差異、與心理上的困擾得以去除，我們則可能會發現，基本上的相似處多於相異處，因此，我們也願意看到人類團結的實現。

神話除了能象徵原始類型與集體潛意識中之久遠意象以外，還能將社會與自然環境中的生命衝突與和諧加以戲劇化，有效地發揮心理淨化的功用。

3. 其他方法

與神話的心理淨化功用關係最密切的，當推蔡斯。他認爲文學的神話，也可視爲美學的潛力，能治療或緩和精神不安的現象。在原始文化中，這種精神困擾係因魔力與宗教的衝突而引起。

不少作家以文學神話的功用來論斷神話的重要性。例如，穆爾曼表示：

> 我深信，將神話研究的成果運用在文學上，使批評家擁有一套詮釋的依準，得以迅速、正確地窺得文學作品的核心所在。我也相信，不能把問題……停留在「認同」的階段，因爲神話不是詩歌。……要研究詩人如何運用神話，重點不是在探討神話的類似性質，而在研究其功用；不是尋求它與已知類型的相似性，而是瞭解詩人在已知類型中作了何種改革；不是追溯神話之起源，而是明察其運用。這一切在我看來便是神話批評的正確目標(註二一)。

甘培爾的「生命與神話：神話研究導論」（"Bios and Mythos: Prolegomena to a Science of Mythology"）一文，區分同族關係（homology）與類同關係（analogy）之不同。他認為，在文學神話研究當中，功用的類似比內容的相似更有意義，因此，他也提供神話批評家一條極佳的途徑來研究故事情節、場景、人物。

理所當然的，任何神話應用到文學上，均應與作品有着有機性的關係，絕不僅僅是作為附着於外在結構的裝飾。神話的觀點，必須使我們養成對文學更敏銳的透視力——特別是在討論一部作品的「靈魂」（卽主題）時，這一點尤其重要。

儘管目前人們較少以內容與形式來討論文學，但是，如果我們瞭解內容與形式是不可分割的異種觀念，則大可以它來研究文學作品。就內容而言，典型的神話主題涉及人類的價值觀、信念與對於死亡、再生的恐懼。神話神秘地呈現出人類與時間、死亡、命運、自由等等之關係主題，乃是人類意圖有效地應付這些事物的表現。我們也能看到，人類經常藉其智慧與想像力向這些神話因素挑戰。一部文學作品的結構佈局，便是卓越控制運用文學素材而將之付諸藝術表現。每個藝術家不免有他潛伏的紊亂的一面，一不小心它就會浮現出來。因之，文學形式成了最重要的條件（甚或比內容還重要）；它反映人類始終想獲致靈視、力量、把握現實的欲望。因此，我們也可以說：表達媒介本身卽意義。

無疑地，柯立芝（Coleridge）認為想像力是最上乘的秉賦；柯立芝發明了「結合力」（

"esemplastic power"）一詞來表示「衆多統一」於文學上的功用。質言之，神話的文學功用意味着試圖理解自然，與人性及生命的神秘力、情況等和諧相繫的努力。藉着藝術形式的聯繫統一，詩人方能控制那些力量，以可理喻的樣式來表現它們。神話內容是人類永遠而普遍關懷之所在，能超越時空關係；而文學形式不斷的蛻變更能表達這些內容。文學試圖藉文學形式來穩定一個分崩離析的世界，進而維持斷續的時代之連續性。

生命神秘莫測，表現在文學上則爲神妙難懂之特性；換言之，一個作品無從分析的藝術特質。神話的主題便是生命的神秘莫測，因此，設法爲生命中神秘而難解的問題提供不完整的答案，也算是一種藝術上的挫折。然而，比起其他方法，它至少更有挑戰性，更能將我們帶入生命中之基本問題——喜怒哀樂恐懼。如果神話的功用在提供透視力、滿足現實深邃認知的欲望，那麼，神話的文體便是指那種能夠以具體表現激起人的感性，俾接近現實者而言。原始類型不可能成爲一成不變的「定型」（stereotype），但是却必須於一個眞實人物中求得體現，而這個人物也必須是與我們的深邃渴望、關切息息相關的。神話不僅給了我們某種生命存在的經驗，也給了我們一個歷史意識，換句話說，給我們一種與全人類認同的意識。

有時候，某一兩種神話類型可以加諸各種不同種類的敍事詩、文當中，來表現其他一些隱匿的因素。神話的功用，一言以蔽之，正如博羅納（Joseph L. Blotner）於「『燈塔行』的神話模式」（"Mythic Patterns in *To The Lighthouse*"）一文中所說的：

「……當有意義的、連貫的、啓發性的類似處得以判明時，作品便可以神話的觀點來詮釋。作品中不完整之殘章片段，往往靠神話而窺見其完整性與明晰意義。」

因此，我們可以說這是一種外在的研究，而不是在表明作品中有什麼神話觀念或典故的內在研究手法。反之，這種方法旨在表明作品一經閱讀，便可揣知其中之神話成分。……吳爾芙夫人的「燈塔行」這部小說中，伊底帕斯與春之女神（Kore）的神話顯然可見，……象徵性的人物、航行、與小說的章節分際，彼此緊湊相繫，其作用與意義可以說是相輔相成。但是，正如一把鑰匙固然可以開啓房子裏好幾扇門，總會有幾扇門不是用同一把鑰匙來開，同樣道理，以神話方法來研究「燈塔行」的意義，也絕非像一七九九年埃及尼羅河口發現的石板（Posetta Stone，可資考證埃及文字）那樣靈光。然而，這種方法優點不少。至少它能指出吳爾芙的「燈塔行」是一部詩意而有情節佈局的小說……這句話的意思不是說吳爾芙的情節佈局受到「金枝」或巴爾芬治(Bulfinch)的神話影響……而是說，以神話從事研究有助於揭示這部小說迷人的詩、散文底下有着一個明晰而連貫的敍述架構(註三)。

總之，神話的文學研究方法，重點不在作品神話典故之多寡，而在神話類型結構及其對作品藝術造詣（有機性）的裨益。學者們勤治神話，日後的發現必然不少，不過，我們不敢保證新的發現是否能全部用於神話詮釋上。甚至神話類型也必須與故事之重要層次配合方有用。若想闡釋葉慈、歐立德、焦易士等作家的作品，研究的方法則必定要更複雜了。

結　語

上述論神話之界說與功用，祇是人類學、心理學與其他諸家的背景梗概，希望能提供各家耳目於一二。

由於神話批評於深度、廣度來說，均較其他各種方法可觀，錯誤應用它的機會也較大。人類學家與心理學家們繼續不斷在鑽研人類最古老的儀式、信念、以及人類內心的黑暗，神話方法應用在這樣廣泛的範疇，自不免有其先天限制。然而，我們必須明白文學不僅僅是原始類型與神話類型的表現媒介，所以，研究它的時候，不能光是注重它的藝術價值；我們所注重的是神話研究於作品文學性之理解與鑑賞上的助益。

神話批評於當前臺灣文壇上尤其需要，因爲它是最能超越文化界限的一項研究方法。希望本文能引起此間文學界對神話批評之理論與運用的普遍重視，故而文中所示各家看法，儘量避免極端之見，俾適合東方文學研究的應用。

附　註

註1 *Myth and Ritual in Christianity*, quoted in Wilfred Guerin et al., *A Handbook of Cri-*

tical Approaches to Literature (1966; rpt. Taipei: Hsüan Pin Pub. Co. 玄彬出版社，1971), p. 117.

註 二 Sheldon Norman Grebstein, ed., *Perspectives in Contemporary Criticism: A Collection of Recent Essays by American, English, and European Literary Critics* (1968; rpt. Taipei: Yeh Yeh Book Gallery 雙葉書廊， 1971), p. 316.

註 三 This lecture was subsequently published in *The Classical Tradition in Poetry* (Cambridge, Mass.: Harvard University Press, 1927).

註 四 See John B. Vickery, *The Literary Impact of "The Golden Bough"* (Princeton, New Jersey: Princeton University Press, 1973), p. 138.

註 五 Cassirer, p. 99.

註 六 Vickery, *The Literary Impact*, p. 67.

註 七 Vickery, *Myth and Literature*, p. ix.

註 八 Vickery, *Myth*, p. 130.

註 九 "Myth and Medieval Literature: *Sir Gawain and the Green Knight*," in Vickery, *Myth*, p. 171.

註 十 See Guerin, pp. 118-121, *passim*.

註十一 In Vickery, *Myth*, pp. 93-94.

註十二 In Vickery, *Myth*, p. 89.

註十三 In Vickery, *Myth*, pp. 95-96.

註十四 In Vickery, *Myth*, pp. 96-97.

註十五 Northrop Frye, *Anatomy of Criticism: Four Essays* (Princeton, New Jersey: Princeton University Press, 1957), p. 192.

註十六 Chase, *Quest*, p. VI.

註十七 "The Myth and the Powerhouse," in Vickery, *Myth*, p. 112.

註十八 In Grebstein, p. 318.

註十九 "Ulysses, Order, and Myth," in *James Joyce: Two Decades of Criticism*, ed. S. Givens (N. Y.: Vanguard Press, 1948), p. 201.

註二十 Vickery, *Literary Impact*, p. 171-172.

註二一 Moorman, in Vickery, *Myth*, p. 175.

註二二 In Vickery, *Myth*, p. 244.

新正話月

李達三

作者介紹：李達三教授，一九三一年出生於美國賓州費城，高中畢業後進入耶穌會進修十六年，專心研究哲學、神學、中文及英國文學，一九五六年獲文學碩士，曾來臺專習中文兩年。返美後進入紐約輔旦大學，攻讀文學批評及十八世紀英國文學，一九六一年獲文學博士。李神父對中國文學十分熱愛，尤其傾心於李白、杜甫、陶淵明的詩詞。目前，他除了在師大、臺大講授英國文學史課程外，還擔任耕莘文教院圖書館館長等職。本文由英文寫成，景翔中譯。

每當我想到中國農曆新年的時候，最叫我動心的不是豐盛的筵席和喧天的爆竹，而是釀造了這個大節日來的月亮。雖然也許有人會覺得在這麼短的篇幅中不可能暢談這個問題，而認爲我是個「月癡」(lunacy)(註一)，我還是想談一談中國新年的月亮在神話上的關係。

在中國文學作品和繪畫裏，月亮出現的次數之多，也眞夠讓人變成「月狂」(moonstruck)(註二)。即使很粗略地在中國文學史上看看月亮之用於意象、隱喩、明喩、象徵及神話，就可蒐集到很多以「月」爲中國文化中心思想的資料。

當然，最爲人熟知的以月爲題材的大詩人就是李白(例如他的「月下獨酌」)。從簡單得像兒歌似的「古朗月行」的前四句詩：

小時不識月，
呼作白玉盤，
又疑瑤台鏡，
飛在碧雲端。

When I was very small,
Sometimes I used to call
The moon in heaven a jade-white soup tureen;
Sometimes I thought it was
A sort of magic glass,
Flying across cloudbanks of pale blue-green. (註三)

到那首同樣樸實無華，但更爲生動的「靜夜思」：

牀前明月光，
疑是地上霜，
擧頭望明月，
低頭思故鄉。

As by my bed
The moon did beam,
It seemed as if with frost the earth were spread.
But soft I raise
My head, to gaze
At the fair moon. And now,
With head bent low,
Of home I dream.

和李白同時的名詩人杜甫，在西元七五六年被安祿山之亂兵所囚，在想到他遠方的妻子兒女時，也寫下了相同的心境：

月夜

今夜鄜州月，
閨中只獨看。
遙憐小兒女，
未解憶長安。
香霧雲鬟濕，
清輝玉臂寒。
何時倚虛幌？
雙照淚痕乾。

我們都聽說過那則古老的神話，中國的美女嫦娥偷了她丈夫的不老仙丹，被罰與她丈夫分離，永遠被幽禁在月宮裏。李商隱用這個故事寫過下面這首短詩：

嫦娥

雲母屏風燭影深，
長河漸落曉星沉。
嫦娥應悔偷靈藥，
碧海青天夜夜心。

Ch'ang O

Now lamplight shades deepen on screens inlaid,
Whilst stars of morn fall with the Galaxy:
Her stolen magic draught moans the Moon-maid,
Stranded by seas of jade in yon blue sky.

也許以月爲題材的詩詞中流傳最廣的是蘇軾的詞「水調歌頭」：

明月幾時有？
把酒問青天。
不知天上宮闕，
今夕是何年？
我欲乘風歸去，
惟恐瓊樓玉宇，
高處不勝寒。
起舞弄清影，
何似在人間。
轉朱閣，
低綺戶，

照無眠。
不應有恨，
何事長向別時圓？
人有悲歡離合，
月有陰晴圓缺，
此事古難全。
但願人長久，
千里共嬋娟！

很顯然地，大多的詩作都遠超過只作表面描寫的程度而深入人與自然之間的關係，以及作者個人因分離或放逐而產生的最深刻的懷鄉之情與憂鬱。最後一首詞尤其是一個最好的例子，說明了有史以來一直困擾着人類，隱匿在宇宙中普遍性的一些具體的意象：萬物的源起；時空的問題；人對永恆不朽的暗示所懷的希望與恐懼；善與惡，悲與喜，成功與挫敗的問題；一切塵世生物的空幻無常；以及希圖與自然交通的欲望等等。蘇軾以他不凡的才華，從頭到尾一直使用一個基本的月亮的意象（月亮高掛在一切之上，以它神秘而朦朧的光照耀着萬物。）同時發抒了大我與小我的情懷。

以我這樣一個外國人，又不是專業研究中國文化的人來說，實在不敢再細論這些或其他的詩詞，不過也許略微談談關於月亮的神話，在這裏還不算太過離譜。我之所以想談這個問題，主要是因爲聽了樂蘅軍教授最近在國立臺灣大學所發表的演講：「中國原始變形神話試探」（註三）。

所謂神話，我並不單指某一則特殊的傳說，或一些虛構的事情，或是毫無事實根據的想像。而是指某種眞理，或以故事來說明或解釋某個基本眞理，而能近似某種眞理的。在這樣的定義下，神話就要比一般單純的事實要更有力，也更經久得多。因爲事實上，神話能眞正發掘出人性的最深處，而「神話」這個詞語也成爲現代批評學中慣用的術語，其特殊含義與地位之重要，也和宗教、民俗學、人類學、社會學、心理分析及藝術等等相若了。

例如，盤古的故事，可能只是在孩子們追問「世界是從那裏來的？」這類問題時，一般人喜歡拿出來的答覆。但在另一方面來說，這也可能是很多試想認眞地解釋出萬物起源的嘗試之一。事實上，這種以最初有一個原神來創造萬物的說法，也出現在其他各國，如印度、伊朗，及部份日耳曼民族的開化神話之中。在這更深一層的意義上，神話其實是人類的希望、價值觀念、恐懼和抱負等等象徵性的表現；說明了宇宙和人生的內涵。

我相信至少有三個神話的特性和月有關，可以讓我更深切了解，也更能看出慶祝中國農曆新年的重要性。這三種特色就是：循環（Circularity）、家族（Community）和延續（Continuity）：

一、循環（Circularity）：月亮之所以成爲神話中經常採用的題材，是因爲它的圓形象徵完整無缺，和睦一致，以及生命在初萌芽的胎兒期形成的形態。再進一步來看，中國的陰陽之說（傳說盤古就是由混沌中出生的），可算是最早以宇宙論的觀點來解釋宇宙萬物的形成。這種認爲生命是一種循環的傳統看法，以及佛教所相信的輪廻之說，完全相反於猶太教和基督教的看法：認爲人類的歷史應追溯到上帝造人開始，經過一連串的進化，最後是基督的二次降世。在中國來說，圓形象徵表現得最明顯的就是能代表中國宴席特色的圓桌。這種尤其是在年節時最容易看到的圓桌，也很自然地讓人聯想到下面要說到的另兩種特性，因爲在傳統上，新年的慶祝（包括使用圓桌、供桌等等）也就是這個家族生命延續的保證。

二、家族（Community）：我們很容易由圓桌想到每逢新年這樣的大日子，會有家人從四面八方回來團聚的家庭。中國人之注重家族觀念是盡人皆知，不必多說的。正月初一，新月始現，這種新光明與新生命的象徵，爲全家人所共享，也由新年期間很多慶祝活動（如祭祀用的三牲，以新衣象徵淨化等等）擴展到祖先、親戚、朋友身上。同時在新年期間還有很多的忌諱和迷信，好讓新年能帶來財喜，驅走惡運。

三、延續（Continuity）：月亮在新年所扮演的角色中，最重要的一面大約可算是艾烈德（Mircea Eliade）在他那本題目取得很適切的「永恆復現的神話」（The Myth of the Eternal Return）中所說的：

「月亮是最先死去，但也是最先重生的。在談到死亡與復活、生育、再生、發端等等的相關理論時，我們隨處可見月的神話占有相當重要的地位。在這裏我們只要能想到，事實上月是用來「度量」（measure）時間的（註四），月的陰晴圓缺，早在使用陽曆以前就更準確地定出一定的時間單位（一個月），就知道月亮同時也正說明了『永恆性的週而復始』。月的陰晴圓缺——始於初現，由盈轉虧，終至消失，然後在經過三天的黑暗之後重現——在研究週期觀念上至爲重要。……月的規律性變化不僅可定出較短的時距（如一週，一月）也可據以推演出更長的時距來；事實上，人的「出生」、成長、衰老、及消逝，也近似於月的一週期。而這種相似性之重要，不僅在於使我們了解宇宙依「月」的構造形式是很適切的，而且也在於能因此有一個樂觀性的推論：就像月的消失因爲會再有新月隨之出現，所以不會是絕對的終極一樣，人的消逝也不是最後的結局；尤其是卽使是在全人類被消滅時（如大洪水、陸沉等浩刼）也不會是完全消滅殆盡的，因爲總有新的人類由一對倖存的人那裏產生出來。」（註五）

艾烈德接下去又說：「每一個新年都是回到時間的起點，也就是宇宙創造的重現。……（表示）在年終歲末，對新年的期待中，那由混沌產生宇宙秩序的神秘時刻會再重視。」（註六）

在以上我這樣簡略的說明中，我希望能讓讀者們分享我們一個西方人對神話的了解所引申出來的，對中國農曆新年的看法。我希望能學到更多，能由國內學者和中國能使人獲益良多的月亮那裏得到更多的敎益。不論我們談的是自然，或是人，「新」年總是一個能有新的開始的機會。

正如紅衣主教紐曼說的：「生活就是要求變，而要求得完美，就要常常求變。」這不就正是禮記大學篇中「日日新又日新」銘言的意思嗎？

謹祝中國時報的讀者們新年如意。

附　註

註一　這裏作者用「lunacy」和「moonstruck」兩字玩了點文字遊戲，前一個字「lunacy」源自於拉丁字根「luna」，也就是「月」(moon) 的意思，所以所謂「lunatic」是「lunacy」症患者，也就是「間歇性的瘋狂」，迷信的說法說是受月的盈虧影響的。中文有譯作「月夜狂」的，也有同樣的意思。(譯註：中譯裏很難玩同樣的文字遊戲，因此勉強分譯爲「月癡」及「月狂」。)

註二　本詩和本文中所引各詩的英譯都是已故天主教耶穌會教士唐安石神父（John Turner 1909-1971）的手筆。他生前曾旅居中國達三十五年之久。

註三　該講稿連載於六十三年一月及二月所出版的「中外文學」第二卷第八期及第二卷第九期，並收在本書第一三八至一七三頁。

註四　艾烈德認爲印歐語系的語文中凡和「月」(month) 及「月亮」(moon) 有關的字，都源自同一字眼「me-」，在拉丁文中，這個字眼除了產生「mensis」(月month) 之外，也產生了「metior」(度量 to measure)，在中文裏，當然指 month 的月字和指 moon 的月字就是同一個字。

註五　譯自 Willard R. Trask 的英譯本。(New York: Bollingen Foundation Inc., 1954), pp. 86-87。原書爲法文本。

註六　Eliade, p. 54.

從神話的觀點看現代詩

陳慧樺

中國人的詩觀，從孔子以來，作詩都以重敦厚敎化爲主。中國的詩人因受孔子敬鬼神而遠之的觀念所影響，向來就很少有以處理超自然的境界或現象爲己任的。因此我們很少有像荷馬的奧德賽或伊里亞特、但丁的神曲或密爾頓的失樂園等那樣的長詩，或處理曠古的神話英雄故事，或寫創世紀人間地獄的景象，因爲這一些都是超自然的，不一定合乎我們重視人際關係的胃口。我們的詩以抒情言志爲主，目的在於做到能與觀羣怨，搞好君臣人民上下的和諧關係，儘量不作非非之想。但是，這並不等於說，中國的古典詩現代詩就沒有寫超自然現象的。我這裏所說的超自然現象主要僅止於在詩中包含了神話素材（mythic elements）而言，並不及於用詩寫神秘的情景鬼怪等。這篇文章因限於資料的關係，僅希望能提出問題，並不可能寫得很完滿，而且談的也將側重在現代詩裏的神話，古典詩裏的只能略微觸及而已。

中國最古的一首神話詩該是屈原的「九歌」。蘇雪林先生最近出版了她對九歌的研究論文「屈原與九歌」(註一)，在這本書裏，她認爲「九歌」是一套完整的神曲，寫詩的目的是用它來祭祀九重天的主神。她的等位分法如下：

日神爲東君，

月神爲雲中君，

水星之神爲河伯，

火星之神爲國殤，

木星之神爲東皇泰一，

金星之神爲湘夫人，

土星之神爲湘君，

第八重天之主神爲大司命，

第九重天之神爲小司命。

此外，她認爲「九歌」裏的「山鬼」就等於希臘神話裏的酒神戴奧尼士(Dionysus)，戴曾爲死神，卽大地之神，所以山鬼卽爲代表大地之神。至於第十一篇的「禮魂」，她覺得那是各歌公用的送神歌，因此「九歌」共有十一篇，並不破壞其爲一套完整的神話。蘇先生的研究方法，已有一些學者提出異議(註二)，我引用蘇先生的文字，只在提出一點就是屈原的「九歌」是用來祭祀神鬼的，用現代的話來說，卽是用來撫慰（placate）外在自然界的各種力量的。這是大多數的楚辭研究者都同意的一點。在詩裏用神話素材的除「九歌」外，還有「天問」和「離騷」等詩。這些詩現今都已變成研究中國古代神話的絕好資料，任何了解研究中國神話的人都知道這是事實。（註三）

秦漢武功最盛的兩位君王秦始皇和漢武帝都是信黃老之術的。上有好焉，下必有隨者。照講這個時候應有一些偉大的神話詩出現才是，但是我們知道，除了秦朝國祚太短不講，籠罩著漢代文壇的却是賦，賦此一文體，善於舖敍，不管是上林或子虛，兩京或兩都，寫的都是山川林木之奇，宮殿之宏偉，畋獵儀仗之豪華，因此並沒有寫超乎現象界的宏構出現，倒是不以詩之形式出現的「穆天子傳」、「漢武故事」等書，給後代保留了漢代人的神話故事，這就像「山海經」把中國周代到戰國末年的神話保留下來一樣，使我們在文學作品之外，還能管窺中國的古代神話，這些所謂雜書，不能不說居功厥偉。

到了魏晉時期，因爲政治不穩，佛道思想盛行，中國墨人騷客的想像力突然一振，表現在小說裏遂是一些誌異鬼怪故事，表現在詩裏遂有山水田園遊仙等類別。在我看來，晉代何劭郭璞等人寫的遊仙詩，雖不能說是純粹的神話詩，然而詩裏所提到的仙人，都跟詩人企欲如神仙一般逍遙於時空之外的思想緊緊糾結在一起。詩裏的神話色彩也不能不說是很濃的了。例如何劭的「遊仙詩」如下：

青青陵上松，亭亭高山柏。光色多夏茂，根柢無雕落。吉士懷貞心，悟物思遠託。揚志玄雲際，流目矚岩石。羨昔王子喬，友道發伊洛。迢遞陵峻岳，連翩御飛鶴。抗跡遺萬里，豈戀生民樂。長懷慕仙類，眩然心縣邈。

這首詩托物言志，寫景卽寫情也。前面四行，若果沒有緊接下去的兩行「吉士懷貞心，悟物思遠託」，把詩人貞凜凜的出塵思想托出來，它們則只是一些情景之描寫而已。但是在整個結構來講，沒有連結下去的「羨昔王子喬，友道發伊洛。迢遞陵峻岳，連翩御飛鶴。」等行，用了王子喬乘鶴歸去的典故把詩人的心跡具體地托出來，則這首詩頗有可能淪爲虛泛之憾。馬克蘇勒（Mark Schorer）給神話下的定義是：「神話是一個統御一切的意象，它給日常生活的事實賦予哲學的意義。」他跟艾略特有同感，以爲神話是「詩中不可免除的基礎。」（註四）很明顯地，在何劭這首「遊仙詩」裏，王子喬駕鶴凌霄而去是「一個統御一切的意象」，因爲這個意象具體而微地把整首詩的意旨托了出來。所以我們未嘗不可以說，王子喬的神話是這首詩中「不可免除的基礎」。

我相信魏晉以後，中國詩人還是有用詩來表現人跟宇宙的關係的，諸如以詩的形式直逼自然四季的變化，用詩表現生死與再生的型態（birth-death-rebirth pattern）等等，因我尚未做過任何研究，故不敢遽下結論。只是我深信，假若我們能以比較容納的胸襟，用神話比較廣義的意義來欣賞批評中國的古典詩，我們一定可以給古典詩添上許多新看法，使它們顯得更豐饒。

在中國現代文學裏，以文學形式來直逼或寫出宇宙人生狀況的最近愈來愈多。據我所知，小說和詩都有以象徵的方式，用春夏秋冬來寫人之生老病死各階段的。至於在詩裏包含了生死與再生、旅程入儀和追尋（journey-initiation quest）等等主題的，都可在葉珊和王潤華的作品裏看到。至於大荒、余光中、洛夫等人之利用神話素材，或僅止於歌詠神話事件，或只是利用一些片斷的神話當做聯想，我也會略略提到。

在此，我想先將馬林諾斯基（Malinowski）在研究托伯利安島人（Trobriand Islanders）的文化後對神話所作的三類分法提出來，以便後面再提到他時才不致太唐突。他把該島人的神話分成如下三種類型：第一是傳說，是敍述過去的事，這是被該島人認爲可信的史實；第二是民間或神仙故事，說這些故事純粹是爲了娛人娛己；第三是宗教神話，宗教神話反映了該島人在宗教信仰、道德以及社會結構的基本因素（註五）。福格森（Francis Fergusson）在他的大作「神話和文學顧忌」中引用了馬林諾斯基的話，當作他文章的思想架構，分析了梵樂希的「水仙底斷片」（Fragments du Narcisse）、華格納的歌劇 Tristan und I'solde 和但丁「神曲」裏的「煉獄」。新古典時期的人對神話採取娛人娛己的態度，浪漫主義者對神話採取第三種態度。福氏以爲，現代人對神話宜採取第二種態度爲最自然。梵樂希雖是浪漫主義的大師之一，但是他並未跟其他浪漫主義者一夥走。他的「水仙斷片」表現的是新古典主義者對神話的態度，這首詩的第一行已把整首詩的主題顯露出來：

你最後如斯閃耀，我旅途底終點啊！（註六）

納西斯（Narcissus 死後變成水仙）倚身面對如鏡的池水，對着池中影子說話；他認爲自己明媚的身容就是他生命最終的目標。納西斯對着自己的影子訴說，也可當作詩人在創作最靈敏的時刻，詩思湧現，詩人對自己的靈智說話。我個人覺得，福格森這種以一行詩來論定一首三百多行的詩的討論方式雖然有點斷章取義（註七），但是，他認爲梵樂希在這首詩裏用神話並不是爲了追求眞理，說教或傳知。（假使詩人有所追尋的話，那將是追求純理和純詩。）我覺得他這種說法倒很有意思。因爲有一些詩人，尤其是浪漫主義者常常把神話當作一種說教追求知識的工具，致常常不惜歪曲擴大了原有的神話，這種做法在一批持純粹觀點的神話研究者來說，已是在加深神話的墮落（the degradation of myth）。福格森擧了華格爾的歌劇 Tristan and Isolde爲這一班人的代表，因爲華格納運用替斯頓神話（Tristan myth）純粹只是爲了希望能激起聽衆態度和信仰的改變。我有一點不能同意福格森的說法的就是，他以爲只有浪漫主義才常常把神話當作一種傳知追求眞理的工具，不惜歪曲擴展了原有的神話。我却覺得，除非我們能回到但丁的時代或更早的時代，在那樣純樸的時期，人與神的距離很近，尤其在古希臘，巴納斯山上的衆神隨時都有可能幸臨人間，那時候人們相信神話以及運用神話，當然以其最純樸的方式出現。過了但丁的時代，人們運用神話多多少少都染上懷疑的色彩，而且都免不了潤飾歪曲原始神話一番。譬如十九世紀初期的雪萊寫成的抒情詩劇，就硬硬把被綁在懸崖上受蒼鷹啄食的火神普羅米修斯釋放了出來，他用火神這神話當然是在表達他的民主社會理想。但是，我們千萬別忘了，艾斯格勒斯（

Aeschylus）在紀元前五世紀寫「普羅米修斯被縛」（Prometheus Bound）後，他還寫了一個「普羅米修斯被釋放」（Prometheus Unbound）以及另一個劇本，本想構成一部三部曲，很不幸的是，現在我們看到的只是第一個劇本以及第二部曲的一些碎片。然而即使在這一部半劇本裏，我們也可以發覺，艾氏早已埋下了主神宙斯和火神修好的種子。在第一部曲裏，火神對被變形爲小母牛的愛歐（Io）說，你還得到處流浪，一直要流浪到尼羅河以後，宙斯才會恢復你的原形，你的後代將是釋放我的恩人。在留下來的第二部曲的一些碎片裏，我們發覺宙斯和愛歐的後代赫克力斯（Hercules）出現了。後來他射殺了天天來啄食火神的蒼鷹，把火神釋放了，而宙斯並未來干涉他。總之一句話，宙斯和火神獲得修好才合乎艾斯克勒斯戲劇所表現出來的和諧有秩序的宇宙觀。我說了這麼久，無非只在提出一點，在古典時期的艾斯克勒斯尚且運用神話來表現他的宇宙觀，後代運用神話來傳達知識、眞理、信仰等等也就不足爲怪了。福格森說只有浪漫主義者愛用神話來當做傳知說敎等工具，未免有點太信口雌黃了。至於他說但丁在「神曲」裏把我們對神話的三種態度都包括在裏面，這一點倒不必再詳加論證或辯駁，因爲偉大的文學家利用神話，這些神話不止能給讀者提供樂趣，同時也能融合成作品裏不可或缺的要素，把作者的要旨襯托出來，對神話的三種態度都容納在但丁的作品裏，那是理所當然的了。

現在我們可以回過頭來討論自由中國的現代詩中的神話運用了。現代詩剛在臺灣發軔時期，一般人動不動就把宙斯、普羅米修斯、戴安娜、維納斯、漢密士、邱比特等等希臘羅馬的神祇請到他們詩裏，那時候，詩的門戶眞是魅魑魍魎，幢幢森森，令人望而生畏。非常可惜的是，這些神大都是被請來裝點門面的，他們很少在詩裏發生息息相關的作用，因此也難怪我們沒有運用神話特別出色的詩人出現。但是最近這些年來情形可不一樣了，詩人在詩裏表現生死與再生，表現追求流浪等等主題，甚至再寫神話、創造神話已不絕如縷，不一而足。

首先我要提的是葉珊的「十二星象練習曲」(註八)。這首詩剛剛發表時就已吸引了讀者的注意力，葉珊也因此獲得創世紀復刊後頒發的第一個詩獎。但是，我們還未看到評論它的專文。我覺得這首詩最適於從神話學的觀點來評論。這首詩的十二星象從子到亥就是中國人用來計時的符號，卽十二支或地支，子是午夜十一時到十二時，丑是翌日一至二時，餘此類推，一直計算到第二天晚上九至十時（卽亥也）。這首詩寫的就是從午夜十一時到翌日十一時這二十四小時裏所發生的事情。我們現在還是引子丑兩節來看看詩裏到底發生了什麼事件吧：

子

我們這樣困頓地
等待午夜。午夜是沒有形態的
除了三條街以外
當時，總是一排鐘聲

童年似地傳來
轉過臉去朝拜久違的羚羊罷
半彎着兩腿，如荒郊的夜哨
我挺進向北
露意莎——請注視后土
崇拜它，如我崇拜你健康的肩胛

丑

NNE$^3/_4$E露意莎
四更了，蟲鳴霸佔初別的半島
以金牛的姿勢探索那廣張的
谷地。另一個方向是竹林
飢餓燃燒於奮戰的兩線
四更了，居然還有些斷續的車燈
如此寂靜地掃射過
一方懸空的雙股

第一首的第一節很明顯地把說話者的身心狀況、時間地點等寫出來。說話者白天在工作的戰場奮戰一天後回來，到了快到午夜時分已是「困頓」萬分，但他跟他的露意莎仍一直在「等待午夜」的到來，一切干擾都排除了以後，遂可上牀做愛。在第二節裏，我們看到說話者「轉過臉去朝拜久違的羚羊」。後面四行，前兩行寫出說話者的姿態，由於詩人用了「夜哨」這軍事上的意象，益使動作生色不少，令我們看到的是一個雄糾糾向北挺進的士兵在向敵人進攻一樣。他對牀邊人說：「露意莎——請注視后土　崇拜它，如我崇拜你健康的肩胛。」總之，這一首詩有聲音（鐘聲）、有動作、有對話，意象鮮活，動作循一定的邏輯結構發展，是極生動淺顯的一首詩。

從上面的討論裏，我們現在約略可以曉得葉珊的「十二星象練習曲」寫的是什麼了，卽大抵是寫做愛，但屋裏這個小千世界却跟外面的大千世界牽連在一起，一邊是牀上的「戰爭」，一邊是外邊的眞正戰爭。這一來，就不禁令人想起余光中的「雙人床」來。因爲余光中的詩也是把屋裏牀上的「戰爭」跟外邊的戰爭糾連在一起的。若以佈局及企圖來講，余先生比較明顯而單純，而葉珊這首詩不止牽連到戰爭而且涉及航海與天文學等方面知識，也許因爲這個原因，故使人一直不敢來分析它。在分析這首長詩時，我覺得詩裏的意象非常重要。在第一首（或節）裏，詩人用羚羊來形容露意莎，在中國古典詩裏，一提「羚羊」就令人不禁聯想起羚羊掛角等迷人的典故，但是在西方文學的傳統裏，羚羊却是一種性慾很強的動物。因此在第二首裏說話者才有自稱爲「金牛」的詩行出現，金牛也是用來代表性慾很盛的意象，一呼一應，足見詩人作詩之匠心獨運了。第一首詩的「后土」是指陰莖，第二首詩裏的「半島」、「谷地」都是指女方三角形的陰部，第二首詩裏的「竹林」當然是指女方的陰毛。總之，「十二星象」這首長詩主要是寫性交場面是不會錯的，但假使純粹爲寫牀上的「戰爭」與戰場上的搏鬪，詩人也就不必給這首詩按上什麼星象之名了。詩人之所以要以星象之名來配這首詩就可以顯出他的企圖與靈視（vision）是很大的。這就牽涉到我說的必須以神話的觀點來討論這首詩了。我覺得這首詩處理的是「生死與再生」這個神話原型。

這首長詩裏，除了性愛的意象外，就是充滿了許多戰爭的意象。除了第一首的「夜哨」、「我挺進向北」以外，就是第二首的「覇佔」、「飢餓燃燒於奮戰的兩線」、「掃射」等等，還有在我未引錄出來的第三首裏有

傾聽　東北東偏北
爆裂的春天　燒夷彈　機槍
剪破晨霧的直昇機……

第四首裏有「我屠殺、嘔吐、哭泣、睡眠」、第九首裏有

又是一支箭飛來
四十五度偏南
馳騁的射手仆倒，擁抱一片清月

以及第十首裏的「初更的市聲伏擊一片方場／細雨落在我們的槍桿上」。在十七世紀玄學派詩

裏，性交即等於死亡（death），戰爭也會耗去不少生命，因此床上的戰爭和野外戰場上的戰爭是密切地由死亡扣起來的。但是，這首詩也埋伏了不少生機。有戰爭才有和平，有做愛才有後代，有死才有生。尤其在最後一首詩裏，詩人說：

露意莎，你以全美洲的溫柔
接納我傷在血液的游魚
你也是璀璨的魚
爛死於都市的廢烟。露意莎
請你復活於橄欖的田園，爲我
並爲我翻仰。這是三更
霜濃的橄欖園

「魚」在中國古典詩裏有性愛的聯想。在這一段詩裏是游動的精蟲，是再生的象徵。但在腐化的都市裏，再生的程序是無以完成的，就像在艾略特的「荒原」裏，魚王的再生必須在郊外河岸上，等待雷響後雨水的滋潤才能獲得一樣。葉珊這首詩裏的「我」要獲得再生，必須把他的種子埋在大地的胸脯裏，接受陽光和雨水的滋潤，所以這段詩裏出現了好幾個大地的意象如「全美洲的溫柔」、如「橄欖的田園」、和「霜濃的橄欖園」。尤其是

露意莎

請你復活於橄欖的田園，為我
並為我翻仰
不是更清清楚楚地把再生必須建基於一個和平的大地的全部消息透露出來嗎？
這首長詩的最後一段是
我們已經遺忘了許多
海輪負回我中毒的旗幟
雄鷹盤旋，若末代的食屍鳥
北北西偏西，露意莎
你將驚呼
發現我凱旋暴亡
僵冷在你赤裸的身體

我們以這一段跟全詩的第一首配合起來看，我們就會發覺，這首詩是以「困頓地等待午夜」以便做愛始，以「你將驚呼／發現我凱旋暴亡／僵冷在你赤裸的身體」終，把牀上男女性的做愛跟戰場上的肉搏戰鬪配合，包含着神話上的生死與再生這個大原型在裏面。至於把從子到亥二十四小時裏發生的事情跟人生的旅程（航海的意象）對比，詩裏的知覺中心（卽說話者）跟「荒原」裏的說話者泰里西亞（Tiresias）或尤里西斯（Ulysses）神話對比討論，在在都可以給這首詩罩上神話的外衣，因爲篇幅關係，這兩方面就只有略而不談了。

如果根據馬林諾斯基的分法福格森的說法，則這首詩裏用神話的態度正是屬於他們所謂的第二種。詩人把其主旨（tenor）完全溶合在詩中各素質（vehicle）裏，但是他並沒用這個生死與再生的原型來說敎或傳達眞理，以便激起讀者的情緒影響讀者的態度。詩人運用神話完全是娛人娛己，以表現來求得心理的平穩與滿足。這種態度當然是屬於新古典主義的。在自由中國詩壇上，目前還有兩位是有意地在運用神話素材來表現他們的積愫的。他們是大荒和王潤華。大荒在去年年初出版的「存愁」裏有三首神話詩：魃、夸父、和精衞。以意旨跟詩中各素質的配合而言，最成功的該是「夸父」，然後是「精衞」。「魃」有素材而無「意」（tenor），就像前人寫懷古詩，有古而無懷，情景未配合，寫出來的只是故事而不是成功的詩。因爲不成功，所以在馬林諾斯基的三分法裏，詩人對神話的明確態度應是那一種，就很難論定了。

「精衞」的前兩段如下：

當夜以明月窺海的泳姿
海正以萬臂舞萬種風情
一石淩空而下
擊碎海的春心
海遂以咆哮發警報

命捕捉章魚
快捕一隻鳥影
一個名隨石下的刺客

五千年於茲，猶銜石以塡海
猶喊自己的名字
不是呼寃
不是怕被人忘記
伊只願喚自己的名字
將名字掛在唇邊
呼喚一次就是把歷史重讀一次

精衞鳥的神話來自「山海經」的北山經，其記載如下：

又北二百里，曰發鳩之山，其上多柘木；有鳥焉，其狀如烏，文首白喙赤足，名曰精衞，其鳴自詨，是炎帝之小女，名曰女娃。女娃遊於東海，溺而不返，故爲精衞；常銜西山之木石，以堙於東海。

毫無疑問地，這是一則人化爲動物的神話。我們在前面已經提過，由於歷史之演進，後世文人用神話，大都是把他們的意欲投射或者附和在神話上的。新古典主義者把情意投在神話裏，目的是用神話來娛人娛己；浪漫主義者把意欲投在神話裏，目的是運用神話來激動以及影響讀者。對於這一則人化爲動物的神話，各代詩人的反應不一。晉代陶淵明的「讀山海經」曰：

> 精衞銜微木，將以塡滄海。刑天舞干戚，猛志固常在。同物旣無慮，化去不復悔。徒設在昔心，良晨詎可待！

清陳祚明在「采菽堂古詩選」卷十四曰：「『讀山海經』詩，借荒唐之語，吐坌涌之情，相爲神怪，可以意逆。」（註十）陶淵明整首詩裏，並未表現出他認爲「山海經」裏的神話是荒唐的。有一點可以肯定的就是，他是借山海經裏的神話來「吐坌涌之情」。對於精衞鳥這一則精神，他完全把自己的悲痛跟它溶合在一起。精衞銜木塡滄海，旣言其壯志也寫精衞鳥之悲壯行爲。第三四行的「刑天舞干戚，猛志固常在」更把他自己的壯志道出，但是官場黑暗，詩人壯志不可酬，因此只有賦「歸去來兮」，既言歸隱，當然是只有在把一切都看通了才能做到的，所以底下兩句「同物旣無慮，化去不復悔」，表面上雖看似在說精衞鳥，事實上是在剖露其自家之心境。到了最後兩句，當然更是在講自己了。自己少壯時有一胸磅礡的志氣，如今一切已惘然，只有把握住良辰美景，享受一番。話雖這麼說了，但他那副悲痛之情，却是處處溢於言表的，如果根據福格森的說法，則陶淵明對這精衞銜木石以塡海的神話的態度該是第一種跟第二種之合。他不止不懷疑有這麼一個故事，而且把自己之積愫投進去。他運用這故事不止娛人而且娛己。所以應是第一種和第二種態度之合。如果我們覺得他用這則神話來激起讀者的感情，影響他們對晉代社會的看法，則這首詩已是三種態度之合了。

在大荒的「精衞」裏，詩人是把這則精衞神話當做悲劇看待的。我覺得他這首詩處理得未臻至境，因爲詩人的意旨（tenor）投射到詩裏，但却跟詩中各素質配合得不太理想。第一段以電影的手法把精衞銜木石投於海的鏡頭很生動地托出來，這一「起」之後，「承」結下來的是「五千年於玆，猶銜石以塡海／猶喊自己的名字——」一直到「呼喚一次就是把歷史重讀一次」。當作「承結」的這一段，很有把精衞的神話跟中國的命運溶化起來的趨勢，但很可惜的是，後面三段在這種溶合上做文章做得不徹底，致令我們看到的是一位少女，還未好好享受山河大地之美就夭折了（甫失足便化爲異類）；然而在第四段裏，詩人有「祖父用板斧刻繪出來的山河還沒遊遍／種了一花園的星子還沒採摘」，最後一段裏也有如下的句子：

而投石以塡海，五千年

海也尙未死

伊也仍不息

投一石洩次憤

喚一聲招回魂……

則詩人利用這則神話似乎在說，精衞之所以要銜石投海在於她有滿腔憤懣；她要招回祖先輝煌的靈魂。如果我的解釋不錯的話，則這首詩裏的海當象徵些什麼？我自己的看法是，詩人已有了意旨，而且也找到了「客觀投影」(objective correlative)，但因在處理上未能把兩者恰到好處地溶合起來，致令這首詩仍存着某些缺陷。假使處理得成功，這首詩對精衞神話的態度將會是第三種，因爲詩人很明顯地是想利用這一則神話來影響讀者的。

大荒最好的一首神話詩是「夸父」。我說這首詩最好，因爲在這首詩裏，詩人意旨找到恰適的素質，不止找到了，而且兩者很巧妙圓滿地溶合在一起。這首詩的第一段是

老是盤旋，那兩顆炮彈，
不炸也不落，把天空打成死結
炸吧！或者落吧
天空都快窒息了
那份年底開始撕的日曆
都快撕到年頭了

關於夸父逐日渴死的神話，「山海經」的「大荒北經」和「海外北經」都有記載。現引「海外北經」如下：

夸父與日逐走，入日，渴，欲得飮；飮於河渭，河渭不足，北飮大澤。未至，道渴而死。棄其杖，化爲鄧林。

在「夸父」這首詩裏，大荒把夸父逐日渴死這個神話當作一個統馭全詩的意象，他並不像

在「魃」和「精衛」裏一樣，完全在寫夸父的悲劇。相反地，他把夸父的悲劇加在一個士兵的悲劇上，兩者合而爲一，故一開頭才有「老是盤旋，那兩顆炮彈／不炸也不落，把天空打成死結」這麼一個軍事意象出現。然後我們看到，在第二段裏，時間已是「春壬正月」，在第三段裏，時間已到了二月。然而即使已到了二月，「天空仍是無龍的天空」，一片乾旱的現象。後來這個士兵因爲「某夜醉臥沙場」，以及其他事故，陣地裏遂有人以爲他是「白痴」。既然精神不太正常，他遂只有去野戰醫院看病，看了病以後，竟然連嬌妻都不理睬他了。最後只有

戒齋三日
你跨杖逐日而去
扔假牙，假髮，文憑，結婚證書
就是未扔那份
渴

夸父逐日的故事儘管不足信，但這樣一位無名士兵的傳奇却是可信的。另一方面，詩人雖以極超然的態度來寫這首詩，但是他說這個故事的目的，却是希望多多少少能打動讀者的心弦的，所以他對神話的態度應是第一種和第三種之合。

最後我們要討論的是王潤華的三首神話詩：「第幾回」、「補遺」和「磚」。(註十一)「第幾回」寫賈寶玉在試場失踪，裏面的說話人是賈政；「補遺」是「第幾回」之補遺，寫賈寶玉試場

失踪後的情形，詩裏的知覺中心就是賈寶玉自己。這兩首詩的神話原型都是賈寶玉，但是只要詳細審察，我們就會發現賈寶玉就是詩人的第二身（persona）。詩人在賈寶玉試場失踪這個神話原型裏找到他的客觀投影，他就把他的意旨投進去，讓寶玉來演出他對現代的中國學生留學生的看法。例如「第幾回」的第二段這樣寫道：

「走了吧，要不然就趕不上那個太陽。」
他終於沿着飄浮着藍天的小溪走去
踏着落花
猶未完全掙脫女人的手臂
便一步踏出淚水漉漉的庭院
「我們在龍門的陰影下擠來擠去
那樣多的人
追逐着一點聽說藏在城牆內的繁華
我們一次又一次，被人推倒
怎樣長的繩子也繫不住太陽。」剛說完
便只剩下他握着的一束玫瑰花，撒了滿地
被踐踏成泥

這個說話的聲音是賈蘭的？是王潤華的？是現今每年夏天擠在臺大牆外的學子的？還是每年擠在美國各大學府建築外的留學生的？中國幾千年來，讀書人不是每年就是每隔幾年都要趕到龍門的陰影下去擠來擠去，「追逐着一點聽說藏在城牆內的繁華」。在逐鹿中，有一些人青雲直步，而大多數人却是迷失了。賈寶玉雖然能在高中舉人後大澈大悟，看破一切繁華，跟隨一僧一道而去；但是賈蘭以及其他許許多多賈蘭，並不一定能像他這樣瀟灑，拂袖而去呀！他這麼一走，在他自己固然是看破紅塵，但是他遺留下來的問題並未獲得解決。王潤華對賈寶玉趕考出家這個原型的態度是非常悲觀的。這在「補遺」裏尤其顯露了出來。賈寶玉雖然出家了，但是他這樣毫不把家庭交代清楚就一走了之的做事，並非出家人應有的態度。他走後他知道後面仍有

　小廝們打起火把，三日三夜
　在石頭城尋找
　敲鑼、打鼓、高聲報告
　在放榜的牆壁上發現我金色的名字

在這兩首詩裏，詩人對賈寶玉在試場走失的這個原型不止相信是一則野史，而且是在利用這則故事來表達他對現代中國知識份子極悲觀的看法。

「磚」是一首非常成功的社會批評詩。這首詩寫的是雷峰塔被貪婪的人不斷挖掘而倒塌的事。現把前面三段引錄於下：

下磚塊和鶴嘴鋤
她蹲在半陷於水中的荒墓洗手
血和泥濘遂弄髒了西湖的十景
踏着幾行墓誌銘，她小心傾聽
緊急的風聲
是那樣隨便將城內的狗吠
背上孩子的哭啼
吹落湖心
「剛鑽進挖空後
黑暗和蝙蝠的家
他就不吉利地喊我，我便說
找一兩塊藏在牆角或牆底
壓住燐火，免得深夜拿着黃金
去敲打走江湖的門。」

王潤華在這首詩的後記裏有一段說：「孫傳芳進軍杭州，正是雷峯塔倒塌。因此傳說這塔是在舊軍閥爭奪地盤時引起地震而倒的。另一說是：杭州雷峯塔之所以倒掉，是因爲鄉下人迷信那塔磚放在自己的家，凡事都必平安如意，逢凶化吉，於是這個也挖，那個也挖，挖之久久，便倒了。」在這首詩裏，他把人性的自私、貪婪、無知和破壞刻劃成一個不男不女的人，偸挖了雷峯塔的磚以後，趁週圍沒有人就蹲在一個角落洗她骯髒的手。在這首詩裏，許多陰暗的意象如「荒墓」、「泥濘」、「狗吠」、「黑暗和蝙蝠」等，恰好跟那個行徑可疑的偸磚人配合起來。這個偸磚人可以是你，是我，甚至任何一個在偸賣國家磚石的人。毫無疑問的，她是統馭這首詩的意象。但是，很可惜的是，她的後代却也是一個哭哭啼啼、身心不健全的人！在最後兩段裏，這個偸磚人在一陣轟然崩塌聲中絆倒；她所偸的「磚塊落在墓石上，裂成三兩段／混濁的湖面撈不起輕浮着雷峯塔的倒影。」她還想爭辯，說「爭奪泥土的軍隊明天才抵達狹路間」。總之一句話，她偸的是小磚，而那些「爭奪泥土」的軍閥偸的是大磚。詩人創造出偸磚這麼一個神話來，他不止相信它，而且是用這麼一則神話來批評社會，來說教；這首詩當然是福格森所說的第一種和第二種對神話的態度之結合，是一首非常成功的批判社會批判人性的詩。

從上面的討論裏，我們可以發覺，不止中國古典詩裏有運用神話素材的，而且現代詩裏也有運用神話的。好的詩，一定是詩人的情意恰切地溶入素材裏。有一些詩人如何劭、葉珊等，他們運用神話入詩只是爲了娛人娛己；有一些詩人如王潤華、大荒等，他們運用神話入詩常常希望激起讀者的同情，影響讀者的態度，他們對神話的態度常常是第一種和第二種之合，甚至可以說是第一第二和第三種態度之混合。我希望我這篇文章能引起讀者詩人對神話的興趣。

附註

註一　民國六十二年由臺北市廣東出版社出版。除了蘇氏以外，在臺灣可以見到的研究九歌的專著還有張壽平作的「九歌研究」，五十九年由臺北市廣文書局出版。

註二　我不久前曾在某刋物看到一篇壞評的文章，該文作者指責蘇先生在法國時身逢其盛，卻未對比較神話學作一番研究，致在研究屈原的「九歌」時，方法不對。楊希枚刋在大陸雜誌特刋第二輯「慶祝朱家驊先生七十歲論文集」（民國五十一年）上的「天問研究評介」，認爲蘇著是一部比較神話學兼文化史的著作，可以彌補國人在這方面的缺乏，可算是持正之論。

註三　有關中國神話研究的專著，在臺灣，現在可以買到的只有新陸書局於民國五十八年出版的「中國神話研究」，四九年由華明書局出版的杜而未著「山海經神話系統」、王孝廉譯六十三年由地平線出版社出版的「中國古代神話研究」和林惠祥著五十七年由商務出版的「神話論」。在香港可以買到袁珂著的「中國古代神話研究」（一九五一年商務初版）。袁著是這方面最新最完整的一本。

註四　里查蔡斯在他的文章「神話研究札記」裡引用了蘇勒的話，見*Myth and Literature*, ed. John B. Vickery (Lincoln: University of Nebraska Press, 1969), pp. 67-68.

註五　福格森在他的文章「神話和文學顧忌」裡用了馬林諾斯基這種區分法。見*Myth and Literature*第一四〇頁。

註六　梵樂希這首詩有中譯本，讀者可找星座詩刋（五十九年春季號）來看，這首詩刋在第二十五至三十二頁。

註七　我個人覺得，這首詩之精妙處在於詩人把水仙花、神話人物納西瑟斯和詩人三者融爲一體，讀者可以把此詩看作是水仙對影呢喃，也可看作是納西瑟斯死前對鏡訴說，更可以看作是詩人對自己的靈智呼籲。這首詩採取的是戲劇獨白的形式，把詩中說話人的秘密洩露出來。我覺得如果照福格森氏的說法，梵樂希在這首詩並不想在追求眞理、說教傳知的話，則這首詩最富戲劇性最能攫住讀者心魄的該是詩中說話人在面對死亡時的心智活動。例如：

對于彷徨的水仙，這裡呵只有昏悶！
一切都牽引我這晶瑩麗肌親近
奈何綠波底姸靜卻使我神暈心驚！
泉呵！你這般柔媚地把我環護、抱持，
我對你不祥的幽輝眞有無限憐意！
我底慧眼在這碧璃底靄靄深處，
窺見了它自己底驚魂底黑睛凄迷！
深淵呀！夢呵！你這般幽穆地凝望著我，
彷彿在凝望著生客一樣，
告訴我罷，你意想中的眞吾難道非我，
你底身可令你艷羨、縈想？

像這樣精緻的片斷詩中多的是，這跟拜倫「希龍的囚犯」裡的彭尼瓦特 (Francois Bonivard) 在面對死亡來臨時的描寫有異曲同工之妙。茲特舉一般以饗讀者如下：

What next befell me then and there
I know not well——I never knew;
First came the loss of light, and air,
And then of darkness too:

I had no thought, no feeling——none;
Among the stones I stood a stone,
And was, scarce conscious what I wist,
As shrubless crags within the mist;
For all was blank, and bleak, and gray;
It was not night, it was not day;
It was not even the dungeon-light,
So hateful to my heavy sight,
But vagrancy absorbing space,
And fixedness——without a place;
There were no stars, no earth, no time,
No check, no change, no good, no crime——
But silence, and a stirless breath
Which neither was of life nor death;
A sea of stagnant idleness,
Blind, boundless, mute, and motionless!

註八　見六十年由臺北市志文出版社出版的「傳說」，第八三至九二頁。

註九　六十二年由臺北市十月出版社出版。

註十　見臺北市明倫出版社六十一年印行之「陶淵明研究資料彙編詩文彙評」，第二八九頁。

註十一　這三首詩都收在五九年作者由臺北市星座詩社出版的「高潮」裡。書裡並附有翱翱的長評，對王潤華的神話系統有詳盡的討論。

民國六十三年四月六日

日本學者的中國古代神話研究

王孝廉

序

一個古老的民族在其周圍的自然環境中生存活動，把其中許多活動的勢力和自然的現象人格化而加以宗敎性或詩意的觀念和敍述，由此卽形成那個民族的神話。

神話學是人文科學中重要的一環。神話（Myth）和傳說（Tradition）、民間故事（Folk tale）、口碑（Legend）等嚴格地說都有其不同的界限和定義。但是由研究這些都可以尋出它們所反映着的社會影子和民族心理，所以也可以說它們有其相通性和共同點存在。

中國古代神話原是一片鬱鬱蒼蒼的原野，但是因爲知識份子不加以重視而失去了它原來應該有的地位。有的神話流入了文學作品裏面成了文學的點綴，有的神話流入歷史之中形成了歷史性的傳說或竟而成爲宣傳政治思想的工具。也就是說，中國的知識份子用他們自己的知識把神話加上了政治性或道德性的色彩，所以研究中國古代神話遠較其他國家的神話更爲困難。

中外學者從事研究中國古代神話的有許多，姑且不論他們的研究成果如何，至少我們對他們所做的努力是應該給予尊敬的。關於西方學者和中國學者的研究情況，我準備另文敍述。現在單就日本學者對中國古代神話的研究情形加以介紹，當然滄海遺珠或許是難免的。

日本學者的中國神話研究起於明治維新以後，因爲明治以後西洋的學術思想和治學方法在日本取代了傳統相承的中國儒學，也由於西方學者研究中國古代神話的刺激而促使日本漢學家開始以新的方法從事中國古代神話的研究和批判。從明治後期到昭和初期的這段期間，日本學術界人才輩出，在漢學研究上獲有極大成就的頗不乏其人。

日本的學術中心是以東京大學和京都大學爲兩個主要的重鎭。中國神話的研究也是以此兩大中心最有成就，現分述於後：

一　東京大學的中國古代神話研究

日本學者研究中國古代神話是以白鳥庫吉爲開山人物。白鳥庫吉慶應元年生於千葉，畢業於東京帝國大學的文科大學史學科。他中學時代的校長那珂通世是日本東洋史學研究的開創者，白鳥的古代史研究卽是受那珂通世的影響。白鳥曾任東京大學東洋史主任敎授，並且主持東洋文庫多年。他治學範圍很廣，在朝鮮、滿洲、蒙古、西域、中國古代史等研究上都有很高的成就。

他的中國古代神話研究是他研究中國上古史的一部份。收集在白鳥庫吉全集第八卷（昭和四十五年岩波書店出版），重要論文有：

支那古傳說研究——明治四十二年刊於東洋時報第一三一號。

尙書的高等批評（特就關於堯舜禹的研究）——明治四十五年刊於東亞研究第二卷第四號。

支那古代史之批判——昭和五年稿，未發表，收於全集中卷第八卷。

關於周代的古傳說——史學雜誌三十二編三號。

白鳥治學喜創異說高論，常發前人所未發之說，他對中國古代神話最有名的是唱導堯舜禹非歷史人物之說，此外他認爲殷周史實也多是占星天文等觀念傳說，對日本學者的漢學研究影響很大。日本人謂白鳥庫吉之學風正如十八世紀的中國崔述。

在學術上繼承白鳥庫吉的是津田左右吉，他繼承了白鳥的滿洲史和朝鮮史以及中國古代史的研究。同時他也是日本神話研究的開山人物，對日本神話研究，最有名的是他的「神代史之研究」。津田批判中國古代神話傳說的研究見於他的「左傳思想史之研究」一書，他的研究也是以懷疑和推翻中國上古史傳統爲主要目的，其學風甚似顧頡剛。他其他的中國古代神話研究論文有：

關於中國的開闢神話——東洋學報十一卷四號。

古代中國關於天及上帝的觀念——東洋學報十二卷三號。

另一個繼承白鳥庫吉的神話研究而加以開拓的是他的兒子白鳥清。他發表過許多研究古代神話的論文如：

殷周感生傳說之解釋——東洋學報十五卷四號。

關於中國神判的一型式——東洋學報十六卷三號。

此外他有兩篇論文是研究在中國神話中被做爲天之精靈龍的是：

關於龍的形態之考察——東洋學報二十一卷二號。

關於豢龍氏、御龍氏之臆說——東洋學報第二十一卷三號。

有一位東京大學的井上芳郎也發表過兩篇與龍蛇有關的論文爲：

中國古代信仰中的星辰與蛇的關係——東洋學報二卷三號。

關於龍蛇崇拜的氏族關係——東洋學報三卷五號。

有一位星川清孝也是畢業於東京大學，在日本以研究楚辭著名。他的神話研究見於他的「楚辭之研究」一書（養德社刊行），另外有篇「古代中國神話與楚辭」發表在「漢文會」雜誌。

以上幾位都是較爲早期的研究中國古代神話學者，以今天的學者來論，東京大系統的中國古代神話研究以加藤常賢的論文最多。加藤是目前日本漢學研究的前輩學者。昭和八年到十八年之間曾任廣島文理科大學敎授，後來上了東京大學任敎，退休之後現任二松大學校長。他的詳細履歷及著作和論文載在東京支那學報第一號，讀者可自行參考，此處單就他的研究中和中國古代神話有關的部份加以簡單的介紹：

加藤常賢著作的專書中和中國神話有關的有兩部，一是巫祝考（昭和三十年，還曆紀念會），一是漢字之起源（昭和二十四年到三十年，共九卷，由斯文會發行）。漢字之起源一書由契文、金文、古文、籀文、篆文、隸書、楷書的漢字演變推究每個漢字的原始本義，而檢討每個漢字的形、音、義。此書的甲骨文參考孫海波「甲骨文編」。金文部份以殷周鍾鼎銅器所見及容庚「金文編」和丁佛言「說文古籀補」等。古文、籀文、篆文部份以說文爲主，間採魏之三體石經。是一部研究中國古代歷史和思想史的參考資料書。也是今日日本許多神話學者研究中國古代神話所經常引用的材料書。

加藤常賢的古代神話研究論文很多，如他的殷商子姓考（附帝嚳）——昭和二十五年刋於東洋之文化與社會第一輯——此文檢討了與殷商有關的許多神話，作者由字音檢討「子」和「商」的各種關係，認爲國號「商」和姓號「子」皆是由「高辛」演變而來。作者並認爲商字的下半部「冏」是女陰女尾的象形，其音爲燕。燕、辛、商，皆有轉音關係，商即是燕的意思，其意是妊娠的女陰，進而說燕即是妊娠神。夔、商、契、嚳、夋，皆是女性媒神之意。並謂高唐是爲女神巫，其古代原始形是爲授子神，進而推論說古代人爲了祈求穀物豐收而有行「擬似性的生殖行爲」之事。其全文的結論謂商邱是丘名，是商族的發祥地，商本來是在中原的部族等等。

加藤常賢的其他古代神話研究有關論文有：

支那古姓氏之研究（夏禹姒姓考）——刊於廣島文理科大學東洋史研究室編東洋之社會，昭和二十三年。

關於扶桑之語原——昭和二十六年史學雜誌第六十編第七號。

吳許呂姜姓考——昭和二十五年日本中國學會報第一。

祝融與重黎——昭和二十七年日本學士院紀要第十卷第二號。

允格考（陽顓頊）——日本中國學會報第十一。

二　京都大學的中國古代神話研究

京都大學在漢學研究上有其悠久深厚的歷史和傳承，在中國古代神話研究上也有許多學者，雖然這些學者通常並不是專門從事古代神話研究，但仍然有其相當可觀的成就。如小川琢治是以研究中國古代歷史地理著名的漢學家，他的古代神話研究論文大部份見於他的「中國歷史地理研究」正、續二書，其中有「中國上古之天地開闢及洪水傳說」（發表於昭和四年藝文一號），「關於東西文化民族之地震神」（昭和十五年藝文一號），「中國戰國以前之地理知識之限界」（昭和六年藝文四號）等都與古代中國神話研究有關。

研究中國古代山嶽神話的論文有神田喜一郎的「從山海經看中國古代的山嶽崇拜」（支那學

二卷六號），稻葉岩吉的「中國五岳之由來」（支那學二卷六號），森鹿三的「中國古代之山嶽信仰」（「歷史與地理」二十八卷六號）。

研究中國植物神話的有鈴木虎雄的兩篇論文：「採桑傳說」（支那學一卷七號）、「關於桑樹傳說之研究」（支那學一卷九號）。鈴木虎雄是日本近代治中國文學的一位代表人物，與王國維交情很好，他的門下學生如青木正兒、吉川幸次郎、小川環樹等都是國際知名的漢學家。青木正兒有「堯舜傳說之構成」見於昭和二年的支那學第四卷第二號。小川環樹在他的中國小說史一書內「中國人的世界觀」一章中也有論及中國古代神話的部份研究。另一位京都大學的橋本所作的「關於桃的傳說」也是研究中國的植物神話，見於支那學雜誌上。

王國維的老師藤田豐八有一篇「關於流傳的中國的二三個 Myth」見於「白鳥庫吉博士還曆念東洋史論叢」，是試圖以新的方法去研究中國古代的神話。在他的文集「劍峯遺草」中也可以窺見他對神話研究的企圖，可惜他的研究尚未及半就遽歸道山了。

王國維的好朋友內藤虎次郎有「王亥」與「續王亥」兩篇見於內藤湖南全集第七卷。此二文寫於大正三年和五年。其王亥一文是由羅振玉殷虛書契考釋中見王亥之名而觸發動機，後與王國維討論而有此文。主要是批判白虎通之謬說和解釋王亥之名。續王亥是因爲王國維二次上京都時內藤以「王亥」一文徵尋王氏意見，於是王國維不久之後而有「殷虛卜辭所見先公先王考」一文發表。「續王亥」一文卽是節錄王國維此文大意而作的。其中申論夋、相土、季、王亥、王恆等。

以上數位都是京都大學早期的古代神話研究，以今日學者而論，京都大學研究系統的則有貝塚茂樹和林己奈夫兩位，貝塚茂樹是前面所說小川琢治的長子，小川環樹的長兄，內藤虎次郎的學生，以研究中國古代史和甲骨文著名於世，現任京都大學名譽教授。在研究中國古代神話方面，他著有「中國之神話」一書（該書原出版於昭和三十八年，原書名是「神們之誕生」，昭和四十六年增補新裝由同書局筑摩書房再版）。此書所研究的主要根據是山海經、楚辭和甲骨文。全書七章二百十六頁。首章論異形的神象（黑陶俑的顏面、「異」字的由來、祖靈降臨、山怪夔、山海經所見的怪物、中國的山神等），二章論瞽師的傳承（周禮之大司樂之職務，春官人員之構成、司巫之職掌、史記之黃帝等），三章論風神之發現（由甲骨文所見、東西南北之風神、風雨之支配者上帝、靈鳥鳳之任務、旱神魃與田祖叔均、風力與精鍊技術之關係等），四章論鍛冶師與山神（神是獨目的理由、獨眼之龍神、鍛冶職氏族的守護神、生活技術之指導者黃帝、文化之指導者黃帝、天地開闢傳說之意義等），五章論文化英雄之誕生（黃帝以前、大人之國、大人之市、海神崇拜與山神崇拜、混沌與宇宙創成等），六章論神話世界之消失（由神話而歷史、孔子之合理主義精神、論語中的堯舜、古代中國人之宇宙觀、神話之命脈、伏羲與女媧等），七章論亂（俑與山神之關係、風與山神之關係、中國青銅器之特殊性、饕餮紋青銅文樣與原始宗教、由咒術而宗教等）。

關於貝塚此書我將專文另行評介，此處略過，此外貝塚有篇論文是「金文所見的夏族標識」刊於昭和三十五年東方學報第三十六册，是由圖象文字討論與夏代傳說有關的神話。

林已奈夫是現在京都大學的副教授，是一位年青的考古學家，他的著名論文是「長沙出土戰國帛書考」（昭和三十九年發表於東方學報）和最近的「長沙出土楚帛書之十二神之由來」（昭和四十六年東方學報京都第四十二册），他推測長沙出土楚帛書的十二神是中國信仰着的神巫之類所選出的一列系統，是反映着楚文化的地方色彩等。此論文長達六十多頁，以中國古典資料中所記載的各項神話傳說和楚帛書的十二神做精細比較研究，文中很有許多新的創見和發現。

三、出石誠彥與「中國古代神話傳說之研究」

出石誠彥明治二十九年生於日本的岡山縣，在岡山第六高校期間曾因病而休學。後來進早稻田大學，大正十二年畢業於早大的東洋史科。畢業後先任早稻田大學附屬第二高等學院講師。一年後轉入東洋文庫做助理。以後又當過學習院的講師，早大第三高等學院教授，東洋學報主編等職，昭和十七年五月病逝，年僅四十七歲。

出石誠彥在學術研究上繼承兩位漢學家，一位是他在早稻田大學時的老師津田左右吉，另一位是他任職東洋文庫時的上司白鳥庫吉。他的神話傳說研究論文，大部份是完成於白鳥薰習下的那段時間。

「中國神話傳說之研究」出版於出石死後的第二年，由出石生前好友白鳥清、岩井大慧等人指導而由出石的弟子岡本三郎、松島榮一等整理原稿交由中央公論社發行，全書共收出石二十多年間所發表過的二十二篇論文，書前有津田左右吉的序文，書名是出石生前所敬慕的一位自號種草道人的會津八一所題，全書七百五十頁，是日本第一本中國神話研究的專門著作。此書在日本已經絕版，臺灣有古亭書屋的翻印本。

在「中國神話傳說之研究」一書中，出石誠彥有些論文是試圖把中國神話從已被加了許多政治思想因素中還原出來，這個企圖從他的「牽牛織女故事之考察」「關於中國帝王傳說之考察」「夏朝歷史傳說之批判」等論文可見。

出石的另一個企圖是把神話從道德中解脫還原，例如「關於古代中國異常誕生神話」「天馬考」「漢代祥瑞思想之一二考察」等篇。

此外他研究在神話的內容和意義上被人以神靈視之的許多動物神話如「關於仙禽鶴的由來」「古代中國的神話及故事」「關於龍的由來」「關於中國古文獻中所出現的麒麟」。「關於浦島故事與其相關的類例」是以日本萬葉集所載的浦島神話和中國的王質爛柯、劉阮天臺故事做詳細的比較研究。

「關於中國古代的洪水神話」一文由中國的洪水傳說比較世界各民族的洪水神話，文後附錄了中國由前漢到唐末的洪水年表，作者自稱此文是受顧頡剛「洪水之傳說及治水等之傳說」（史學年報二期）之啓發而作，但是出石此文中所用資料較顧頡剛爲多而且也比較精密。

「鬼神考——特論鬼的形成及發展」作者由鬼字本身而探討鬼的形狀，考察鬼的屬性和許多和鬼有關的妖怪，並且說明鬼神與山川、天地、陰陽的關係以及做爲祭祀對象、先祖之神、死者之靈等各種鬼的特性。

「古代中國的旱魃與請雨」詳述旱魃的傳說，檢討中國古代請雨習俗並且又附錄了前漢到唐末的旱魃事實。「中國古代古籍中所見關於夢的故事研究」，由古書記載中解釋夢與應驗的事實，夢與占卜的關係形成，夢與偉人誕生故事的種種關連等。

「中國神話傳說之研究」書中附了許多和神話有關的珍貴圖片，如漢瓦的龍圖案、正倉院御物鏡紋上所見的龍、嵩山少室石闕的月象、孝堂山石室的日象、霍去病墓前的漢石馬、史坦因在阿斯塔那遺址所發現的幡上伏羲女媧像、早稻田大學東洋美術史研究室所藏的唐代騎女俑等。」

出石誠彥在研究中國神話上所用的方法大致是採取比較神話學的方法，所以他能大量地引用中國古籍和外國的神話資料加以精細的考察和客觀的評判。此外他在神話研究上最大的特點是打破了前人純以文獻爲主的傳統方法而從古代繪畫、彫刻等遺物上尋求原始神話的痕跡，這種方法對後來的神話研究者有很大的啓發和影響。

四　森三樹三郎與「中國古代神話」

森三樹三郎，明治四十二年生於舞鶴，昭和十年畢業於京都大學的中國哲學科，以後任教於大阪大學，直到現在。「中國古代神話」是他早年的著作，以後似乎就再沒有什麼關於神話研究的論文了。他的其他著作有「梁武帝」「古代至漢性命觀的發展」「無之思想」「名與恥的文化——日本人與中國人」等書。

「中國古代神話」出版於昭和十九年，由清水弘文堂書房發行，四十四年九月再版，全書分五章，共三百三十四頁。

第一章是神的列傳，列舉盤古、伏羲、大皥、神農、黃帝、祝融、禹、共工、羿、西王母等十三位，其中敍述最詳盡的是關於禹、盤古和西王母部份，作者關於禹的研究所用的資料是顧頡剛、童書業所作的「鯀禹傳說」「九州之戎與戎禹」和出石誠彥「中國古代的洪水傳說」及小川琢治「中國歷史地理研究」，中島成明「中國古代洪水傳說之成立」等論文。盤古一篇作者引用中國的徐松石、沈作乾、楊寬及日本的松村武雄「拘人國試論」、白鳥庫吉「關於周代的戎狄」等論文而加以補充解釋。至於此章中關於夸父、相柳、炎帝等神的敍述，則非常簡略。

第二章是介紹帝王的感生傳說，中國歷史上的，傳說上的，每個建國之祖似乎都或多或少地被一些神秘性的故事所包圍着，而這種神秘性的傳說以有關帝王不平凡的出生故事最爲普遍。本章的重點是舉其最具代表性的而加以解說，如有關殷商始祖契的「天命玄鳥降而生商」之說，周的始祖傳說，姜源踏天帝之足跡而生后稷等。其他並且論說有關秦的先祖顓頊之孫女脩的有關傳說和漢高帝劉邦的母親劉媼與神通而生劉邦的故事等。

第三章論關於自然現象的神話,包括的範圍很廣,凡是天地開闢、日月星辰、山川、動植物、風雨雷虹、三仙山、崑崙、黃河、洛水、湘水、龍、龜、麒麟、精衞、桃、桑等有關的神話都包括在此章之內。

第四章論人物神話,此章所介紹的人物並不多,主要的是介紹門神、神茶、鬱雷、追儺和竈神等神話;關於研究竈神的神話,在森三樹三郎之前有狩野直喜的「關於中國的竈神」一論文,發表在「支那學」上。

第五章論神話與中國文化,主要的是探討中國神話所以不發達的各種原因,作者不完全贊成中國學者魯迅、胡適、玄珠之說,而認爲中國神話之不發達的原因之一在於神話受了知識份子的合理主義之影響,由於中國的合理主義和神秘主義是處於相反的立場,所以知識份子把神話歷史化而投於合理主義中了,另外一個重要原因作者認爲是由於中國的神話得不到知識份子的支持而不能發展起來,中國的知識份子在傳統中佔着支配的壓倒性的特殊地位,而中國的文人却一直對神話白眼相視而採取了拒絕和排斥的看法。

總觀全書我認爲以第五章所論最爲透澈,作者的才慧和創見也多見於此,前四章似乎稍偏重於材料的貫穿和整理,研究的深度似乎不如它的廣度。森三樹三郎主要的是由中國神話中殘存的許多斷章零句去探討追求它的原貌。所以本書正如作者在再版序中所說是一本中國古代神話的概說書，它最大的長處是將中國神話加以詳細的分類，同時在集合材料的廣度方面，也很能見出作者功力，中國古代神話有關的人物、事項，差不多全都網羅在此。

五　森安太郎與「黃帝傳說」

森安太郎是一位苦學成功的學者，小學畢業後到二十歲爲止在字畫表具店當伙計，然後又在銀行和齒科醫院做過事，直到二十四歲才又拾起書本進私立中學念書，畢業於龍谷大學的時候已經三十八歲了，畢業後曾爲謀一中學教員席位而不得，後來在同志社大學當兼任講師，而後進京都女子大學任敎，直到現在。

「黃帝傳說」副題是「中國古代神話之研究」，出版於昭和四十五年，京都女子大學人文學會發行，朋友書店代售，全書收集作者任敎於該大學所發表的論文十二篇，共二百三十七頁。中文有王孝廉的譯本，由臺北地平線出版社出版。

十二篇論文各以一個對象爲研究的主題：

一、祝融考，作者由祝融的融字有蛇的意思而推論被當爲火正火神的祝融其原義爲由天而降的火蛇，即是閃電，於是作者進而解釋以祝融爲祖神的鄶族妘（雲）姓的神話傳說。

二、殷湯與夏桀：作者認爲湯的本體是太陽神，因爲太陽晝出夜沉（一死一生）而有「湯扁」之說，又因太陽在天空以同一軌道履踐運行，故有湯王名履之說，夏桀的原義是說夏天的暴雷，由此而演變成爲的暴烈夏之桀王。

三、河伯馮夷：作者推斷河伯馮夷之名的由來是因蒲夷之魚的蒲夷音轉而成。蒲夷又與山海經中的肥遺有其共通的特性。山海經載「有蛇一首兩身，名曰肥遺，見者天下大旱」，是謂肥遺平時深居在不爲人所見的深水之中，故大旱則現，由此作者認爲蒲夷有爲水王的神格。此水王蒲夷即是黃河神馮夷。

四、鯀禹原始：作者由禹父鯀其原義爲大魚和禹的祖父顓頊爲偏枯魚的記載而推定禹的原始本義爲魚，由此本義而解釋荀子「禹跳」和莊子「禹偏枯」之奇怪記載。而且此「魚」自然與水有關，自然而生出大禹治水神話。據此作者進而推斷中國古代必有以細長魚蛇爲崇拜對象的原始信仰存在。

五、舜的農神性：作者認爲孟子中所見舜的傳說是由古時籍田儀式中迎農神而祭的祭典演變而來。舜養於田間是說祭舜於田間，舜爲姚姓，姚與垗同音，垗意爲於田溝之中爲祭祀之儀，由此各記載，作者認爲舜爲農神，此外作者又論俊風是春風、南風，俊、舜、春，聲音互通，故作者的另一結論是說舜也卽是被當做春神的農神。

六、鳳與風，作者認爲鳳是做爲風神的鳥，以鳳爲信仰對象的部族古時是在東方卽今山東省，此和說文、卜辭所見鳳在東方之記載相同，作者推論風伯是存在於東方，有學者認爲殷是由東方或東北而移動的部族，於是作者推斷鳳必與古代的東方部族有其密切不可分的關係。

七、嶽神考（羊神考）：作者由各古籍的記載推論羊爲山神，並且與鬼有關。又羊在墨子記載中有判別是非曲直之說，故作者認爲古時被當做嶽神的是捌冥府之鬼的神羊，由此原始信仰轉移而形成姜姓齊國的泰山與泰山治鬼之故事，更由此作者推定此姜姓的嶽神是由殷代時的霍大山之神轉變而形成的。並且作者由姜姓的羌族是西戎而順此追跡，發現羌族的嶽神信仰是分佈在西至陝西的附近一帶。

八、黃帝傳說：作者推定黃帝的原始本體是爲雷龍、即是雷雨之神，他認爲陳氏部族以雷龍爲自己的祖先神的信仰可遠溯至殷代，以黃帝爲皇帝之說是由陳氏（田氏）以黃帝爲高祖之信仰而形成的，確實形成的年代是在齊威王時。黃帝之名的形成是起於陳氏在齊勢力已經強大之時，陳氏奪佔了姜姓齊的政權，爲了摧毀姜氏齊的政治性信仰而有黃帝征伐姜姓炎帝和蚩尤的神話形成。

九、伯夷叔齊考：作者推論孤竹君夷齊所隱居的首陽山之神有狐狸之屬性，並且由伯夷、叔齊之名檢討認爲此傳說產生於東方，認爲夷齊之故事與狐慕故山之語相關，又由字音推斷伯夷之伯爲貊，於是作者有伯夷爲貊夷爲狐夷之說，總之此文作者所推斷的結論是認爲做爲古代隱士的伯夷叔齊其原始的本體是兩匹狐狸。

十、數、巫、龍：作者由甲骨文一到十的數目之字形檢討數與八卦的關係，進而推論殷代之巫是司天文數之職，作者並且採用了巴比倫的兩幅關於龍的圖畫和中國周鼎 著倕所見的龍圖比較，作者的結論是龍與女陰有很深厚的關係，進而推想太古時代東西文化有其交流的情形。

十一、恆字考：作者由王國維觀堂集林所列擧的各恆字和古書中的其他記載而推定恆字的原始意義是說天象的常則，認爲恆心恆德是西周中葉已經有了的話語。

十二、顧命考：是探討尚書顧命篇。作者並認爲召南甘棠之詩是以召公爲中心的部族或部族的子孫將與其祖先有關的大木加以神聖化，甘棠之詩最中肯的解釋森安太郎認爲卽是說苑貴德篇所載孔子的「吾於甘棠見宗廟之敬」一語。

森安太郎認爲研究古代的中國神話如果祇求表面的合理性是沒有意義的，更應該同時整理出其表面合理性所潛在的內容，正因爲他早年曾在表具店做事，把許多飛散零落的國寶古畫的斷片加以復元，所以他在神話研究上所用的方法也是如此，捕捉神話中散亂零落的斷片而動用自己的想像力做推考復元的工作。

森安太郎書中關於論斷伯夷叔齊爲狐，夏桀爲夏天暴雷和禹爲細長大魚等部份，也許正如作者所說在推論上似乎是太逞想像而難使人完全同意。但是書中關於舜的農神性格，嶽神與羊的關係和嶽神羊與姜姓部族的種種推論，我認爲很能突破前人之說而有森氏極獨特的長處。清華學報第七卷第二期有耶魯大學陳炳良的中國古代神話新釋兩則，陳氏之論文卽是由於森安太郎本書中的鯀禹原始和鳳與風兩篇論文的觸發而作的。

六 御手洗勝的古代神話研究

御手洗勝先生於大正十三年生於四國，畢業於廣島文理科大學的漢文科。加藤常賢曾經執教於廣島文理科大學的倫理科，雖然御手洗勝先生在學生時代和加藤常賢並沒有直接的師生關係，但是在神話的研究上我想他是師承了加藤常賢，例如他的「帝舜傳說的研究」即是承繼加藤「殷商子姓考」一文而加以發展的論文，在神話研究的系統上他是私淑於加藤的。

先生現任教於廣島大學中國哲學科。他的古代神話研究開始於他還在大學的求學期間。雖然中間也因爲別的研究而中斷過，但是他對神話的研究興趣却是始終如一的。神話以外他對中國道家的思想也有若干的研究，曾將抱朴子一書譯爲日文並加注釋。

先生自己說他研究中國古代神話的最初動機是由於他目睹當時日本人對戰爭的狂熱和對天皇的盲目信仰的刺激而引起的。他認爲日本人這種思想的根源由於他們對日本古代神話的信仰而來。儘管已經是二十世紀的現代，但是這種信仰依然殘存在日本民族的心中，所以他認爲經濟的力量並不是造成一個民族活動勢力的唯一條件，要想眞正瞭解一個民族的古代歷史和思想根源就不能不研究那個民族的古代神話。在這樣的思想前提下，先生開始了他的中國古代神話研究。

現在我就先生的論文之中，選擇幾篇介紹於后：

一、「關於黃帝之傳說」，一九六七年發表在廣島大學文學部紀要第二十七卷一號，首先作者批判楊寬「中國上古史導論」書中所說黃帝之名是由「皇帝」分離獨立而成之說的不當。第二段論黃帝的神容，作者大致上同意聞一多「黃帝爲龍」之說，並進而說明黃帝的本質與雲的種種關係。第三段解釋「軒轅」的本意，作者認爲軒轅的名稱是星座中的龍座或者是人面蛇身者所棲之國名，由此而推論黃帝與龍的種種關係。第四段和第五段檢討黃帝的「黃」字以及黃字字音和少皐之「皐」字字音的關係，作者考察白、皐、黃，皆有其轉音關係，由語音關係而推論黃帝與柏翳、少皐皆是源於一神。第六段推察黃帝與少皐、伯夷性格上的共通點，作者認爲這些神都具有水神的性格。最後檢討黃帝傳說的發祥地，作者推斷此傳說起源於山東省內部到江蘇北部一帶地方。

二、「關於帝堯之傳說」：一九六九年十二月發表於日本中國學會報第二十一集。作者據左傳所載晉之名族范氏之祖在虞代以前爲陶唐氏、夏爲御龍氏、殷爲豕韋氏，由唐杜氏之說推斷杜氏是春秋時代仍然存在的氏族之名。杜氏與范氏其姓號同爲祁。因此作者認爲杜氏是爲范氏之祖族的傳說是有根據的。次由記載中帝堯之子丹朱的傳說推斷范氏以陶唐氏爲祖之說也可信憑，丹朱別名驩頭，其音與丹朱、重黎二音互通，重黎是太陽神祝融二字的轉音。作者由祝融別名「朱明」與丹朱是「純紅之義」及書經堯典推論帝堯光輝，普照天下是與重黎明天下之說相同。另由國語所載帝堯之後御龍氏和豢龍氏爲祝融後裔之說做爲帝堯原是太陽神的另一旁證。由此而檢討「堯」字，作者的結論認爲堯與太陽神之馭者羲和其原義同爲「火」，故堯及羲和之音皆是由「

火」字古音轉化而形成的。

三、「帝舜與陳」：一九七二年發表於廣島大學文學部紀要第三十一卷。作者由舜的子孫中爲陳氏先祖的著名人物虞思、虞遂等名稱推定這些傳說和舜先祖虞幕、瞽瞍等傳說同爲帝舜傳說的一環。又推論殷姓「子」，其祖先神帝嚳與夔有語音上相近的關係，舜姓「姚」實是「子」的轉音。由此而推論子姓部族與姚姓部族是分別存在的兩個部族。而舜即是由本來的子姓遊離出來而被當做嬀姓族的祖先神了。此外作者由帝舜的舜與殷商的契同音而且又與氏族名「商」有語音上的連帶關係而推論舜與契原爲一神。作者認爲舜是子姓部族的燕神，起源和殷契相同，賜姓之說與起以後才由子姓部族（殷）的祖先神轉化而爲嬀姓部族（陳）的祖先神了。

四、崑崙傳承與永劫回歸：一九六二年十月發表於日本中國學會報第十四集：此文的副題是中國古代思想之民族學考察。作者認爲在古代人的觀念裏崑崙是連接天地的聖山，是被做爲天地間之柱的山嶽，上崑崙是爲了會見天神或是得取不老不死的神力，而且犯了過錯的僊人是由崑崙而被放逐的，這些被放逐的僊人是由於他們對天帝或是崑崙上之神有不敬的行爲。作者又推論與崑崙有其不可分關係的僊人其本質即是巫（Shaman），巫是被認爲往來於天神之處的一種宗教性體驗內容的對象化和象徵化人物。此外作者並且推論古代人的宇宙是爲創造與破壞相互重復的宇宙，也即是永遠回歸的宇宙。神僊家即是於此回歸的宇宙之原始中（天地交通時），偏重其創造性的側面而以祭祀等方法突入此宇宙的原始之中以冀求永遠的生命。由此而有 Shamanism 哲學化的「莊子」著作者等人視生死如一的超越性世界觀念，而產生排除生死智愚等理想。鄒衍也即是依據永劫回歸的信念而有五德轉移的歷史論和王朝革命之必然性之說。

讀者由以上所舉的論文簡介想即可以窺見御手洗先生中國古代神話研究的大致情形，此外他所發表過的尚有以下這些論文。

「關於帝舜傳說」——一九六八年發表於廣島大學文學部紀要第二十八卷一號。「神農與蚩尤」——一九七〇年東方學第四十一輯。「古代中國的太陽故事」（特別關於扶桑傳說）——此文是與杉本直治郎合寫的，刋於一九五一年民族學研究第十五卷三期。「神山傳說與歸墟傳說」——與杉本直治郎合寫，刋於昭和二十九年東方學論集第二期。「崑崙傳說之起原」——昭和二十五年刋於廣島大學史學研究紀念論叢。「穆天子傳成立之背景」——昭和三十八年刋於東方學第二十六輯。

結　語

日本學者的中國神話研究自白鳥庫吉開山以後，大致上可分東京大學和京都大學兩大系統，後來的中國神話研究者都是直接或間接地出自這兩個系統，早期的日本漢學家都是對中國古籍鑽研很深而且治學很廣的學者，他們通常是爲了做其他的研究而附帶研究中國的神話，如東京系統的白鳥庫吉的神話研究是爲了研究中國古代歷史，津田左右吉是由研究日本神話而研究中國神話，京都系統的狩野直喜的神話研究是爲了研究中國古代宗教信仰，小川治琢的神話研究是爲了研究中國古代地理等等，完全以中國神話爲中心的應該是起自出石誠彥以及他以後的若干學者。同一個中國神話及同樣的材料由於研究者所採用的方法不同，往往所推論的結果竟是完全相異或相反，在日本人的中國神話研究上這是常有的現象，因此如何運用最正確的研究方法去檢討舊問題和發掘新問題，我認爲是値得今日的每一個神話研究者加以思考的一個重大問題。

在中國神話研究的方法上，有採取貫穿許多神話斷片而使其成爲完整神話的復原方法，有拿外國神話和中國神話做分類比較，有自中國古代甲骨文、金文等文字上去探討神話，有從語音學上去探討推演等等，當然這些在中國神話研究上都是必須而且重要的方法，但是在今日來說，單憑這些是不夠的。

本文如果能夠使讀者因爲日本學者的中國神話研究的刺激而引起重新研究和批判的興趣或進而思考更精密完整的研究方法，則他山之石也可以攻錯了。

一九七二年五月二日於廣島

一九七二年五月二十九日重寫

我國神話研究書目提要

古添洪

國人對於神話一向有著很深的誤解，以為神話僅是不經的荒誕之談。孔子不語怪力亂神，史記對這些貌似荒誕的神話亦多付闕如；因此，神話的記錄不多，且有意排斥，故散失甚鉅。晚近國際間文化交流，方知希臘、埃及、巴比侖神話之豐盛，且構成其文化中一重要部分。對比之下，國人多以為我國神話僅存片斷，實不足與希臘諸國比，頗有自卑之感，但由於近幾十年來中國學者之努力，對神話資料之搜集及整理，自玄珠之中國神話研究至袁珂之中國古代神話出版，方知中國神話實不如想像之片斷零碎。

回顧西方對神話的着力研究，亦不過一兩百年事而已，而成績斐然，理論衆多。或以為神話源於古史，或以為神話其源為一而傳播各地，或以為源於語病，或以為僅屬消閒。上述諸理論未能通用於神話之全部，每多缺失。晚近理論，Cassirer（1874-1945）採取文化哲學的觀點，提出神話的變形律(law of metamorphosis)，以爲神話是文化的最深層部分，是人類心靈自動的反映，神話應作字面解釋，因神話在原始人以爲眞實，是客觀現實的呈現。Frazer (1854–1941) 與其同路人組成的所謂劍橋學派——Cambridge School 認爲神話與祭禮 Ritual 有密不可分的關係，表現了人類的基本需要，他們所提出的 Sacred King 的理論，影響很大。Freud (1856–1939) 與 C. G. Jung (1875–1961) 所提倡的心理學派，用情意結和原始類型 Archetype 來解釋神話，獲得普遍的接受。要之，諸派皆注重神話的功能，而並非在故事上。如此說來，我國神話故事性雖或不足，而其意義性(表現的功能)則未必遜色，中國神話之研究，實大有可爲。關於中國神話之研究，多受西方神話理論之影響，方法多用比較，以希臘神話及其他神話作借鑑以整理中國神話。用力之處，多在搜集資料、還原資料、整理系統上着手，對 Cassirer，Frazer，Jung 諸氏的理論，應用尚少，卽多注重故事的陳述而少注重其功能之表現。中國神話之研究，第一本奠基之作，是玄珠的「中國神話研究」，資料方面肯定了「九歌」、「天問」、「山海經」的神話價值，整理方面大略地把片斷之神話資料演爲較長篇之綜合陳述並指出神話之系統，方法方面多以古史爲神話而還原之。鍾敬文「楚辭之神話及其傳說」，杜而未「山海經神話系統」，蘇雪林「屈原與九歌」，張壽平「九歌研究」，皆爲專書研究，可看作第一類。袁珂之「中國古代神話」，用力處是諸神系統及片斷連綴，可看作是第二類。楊寛「中國上古史導論」，雖以史爲依歸，但可看作是把古史還原爲神話並賦予系統；森安太郎「中國古代神話研究」包括單篇論文十二篇，是着力於把古史還原爲神話，可看作爲第三類。文崇一「楚文化研究」雖重點在文化，但其中有神話一章，且談及楚族來源及政治二部制時，以神話作據，故亦得歸入神話研究書目中。除前述諸書外，尙有陳夢家「殷代的巫術與神話」及陳春生「中國民間神話與傳說」等書，但由於手頭無書及其他關係，容以後補入。綜觀各書，重點多放在資料整理、故事貫穿、諸神系統上，對神話功能多未注意，實爲一缺失。方法上用古史還原爲神話，當爲正確；酌用比較方法，以希臘等神話作借鑑，亦是可取。唯杜而未、蘇雪林諸氏，以小同蓋大異，強加系統，實有待商榷。強爲系統，爲近人治學一大特色，如運用不當，或亦可目爲一大缺失，如周世大以爲易經中行一人作，李辰多以爲詩經尹吉甫一人作是。下面諸書提要中，除介紹原書內容特色外，評述頗多，或稍違體例，然蠡辨得失，用意至善，敬請諸書著者見諒及指正。

中國神話研究　玄珠

民國五十八年臺北版。新陸書局。一二六頁。

（最初發表於民國十四年）

此書是對中國神話作通盤研究的開路著作。據作者自述，此書是據安得烈·蘭Andrew Lang的人類學理論來對中國神話材料的初步整理。全書共分八章，即：「中國神話的根本問題」，「中國神話的保存與修改」，「中國神話的演化與解釋」，「中國初民的宇宙觀」，「巨人族與幽冥世界」，「自然間的神話及其他」，「帝俊及羿禹」，「結論」。前三章中，所討論的是發源上、整理上、諸神系統上的基本問題。其中，他提出了四項重要的意見。其一，他認爲中國神話經過了保存、修改、演化與解釋，原始面目一再地改變。其二，他認爲中國神話是綜合了北部（如女媧神話）、中部（如九歌神話）、及南部（如盤古神話），提供了諸神系統依地域分野的理論。其三，他肯定山海經是中國神話最原始的保存庫，提供了中國神話的正確資料。其四，關於中國神話現僅存零星的理由，他認爲並非僅如周氏所謂缺乏玄想及儒家之排斥，而認爲最主要是神話的歷史化以及當時沒有激動全民族心靈的大事件。他提供的理由雖沒能達到使人完全信服的地步，尤其是所謂缺乏大事件，更未爲公允，如公劉及盤庚事，實爲可歌可泣；然目前尙缺乏使人更信服的假設。後四章分別論述初民的宇宙觀、幽冥世界、自然神話和諸神世系。這四篇專題討論，次序的安排沒有必然性，且相互間缺乏關聯。論述中，多用比較方法，受希臘神話的影響頗多，他把崑崙與奥林帕斯山並提，夸父與巨人族並論，把九歌中之山鬼看作 Nymph，把盤古開闢神話與北歐開闢神話相較等。這些比較雖或簡陋而膚淺，亦提供了一些比較神話的可能課題。至於諸神系統問題，作者先假設伏羲、黃帝、帝俊爲諸神之王，而認爲帝俊的可能性最多。作者於前曾分中國神話爲北中南三系，於諸神系統中却沒有運用此地域分類法而細分諸神系統，實爲思辨上之缺失（楊寬即分爲東西二系）。結論中啓發性最大的，是重覆其神話歷史化之說，認爲如能將一部古代史還原爲神話，便可重建中國神話及其系統。以上諸理論，對稍晚的中國神話研究者影響及啓發最大，幾乎成爲了研究的奠基石，以後的學者，多未能越其藩籬。中國神話學者由於資料片斷及起步較晚，多以西方之神話研究作爲借鑑，以整理中國神話。應用得宜，得收他山之石的效果，但運用失當，一味附會推衍，亦難免削足就履或張冠李戴。此書用力處多在資料的搜集還原與諸神系統之假設上，對神話之功能研究，尚付闕如；稍後學者亦局限於此，實爲美中不足處。

楚辭中的神話和傳說　　鍾敬文

民國十七年（十八年）版（中山大學民俗叢刊內）

此書是對楚辭作神話研究的第一本。書前有容肇祖序，容序中提出神話傳說可分士大夫與民間兩方面，如神話中之人物，士大夫以爲是古代的官，民間則以爲是大自然的神。書後有附錄，包括「本文在大江中發表時題記」，蘇雪林「九歌的分析」，玄珠「楚辭與中國的神話」及「致大江編者論中國神話」等諸文，是當時的重要神話論文，可見其時對楚辭研究的一斑。玄珠二文，是對楚辭內容的澄清（如肯定招魂大招是原始社會招魂的遺制，九歌爲神話，天問是對神話中不合理質素之感想，與屈原底君臣諷喩無關）及對鍾敬文該書之商榷（如嫦娥奔月爲原始神話之置疑，蓐收、顓頊爲水神之置疑，羲和爲神話名東君爲祭享名之置疑等）。此書本文爲七章，即：「小引」、「釋取材」、「自然力及自然現象的神」，「神異境地」，「異常動植物」，「

神仙鬼怪」，「英雄傳說及其它奇蹟」。他這種分類，是據玄珠的分類而略有變更，但這種分類，頗有問題，看出作者對神話的認識未深，如所謂奇蹟、神仙鬼怪等名號，實與神話未符。神話往往超乎人力，故無所謂奇蹟；神話中人物亦有別於道教中修煉而成仙人者。由於他對神話的認識有所匱乏，各神話的分入各類情形亦大有問題。如他把九歌中的日神、月神、風神、雲神、山神、水神歸入自然現象裏，而把山鬼國殤歸入鬼怪裏，實有所未當，蓋山鬼並非僅如後世出沒山林的魑魅，國殤無論解作為國殉職之戰士或獵人祭（淩純聲主此）的遺留，皆不得視為鬼怪；他如把女歧、女媧等古代神話人物與赤松王喬等仙人並列而入神仙鬼怪類，更屬未當；又如神異境地中分為崑崙系天境系，而天境系除包括咸池等天境外，尚包含羽人之國及土伯，亦屬未當。羽人之國為遠方殊異之境地，可稱為原始人對遙遠樂土之企望，土伯為幽司，皆應分開。總之，本書為草創之作，作者對神話之本質及各神話人物的特質未能充分把握，無足深取者。

中國上古史導論　楊　寬

原稿民國二十七年改定，收入呂思勉編古史辨第七册內。古史辨第七册出版於民國三十年。臺北萬年青書店重印。

此書目的雖放在上古史的研究上，由於其手段在還原古史為神話，而其中討論諸神系統及其分化，故今列於中國神話研究書目內。作者自云：「本書所論，僅將古史傳說還原為神話，特初步之研究耳，故命名爲導論」。書中雖沒明言受玄珠神話歷史化之啓示，但從註脚中知其曾閱讀此書。神話衍爲古史傳說之原因，是由於祖先廟號神祇稱號後衍爲古史帝王之稱號，故神王一變而爲人王，而神話一變爲古史。「后」「帝」「皇帝」「皇」本爲神祇稱號，因古人祖先廟號襲用神祇稱號，古人神視其祖先，故得演變爲古史中帝王稱號。作者分神話爲東西二系，東系爲東夷神話，卽殷民族神話，西系爲西夷神話，卽周民族神話。後周滅殷，兩系神話卽有所相混，而殷神話每多被毁謗。其初，各地有各地之社神，各神各有其地域，亦有其族類。周人勝後，對殷民族每多詆𧫒，對其社神亦如是。如羿本爲英雄，周則詆𧫒爲淫佚之君。但對東夷之上帝——帝俊、帝嚳、帝舜（皆上帝之分化），則沒有詆𧫒；因爲，其時之宗教觀念，社神是邦國之神，以國分，上帝唯一，沒有邦域的分別。據此，更謂天問多因東西二系神話之衝突矛盾而發之疑問。除上述神話衍爲古史的神祇廟號之理論及東西二系神話及周人對殷人神話詆𧫒二理論外，作者另一建樹，是肯定諸神往往爲一神之分化，而努力還原爲一。如認爲帝俊帝嚳帝舜本東夷上帝之分化，丹朱驩兜朱明祝融爲一傳說之分化，據此理論而得將片斷紛雜之衆神話傳說歸爲一。其結論歸納古史中聖帝賢臣之原形如下：一、本爲上帝者：帝俊、帝嚳、帝舜、大皞、顓頊、帝堯、黃帝、泰皇。二、本爲社神者：禹、勾龍、契、少皞、后羿。三、本爲稷神者：后稷。四、本爲日神火神者：炎帝、朱明、昭明、祝融、丹朱、驩兜、閼伯。五、本爲河伯水神者：玄冥、馮夷、鯀、共工、實沈、臺駘。六、本爲嶽神者：四岳、伯夷、叔由、皐陶。七、本爲金神刑神或牧神者：王亥、蓐收、啓、太康。八、本爲鳥獸草木之神者：句芒、益、象、夔、龍、朱、虎、熊、羆。綜觀全書，其理論、方法、系統皆有條不紊，取材亦復豐富，可謂自成一家之言。然而，神話之學無涯而繁複，未必一如本書所述之簡單一貫，故每多爭論。顓頊與堯爲周人西戎上帝之說，童書業即有所置疑，又如朱虎熊羆爲鳥獸草木神之說，實不如以圖騰解之。此書名爲導論，粗具規模而已，實有待進一步之辨審離析。（古史辨中尚有論文多篇，皆以神話衍爲古史爲理論基礎，而體制不及楊寬此書，不贅。）

中國古代神話　　袁珂

民國四十六年增訂版。香港龍門書局有售。三二三頁（四十年初版）

此書是迄今內容最爲豐富敍述最有系統的一本中國神話。全書分十章，即：「導言」，「世界是怎樣開始的」（上、下），「黃帝和蚩尤的戰爭」，「帝俊帝嚳和舜」，「后羿射日嫦娥奔月」，「鯀和禹治理洪水」，「遠國異人」，「夏以後」（上、下）。從天地創始而及於諸神而終於帶有神話色彩的商周帝王。本書最大的特色，是利用了最豐富的資料，包括語源上的，典籍上記載的，古祠墓畫刻繪的，綜合了前人的各種意見，把片斷鱗爪的神話資料加以暢通連綴成爲活潑暢達依時間順序的故事敍述，有類於 Hamilton 在其所著 Mythology 中對希臘神話的處理，用力之深與勤令人驚嘆。中國神話之片斷零碎向爲學者所自慚，此書一出，令人耳目一新，足以糾正中國神話零碎不足觀之錯誤觀念。作者對不同的資料加以精審的選擇，如后羿之死，有被逢蒙射殺及爲家臣寒浞所殺二說，作者以前說較爲原始而採用；對相互啓發的神話加以併述，如述及伏羲與女媧的兄妹兼夫婦關係時，不但採用古書記載及祠畫作證，並將廣西融縣羅城傜民的傳說並述，互相印證；對片斷窒礙之處，則加以貫通，如后羿從天降以救民，論理不必求不死藥，作者則以爲九日爲帝俊諸兒，后羿射殺九日觸怒上帝而喪失神的身份。諸項調解，雖未必能一一使人信服，但足見其用力所在。就學術言，全書最大缺失，或在於作者對故事之重述，加入作者許多筆墨穿插，過於文藝化與合理化，有失神話的原始型態；幸而，每章末有詳細的資料來源，價值極高，可供學者參證。退一步言，卽使稍失學術之嚴謹性，然使中國神話成爲感人可讀的故事，利於推廣，亦功不可沒。

山海經神話系統

杜而未

民國四十九年。臺北華明書局。一五六頁。

此書是對山海經一書的專門論著。作者以爲全書是一系統完整的月山神話。作者在序中謂：「經中的月山、月神、以及無數的草木鳥獸蟲魚等都是一個神話系統，都屬於一個月山神話的範疇」，但論證貧乏，僅謂山海經與周易有關係，周易爲雜亂月象，則山海經亦必爲月山神話及其他零碎資料而已。作者據此尙未證實的前題，卽目山海經爲月山神話系統而逕述正文，距離學術要求頗遠。書中分十編：卽：「四季與方色」、「論月山」、「論神話數字」、「論月獸」、「夜月與鳴聲」、「人物與長生」、「月神」、「論至上神」，「與山海經相關書籍」，「尾語」。初看洋洋灑灑，有迫人信服之勢，然冷靜釐析，則殊屬不然。作者以結論作前題，以有色眼鏡觀山海經，故一山一神一獸一草一木皆與月有關，然事實上，皆未必與月有關，作者於各現象中強加一「月」字規範之而已。如談及山海經的四季問題，作者卽首下結論，謂「南山經敍述的是夏天的月亮，西山經敍述的是秋天的月亮，北山經敍述的是冬天的月亮，東山經敍述春天的月亮」，然細察該章文字，僅足以證明南山經爲夏天景色，西山經爲秋天景色，北山經爲冬天景色，東山經爲春天景色而已，實與月亮毫無相關；東南西北與春夏秋冬相配，自屬自然，何必爲月山？談到方色問題時，作者指出南紅、西白、北黑、東綠，然方位與顏色相配，何必必爲月山？談及陰陽時，作者以「其上」釋「其陽」，「其下」釋「其陰」，殊可商榷，蓋山海經中另有「其上」「其下」諸詞。論及神話數字時，作者謂一、三、四、五、七、九皆爲月亮神話數字，如此說來，二爲四之半，八爲四之倍，六爲三之倍，九位數字皆包含其中，何者爲非月亮神話數字？可謂不思；且諸數字實未必與月亮有關，作者之論證殊爲牽強。一字代表上下弦月，已未必盡然；三字作者謂亦指月形，但文中沒確言爲何月形；五字指月色五彩繽紛，更屬臆測。月經周期爲二十八，故四與七爲月亮數字或屬可信。作者除用二十八天月經周期外，又謂月亮在陰曆爲二十七，故三及九亦爲月經數字，與此二十八天相矛盾而亦並蓄之，可見作者之一味附會。再如討論月山名稱時，作者指出山海經中山名與實際山名相應者不多，但據此實不能推論諸山必爲月神，僅能推論諸山爲神話之創造爲鳥有之山而已。作者又指出，以獸名山者有六十餘條，以鳥名山者近二十條，以草木名山者約五十餘條，以山名者一百數十條，以神人名者三十餘條。上述歸納，只能證明山海經中諸山形狀如諸獸，或多長某草木，或某種人曾居而已，何必爲月山？作者毫無根據，卽謂：「月亮神話在山海經中整個的彼此相關，獸有鳥的成分，卽草木也有時和鳥獸相關；山有水的成分，水有山的成分，因水自山出，水中又有和山相關的東西，所以整個的山海經都打成一片了，還不是一部有意的神話系統嗎？」據此僅能證明山海經中一山一草一物皆著有神話色彩，表現初民的宇宙觀而已，何必月亮神話？其他諸章所論，亦大致如是，「月亮」一詞，實爲作者強加。作者目山海經爲月山神話者，實由於崑崙一詞之故。作者於序中引山海經「崑崙月精」一語，卽疑崑崙山可能爲月山神話（作者於此用可能二字，但正文中卽以之爲前題）；於「月山名稱檢討」中，指出南山是終南山，也就是崑崙山，但古傳說崑崙在西方，進而謂「月生於西」，而謂崑崙指月亮；於「崑崙問題」中，引 Palau, Samca, Ceram 諸島土著稱月亮的讀音近似崑崙；據此說，崑崙原義爲月，或屬可信。但作者卽據此謂山海經每一座山都是月山，毫無疑義，以一概全，實屬大謬。作者進而謂本質上本有一月山一月神，他山他月神皆爲其分化，其他鳥獸、植物、諸神皆可納於月山神話之系統中；作者更進而竟謂月神之上，有一無形至上神，卽爲上帝，山海經中黃帝、句芒諸帝神爲上帝神之分化，而遂其一神先於多神之願，其宗教動機昭然若揭，可堪一笑。作者自序中，曾謂先有以山海經爲月亮神話之動機，然後購書閱讀，但連續數日，皆找不出與月亮神話相關的痕跡。其後崑崙月經一語及古波斯文稱月亮為Surrah而推衍為月山神話。足見其初觀正確，其後則由於以一概全，走火入魔，泥足愈深，以至推衍為此不經之論。然廢去「月亮神話」一詞，其歸納之功夫，亦誠足參考。

楚文化研究　　文崇一

民國五十六年。南港中央研究院民族學研究所專刊之十二。一七〇頁。

此書為楚文化的綜合研究，然書中有「楚之神話與宗教」一章，而於他章中，亦間以神話佐證，可謂神話應用於文化史上的嘗試之作。全書分六編，即：「楚民族之形成」，「楚的經濟制度」，「楚的政治組織」，「楚的社會結構」，「楚的文化與藝術」，「楚的神話與宗教」。論及楚民族形成時，作者引用神話以明其演變。謂獸祝融演變為神祝融，再演變為人祝融，成為楚民族之始祖。祝融八姓，楚即出於芈姓。又謂祝融即陸終，陸終六子，季連芈姓，為楚之祖。祝融八姓，陸終六子，皆為一事之異傳。論及楚民族及其政治組織之二部制時，除引五帝本紀：「顓頊崩，而玄囂（少皞）之孫高辛立」，而顓頊與少皞不同族以證明其為二部制外，尚引重黎絕天地通之神話作證，實為作者一大創見。謂少皞執政時，宗教上主民神不雜，轉入九黎執政時為民神雜糅，再回到顓頊（重黎）執政時重主民神不雜，轉入三苗執政時又主民神雜糅；傳至堯，則取折衷辦法。據此以證明楚族本為二部制，其政治轉移為二部輪值，而其宗教思想亦互為更迭。

討論楚神話時，作者強調民族性地域性及文化功能，分神話分類為四，卽：天地神話（如重黎絕地天通），自然神話（如東君山鬼神話），神怪神話（如委蛇、封豨），英雄神話（如祝融、后羿）。又楚國神話中，可分爲「本楚」神話與「非楚神話」，如重黎絕地天通爲本楚神話，楚辭中所載女媧補天鯀化黃熊爲非楚神話，自北方傳來。對個別神話的研究中，可稱道者爲據招魂大招以證明楚人觀念中天堂地獄本無別，皆無恐怖之地；又比較北太陽神羲和楚太陽神東君，北雲神豐隆楚雲神雲中君，以見南北神話之同異。諸神中，對后羿神話論述最詳，羿有夷羿、仁羿、后羿、帝羿諸異名，作者之建樹在指出羿爲南人，爲楚人的可能性最大。其理由如下：山海經海內南經大荒西經所載羿爲民除害事在南方；淮南子本經訓及海經荒經所述爲一事，且所擧桑林其地屬楚；天問及本經訓言羿射日，當與南楚之旱災有關。作者又指出，羿的活動時間很不穩定，從堯舜以至夏周，都有其踪跡。作者謂羿本亦爲獸，則尚有待商榷。

九歌研究　　張壽平

民國五十九年。廣文書局。三一八頁。

本書爲研究九歌之專著。據作者自云，本書之主要理論是據凌純聲「銅鼓圖文與楚辭九歌」及「國殤禮魂與馘首祭梟」二文所揭示之「九歌爲濮獠民族祀神樂舞」之說而成。全書五編，卽：「總論」，「九歌之名稱性質時代及其作者」，「九歌之體例」，「九歌內容之分析」，「

九歌校釋」。凌純聲謂沅湘之間，古爲濮獠所居地，屬印度尼西安系，九歌諸神與印度尼西安系各族祀典相較，體制相同；九章祀九神，該九神爲東南亞古代文化特質之一，如婆羅州 Milanaus 族的神偶爲九個，花蓮南勢阿美的里漏社信奉的神，除祖靈外是九神，與九歌中之九神性質相同。張壽平據此以釋九歌，謂九歌九篇，以東皇太一居首，其下兩篇兩兩相次，計四組；附國殤、禮魂二篇，亦成一組。各篇篇次，概依其所祀神鬼之尊卑親疏而定。東皇太一即天帝，在天神中最爲尊貴，爲南楚濮獠民族所奉創造神。東君爲日神，雲中君爲月神（凌純聲以爲雲神。張壽平據阿美族等多信奉月神，又日月相對，故以爲主祀爲月神；雲神乃因雲與月的密切關係而牽及）。二神同隸天神，又爲其族之保護神。湘君、湘夫人同爲沅湘之神，又沅湘爲其族居地，二神即其族社神。大司命、少司命同爲司命之神，主生人壽夭，善惡果報，爲天帝部屬，非獨立主宰，位不甚尊。河伯、山鬼爲一般山岳河流之神，九神中最爲卑微。國殤、禮魂皆祀人鬼；國殤乃祭梟之遺制，所謂死於國事者，爲異族被獵之人頭；禮魂本作祀魂，爲本族安然去世者。此書於論述中，除運用比較神話的方法中，尚多史證與內證，而印度尼西安系與楚民族關係密切，故其所說可信性極高。作者除論述九神身份外，並進一步歸納九歌中的鬼神觀。謂：一、諸神之間亦有尊卑，一如人類社會。二、諸神有陰陽之別，一如人類之有男女。三、諸神亦有情感與理性，一如人類。四、諸神非萬能。五、諸神皆爲善神，其於世人，善者佑之，惡者禍之；近則親之，遠則疏之。六、東皇太一爲天帝，一如人君；其屬下大司命司陰陽循環、人命壽夭，少司命司人子嗣有無，保護嬰穉之成長，又兩神皆兼司善惡果報，一如人之有官守。七、湘君與湘夫人爲一方之神祇，猶吾人之有地方行政長官。八、人死爲鬼，卽成爲保護其社羣之靈質。九、獵來敵首，便可招其魂魄，使保護已族之社羣；剛強勇敢之敵人，死爲鬼雄，其首愈見可貴。十、對於諸神之祭祀，當依尊卑親疏定其先後。總之，諸神鬼，乃相當人格化、社會化、理敎化，而非甚爲怪誕者。見解平實而一掃淫祀之說，相當可取。

中國古代神話研究

森安太郎著　王孝廉譯

原著昭和四十五年（公元一九七〇年）出版。

中譯本，民國六十三年。地平線出版社。二五〇頁。

此書並非對中國古代神話之綜合研究，而僅是十二篇論文之彙集，每一論文多以一神話人物作主要研究對象。每一論文末有一概說全文的摘要，便利閱讀參考。十二篇論文之安排，依發表先後逆排，大致而言，較晚者較爲圓熟。論文題目如下：「祝融考」，「殷湯與夏桀」，「河伯馮夷」，「鯀禹原始」，「舜的農神性」，「鳳與風」，「嶽神考（羊神考）」，「黃帝傳說」，「伯夷叔齊考」，「數巫龍」，「恒字考」，「顧命考」。作者以爲祝融爲從天而降之火蛇，卽閃電神；湯爲太陽神而桀爲暴雷；河伯馮夷乃蒲夷之魚的蒲夷音轉而成；鯀禹本義爲魚而衍爲洪水神話，舜爲農神亦爲春神，鳳爲風神的鳥而與東方部族關係密切，羊爲山神並與鬼有關，黃帝爲雷龍而爲雷雨之神，伯夷叔齊本爲狐狸，數字與八卦有關，龍與女陰有關而殷代之巫司天文數之職，恒字本義爲說天象的常則。據作者自序，認爲神話衍化爲古史，故諸篇文字之目的，在還原古史爲神話。其方法是將正史、經書和緯書中，對這些歷史人物的許多怪異記述的斷片加以集合，用文字學、音韻學、考古學等方法整理而加以實證的解釋，將原初神話的形姿做再構成的工作。方法與構想雖屬確當，唯文中推衍過程及結論實未能使人信服，可商榷之處甚多。錯誤原因，主要有二，一爲音韻學之運用不嚴謹。音近義近之說僅爲訓詁學上之一種假設，僅能適合某些現象，尚要有諸多文證方可，否則旁轉對轉輾轉而用，何處不可附會相通？聲母不外五類，喉牙口齒唇而已，韻母亦不過元音高低開合而已，單以聲音相近即以爲相同，則中國文字不得過百，豈爲合理？以「殷湯與夏桀王」一文爲例，作者證明桀契爲一，契讀如 kiad 或 siat，桀讀如 Kiat，即謂契桀兩字可以變爲互通音，殷的始祖契和桀王可以變爲同一所指，夏的暴雷桀王在另一方面變爲使人畏敬的雷神殷商之祖契。如此單靠音近，當無法使人信服。一爲偏於小節而忽略大體。論文中往往注重小節而輾轉推衍，忽略大體上之迥異，甚或不顧正史者。以「殷湯與夏桀王」一文爲例，由於其以爲商契即桀王，其本體爲雷龍，而作者又以爲湯王爲太陽帝，而作者僅據電火是雷所生的，謂古代人可以想像太陽是一種火玉，爲雷神所生，即武斷推論，以爲雷神龍契的下一個延續當然是太陽神湯，而罔顧史記及甲骨文所載從契到湯王、從昭明到主癸的十餘代。如此草率推論，錯誤乃屬當然。此書諸論，多從險處下手，好作新見，有欠平允，僅足參考而已。書前有王孝廉譯序，介紹日本漢學家對中國神話研究的概況，簡明扼要。

屈原與九歌

蘇雪林

民國六十二年。臺北廣東出版社。五〇八頁。

本書分上編屈原評傳與下篇九歌。上篇重點雖放於屈原身上，而其中「屈原的學術思想」實爲下篇理論基礎所在。作者以爲中國古文化曾兩度接收域外文化（作者所謂西亞文化）影響，一爲夏朝，一爲戰國時代。戰國時候鄒衍、公孫龍皆爲域外學者，挾西亞文化而來。原因作者以爲是阿歷山大大帝侵略歐亞非三洲，故學者東來以求安頓。齊稷下即爲其安頓之所。屈原使齊，接受新知識，故天問、九歌盡源自西亞神話。下篇即以九歌中所祭祀的神，爲九重天的主神。西亞於巴比命文化時，有七星壇之設，祭祀日月及金木水火土五星。又謂希臘文化曾受巴比侖文化影響，阿里斯多德時代天已擴爲十重，即除上述七重外，外加恆星天、動因天，連地計算在內，爲十重。進而謂古中國既受西亞文化影響，則九歌中之主神實爲九重天的主神。比附如下：日神（太陽）爲東君，月神（太陰）爲雲中君，水星（辰星）之神爲河伯，火星（熒惑）之神爲國殤，木星（歲星）之神爲東皇太一，金星（太白）之神爲湘夫人，土星（鎭星又作塡星）之神爲湘君，第八重天主星爲蝕其神爲大司命，第九重天天主星爲彗星，其神爲少司命。又以爲山鬼代表地球本身，禮魂爲送神曲。進而謂：「上述諸神，各有其主名，亦各有其故事，且均來自西亞，地位均甚尊崇，幾乎每一位神都具有創造主的資格，其祭祀傳遍世界，不但世界所有大神均此九神所衍化，即我們中國所有林林總總之神道，也不出這幾位神的範圍」。竟將全世界神話及全中國神話均納入九重天神內，抱負可謂宏大驚人。不過，細察全書，幾乎無一立論爲必然，只是可能而已，而作者即一再推衍，蔚成大國。作者先假設所謂西亞文化爲最古，然後向各方傳播，神話系統亦如是。但此傳播學說，實未允當，古文化源於一或源於衆向無定論；即使源於一，處於今日考古學上尙沒能確定中國、印度、希臘、兩河流域何者文化發源最早之時，如何確定必爲西亞？謂中國古代曾受西亞文化影響，亦未能使人信服；夏代文化特徵或偶與西亞文化相類，安見必爲西亞傳來？蓋人類有其共通性，其影響人生者亦不過若干相同條件，其文化自當類似。作者以甲骨文中有「貞帝於東」，「貞帝於西」之語，以爲即五方之帝，未必妥當。即使爲五方之帝，何必必受西亞影響？東南西北中等方位觀念，何民族沒有？至於戰國時曾受西亞文化影響之說，亦僅屬臆猜耳。鄒衍史記已明言爲齊人，何必爲域外學者？左傳禹貢爾雅周禮既有小九州之說，擴大爲宇宙觀而成爲大九洲之說，有何不可？五德終始在鄒衍而言，爲宇宙論，謂五元素消長變化，後爲政治家所借用於君王變遷，何必必指五星？何必來自西亞？又如謂夏朝即有五行觀念，更何必必自西亞來？作者謂戰國文化勃然而興，謂必自西亞來，謂戰國前文化低落，豈爲允當？可認之殷代甲骨文字已有三千，其文化當粲然可觀，歷周代八百年農耕社會，文化根基當深厚，一遇社會體制變遷，智者自能各倡其理論，而成百家爭鳴，何必自西亞來？五行之說，或指金木水火土五行星，或指金木水火土五宇宙元素。五行相尅之說，當指宇宙元素言，五星如何相尅？五星與日月爲七曜，但未必卽產生七重天神話，及擴至九重天宇宙觀，亦未必產生九重天主神神話。中國諸神話人物中，從內證而言，實沒法看出與九星相關之處。就九歌而言，而文辭更未涉及星座，何必必爲九重天主神？湘君湘夫人明爲沅湘之神，歌辭中有邅洞庭，投佩澧浦，沅湘無波諸語。作者竟辯稱：「他們既係神靈，自可隨意游蕩，他們在洞庭沅湘間留下行踪，又何足怪？」但爲何言洞庭沅湘而不言他地？其爲該地神祇甚明。作者謂西亞九重天主神幾乎皆具有創造主的資格，九歌中諸神除東皇太一外，實看不出其爲創造主的身份，其不符合處甚明。又西亞水星爲尼波而非水神哀亞，而作者以河伯爲水星主神，可見亦不全然吻合。足見九歌所祀諸神，爲西亞所祀九重天主神之說未確。作者除以九歌諸神比附九重天主，又以諸神話人物比附九重天主神。以夏禹及伏羲等上帝神與木星主神馬杜克相比，顓頊伏羲蒼頡與水神哀亞及水星主神尼波相比，雖未必盡如作者所述，爲西亞神話之衍化，但相互之事蹟反較九歌諸神與九重天主神爲近，誠足參考，但得待進一步之考察。蓋言之，西亞文化曾傳入中國是一回事，九重天神話從西亞傳入是一回事，中國有九重天祭祀是一回事，九歌中九神卽爲九重天九神是一回事，中國諸神話人物與西亞九重天主神性質相近是一回事，不得混爲一談。作者思辨未精，據小同而略大異，以假設作結論，以結論作前題，一味推衍，差錯自所難免，而用力之勤且深，雖未足以爲確鑿之論，但亦足以視爲一新頴之假設，值得作進一步嚴格之考察與求證。

民國六十三年七月廿六日

神話學和比較神話學的一些書目

篇名	作者	雜誌	卷	期	頁數	年月
日的神話及海島的追求	勞維翰	臺灣風物	II,	2,	12-15	41年2月
鍾馗故事的衍變	大方	大陸	IV,	11,	16-21	41年6月
戲臺上「水」的神話	胡鑑泉	今日世界		31,	11轉22	42年
阿美族神話研究	杜而未	大陸雜誌	XVI,	12,	14-20	47年6月
龍鳳呈祥	譚旦冏	文星		2,	23-24	47年6月
水火神之都考略	宋海屏	大陸	XVIII,	4,	7及11	48年3月
希臘神話及其藝術	蘇雪林	文星	II,	5,	8-11	48年3月
古人對於雷神的觀念	杜而未	大陸	XVIII,	8,	8-11	48年4月
中國創世神話之分析與古史研究	張光直	民族學研究所集刊		8,	47-76	48秋
洪水傳說與共工	孫家驥	臺灣風物	X,	1,	6-21	49年1月
臺灣鄒族的幾個神話	杜而未	大陸	XX,	10,	4-7	49年5月
中巴星象神話比較研究	杜而未	文史哲學報		9,	111-127	49年1月
北歐神話的悲劇意境	言衍	民主評論	XI,	11,	4-7	49年6月
崑崙神話意義的發明	杜而未	現代學人		1,	101-134	50年5月
創世神話之行爲學的研究	林衡立	民族學研究所集刊		14,	129-167	51年秋
臺灣土著民族射日神話之分析	林衡立	民族學研究所集刊		13,	129-167	51年秋
商周神話之分類	張光直	民族學研究所集刊		14,	47-74	51年秋

中國古代十日神話之研究	管東貴	歷史學研究所集刊		33,	287–329	51年2月
南澳泰雅族的神話傳統	李亦園	民族學研究所集刊		15,	97–135	52年春
商周神話與美術中所見人與動物關係之演變	張光直	民族學研究所集刊		16,	115–146	52年秋
排灣族的創始神話	龍寶麒	邊政學報		3,	21	53年5月
神話象徵之離顯表現	林衡立	民族學研究所集刊		18,	58–59	53年秋
讀山海經雜記（上）	孫家驥	臺灣風物		13–6	6–13	52年12月
讀山海經雜記（下）	孫家驥	臺灣風物		14–1	7–13	53年6月
九歌中的上帝與自然	文崇一	民族學研究所集刊		17,	45–71	53年春
中國的封禪與兩河流域的崑崙文化	凌純聲	民族學研究所集刊		19,		54年春
崑崙丘與西王母	凌純聲	民族學研究所集刊		22,		55年秋
鄒族神話之研究	費羅禮	民族學研究所集刊		22,	182–183	55年秋
「穆天子傳與山海經今考」的收穫	衞挺生	中正學報		1,	10–13	56年5月
山鬼與酒神	蘇雪林	成大學報		3,	1–12	57年5月
七夕考源	鄭康成	建設	XVI,	4,	32–36	56年9月
河伯與水主	蘇雪林	東方雜誌	復1,	12,	35–50	57年6月
山海經新證	史景成	書目季刊	Ⅲ,	1&2,	3–80	57年12月
山海經新證勘證	史景成	書目季刊	Ⅲ,	3,	64–66	58年3月
中國古代神話的新釋兩則	陳炳良	清華學報		7, 2,	206–231	58年8月
昆侖丘和洪水神話	徐高阮	中華雜誌		7, 11,	47–51	58年11月
「活財神」沈萬三的神話	朱士貽	藝文誌		41,	44–46	58年2月

炎帝與黃帝的新解釋	李宗侗	中研院史語所集刊	39上	58年1月
先秦古樸的天道觀——中國古代神話思想的研究	孫隆基	臺大青年	58-2	58年4月
中秋話月，兼談「仙鄉淹留」傳說	婁子匡	聯合報	9版	58年9月24日
甲骨文中的「蚰」字與後世神話中的伏羲女媧	劉臨淵	中研院史語所集刊	41-4	58年12月
說崇山	陳炳良	大陸雜誌	41-10	59年1月
曹族的洪水傳說	義　德	中央日報	9版	59年1月30日
傳說中的盤古氏	李甲孚	東方雜誌	3-9	59年3月
東君與日神	蘇雪林	成大學報	5	59年5月
穆天子傳雜考	梁子涵	中央圖書館館刊	3-4	59年10月
九歌河伯考	楊胤宗	建設	18-12	59年5月
九歌湘君箋考（上）（下）	楊胤宗	建設	19-11 19-12	60年4月 60年5月
再論古代某些數字和古籍編撰的神秘性	楊希枚	大陸雜誌	42-5	60年
牛郎織女神話的形成	皮述民	南大學報	5, 33-37	60年
古人以神名爲名的習慣	蘇雪林	成大學報	6	60年6月
我國古史神話與傳說的今釋	沈明璋	中等教育	22-3	60年6月
中國古代神話	李甲孚	綜合月刊	34	60年9月
西王母考	虞　怡	中國地政	36	60年12月

三一與泰一	蘇雪林	大陸雜誌	44-2		61年2月
夸父考	王孝廉	大陸雜誌	46-2		61年2月
國殤與無頭戰神再考（上）（下）	蘇雪林	暢流	45-4 45-5		61年4月 61年5月
詩經裏的神話	蘇雪林	文藝復興	31		61年7月
日本學者的中國古代神話研究	王孝廉	大陸	45, 1,	31-38	61年7月
中國古代的神秘數字論稿	楊希枚	民族學研究所集刊	33		61年春
略論中國古代神秘數字	楊希枚	大陸雜誌	44-5		61年5月
古籍神秘性編撰型式補證	楊希枚	國立編譯館館刊	1-39		61年6月
論釋道安氏之崑崙說	饒宗頤	大陸雜誌	46-4		62年4月
論女媧	許雪姬	史薈	3		62年5月
川南雅雀苗的神話傳說	管東貴	中研院史語所集刊	45-3		62年5月
臺灣先住民多彩多姿的神話（上）（下）	陳　香	中國時報	13版		62年7月18日 62年7月19日
試論先秦時代的成湯傳說	杜正勝	大陸雜誌	47-2		62年8月
中國原始變形神話試探（上）	樂蘅軍	中外文學	2-8		63年1月
山海經探源（上）（中）	鄭康民	建設	22-8 22-9		63年1月 63年2月
中國原始變形神話試探（下）	樂蘅軍	中外文學	2-9		63年2月
山海經探源（下）	鄭康民	建設	22-10		63年3月
牽牛織女的傳說	王孝廉	幼獅月刊	46-1		63年7月

論神秘數字七十二	楊希枚	考古人類學	35-36	63年9月
崑崙天山與太陽神	方善柱	大陸雜誌	49-4	63年10月
神話中的變形：希臘與布農神話比較	鄭恒雄	中外文學	3-6	63年11月
略論中西民族的神秘數字	楊希枚	國立編譯館館刊	3-2	63年12月
神話・中國神話	鄒　郎	大華晚報	9版	64年5月22日
神話與兒童文學	林　良	中國語文	36-5	64年5月
悲劇英雄在中國古神話中的造象	樂蘅軍	中外文學	4-3	64年8月
希拉克立斯和后羿的比較研究	古添洪	中外文學	4-7	64年12月
黃帝制器傳說試釋	王仲孚	歷史學報	4	65年4月
山海經研究	傅錫壬	淡江學報	14	65年4月
論今文尚書太誓、尚書大傳太誓及史記的白魚赤烏神話	楊希枚	中研院編總統　蔣公逝世週年紀念論文集		65年
洞庭湖上的神話	胡小池	湖南文獻	4-2	65年4月
古代九頭鳥的傳說	朱介凡	東方雜誌	10-1	65年7月
中西文學裏的火神研究	陳鵬翔	中外文學	5-2	65年7月
關於石頭的古代信仰與神話	王孝廉	中外文學	5-3	65年8月
神話與詩	王孝廉	詩學	1	65年10月
歷史上的女媧	老　龍	新生報	12版	65年11月30日
中外傳奇：蛇是太陽的化身	王柳敏	自立晚報	2版	66年2月17日
蛇與中國文化	袁德星	文化復興月刊	10-11	66年2月

牛郎織女神話傳說	朱介凡	幼獅文藝	46-2	66年8月
古代中國神話的研究方向	劉滄浪	幼獅月刊	45-1	66年
圖說古代中國神話（夸父追日）	奚　淞	現代文學	復1	66年8月
再論堯舜禪讓傳說（上）（下）	楊希枚	食貨月刊	7-6 7-8, 9	66年10月 66年11月
近代九頭鳥的傳說	朱介凡	東方雜誌	11-6	66年12月
神農氏傳說試釋	王仲孚	趙鐵寒記念論文集		67年4月
論堯舜禪讓傳說	楊希枚	趙鐵寒記念論文集		67年4月
圖說古代中國神話（女媧補天）	奚　淞	中國時報	12版	67年5月8日
神話的意境	李亦園	中國時報	12版	67年5月15日
掙扎在黑暗渾沌中的神盤古神話	王孝廉	中國時報	12版	67年5月1日
造人主婚—女媧神話	王孝廉	中國時報	12版	67年5月8日
不周之山——共工神話	王孝廉	中國時報	12版	67年5月22日
永刧與回歸——月亮神話之一	王孝廉	中國時報	12版	67年5月29日
不死與再生——月亮神話之二	王孝廉	中國時報	12版	67年5月26日
圖說古代中國神話（水仙的故事）	奚　淞	中國時報	12版	67年6月6日
幾則山地神話的解釋與欣賞	李亦園	中國時報	12版	67年6月19日
中國神話故事	黃　珣	明道文藝	28	67年7月
洞庭波兮——湘妃的神話	王孝廉	中國時報	12版	67年7月3日
巫山之雲——帝女神話之一	王孝廉	中國時報	12版	67年7月24日

漂與誓——雁風呂傳說與精衞神話	王孝廉	中國時報	12版		67年8月16日
湛湛江水——蚩尤的神話	王孝廉	中國時報	12版		67年8月26日
遠望與望鄉	王孝廉	中國時報	12版		67年9月6日
靈蛇與長橋	王孝廉	中國時報	12版		67年9月21日
中國古典小說研究書目(一)——神話、傳說	李豐楙	中國古典小說研究專集第1		263-274	68年8月
孫行者與猿猴故事	鄭明娳	古典文學第一集		233-256	68年12月
冥界遊行	前野直彬著 前田一惠譯	中國古典小說研究專集第4		1-45	71年4月
目連救母故事的基型及其演進	陳芳英	中國古典小說研究專集第4		47-93	71年4月

滄海叢刊已刊行書目(八)

書名	作者	類別
文學欣賞的靈魂	劉述先	西洋文學
西洋兒童文學史	葉詠琍	西洋文學
現代藝術哲學	孫旗譯	藝術
音樂人生	黃友棣	音樂
音樂與我	趙琴	音樂
音樂伴我遊	趙琴	音樂
爐邊閒話	李抱忱	音樂
琴臺碎語	黃友棣	音樂
音樂隨筆	趙琴	音樂
樂林蓽露	黃友棣	音樂
樂谷鳴泉	黃友棣	音樂
樂韻飄香	黃友棣	音樂
樂圃長春	黃友棣	音樂
色彩基礎	何耀宗	美術
水彩技巧與創作	劉其偉	美術
繪畫隨筆	陳景容	美術
素描的技法	陳景容	美術
人體工學與安全	劉其偉	美術
立體造形基本設計	張長傑	美術
工藝材料	李鈞棫	美術
石膏工藝	李鈞棫	美術
裝飾工藝	張長傑	美術
都市計劃概論	王紀鯤	建築
建築設計方法	陳政雄	建築
建築基本畫	陳榮美 楊麗黛	建築
建築鋼屋架結構設計	王萬雄	建築
中國的建築藝術	張紹載	建築
室內環境設計	李琬琬	建築
現代工藝概論	張長傑	雕刻
藤竹工	張長傑	雕刻
戲劇藝術之發展及其原理	趙如琳譯	戲劇
戲劇編寫法	方寸	戲劇
時代的經驗	汪琪 彭家發	新聞
大眾傳播的挑戰	石永貴	新聞
書法與心理	高尚仁	心理

滄海叢刊已刊行書目(七)

書名	作者	類別
印度文學歷代名著選(上)(下)	糜文開編譯	文學
寒山子研究	陳慧劍	文學
魯迅這個人	劉心皇	文學
孟學的現代意義	王支洪	文學
比較詩學	葉維廉	比較文學
結構主義與中國文學	周英雄	比較文學
主題學研究論文集	陳鵬翔主編	比較文學
中國小說比較研究	侯健	比較文學
現象學與文學批評	鄭樹森編	比較文學
記號詩學	古添洪	比較文學
中美文學因緣	鄭樹森編	比較文學
文學因緣	鄭樹森	比較文學
比較文學理論與實踐	張漢良	比較文學
韓非子析論	謝雲飛	中國文學
陶淵明評論	李辰冬	中國文學
中國文學論叢	錢穆	中國文學
文學新論	李辰冬	中國文學
離騷九歌九章淺釋	繆天華	中國文學
苕華詞與人間詞話述評	王宗樂	中國文學
杜甫作品繫年	李辰冬	中國文學
元曲六大家	應裕康 王忠林	中國文學
詩經研讀指導	裴普賢	中國文學
迦陵談詩二集	葉嘉瑩	中國文學
莊子及其文學	黃錦鋐	中國文學
歐陽修詩本義研究	裴普賢	中國文學
清眞詞研究	王支洪	中國文學
宋儒風範	董金裕	中國文學
紅樓夢的文學價值	羅盤	中國文學
四說論叢	羅盤	中國文學
中國文學鑑賞舉隅	黃慶萱 許家鸞	中國文學
牛李黨爭與唐代文學	傅錫壬	中國文學
增訂江皋集	吳俊升	中國文學
浮士德研究	李辰冬譯	西洋文學
蘇忍尼辛選集	劉安雲譯	西洋文學

滄海叢刊已刊行書目(六)

書名	作者	類別
卡薩爾斯之琴	葉石濤	文學
青囊夜燈	許振江	文學
我永遠年輕	唐文標	文學
分析文學	陳啓佑	文學
思想起	陌上塵	文學
心酸記	李喬	文學
離訣	林蒼鬱	文學
孤獨園	林蒼鬱	文學
托塔少年	林文欽編	文學
北美情逅	卜貴美	文學
女兵自傳	謝冰瑩	文學
抗戰日記	謝冰瑩	文學
我在日本	謝冰瑩	文學
給青年朋友的信(上)(下)	謝冰瑩	文學
冰瑩書柬	謝冰瑩	文學
孤寂中的廻響	洛夫	文學
火天使	趙衛民	文學
無塵的鏡子	張默	文學
大漢心聲	張起鈞	文學
回首叫雲飛起	羊令野	文學
康莊有待	向陽	文學
情愛與文學	周伯乃	文學
湍流偶拾	繆天華	文學
文學之旅	蕭傳文	文學
鼓瑟集	幼柏	文學
種子落地	葉海煙	文學
文學邊緣	周玉山	文學
大陸文藝新探	周玉山	文學
累廬聲氣集	姜超嶽	文學
實用文纂	姜超嶽	文學
林下生涯	姜超嶽	文學
材與不材之間	王邦雄	文學
人生小語(一)(二)	何秀煌	文學
兒童文學	葉詠琍	文學

滄海叢刊已刊行書目(五)

書名	作者	類別
中西文學關係研究	王潤華	文學
文開隨筆	糜文開	文學
知識之劍	陳鼎環	文學
野草詞	韋瀚章	文學
李韶歌詞集	李韶	文學
石頭的研究	戴天	文學
留不住的航渡	葉維廉	文學
三十年詩	葉維廉	文學
現代散文欣賞	鄭明娳	文學
現代文學評論	亞菁	文學
三十年代作家論	姜穆	文學
當代臺灣作家論	何欣	文學
藍天白雲集	梁容若	文學
見賢集	鄭彥棻	文學
思齊集	鄭彥棻	文學
寫作是藝術	張秀亞	文學
孟武自選文集	薩孟武	文學
小說創作論	羅盤	文學
細讀現代小說	張素貞	文學
往日旋律	幼柏	文學
城市筆記	巴斯	文學
歐羅巴的蘆笛	葉維廉	文學
一個中國的海	葉維廉	文學
山外有山	李英豪	文學
現實的探索	陳銘磻編	文學
金排附	鍾延豪	文學
放鷹	吳錦發	文學
黃巢殺人八百萬	宋澤萊	文學
燈下燈	蕭蕭	文學
陽關千唱	陳煌	文學
種籽	向陽	文學
泥土的香味	彭瑞金	文學
無緣廟	陳艷秋	文學
鄉事	林清玄	文學
余忠雄的春天	鍾鐵民	文學
吳煦斌小說集	吳煦斌	文學

滄海叢刊已刊行書目㈣

書名	作者	類別
歷史圈外	朱桂	歷史
中國人的故事	夏雨人	歷史
老臺灣	陳冠學	歷史
古史地理論叢	錢穆	歷史
秦漢史	錢穆	歷史
秦漢史論稿	刑義田	歷史
我這半生	毛振翔	歷史
三生有幸	吳相湘	傳記
弘一大師傳	陳慧劍	傳記
蘇曼殊大師新傳	劉心皇	傳記
當代佛門人物	陳慧劍	傳記
孤兒心影錄	張國柱	傳記
精忠岳飛傳	李安	傳記
八十憶雙親 師友雜憶 合刊	錢穆	傳記
困勉強狷八十年	陶百川	傳記
中國歷史精神	錢穆	史學
國史新論	錢穆	史學
與西方史家論中國史學	杜維運	史學
清代史學與史家	杜維運	史學
中國文字學	潘重規	語言
中國聲韻學	潘重規 陳紹棠	語言
文學與音律	謝雲飛	語言
還鄉夢的幻滅	賴景瑚	文學
葫蘆・再見	鄭明娳	文學
大地之歌	大地詩社	文學
青春	葉蟬貞	文學
比較文學的墾拓在臺灣	古添洪 陳慧樺 主編	文學
從比較神話到文學	古添洪 陳慧樺	文學
解構批評論集	廖炳惠	文學
牧場的情思	張媛媛	文學
萍踪憶語	賴景瑚	文學
讀書與生活	琦君	文學

滄海叢刊已刊行書目㈢

書名	作者	類別
不疑不懼	王洪鈞	教育
文化與教育	錢穆	教育
教育叢談	上官業佑	教育
印度文化十八篇	糜文開	社會
中華文化十二講	錢穆	社會
清代科舉	劉兆璸	社會
世界局勢與中國文化	錢穆	社會
國家論	薩孟武譯	社會
紅樓夢與中國舊家庭	薩孟武	社會
社會學與中國研究	蔡文輝	社會
我國社會的變遷與發展	朱岑樓主編	社會
開放的多元社會	楊國樞	社會
社會、文化和知識份子	葉啓政	社會
臺灣與美國社會問題	蔡文輝 蕭新煌 主編	社會
日本社會的結構	福武直 著 王世雄 譯	社會
三十年來我國人文及社會科學之回顧與展望		社會
財經文存	王作榮	經濟
財經時論	楊道淮	經濟
中國歷代政治得失	錢穆	政治
周禮的政治思想	周世輔 周文湘	政治
儒家政論衍義	薩孟武	政治
先秦政治思想史	梁啓超原著 賈馥茗標點	政治
當代中國與民主	周陽山	政治
中國現代軍事史	劉馥著 梅寅生譯	軍事
憲法論集	林紀東	法律
憲法論叢	鄭彥棻	法律
師友風義	鄭彥棻	歷史
黃帝	錢穆	歷史
歷史與人物	吳相湘	歷史
歷史與文化論叢	錢穆	歷史

滄海叢刊已刊行書目(一)

書名	作者	類別
國父道德言論類輯	陳立夫	國父遺教
中國學術思想史論叢(一)(二)(三)(四)(五)(六)(七)(八)	錢穆	國學
現代中國學術論衡	錢穆	國學
兩漢經學今古文平議	錢穆	國學
朱子學提綱	錢穆	國學
先秦諸子繫年	錢穆	國學
先秦諸子論叢	唐端正	國學
先秦諸子論叢(續篇)	唐端正	國學
儒學傳統與文化創新	黃俊傑	國學
宋代理學三書隨劄	錢穆	國學
莊子纂箋	錢穆	國學
湖上閒思錄	錢穆	哲學
人生十論	錢穆	哲學
晚學盲言	錢穆	哲學
中國百位哲學家	黎建球	哲學
西洋百位哲學家	鄔昆如	哲學
現代存在思想家	項退結	哲學
比較哲學與文化(一)(二)	吳森	哲學
文化哲學講錄(一)(二)(三)(四)	鄔昆如	哲學
哲學淺論	張康譯	哲學
哲學十大問題	鄔昆如	哲學
哲學智慧的尋求	何秀煌	哲學
哲學的智慧與歷史的聰明	何秀煌	哲學
內心悅樂之源泉	吳經熊	哲學
從西方哲學到禪佛教——「哲學與宗教」一集—	傅偉勳	哲學
批判的繼承與創造的發展——「哲學與宗教」二集—	傅偉勳	哲學
愛的哲學	蘇昌美	哲學
是與非	張身華譯	哲學

滄海叢刊已刊行書目(二)

書名	作者	類別
語言哲學	劉福增	哲學
邏輯與設基法	劉福增	哲學
知識·邏輯·科學哲學	林正弘	哲學
中國管理哲學	曾仕强	哲學
老子的哲學	王邦雄	中國哲學
孔學漫談	余家菊	中國哲學
中庸誠的哲學	吳怡	中國哲學
哲學演講錄	吳怡	中國哲學
墨家的哲學方法	鐘友聯	中國哲學
韓非子的哲學	王邦雄	中國哲學
墨家哲學	蔡仁厚	中國哲學
知識、理性與生命	孫寶琛	中國哲學
逍遙的莊子	吳怡	中國哲學
中國哲學的生命和方法	吳怡	中國哲學
儒家與現代中國	韋政通	中國哲學
希臘哲學趣談	鄔昆如	西洋哲學
中世哲學趣談	鄔昆如	西洋哲學
近代哲學趣談	鄔昆如	西洋哲學
現代哲學趣談	鄔昆如	西洋哲學
現代哲學述評(一)	傅佩榮譯	西洋哲學
懷海德哲學	楊士毅	西洋哲學
思想的貧困	韋政通	思想
不以規矩不能成方圓	劉君燦	思想
佛學研究	周中一	佛學
佛學論著	周中一	佛學
現代佛學原理	鄭金德	佛學
禪話	周中一	佛學
天人之際	李杏邨	佛學
公案禪語	吳怡	佛學
佛教思想新論	楊惠南	佛學
禪學講話	芝峯法師譯	佛學
圓滿生命的實現（布施波羅蜜）	陳柏達	佛學
絕對與圓融	霍韜晦	佛學
佛學研究指南	關世謙譯	佛學
當代學人談佛教	楊惠南編	佛學